Stolen
Verwoben in Verrat

Alle Rechte, einschließlich das des vollständigen oder auszugsweisen Nachdrucks in jeglicher Form, sind vorbehalten. Dies ist eine fiktive Geschichte.
Ähnlichkeiten mit lebenden oder verstorbenen Personen sind rein zufällig und nicht beabsichtigt.

Weitere Titel von Emily Bold:

Unsterblich mein
Bd. 1

Unendlich dein
Bd. 2

Unvergänglich wir
Bd. 3

Silberschwingen
Bd. 1: Erbin des Lichts

Silberschwingen
Bd. 2: Rebellin der Nacht

Stolen
Bd. 1: Verwoben in Liebe

Mehr über unsere Autoren und Illustratoren auf:
www.planet-verlag.de

Emily Bold

STOLEN

Verwoben in Verrat

PLANET!

Prolog

Ich atmete ein. Die Nachtluft strömte in meine Lunge und obwohl ich von dunklen Mondschatten umgeben war, fürchtete ich sie nicht. Denn was ich fürchtete, war dicht hinter mir. Meine Sinne waren so geschärft, dass es mir vorkam, als spürte ich den Atem des ungleichen Brüderpaars in meinem Nacken. Jedes Härchen an meinem Körper war aufgerichtet, jeder Nerv gespannt. Ich war bereit. Mehr als bereit, wie ich mir eingestehen musste, als die Dunkelheit in mir mich regelrecht flutete. Ich atmete durch und trat aus meinem Versteck. Der Kies unter meinen Füßen knirschte so laut, dass ich dachte, man müsste mich in ganz England hören. Mein Herz pochte wie eine Buschtrommel, die jedem, der es hören wollte, kundtat, dass ich hier war. Hier, um etwas zu stehlen, das unmöglich zu stehlen sein sollte. Etwas, das gefährlich war.

Ich spähte über die Schulter und mein Blick kreuzte Bastians. Er sah mich an, als hätte er mich noch nie gesehen. Unverhohlene Gier lag in seinen Augen, die jede Menschlichkeit verloren hatten. Die Nacht war über mich gekommen und hatte meine beiden Begleiter mit mir in die Dunkelheit gerissen. Tristan keuchte und ich wusste, würde ich ihn ansehen, sähe ich den gleichen Hunger auch bei ihm. Etwas ging in meinem Inneren vor – und es verwandelte die Männer hinter mir in reißende Wölfe. Ich beschleunigte meine Schritte in Richtung Licht. Raus aus den Schatten, die um mich herum lauerten. Weg von dem, was mir Angst machte, und hin zu der Dunkelheit, die mir so vertraut war, wie mein eigener Herzschlag. Ich schwitzte, als ich die Stufen hinaufschlich und mich ungesehen in das Herrenhaus schob. Es fühlte sich berauschend an. Und wie im Rausch folgte ich meiner inneren Stimme, meinen eigenen Dämonen immer tiefer ins Haus. Mitten hinein in die Gefahr.

Schattenflucht

Zuvor auf einem Bahngleis bei Wymouth

Bastians Atem kam gepresst. Er blinzelte, um seinen Blick zu klären. Der Waggon rumpelte und er hielt sich an der Rückenlehne des Sitzes vor sich fest. Die Muskeln seiner Oberschenkel waren angespannt, bereit zum Sprung. Zum Sprung durch die Schatten. Doch davon gab es hier im Zug so viele, dass Bastian nicht wusste, welchen er wählen sollte, um Konstantin Cross zu folgen.

Stehen bleiben war keine Option. Er hatte Abigails Seelenweben in sich aufgenommen und nun kämpften sie mit einer unvorstellbaren Kraft gegen ihn an.

Keuchend drückte Bastian sich die von dunklen Schlieren überzogene Hand aufs Herz, um den Schmerz zu mindern. Er musste nicht sein Spiegelbild in den Zugfenstern sehen, um zu wissen, dass seine gesamte Haut von dunklen Ranken überzogen war und seine Augen nicht länger menschlich wirkten. Er hatte die Kontrolle über sein eigentliches Wesen verloren, als er sich an Abbys Seele bedient hatte. Ihre Weben wollten ihn aufsprengen, ihn zum Bersten bringen. Dabei hatte er doch keine andere Wahl gehabt. Er *musste* Cross aufhalten!

Als er die Hand nach dem Schatten der den ganzen Waggon durchlaufenden Gepäckablage ausstreckte, tropfte Blut auf den dunkelgrauen Zugteppich. Es lief aus dem Ärmel seiner Lederjacke und über seine eiskalten Finger. Die Weben suchten sich einen Weg aus seinem Körper heraus. Bastian taumelte. Er atmete mehrmals tief durch, zwang das Wüten und die Weben in sich mit aller Macht zur Ruhe. Der Schweiß brach ihm aus und das Gefühl zu ersticken, trieb ihn an. Er musste in Bewegung bleiben. Musste in den Schatten die Kraft von Abbys Weben schwächen. Und er musste die einzige Sache finden, die ihn retten konnte. Den Seelenring, den Abby ihm gestohlen hatte, und der sich nun im Besitz von Konstantin Cross befand.

Bastians Blick wanderte von seinem Blut auf dem Teppich ein Stück weiter. Noch mehr Blut färbte den Boden. Es war nicht sein eigenes, sondern stammte von dem einzigen anderen Schattenspringer, der sich mit ihm hier im Zug aufhielt. Ein Schattenspringer wie Bastian, der ebenfalls Abbys machtvolle Weben in sich trug, der aber im Gegensatz zu Bastian nie gelernt hatte, eine solche Kraft in sich zu kontrollieren. Auch in Cross suchten die Weben nach einem Ausweg. Er war verwundet, genau wie Bastian. Nur war Cross im Besitz von Bastians Ring. Und den musste er sich unbedingt zurückholen.

Er machte einen Schritt nach vorne, streckte die Hand in den Schatten, und die Kälte und Dunkelheit atmeten ihn ein.

Der Moment im Nichts verging viel zu schnell. Kaum einen Wimpernschlag lang gönnte die Dunkelheit ihm Erholung. Bändigte nur eine Millisekunde lang den Schmerz. Dann kehrte Bastian zurück ins Licht, ans andere Ende des Waggons. Dort schützte ein neuerlicher Sprung ihn davor, von den Reisenden entdeckt zu werden. Er bewegte sich schnell von Schatten zu Schatten, suchte Cross, suchte seinen Ring, doch die vielen Menschen mit all den Seelenweben, den Herzweben und Erinnerungsweben, die das Wüten in ihm anlockten, machten es unmöglich, der Spur von Konstantin Cross zu folgen.

Es waren zu viele Schatten. Zu viele Möglichkeiten.

Angst stieg in Bastian auf. Er sprang immer schneller, verzweifelter durch die Dunkelheit, denn er wusste, wenn Cross den Zug irgendwo unbemerkt verließ, wäre der Ring verloren.

»Wo steckst du?«, murmelte er, während der Zug mit hohem Tempo in Richtung London fuhr. Er hatte schon fast die Hoffnung aufgegeben, da blitzte vor ihm im Schatten etwas auf.

Bastian schnappte nach Luft. Onyx! Diese schillernde schwarze Farbe war ihm nur zu vertraut. Abbys Weben waren Onyx. Er wusste es so genau, weil auch er in diesem Moment ihre Weben in sich trug. Knurrend warf Bastian sich in den nächsten Schatten.

»Cross!«, brüllte er ins bodenlose Nichts und jede Faser seines Körpers schrie auf, als er seinen Gegner in der Dunkelheit ausmachte. Er musste ihn erreichen!

Als hätte Cross ihn gehört, wirbelten die dunklen Weben jetzt regelrecht um seinen Körper und er japste erschrocken, ehe er ein weiteres Mal verschwand.

Bastian stieß die Tür zum nächsten Waggon auf, und folgte Cross dort in die Schatten.

Sein Herz hämmerte schmerzhaft und immer mehr Blut sickerte aus der Wunde an seinem Arm. Er drohte zu bersten, und nicht einmal die Schattensprünge dämpften das Wüten in ihm. Cross war beinahe so schnell wie Bastian, dem es kaum gelang, den Abstand zu verringern.

Als Bastian in den nächsten Schatten sprang, war von den schwarzen Weben nichts mehr zu sehen.

»Was?!«, keuchte er und sah sich um. »Wo steckst du?«

Schnell kehrte er in den vorherigen Schatten zurück. Hier hatte er …

Er wandte sich zum Fenster und erkannte, dass Cross den Schatten der Bäume genommen haben könnte.

»Verdammt!« Mit einem Knurren glitt er ebenfalls aus dem Zug. Bäume säumten das Gleisbett und streckten sich lang nach Osten hin aus. Sie wuchsen ineinander, wie Flüsse, die sich zum Meer hin vereinten. Eine Bewegung aus dem Augenwinkel weckte seine Aufmerksamkeit. Cross sprang aus einem Schatten heraus aufs Zugdach.

»Verdammt!« Bastian stieß sich ab und tauchte in die Dunkelheit. Zwei Sprünge später stand er seinem Feind gegenüber. Der Wind riss an ihm und er konnte sich kaum halten, aber Cross war wieder in Reichweite. Die Baumgruppe blieb hinter ihnen zurück. Und mit ihr die Schatten. In Cross' Gesicht zeichnete sich ab, dass er seinen Fehler erkannte.

Sein Gegner spreizte die Beine für einen besseren Stand und lehnte sich gegen den Wind. Wie Bastian selbst schien auch Cross atemlos, doch jetzt war der falsche Zeitpunkt für eine Pause. Mit großen Schritten ging Bastian auf den Lehrer zu, der nur zu dem Zweck nach Darkenhall, der Schule, die Bastians Familie leitete, gekommen war, um an Bastians Ring zu gelangen. Cross hatte eine Schülerin dazu gebracht, sich Bastian zu nähern, um ihm den Ring zu stehlen, den zu hüten Bastians Lebensaufgabe war. Und Bastian ... er hatte sich ablenken lassen von dem Mädchen mit den lila Haaren und den onyxfarbenen Weben. Er hatte seine Vorsicht aufgegeben und sich von Abigail Woods bestehlen lassen.

Cross hatte sie alle getäuscht, doch nun würde Bastian sich zurückholen, was ihm gehörte, und damit endlich das Wüten in sich unter Kontrolle bringen.

Das Blut wich Cross aus dem Gesicht, als Bastian auf ihn zuging. Er musste spüren, dass sein Gegner zu allem bereit war, um den Ring in Sicherheit zu bringen, denn er drehte sich um und rannte über das Dach. Bastian folgte ihm wie ein Raubtier, das seine Beute im Blick hat. Die Weben überzogen seine Haut, seine Augäpfel waren geflutet mit dunklen Weben und seine Pupillen waren ein beinahe senkrechter Strich in der unheilvoll dunklen Iris. Er spürte Cross' Angst und beschleunigte seine Schritte. Es gab kaum noch etwas, das ihn jetzt aufhalten konnte. Nichts, außer ...

»Nein!«, entfuhr es ihm, als der Zug um eine Biegung fuhr und sich dahinter ein dichter Wald auftat, dessen hohe Baumwipfel das gesamte Gleisbett beschatteten. »Nein!«, brüllte er noch einmal und rannte los. Er musste zu Cross, ehe der Zug den Wald erreichte. Denn in diesem Schattenmeer würde er Cross nie wiederfinden.

Das triumphale Lachen, das Bastian entgegenschlug, zeigte, dass Cross den Ausweg erkannte. Der floh hastig in Richtung der rettenden Schatten.

Den Wind, der Bastian fast vom Zug wehte, spürte er kaum, so fokussiert war er. Und doch erkannte er mit jedem Schritt, dass er zu spät kommen würde. Dass er es nicht schaffen würde, ihn aufzuhalten.

»Nein!«, keuchte er und streckte vergeblich die Hand nach Cross aus, der mit einem für Menschen lebensgefährlichen Satz vom Zug sprang, aber den Boden nicht erreichte, denn der Schatten verschluckte ihn, ehe er aufschlug.

Bastian sank verzweifelt auf die Knie. Die Weben in seiner Brust hämmerten gegen seine Rippen, wie Gefangene gegen Gefängnisgitter. Sie nahmen ihm den Atem, denn sie wussten, Bastian würde die Kontrolle nicht wiedererlangen. Die Haut unter seinem Herzen wölbte sich und er presste schreiend die Faust auf die Stelle. Die alte Narbe zitterte, und Schmerz so heiß wie Magma spülte jeden klaren Gedanken fort. Unter seinem Rippenbogen platzte die Haut und Blut färbte sein graues Shirt. Er wollte sich die Jacke und das Shirt vom Körper reißen, wollte sehen, wie das Wüten ihn in Stücke riss, doch selbst dazu fehlte ihm die Kraft. Er presste die Hände aufs Zugdach, als könnte er die Finger wie in Butter hineingraben.

Die Erkenntnis traf ihn wie einen Schlag: Cross war entkommen. Der Ring vorerst verloren. Und Abby ...

Er blinzelte gegen den Fahrtwind, verbot es sich, über die Schulter zu blicken. Denn das, was er dort weit hinter sich zurückgelassen hatte ...

Er wollte es nicht sehen. Nicht einmal vor seinem geistigen Auge. Er hatte einen Fehler gemacht. Einen unausweichlichen Fehler, der ihn jetzt vielleicht das Leben kosten würde.

Die Weben in ihm begehrten auf, als sie seine Schwäche spürten. Haut riss, Blut sickerte und Bastian schloss kraftlos die Augen.

Bitterer Trost

Ich klammerte mich an Tristan, denn meine Welt brach in Stücke. Mein Herz blutete und Bastians Verrat fühlte sich an wie ein Messer, das mir in die Brust gestoßen worden war. Dazu diese absolute Leere in meiner Seele, die mir deutlich machte, was Bastian mir gestohlen hatte. Ich spürte keine Schuld mehr, kein Gewissen. Da war nichts. Und das machte mir Angst.

Ein hartes Schluchzen entstieg meiner Kehle und ich war froh um Tristans Nähe. Er hielt mich fest, als ich das Gefühl hatte, in tausend Teile zu zerbrechen. Er küsste meinen Scheitel, während der Zug mit Bastian darin in immer weitere Ferne rückte. Er fing meine Tränen auf und hielt mich in seinen Armen.

»Komm her«, flüsterte er und zog mich fester an sich. »Denk nicht mehr an ihn. Ich bin ja da.«

Es tat so gut, wie er meinen Rücken streichelte, wie er zarte Küsse auf meine Halsbeuge hauchte, um mich zu trösten. Wie er mir ins Ohr flüsterte, dass alles gut werden würde.

Hilflos vergrub ich mein Gesicht an seiner Schulter, schlang ihm die Arme um den Hals und weinte. Meine Brust bebte unter meinen gequälten Atemzügen. Ich fühlte mich verloren. Und noch viel schlimmer: verlassen.

»Abby.« Tristans Haar strich über meine Wange. »Alles wird gut.« Er küsste meinen Hals, küsste mein Ohr und meine Schläfe. »Ich verspreche es«, murmelte er, und zart wie eine Feder glitten seine Lippen über meine. »Alles wird gut.« Ein leichter Schwindel erfasste mich und Tristan keuchte. »Keine Angst«, raunte er gegen meine Lippen und der Schwindel ließ nach. Tristans Zunge glitt über meine Unterlippe, zärtlich und tröstend. »Ich bin nicht mein Bruder, Abby. Bei mir bist du sicher.« Damit senkte er seine Lippen auf meine und zitterte dabei ebenso sehr wie ich.

Ich wusste irgendwo tief in meinem Innersten, dass das gerade verkehrt war. Doch Schuld … Es gab keine Schuld mehr in meiner Seele. Kein Falsch und Richtig. Mein Herz lag in Trümmern, und wenn ich je so etwas wie eine Herzwebe besessen hatte, dann war sie niedergetrampelt, ausgerissen oder zerquetscht. Ich fühlte nichts als Leere. Und Tristans Kuss füllte sie. Ich hob die Arme in seinen Nacken und als seine Zunge meine Lippen berührte, öffnete ich mich ihrem zaghaften Necken. Ich verdrängte jeden Gedanken an Bastian und seinen Verrat. Die Leere, in die er mich gestoßen hatte, war wie ein Vakuum, das danach schrie, gefüllt zu werden. Ich wollte nur fühlen, dass da noch etwas in mir war. Dass ich nicht allein war. Nicht allein zurückgelassen an einem elenden Bahnhof in Wymouth.

Ich drängte mich an Tristan, und seine Wärme spendete mir Trost. Seine Hände in meinem Rücken waren wie ein Rettungsboot, und ich erinnerte mich daran, dass es irgendwann mal eine Stimme in meinem Kopf gegeben hatte, die mich vor ihm gewarnt hätte. Ich vertiefte unseren Kuss. Die Stimme schwieg. Sie war fort. Aus mir herausgesaugt von einem der beiden Schattenspringer, die meine Seele geplündert hatten. Nun war Raum für Erinnerungen. Für Gefühle, die über Schmerz hinausgingen. Und ich empfand keinerlei Gewissensbisse.

»Tristan zu küssen fühlt sich an, als würde man sterben und im Himmel wieder aufwachen«, hörte ich Esmes Worte in meinem Kopf, und vielleicht lag es an der ungewohnten Leichtigkeit in mir, aber ich wollte wissen, ob Esme recht hatte.

Dunkle Schlieren überzogen Tristans Hände, als er meinen Nacken umfasste und meinen Kopf nach hinten bog, um mich noch leidenschaftlicher zu küssen. Ich sah, dass er gegen das Wüten in sich ankämpfte. Spürte den Schwindel wie Wellen kommen und gehen, im selben Takt, in dem seine Zunge sich an meine schmiegte, sich unser Atem vermischte und sein Herzschlag unter meinen Fingerspitzen pochte. Ein Schwindel, der mir Angst machte. Und zugleich gab es in meiner Seele kaum noch etwas, das er sich würde holen können. Der Schaden war bereits angerichtet.

Ich schluchzte und schloss die Augen. Tristan Tremblay küsste wie ein Gott. Und für einen Moment schaffte es seine Zärtlichkeit, mir wirklichen Trost zu spenden. Dennoch spürte ich, dass er mehr von mir wollte. Er klopfte an das Tor zu meiner Seele. Meine Weben, er wollte sie, doch er rührte sie nicht an.

»Einfahrt eines Zuges auf Gleis zwei«, hallte es aus dem Lautsprecher. Tristan löste sich sanft von mir und sah mir in die Augen. Das strahlende Blau seiner Iris war von dunklen Mustern überlagert, aber es leuchtete dennoch durch.

»Na komm«, flüsterte er und küsste meine Stirn. »Bringen wir dich und deine …« Er ließ den Blick um mich herumschweifen. Ich wusste, er betrachtete meine Weben. Liebevoll hob er die Hand an etwas, das ich nicht sehen konnte. »… dich und deine winzige Herzwebe mal nach Hause.« Sein Blick war so intensiv und gleichzeitig von leichtem Unglauben durchzogen, dass ich gerne gewusst hätte, was er dachte. Er zog mich auf die Beine, ohne mich loszulassen. Behutsam strich er mir das Haar aus der Stirn, aber sein Blick hing an den Weben, die mich umgaben. Dann küsste er mich wieder. Nur ganz kurz auf die Lippen. Seine Mundwinkel hoben sich zu einem Lächeln und er schien zufrieden. »Bastian hat dir viel genommen, Abby«, sagte er ernst und fasste nach meiner Hand. »Aber jetzt ist da Platz für Neues.« Er sah mir direkt in die Augen. »Vielleicht ist etwas Neues gar nicht mal so schlecht«, sagte er und führte mich, ohne eine Antwort zu erwarten, in Richtung Ticketschalter.

»Bastian?!« Tristans Ruf scholl durch die Villa der Tremblays, als wir endlich ankamen. »Bist du hier?«

Ich schlang mir die Arme um den Oberkörper, denn die Kühle im Haus ließ mich frösteln. Der Tag war lang und ereignisreich gewesen und meine Gefühle fuhren Achterbahn. Ich wusste nicht, was ich denken sollte. Nicht mal, was ich fühlte. Ich hatte Tristan geküsst und es war schön gewesen. Ich hätte gedacht, dass ich mich schuldig fühlen würde, aber dem war nicht so. War Schuld etwas, das in meiner Seele stattfand? War mir jedes Gefühl für Schuld genommen? Für Reue? Ich war erschöpft, kraftlos, wütend und enttäuscht, doch ich fühlte nur diese elende Leere. Als wären all meine Gefühle von Watte gedämpft.

Eine Leere, die ich nicht fühlen wollte. Die ich nicht ertrug, denn sie bewies, dass Bastian mir einen riesigen Teil meiner Seele gestohlen hatte. Er hatte immer behauptet, dass ich mich besser fühlen würde, wenn er meine mich erdrückenden Seelenweben in sich aufnehmen würde, um den unmenschlichen Hunger in sich zu stillen.

Während der gesamten Zugfahrt zurück nach London hatten mich seine Worte verfolgt. Denn er hatte recht gehabt. Es berührte mich kaum, dass der Mann, der mein Lehrer hier auf Darkenhall war, meine Mutter umgebracht hatte. Ich fühlte kaum Schmerz, obwohl mein Vater, den ich ebenfalls für tot gehalten hatte, wohl noch lebte, es aber nie für nötig gehalten hatte, zu mir zurückzukommen, als ich jahrelang von Pflegefamilie zu Pflegefamilie geschoben worden war. *Ich fühlte nichts!* Und das war so was von verkehrt! Ich wollte schreien, so falsch fühlte sich das an! Mit jeder Zugmeile, die wir zurückgelegt hatten, war dieses fehlende Gefühl belastender geworden und inzwischen wusste ich nicht mehr, was ich tun sollte. Es war merkwürdig, wie gedämpft ich alles wahrnahm. Und das machte mir Angst.

»Er ist nicht hier«, stellte Tristan etwas ratlos fest und zückte sein Handy, um zu prüfen, ob Bastian eine Nachricht geschickt hatte. »Und er meldet sich nicht.«

»Ist mir egal«, murmelte ich matt und rieb mir die Arme, um irgendwas zu fühlen. Aus demselben Grund klebte ich regelrecht an Tristan, denn in seiner Nähe spürte ich wenigstens Wärme. Wärme, die mir aus seinem Blick entgegenschlug. Ich wusste, er dachte an unseren Kuss. Genau wie ich.

Mit den Händen fuhr er sich durch sein blondes Haar und befühlte prüfend die blutverklebte Wunde an seiner Schläfe.

»Du solltest das verarzten«, schlug ich vor und teilte zaghaft das Haarbüschel, um mir die Kopfhaut anzusehen. »Du hast bestimmt eine Gehirnerschütterung.«

Ein schwaches Lächeln stahl sich auf seine Lippen und zum ersten Mal, seit wir zurück in London waren, blitzte das helle Blau seiner Augen auf. »Sorgst du dich um mich?«, fragte er und zwinkerte mir mit schmerzverzerrtem Gesicht zu.

»Das ist nicht witzig!« Ich knuffte ihn in die Seite und deutete in Richtung der gläsernen Treppe. »Du weißt ganz genau, dass ich Todesangst um dich hatte, als Cross dich mit diesem Hammer niedergeschlagen hat.«

Tristan ließ mir den Vortritt und wie immer, wenn ich meinen Fuß auf die durchsichtigen Glasstufen setzte, fühlte ich mich, als würde ich fallen.

»Es hätte dir also leidgetan, wenn ich gestorben wäre, jetzt, wo du weißt, wie gut wir harmonieren … kusstechnisch?«, raunte Tristan dicht hinter mir und sein Atem strich dabei über meinen Hals. Ein unerwartet wohliges Gefühl füllte die Leere in mir aus und mein Herzschlag beschleunigte sich.

»Idiot«, versuchte ich mir nicht anmerken zu lassen, wie sehr mich seine Nähe aus dem Konzept brachte.

Tristan lachte leise. »Es hat dir gefallen, gib's zu.«

Im nächsten Moment verschluckte ihn der Schatten des Treppengeländers und ich blieb mit dem merkwürdigen Kribbeln auf meiner Haut allein zurück. Hatte es mir gefallen? Natürlich. Seufzend folgte ich Tristan in den dritten Stock.

Die kahle Betonoptik der Wände, die nur von kostbaren, abstrakten Gemälden durchbrochen wurde, lenkte den Blick auf die großzügigen Fenster und die atemberaubende Aussicht. Ich wusste, dass man von der Dachterrasse aus die Tower Bridge und das Shard am anderen Ufer der Themse sehen konnte. Doch in Tristans Räumen war ich noch nie gewesen und die Aussicht auf die Stadt, die sich einem hier bot, musste bei gutem Wetter unfassbar sein. Im Moment verdunkelten jedoch Wolken den Abendhimmel und es sah nach Regen aus.

Etwas scheu trat ich ein, denn Tristan war gerade dabei, sein Shirt auszuziehen. Achtlos warf er das mit Blut besudelte Kleidungsstück über einen Stuhl und verschwand im angrenzenden Badezimmer. Wasser wurde aufgedreht.

Ich schloss die Tür hinter mir und sah mich um. Sein Zimmer glich dem seines Bruders, nur hatte Tristan offenbar einen Hang zur Unordnung. Bücher, Zeitschriften, Kleidungsstücke und anderer Kram lagen überall herum und sein Bett sah aus, als wäre er gerade erst aufgestanden. Die Schranktür stand einen Spalt offen und ein Sneaker lag vor der großzügigen Couch. Controller einer Konsole lagen vor dem Fernseher auf dem Fußboden, als hätte Tristan kürzlich dort gelegen und gezockt.

Draußen wurde es langsam dunkel und Nebel stieg über der Themse auf. Wie bei meiner allerersten Ankunft im Internat verursachte mir das graue Wasser eine Gänsehaut. Ich rieb meine Arme und wandte mich ab.

Tristan kam zurück. Sein Haar war nass und er hatte ein Handtuch um die nackten Schultern hängen. Sein Bauch war straff, die Brust definiert und einzelne Wassertropfen rannen in den tief sitzenden Bund seiner Hose. Sein Mundwinkel zuckte, als würde er merken, dass ich ihn musterte. Es war kein Wunder, dass Tristan bei den Mädels so leichtes Spiel hatte.

Er sah verboten gut aus.

»Was meinst du? Muss das genäht werden?«, fragte er und teilte mit den Fingern sein Haar.

Ich ging zu ihm, zog seinen Kopf zu mir herunter und untersuchte die Wunde. Der Duft seines Duschgels war mir vertraut – von seinem Bruder.

»Sieht gar nicht so schlimm aus.«

»Ach nein?« Tristan grinste mich schräg an. »Dann gefällt dir, was du siehst?«

»Sehr witzig!« Ich versetzte ihm einen Klaps auf die Brust. Tristan kam noch näher. »Deine Weben sind in Aufruhr, sie erwachen zu neuem Leben … kämpfen regelrecht um den Raum, den Bastian ihnen geschenkt hat, indem er –«

»Indem er mir meine Weben *gestohlen* hat!«, erinnerte ich ihn energisch und strich mir die lila Haare aus der Stirn. »Er hat ihnen keinen Raum *geschenkt*.« Der Ärger über Bastians Verhalten übermannte mich. Es war seine Schuld, dass ich mich wegen dem Kuss mit Tristan nicht schlecht fühlte. »Dein doofer Bruder hat einen Teil meiner Seelenweben *gestohlen*, obwohl er mir hoch und heilig versprochen hat, das nie wieder zu tun!«

»Komm schon, Abby!« Tristan raufte sich die Haare, wobei er zusammenzuckte, als er sein Ohr berührte. Ich konnte sehen, dass es ihm nicht leichtfiel, Bastian zu verteidigen. »Hatte er denn eine Wahl? Er musste doch hinter Cross her.«

Vielleicht hatte Tristan recht, doch das wollte ich definitiv nicht wahrhaben. »Man hat immer eine Wahl!«, widersprach ich deshalb vehement und machte einen Schritt zurück. »Es hätte sicher einen anderen Weg gegeben.«

»Welchen?« Tristan sah mich herausfordernd an. »Welchen anderen Weg hätte es gegeben, Abby? Sag es mir.« Seine Stimme wurde sanfter: »Ich sehe doch, dass du verletzt bist. Ich will Bastian auch gar nicht in Schutz nehmen. Ich weiß nur, wie wichtig der Ring für ihn ist, und dass er die Verpflichtung, den Ring zu schützen einfach schon sehr viel länger in sich trägt als seine …« Er rieb sich etwas verlegen den Nacken. »… als seine Gefühle für dich. Und wenn er klug wäre, würde er versuchen, dagegen anzukämpfen«, fügte er nachdenklich an und sah mir dabei in die Augen. »Gefühle schwächen einen Ringhüter.« Er zuckte mit den Schultern. »Und man sieht ja jetzt, was daraus wurde. Bastian kann nicht gegen den Hunger ankommen, der ihn überfällt, wenn er deinen Seelenweben zu nahe kommt.«

»Du schon.«

Meine Worte waren kaum mehr als ein Flüstern.

Tristan kam zu mir und hob seine Hand an meine Wange. Nur Millimeter trennten ihn von mir. Seine Brust war so nah, dass ich die einzelnen Wassertropfen in der Kuhle unter seiner Kehle zählen konnte, die bei jedem Herzschlag auf seiner Haut zitterten.

Es wäre so leicht gewesen, mich noch einmal an diese starke Brust zu schmiegen und mir etwas zu holen, das meine innere Leere füllen würde. Tristan würde mich nur zu gerne über den Verrat seines Bruders hinwegtrösten, das wusste ich.

»Besser als er«, bestätigte er und ich fühlte sein Verlangen. »Du kannst ihm nicht vorwerfen, dass er nicht stark genug war, dir und deinen wunderschönen Weben zu widerstehen, Abby«, raunte Tristan. Sein Finger strich sacht über meine Wange, meinen Hals hinunter und mein Körper reagierte. Eine wohlige Gänsehaut breitete sich auf meinen Armen aus und rann mir die Wirbelsäule hinab. Mein Herz schlug ungewohnt leicht. »In deiner Nähe, wird er immer wieder die Kontrolle verlieren, solange er keinen Ring hat.« Sein Atem strich über meine Haut und dunkle Weben drängten sich auf Tristans Handrücken.

Er schluckte und ich sah, wie er innehielt, während die Weben unter seiner Haut immer deutlicher an die Oberfläche traten. Ich hob den Blick und sah ihm in die Augen, denn ich wusste, dort würde ich den Moment erkennen, in dem er die Kontrolle verlieren würde.

»Tristan, bitte«, mahnte ich und machte einen Schritt nach hinten, aber das Fenster in meinem Rücken verhinderte einen Rückzug. »Nicht!«

Ich legte die Hände gegen seine Brust. Die Wärme seiner Haut ließ mich fast vergessen, was geschehen konnte.

Er neigte den Kopf und seine Lippen berührten beinahe meine. »Und selbst wenn er ihn zurückhat ...« Tristan keuchte und dunkle Schlieren zogen seinen Hals hinauf. »... wird er dir kaum widerstehen können. Vertrau mir, denn mir geht es genauso.« Tristan atmete aus und ließ die Hand sinken. Er ging auf Distanz, sodass wir uns nicht mehr berührten. »Ich wette, wer einmal von dir gekostet hat, Abby, wird dir für immer verfallen sein.« Er wandte sich ab und zog das Handtuch von seiner Schulter. Dann rieb er damit über seine Arme, als könnte er die Weben, die seinen Körper zeichneten, einfach abwischen.

Der knappe Blick, den er mir über die Schulter zuwarf, ließ mir das Blut in den Adern gefrieren. Seine Augen waren dunkel überlaufen und er sah aus wie ein Raubtier, das seine Beute schon in den Fängen hatte.

»Etwas an dir ist besonders, Abby. Besonders und unwiderstehlich.« Damit warf er das Handtuch über die Sofalehne und grinste. »Geh jetzt rüber in dein Zimmer. Wir sehen uns morgen, okay?«

»Morgen?« Ich traute meinen Ohren nicht, aber Tristans Grinsen wurde nur breiter.

»Du kannst auch bei mir oder mit mir schlafen, wenn du willst, aber –«

»Sehr witzig!« Ich verfluchte das Blut, das mir in die Wangen schoss, und funkelte ihn drohend an. »Wir können doch jetzt nicht einfach nichts tun.«

Tristan zuckte mit den Schultern. »Wir tun nicht *nichts*. Wir glätten die Wogen. In all dem Chaos dürfen wir nicht vergessen, dass Darkenhall vor allem eines tut: Normalität verkaufen.«

Ich rümpfte die Nase. »Ich hätte ja gesagt, Darkenhall verkauft vor allem Lügen!«

Tristan lachte. »Gut. Also geh jetzt in dein Zimmer und verkauf deinen BFFs ein paar glaubwürdige Lügen«, scherzte er und zwinkerte mir zu. »Denn wenn du bleibst, Abby, dann kann ich für nichts garantieren.«

Sein Blick war reinste Verführung.

Zitternd atmete ich aus und presste die Hand auf mein wild schlagendes Herz, denn ich spürte, da lag mehr in der Luft als ein kleiner Flirt. Tristan hatte oft genug gesagt, wie sehr ihn meine Weben reizten, wie sehr er sich danach sehnte, sie in sich aufzunehmen. Ich wusste, das Verlangen in ihm glich Hunger. Einem starken, schmerzhaften Hunger. Bastian hatte mir das erklärt. Er hatte mir gesagt, wie es für ihn war – in meiner Nähe.

Ich fragte mich, ob es das war, was er meinte, oder ... ob es mehr als das war.

»Wir sehen uns morgen«, raunte er und strich sich lässig durchs Haar. Das Wasser auf seiner Brust war getrocknet und ich konnte seinen Herzschlag erkennen. »Geh jetzt, sonst kann ich für nichts garantieren.« Dunkle Weben traten auf seine Arme.

Ich schluckte. »Du hast einen Schlag auf den Kopf bekommen«, gab ich mich cool und trat an die Zimmertür. »Du bist verwirrt. Sonst würdest du so was nicht sagen.« Damit wandte ich mich ab und lief mit etwas zu schnellen Schritten zur Treppe.

Ich verließ die Villa und ging zur Schule hinüber. Auf dem Weg durch den Park wurden meine Schritte ruhiger. Der Kies unter meinen Schuhsohlen knirschte beim Gehen und ich roch den Regen, der in der Luft lag. Ich legte den Kopf in den Nacken und sah hinauf in das dichte Blätterdach. Dabei fühlte ich in mich hinein. Dachte an den Moment im Riesenrad zurück, als Bastian und ich von oben auf diese Baumkronen geblickt hatten. Auch damals hatten mich meine Gefühle verwirrt. Aber es waren wenigstens meine gewesen. Meine echten Gefühle. Unmanipuliert. Und nun? Was war jetzt noch echt?

Die grauen Drachen an den Stufen zur Schule hinauf sahen mich verwundert an, als ich diesmal, ohne ihr schuppiges Steinkleid zu streicheln, einfach hineinging. Ich durchquerte die Halle und bog in den Wohnbereich ab. Der blaue Teppich auf den Stufen verschluckte meine Schritte.

Bastian hatte mich belogen, bestohlen, und verlassen. Und ich konnte nicht einmal sagen, was davon der schlimmste Verrat war. Ich wusste, das müsste mir wehtun. Das hatte es, im ersten Moment – doch nun empfand ich nichts. Keinen Schmerz. Kein Bedauern. Ich wollte weinen, um all das, was ich verloren hatte – und konnte es nicht.

Mein Blick heftete sich auf meine Zimmertür und ich hoffte, Esme und Jasmin wären nicht da. Ich brauchte Ruhe. Musste raus aus meinen blutigen Klamotten, war nicht bereit, Fragen zu beantworten oder mir Lügen für das ganze Chaos auszudenken.

Ich hatte gehofft, dass niemand hier wäre – und doch durchfuhr mich das Gefühl der Einsamkeit wie ein Stromschlag, als ich das leere Zimmer betrat. Ich hatte genug davon, mit jedem Scheiß, der in meinem verkorksten Leben passierte, immer alleingelassen zu werden. Immer allein klarzukommen.

Angewidert und mit spitzen Fingern versuchte ich so wenig wie möglich von Cross' Blut zu berühren, während ich aus meinen Klamotten schlüpfte. Ich hatte ihm meinen Bleistift in die Seite gerammt.

Mir wurde schlecht, als ich daran dachte.

Als ich eine Weile später frisch geduscht in meinem Pyjama-Shorty auf dem Fenstersims saß und in die Nacht starrte, fühlte sich alles vollkommen unwirklich an nach dem, was geschehen war. Ich schlang die Arme um den Oberkörper und behielt die Tür im Auge. Es war bald neun und spätestens dann würden Esme und Jasmin zurückkommen.

Und obwohl ich auf sie wartete, zuckte ich zusammen, als die Tür aufging und die beiden gackernd hereinkamen.

»OMG!« Jasmin erstarrte mitten in der Bewegung, als sie mich sah. »Abby ist wieder da!«, freute sie sich und riss mich von meinem Platz am Fenster weg, um mich zu umarmen, während Esme sich gründlich im Raum umsah, als vermutete sie, ich hätte jemanden im Schrank versteckt.

»Bist du allein?«, bestätigte sie meinen Verdacht.

»Wer sollte denn hier sein?«, hakte ich nach und befreite mich aus Jasmins stürmischer Begrüßung.

»Tristan«, meinte Esme und zwinkerte mir zu. »Ihr beide habt doch was am Laufen.«

»Warst du die ganze Zeit bei ihm?«, drängelte Jasmin mit unverhohlener Neugier und setzte sich im Schneidersitz auf ihr Bett. »Sag schon! Wie ist er? Küsst er wirklich so unfassbar gut, wie alle behaupten?«

Ich verschluckte mich fast und das Blut schoss mir in die Wangen, was natürlich nicht unbemerkt blieb.

Jasmin quiekte und klatschte in die Hände. »OMG! Es stimmt! Trist küsst also wirklich so gut!«

Unwillkürlich musste ich lachen. Mein Leben stand gerade kopf, aber Jasmins Euphorie war wirklich ansteckend. Ich presste mir mein Kopfkissen vor den Bauch und grinste. »Ich war nicht die ganze Zeit bei ihm!«, log ich, denn Bastian hatte ja schon im Vorfeld erklärt, dass ich wegen einer familiären Angelegenheit einige Tage dem Unterricht fernbleiben würde. »Es gab was mit meiner Pflegemutter zu klären.«

Esme hob einen Finger und sah mich breit grinsend an. »Ha! Du hast gesagt, nicht die ganze Zeit – also warst du trotzdem bei ihm!«

Jasmin quiekte erneut. »Du musst uns alles erzählen!«

»Muss ich gar nicht.«

Esme lachte. »Machen wir es so: Du sagst uns, ob das stimmt, was man über Tristans Küsse sagt – und wir erzählen dir, was hier in den letzten Tagen los war.«

Jasmin nickte. »Ja, hier war echt was los! Mister Cross ist spurlos verschwunden und Margaret-Maud sah gestern aus wie ein Zombie. Man tuschelt, zwischen den beiden wäre was gelaufen und er hätte sie Hals über Kopf verlassen. Anders ist das doch echt nicht zu erklären. Jedenfalls hatten wir keinen Matheunterricht und das Antiaggressionstraining bei Bastian ist ebenfalls abgesagt. Ich schätz mal wegen dem Rudern? Vielleicht nimmt er an einem Wettkampf teil oder so, und –«

»Du bist ja doof!«, ging Esme dazwischen und hieb Jasmin ein Kissen gegen den Kopf. »Wie soll die Erpressung funktionieren, wenn du gleich alles ausplapperst?«, schimpfte sie und schlug noch einmal mit dem Kissen zu.

Ich hielt mir die Hand vor den Mund und lachte. »Danke für die

Infos, dann schlaf ich jetzt«, witzelte ich und ließ mich auf mein Bett fallen. Mit einem gespielten Gähnen zog ich mir die Decke über den Kopf und tat so, als würde ich schnarchen.

Trotz der Decke, unter der ich mich versteckte, spürte ich die Schläge mit den Kissen, die auf mich niederprasselten, und ich streckte ergeben die Hände wieder hervor, als mir die Luft knapp wurde. Es war verrückt, dass ich wirklich lachen konnte. Nach all dem. Aber so war es.

»Okay, okay! Ich geb mich geschlagen!«, japste ich gut gelaunt und setzte mich auf. *Verkauf ihnen eine glaubhafte Lüge*, hallten Tristans Worte mir im Ohr, und was war schon glaubhafter als die Wahrheit? Ich räusperte mich, als würde ich eine Rede halten. Dann grinste ich die beiden an. Es war echt zu süß, wie sie mit angehaltenem Atem und weit aufgerissenen Augen darauf warteten, was ich erzählte.

»Er küsst ... ganz gut«, sagte ich und mein Herz hämmerte mir dabei wie wild in der Brust. *Raum für Neues*, hallten mir Tristans Worte im Ohr und das Blut schoss mir erneut in die Wangen, als ich an unseren Kuss dachte. »Echt ganz ... passabel.«

Das auf diese Offenbarung folgende Quietschen der beiden war vermutlich bis hinüber in die tremblaysche Villa zu hören, und ich hielt mir theatralisch die Ohren zu.

Ich fühlte mich geborgen zwischen dem euphorischen Gekicher der beiden und wusste doch, dass was immer ich fühlte, nicht echt war.

Dieses unechte Gefühl ließ auch am nächsten Morgen nicht nach, als ich trotz allem, was geschehen war, meinen Rucksack für den Englischunterricht packte und hinter Esme und Jasmin ins Klassenzimmer von Mrs Kelly schlurfte. Dabei sah ich mich die ganze

Zeit möglichst unauffällig um. War Bastian womöglich irgendwo? Oder Tristan? Würde er zum Unterricht erscheinen und einfach so tun, als wäre zwischen uns nichts gewesen?

»Gut geschlafen?« Ich fuhr herum und Tristan stand hinter mir. Ein dunkler Bluterguss färbte die eine Hälfte seines Gesichts, dort, wo ihn der Schmiedehammer getroffen hatte. Sein markanter Wangenknochen war geschwollen. Er wirkte entspannt, als er mich mit leicht geneigtem Kopf musterte. »Du siehst aus, als hättest du heute Nacht von mir geträumt.«

Er kam näher und ich wich unwillkürlich einen Schritt zurück. Würde er mir meine Schuldgefühle anmerken? Schuld, die zuvor nicht da gewesen war, jetzt aber langsam zurückkam. Ich fühlte mich wie eine Heuchlerin.

Tristan sah sich um. Dann griff er nach meiner Hand und zog mich mit sich. »Also?«, flüsterte er neckend. »Hast du von mir geträumt, Abbylein?«

»Ich glaube, *du* träumst. Und by the way: Du siehst furchtbar aus!« Im Vorbeigehen strich ich ihm kurz über den Bluterguss. »Sag mir lieber, was wir hier machen! Wir hocken uns doch jetzt nicht ernsthaft in den Unterricht? Wir müssen doch irgendwas tun.« Ich bemerkte seinen verführerisch neckenden Blick und fragte mich, ob das für ihn nur ein Spiel war. Ein Scherz. Vielleicht um mich aufzuheitern.

Er seufzte theatralisch. »Aktuell können wir nichts ausrichten. Wir können nur hoffen, dass Bastian Cross erwischt hat.«

»Ist Bastian noch nicht zurück?«

»Uff!« Tristan tat so, als hätte ich ihn in den Magen geboxt. »Ich flirte mit dir und du denkst nur an meinen Bruder«, stöhnte er. »Ein Tiefschlag.«

»Dein Ego wird es verkraften!«, gab ich zurück und fischte mein Englischbuch aus dem Rucksack. »Also? Ist er hier?«

»Nein. Er ist nicht zurückgekommen. Und ich hätte nicht gedacht, dass du ihn so vermisst.«

»Ich vermisse ihn kein bisschen! Ich muss nur dringend herausfinden, was mit meinem Vater geschehen ist, und da er Cross gefolgt ist, weiß er vielleicht mehr als ich. Das ist alles!« Ich fasste mein Haar zu einem Pferdeschwanz zusammen und strich mir das Shirt glatt. »Ich bin nicht gerade scharf drauf, ihm zu begegnen! Ich habe Angst, dass er mir noch mal zu nahe kommt.«

Ich spürte Tristans Blick, der das zu lesen schien, was mich umgab. Suchte er mein Webengeflecht nach einer Lüge ab? Selbst wenn, ich log nicht. Ich *hatte* Angst. Jedoch nicht vor Bastian. Sondern davor, er könne das mit dem Kuss zwischen mir und Tristan herausfinden. Ich hatte keine Zweifel, dass Tristan damit nicht hinter dem Berg halten würde. Und mir graute vor Bastians Reaktion.

»Du musst keine Angst haben, Abby«, versprach Tristan und nahm meine Hand in seine. »Ich bin hier. Und ich habe nicht vor, dich mit ihm allein zu lassen. Wenn er dich will – muss er erst an mir vorbei.«

Ich schluckte. Ein merkwürdiges Kribbeln in meinem Nacken ließ mich meine Hand zurückziehen. Waren seine Worte ein Versprechen? Oder … eine Drohung?

Kein Zurück

Die Nacht war wie Balsam für seine aufgewühlten Nerven. Die Verzweiflung, dass er Cross nicht mehr hatte finden können, brannte wie Feuer in seinen Adern und er brauchte dringend Ruhe. Ruhe, die er nur hier am Wasser fand. Zwei Tage lang hatte er ihn erfolglos gesucht. Und schließlich aufgegeben. Bastian wuchtete sich das Gig auf die Schulter und ging zum Wasser hinunter. Sein Atem war gleichmäßig, als er es am Steg ins Wasser ließ und einstieg. Seine Hände umfassten die Ruder und sein Herzschlag beruhigte sich. Er atmete tief die kühle Nachtluft ein und der Wind fuhr ihm durch sein dunkles Haar. Obwohl der Morgen nahte, war es noch so dunkel, dass er nicht fürchten musste, gesehen zu werden, und so konnte er dem Wüten in sich die Kontrolle über sein Äußeres überlassen. Mit wenigen Ruderzügen erreichte er die Flussmitte. Dunkle Schlieren überzogen seinen Körper, und auch wenn es den Weben in ihm nicht weiter gelungen war, aus ihm herauszubrechen, so hatten sie doch einigen Schaden angerichtet.

Bastians Blick wanderte zu seinem Arm. Getrocknetes Blut klebte ihm an den Fingern, ebenso am Handgelenk, und die Flecken auf seinem Shirt unterhalb seiner Rippen waren selbst im Dunkeln deutlich zu erkennen. Ohne den Ring, der ihn schützte, waren Abigails Weben zu machtvoll. Wenn er nicht auf dieselbe grausame Weise sterben wollte wie sein Vater, dann musste er sich von Abby fernhalten. Er zog die Ruder kraftvoll durchs Wasser und blickte über die vom Nebel gedämpften Lichter der Stadt in der grauen Oberfläche der Themse. Es war noch früh, aber London schlief nie. Selbst durch den Nebel, der sich wie eine Decke über die Straßen nahe der Themse gelegt hatte, waren die Lichter der Autos und die matten Halbkreise um die Straßenlaternen zu sehen. Weiter vorne im Wasser, unterhalb der Tower Bridge, zog ein heller Schiffsrumpf eine Schneise in den Nebel und wie von selbst folgte Bastians Blick dem Flusslauf. Er legte mehr Kraft in seine Ruderzüge. Das Gig nahm Fahrt auf und die gelegentlichen Wassertropfen, die ihn trafen, waren wie Medizin. Er nahm einen Schatten und kam ein ganzes Stück weiter vorne wieder heraus. Er war müde und es zog ihn mit aller Macht nach Hause, aber dafür war er noch nicht bereit. Nicht ohne den Ring. Er würde nach Hause gehen. Später. Wenn das Rudern seine Muskeln ermüdet und seinen Geist befreit hatte. Wenn das Wüten in ihm, besänftigt von den Schattensprüngen, ihm für einen kurzen Moment Frieden schenken würde.

Bastian seufzte. Es war verrückt, dass ein Ringhüter wie er den Mächten, die er so viele Jahre beherrscht hatte, ohne den Ring, ohne dieses kleine Stück Metall namens Vitalinaurum, so vollkommen hilflos ausgeliefert war. Er wusste, dass seine Gefühle für Abby ihm dies erschwerten, denn Emotionen schwächten einen Ringhüter. Diese Lektion hatte er schon früh gelernt und doch hatte er den Fehler, sich zu verlieben, ein zweites Mal gemacht.

»Verdammt, Abby!«, knurrte er und lenkte das Gig in den nächsten Mondschatten. »Warum müssen deine Weben auch so stark sein?«

Er hatte vom ersten Moment an gespürt, dass Abby kein normales Mädchen war. Anders als bei allen anderen Menschen, deren Weben ein Farbspektrum von Rot über Blau bis Schwarz aufwiesen, bestanden Abbys Weben nur aus onyxfarbenen Seelenweben. Bis er sie geküsst hatte, hatte sie kaum eine rote Herzwebe besessen, geschweige denn die normalerweise vorhandenen bläulichen Erinnerungsweben. Ihr ganzes Sein bestand nur aus dem dunklen, alles überdeckenden Schmerz der Seelenweben und es hatte ihm eine Heidenangst gemacht zu sehen, dass sie unter dieser Seelenlast nicht zusammengebrochen war.

Sie war stark. Er bewunderte ihre Stärke, und seit er in seiner Verzweiflung und aus Rache die Seele seiner Stiefmutter Margaret-Maud geplündert hatte, wusste er auch, woher Abbys ungewöhnliche Stärke kam. Ihr Vater Jack war Schmied. Und nicht irgendein Schmied. Er war ein Nachfahre des Mannes, der vor vielen Generationen aus dem Amulett des Lebens drei Ringe geschmiedet hatte. Auch den Ring, den Bastian heute hütete.

Er stieß ein wütendes Knurren aus. *Gehütet hatte!*, verbesserte er sich.

Abbys Vorfahr hatte das geheimnisvolle Metall Vitalinaurum, das in entsprechender Menge die Macht besaß, das Tor zur Totenwelt zu öffnen, in drei Stücke zerteilt und daraus je einen Ring geschmiedet. Den Seelenring, den er bisher getragen hatte, den Herzring und den Erinnerungsring. Und mit der Spaltung des Metalls war der Hunger erwacht. Als würde sich die Macht des Metalls von menschlichen Weben ernähren, zwang es die Ringhüter, Weben aufzunehmen und in den Schatten zu neutralisieren.

Bastian wusste um die Verantwortung, die er damit trug. Er hatte immer nur Seelenweben genommen, um zugleich Gutes zu tun. Nur die Weben von Kindern, deren Seelen mit Schmerz belastet waren oder in deren Seelen er erkennen konnte, dass sie später Böses anrichten würden. Er schützte sie, schon im Vorfeld.

Er hatte dem Ring gegeben, was er verlangte, und hatte dabei Gutes getan. Bis er Abigail Woods begegnet war.

Bastian hob die Ruder an und ließ das Gig ausgleiten. Er atmete schwer vor Anstrengung und der Schweiß lief ihm den Rücken hinab. Seine Wunden schmerzten, aber der Druck in seinem Inneren ließ etwas nach.

Er hätte Abby nie küssen dürfen. Doch als er es getan hatte, da hatte er nicht gewusst, dass sie eine Nachfahrin des Schmieds war. Er hatte nicht gewusst, dass der Kontakt zu dem Vitalinaurum die Gene des Schmieds verändert hatte, so, wie der Ring auch in Bastians Familie seine Kraft weitergegeben hatte. Darum war Tristan ebenfalls gezwungen, Seelenweben aufzunehmen und war in der Lage, durch Schatten zu springen. Doch im Gegensatz zum Ringhüter fehlte ihm die Macht, durch das Seelentor einer Person zu treten, um tiefer in die Seele der Menschen einzudringen. So, wie er es bei Abby getan hatte.

»Ich werde dir nie vergeben!«, hörte er noch immer ihre Stimme in seinem Kopf. Ihre Stimme. Sie hatte keinen Laut von sich gegeben, als er ihre Weben genommen hatte, denn er hatte ihre Lippen dabei mit einem Kuss versiegelt. Trotzdem hatte er sie gehört, denn sie war in seinem Kopf gewesen. Ihre Wut auf ihn, ihre Verachtung für das, was er ihr antat, waren direkt in seinem Innersten explodiert. Wie eine Bombe. Und so fühlte er sich nun auch. Zerrissen, denn er bereute. Und bereute doch zugleich nicht. Er hatte keine Wahl gehabt.

Sein Blick glitt zurück in Richtung Darkenhall. Sie war dort. Wartete sie auf ihn? Was würde sie sagen, wenn sie sich trafen? Würde sie auf ihn losgehen? Ihn anschreien? Würde sie ihm irgendwann wieder so weit vertrauen, um ihn noch einmal zu küssen?

Bastian seufzte. Jetzt an Abbys Küsse zu denken, war wirklich unangebracht.

Er war ein Ringhüter und musste tun, was nötig war. Besonders seit er in der Seele seiner verlogenen Stiefmutter gesehen hatte, was Konstantin Cross und seine Gruppe von Spinnern mit dem Seelenring vorhatten. Er durfte sich nicht von Gefühlen und Sehnsüchten leiten lassen, sondern musste Cross aufhalten.

Den Weg zurück zum Bootshaus legte er ohne die Schatten zurück und seine Muskeln brannten, als er schließlich aus dem Gig stieg, es mit Schwung aus dem Wasser hob und es zurück ins Bootshaus trug. Die Kühle der Nacht kroch ihm unter das nass geschwitzte Shirt und mit einem sehnsüchtigen Blick in Richtung des Wohntrakts von Darkenhall – in Abbys Richtung – nahm er einen Schatten in sein Zimmer. Er schlüpfte aus dem blutigen und verschwitzen Oberteil und strich über die Narbe unter seinem Herzen. Sie war wieder aufgebrochen und er fühlte eine frische Kruste Blut, als er darüberstrich.

Es gab kein Zurück. Was geschehen war, war geschehen. Aus gutem Grund. Er drehte das Wasser der Dusche auf und sah in den Spiegel. Die Weben auf seiner Haut verblassten und wer ihn jetzt sehen würde, würde nicht ahnen, was er war. Oder dass er auf einer Mission war, die Welt vor Konstantin Cross zu retten.

Und er wusste auch, wo er am besten beginnen würde.

Der Lichtbringer

Die marmornen Engelsstatuen am Eingang des Mausoleums kamen Cross in der Dunkelheit wie Dämonen vor. Ein Fieber wütete in seinem Innersten und der Ring an seinem Finger brannte heiß auf der Haut. Der Friedhof lag in absoluter Finsternis und der Nebel waberte zwischen den Gräberreihen. Es war kalt und zugig und trotzdem stand ihm der Schweiß auf der Stirn.

Konstantins Keuchen klang unnatürlich laut, als er sich schmerzgebeugt dem Mausoleum näherte. Die letzten Tage hatten ihn an den Rand seiner Kräfte getrieben. Er war erschöpft und müde. Jeder Knochen tat weh. Seine schleppenden Schritte knirschten auf dem Kies und er blieb stehen, um sich umzusehen. Die Baumkronen wogten im Wind und die Blätter säuselten ein unheimliches Lied.

»Ich hab ihn abgeschüttelt!«, jubilierte er stöhnend. Dennoch beeilte er sich, im eleganten Gewölbe des Mausoleums Schutz zu suchen. Er sah auf die Uhr und nahm dann trotz seiner Schmerzen den Hornkamm aus der Hemdtasche, um den schütteren Haarkranz zu bändigen, der ihm bei seiner Flucht vor Bastian Tremblay in Unordnung geraten war. Zuletzt hatte ihn sein Haar kaum noch interessiert, aber in Anbetracht dessen, wen er gleich treffen würde, wollte er sich keine Schwäche anmerken lassen. Er spuckte sich in die Handfläche und glättete dann die letzten Haarspitzen, ehe er den Kamm wieder einsteckte. Mit zusammengebissenen Zähnen betastete er die aufgeplatzte Stelle unter seinem Auge. Hier half Spucke nicht. Das würde eine Narbe geben. Er verzog das Gesicht und stöhnte, als er mit seiner Bestandsaufnahme fortfuhr. Nicht nur im Gesicht war seine Haut aufgerissen. Auch unter seiner Achsel, am Bauchnabel und an seinen Oberschenkeln hatten Abigail Woods' Weben versucht, aus ihm herauszubrechen. Außerdem hatte ihm diese Furie ihren Bleistift in die Seite gerammt. Eine kleine Wunde neben all den anderen. Der Stoff seiner Hose klebte im inzwischen geronnenen Blut an seinen Beinen und es tat weh, wenn er den Arm hob. Überhaupt schien sein Körper nur aus Schmerz zu bestehen. Fast so, als würden die Weben in ihm versuchen, ihm jeden einzelnen Knochen im Leib zu brechen. Er strich sich über die Kehle, fuhr mit dem Ring an der Hand weiter über seine Brust, und wo immer der Ring seine Haut berührte, verschaffte er ihm zumindest vorübergehend Linderung.

Erschöpft lehnte Cross sich gegen die Marmorsäule vor dem Kindergrab. Sein Schatten verschmolz mit dem der Engelstatue und er brauchte nur die Hand auszustrecken, um etwas von den Weben, die in ihm tobten, durch einen Schattensprung abzubauen, doch das wollte er nicht. Denn obwohl die Weben ihn quälten – ihn sogar vernichten würden, würde er den Ring nicht tragen –, fühlte er sich so mächtig wie nie.

Er hatte den Seelenring in seinen Besitz gebracht. Er trug mehr Weben in sich als je zuvor und die Schatten offenbarten sich ihm wie ein Buch, das er zwar schon Hunderte Male im Regal hatte stehen sehen, dessen Schrift er aber erst jetzt wirklich lesen konnte. Dieser Tag, seine Flucht durch die Schatten, war das Aufregendste gewesen, was er je erlebt hatte. Es war, als wäre er neu geboren.

Cross lachte euphorisch und hielt sich dabei die Rippen. Er litt Schmerzen, aber er fühlte sich dennoch wie ein Gott.

Er war der Lichtbringer!

Keuchend reckte er die Arme gen Himmel und feierte seine neu gewonnene Macht. Er würde zurückbekommen, was er schon so lange begehrte. Nichts und niemand würde ihn aufhalten!

Das Knirschen von Reifen auf Schotter riss ihn aus seinen Gedanken und er ließ die Arme sinken. Mit gestrafften Schultern wartete er, immer in Reichweite der rettenden Schatten.

Ein Wagen kam näher. Dann noch einer. Scheinwerfer durchbrachen das neblige Zwielicht und die umstehenden Grabsteine gewannen an Kontur. Die schwarze Limousine hielt direkt vor dem Mausoleum. Aus dem anderen Wagen stiegen zwei bullige Sicherheitsleute aus. Ein Funkgerät knackte und obwohl die Scheinwerfer blendeten, erkannte Cross, dass die Kerle bewaffnet waren. Sie inspizierten die nähere Umgebung. Erst dann stieg der Mann aus der Limousine, den Konstantin hier treffen wollte.

Instinktiv ballte er die Hände zu Fäusten. Er atmete tief durch, um entspannter zu wirken, als er war. Er trat Zac Moran entgegen, doch noch ehe er ein Wort sagen konnte, blaffte der ihn an: »Zum Teufel, Cross! Wissen Sie eigentlich, wie spät es ist?«

Cross fühlte sich überrumpelt. Seine gestrafften Schultern sackten leicht nach vorne und er musste sich räuspern, um seiner Stimme die nötige Entschlossenheit zu verleihen. »Sagen Sie nicht, Sie hätten noch nie für eine wichtige Sache die Nacht zum Tag gemacht.«

Moran schnaubte. »Wie wichtig ist denn diese Sache?«

Konstantin schluckte. Die verächtliche Geringschätzung in Morans Stimme ging ihm gegen den Strich. Mit kaum unterdrückter Wut schlug er auf den marmornen Sarkophag.

»Kommt darauf an, wie wichtig Ihnen Ihr Kind ist«, gab er zornig zurück und tätschelte den Marmordeckel wie den Hintern einer Kuh. »Wollen Sie sie zurück – oder nicht?«

Es bereitete ihm eine gewisse Genugtuung zu sehen, dass Moran blass wurde.

»Nehmen Sie die Hände da weg, Cross!«, drohte er und kam auf Konstantin zu. »Und wagen Sie es nicht noch einmal, hierherzukommen! Das Grab meiner Tochter ist kein Ort, an dem ich Geschäfte zu machen pflege!«

Konstantin nickte und tupfte sich unauffällig den Schweiß von der Stirn. Ihm ging es nicht gut, und das Treffen mit Moran verlief nicht wie geplant.

»Die suchen mich!«, verteidigte er die Wahl des Treffpunkts. »Ich kann nicht nach Hause gehen. Oder glauben Sie, die Tremblays überlassen mir einfach den Seelenring?«

Der Ärger verzog sich aus Morans Gesicht und er nickte sachlich. »Es war zu erwarten, dass das geschieht. Haben Sie keine Vorkehrungen getroffen? Haben Sie kein Versteck?« Er sah Konstantin an, als zweifle er an dessen Verstand. »Was haben Sie denn gedacht, wie es nun weitergeht? Wie wollten Sie den Seelenring schützen und zugleich an den Herzring und den Erinnerungsring herankommen?«

Konstantin strich sich den schütteren Haarkranz glatt. »Ich –«

»Wie gut, dass ich weiß, wie wir weiter vorgehen.«

»Ich weiß selbst, was zu tun ist, ich –«

Moran winkte ab. »Die Tremblay-Brüder wissen, was wir vorhaben. Dieser Bastian hat Margaret-Mauds Seele einen Besuch abgestattet und kennt nun unsere Absichten.« Moran schüttelte den Kopf. »Die arme Margaret. Sie wird uns keine Hilfe mehr sein. Sie ist nur noch ein Häufchen Elend!«

Konstantin schluckte. Seit Jahren hatte er mithilfe von Margaret-Maud versucht, an den Seelenring heranzukommen. Sie war eine treue Wegbegleiterin. Seit vielen Jahren. Sie hatte sogar den damaligen Ringhüter geheiratet. Und er selbst hatte jeden Tag ein wenig ihrer Seelenweben genommen, um zu verhindern, dass jemand ihren Plan durchschauen würde. Dass Bastian sich so an ihren Weben vergriffen hatte, dass Margaret-Maud nun vollkommen verwirrt war, zeigte, wie ernst die Lage war. Mit den Tremblays war nicht zu spaßen. Und nun waren sie hinter ihm her.

Er sah auf und musterte den Milliardär. Er hasste dessen überhebliche Art, dessen Geringschätzung für alles, was er tat. Und doch brauchte er im Moment seine Hilfe.

»Ohne den Ring hat Bastian Tremblay sich nicht unter Kontrolle. Er hält höchstens zwei Wochen ohne ihn durch. Und da er das weiß, wird er alle Hebel in Bewegung setzen, um zurückzubekommen, was ihm gehört.«

»Ich könnte den Ring an einem sicheren Ort verwahren«, schlug Moran vor.

Konstantin prustete los. »Sie glauben doch nicht, dass ich diesen Ring ablege?!«, rief er amüsiert und hob die Faust, um das Schmuckstück im Licht des Scheinwerfers aufglänzen zu lassen. »Ich brauche Schutz und ich muss mich von den Strapazen erholen – aber der Ring bleibt bei *mir*.«

Moran sah ihn an. Ohne etwas zu sagen.

Konstantin fühlte sich unwohl unter diesem Blick, also redete er weiter. »Das Mädchen – Abigail. Sie muss gewusst haben, dass ihr Vater noch lebt, sonst wäre sie nicht in Wymouth aufgetaucht. Jack Woods hat sich dort eine moderne Schmiede eingerichtet. Das kann kein Zufall sein.«

Moran nickte und fing an, auf und ab zu gehen. Dabei strich er zärtlich über den Marmordeckel, unter dem seine Tochter beigesetzt war. »Weiß sie, wo er sich jetzt versteckt?«

Cross zuckte mit den Schultern. »Möglich ist es. Sie scheint eine gute Schauspielerin zu sein. Hat mich glauben lassen, nicht zu wissen, dass ihr Vater den Unfall überlebt hat. Ihre Entrüstung, als ich ihr gesagt habe, er wäre noch am Leben, war sehr überzeugend. Sie hat auch die Tremblays manipuliert, um an den Ring zu kommen. Ihr Webengeflecht besteht fast nur aus schwarzen Seelenweben. Schuld, Schmerz und Qual drängen sich so dicht in ihr, dass es für mich schwer zu sagen ist, wann sie lügt. Sie könnte durchaus wissen, wo ihr Vater sich versteckt.«

»Dann sollten wir sie danach fragen.« Moran strich sich übers Sakko. »Am Ende wird sie uns schon sagen, was sie weiß.«

Konstantin nickte. Wenn es nach ihm ginge, war es ebenso wichtig, den einzigen Schmied Englands, der in der Lage war, die drei Ringe zu verschmelzen, ausfindig zu machen, wie die übrigen zwei Ringe zu finden. Denn wenn sie die erst in ihrem Besitz hätten, würde nicht nur Bastian Tremblay hinter ihnen her sein. Dann galt es keine Zeit zu verlieren. Er brauchte das vereinte Metall der Ringe. Das gesamte Vitalinaurum, um der Gruppe seiner Gleichgesinnten den Schmerz zu nehmen. Er war der Lichtbringer!

»Was tun wir, wenn sie sich weigert?«, fragte er, denn das Ziel schien ihm so nah – und doch unfassbar fern.

Moran kniff die Lippen zu einem schmalen Strich zusammen und sah ihn kalt an. »Margaret-Maud hat auch geschwiegen. Trotzdem hat Bastian einen Weg gefunden, sie zu brechen. Du bist jetzt in der Lage, Abigails Seele zu durchforsten, bis jede Lüge aufgedeckt ist und die Wahrheit ans Licht kommt.«

Konstantin schluckte. Theoretisch war er in der Lage das zu tun, aber er hatte schon von Abigails Weben gekostet. Hatte sich an ihrer Seele bedient, doch selbst die wenigen Weben, die er aufgenommen hatte, drohten ihn zu vernichten. Wie von selbst glitt seine Hand an die Wunde unter seinem Auge. Abbys Seele derart zu durchsuchen, wie Moran sich das vorstellte, war reiner Selbstmord. Doch vor Zac würde er keine Schwäche zeigen, also nickte er stumm.

Der Milliardär hatte offenbar nichts anderes erwartet.

»Abigail Woods. Wo können meine Männer sie finden?«

»Was haben Sie vor?«

»Wir werden eine kleine Unterhaltung mit ihr führen. Dafür wäre es gut, sie an einem von uns gewählten Ort zu befragen, nicht wahr?«

»Sie wollen sie entführen?«

Moran grinste. »Wo denken Sie hin, Konstantin? *Ich* werde niemanden entführen. Ich fahre jetzt nach Hause und trinke mit meiner Frau eine Tasse Tee zum Frühstück. Und Sie ...« Er hob abfällig eine Augenbraue. »... lassen sich in meinem Medi-Zentrum versorgen. Einer meiner Fahrer wird Sie hinbringen. Sie sehen furchtbar aus und das weckt unerwünschte Aufmerksamkeit. Dort sind Sie vorerst vor den Tremblays sicher. Niemand wird Sie dort suchen.«

Sicherheit klang gut in Konstantins Ohren. Er war müde und das Wüten in ihm tobte wie ein Orkan. Er musste sich ausruhen. Seinem Körper eine Pause gönnen und sich an den Ring gewöhnen. Seine Kraft überforderte ihn und er sehnte sich nach innerem Frieden. Doch noch mehr sehnte er sich nach seiner Frau Lizbeth. Daher würde ihm Frieden vorerst nicht vergönnt sein. Wieder tupfte er sich den Schweiß von der Stirn.

»Und wie kommen wir dann an das Mädchen ran?«, fragte er.
»Wollen Sie sie einfach aus ihrem Zimmer entführen? Meinen Sie nicht, man würde ihr Fehlen sofort bemerken?«

Moran rollte mit den Augen. »Lassen Sie das meine Sorge sein. Ich kenne Leute, die so etwas mit Links erledigen. Ich melde mich, wenn ich das Mädchen habe.«

Damit wandte Moran sich ab und beugte sich über den Marmor des Sarkophags. Er hauchte einen Kuss auf den hellen Stein und verließ dann, ohne ein weiteres Wort, das Mausoleum. Die Wagentür schlug zu, der Motor ging an. Die Limousine setzte sich in Bewegung.

»Zac sagt, ich soll Sie zum Medi-Zentrum fahren«, rief einer der bewaffneten Sicherheitsmänner und deutete auf das Begleitfahrzeug. »Kommen Sie schon. Ich habe nicht die ganze Nacht Zeit.«

Cross ballte erneut die Fäuste. Weder Moran noch seine Männer zollten ihm den nötigen Respekt. Wussten die nicht, wer er war? Er streckte die Hand in den Schatten neben sich und trat direkt vor dem Wachmann wieder heraus. Der zuckte zusammen und seine Hand glitt an das Pistolenholster unter seiner Jacke, was Konstantin zum Schmunzeln brachte.

»Bin schon hier«, wisperte er betont freundlich und nach einem weiteren demonstrativen Schattensprung saß er im Auto. Dass selbst dieser bullige Typ ihm nichts anhaben konnte, war ein gutes Gefühl. Er konnte es kaum erwarten, auch noch die anderen beiden Ringe zu tragen.

Ungestilltes Verlangen

Tristan konnte seinen Blick nicht von Abby abwenden. Sie saß auf der Bank unter der Eiche im Schulhof und blätterte durch ein Buch. Aber vielmehr schien sie in Gedanken versunken, als wirklich zu lesen.

So wie er. Er hörte seinen Kumpels aus dem Ruderteam kaum zu, die schon die Party am nächsten Freitag planten. Er hatte nur Augen für Abby. Das lebendige Spiel ihrer Weben fesselte ihn mehr als jeder Blockbuster. Sie war so schön. Nachdem sowohl Bastian als auch Cross Abby etwas von ihren Weben gestohlen und ihr Webengeflecht ausgedünnt hatten, kam es ihm vor, als würden die übrigen Seelenweben regelrecht um sie herumtanzen. Viel freier und lebendiger, als sie es je zuvor getan hatten. Doch nicht alle Weben waren in Bewegung. Sein Blick heftete sich auf die einzelne purpurne Herzwebe, die kaum die Kraft zu haben schien, sich aufzurichten. Sie wurde von ganz frischem, schwarzem Schmerz fast verschluckt, beinahe ausradiert, und ihr schwaches Pulsieren glich einem Hilferuf. Sie war wunderschön – und sie war da. Sie hatte aufgeleuchtet, als er Abby geküsst hatte. Sie war noch klein. Aber das konnte er ändern.

Tristan seufzte. Er musste sich zwingen, an etwas anderes zu denken, denn die Versuchung, einfach zu ihr hinüberzugehen, war übermächtig. Dabei schien Abby lieber allein sein zu wollen.

Sie hatte Angst, das sah er an den noch schwachen onyxfarbenen Schlieren, die sie nun wieder umschmeichelten. Und sie fühlte sich schuldig. Schuld, die auflebte, sobald sie in seine Richtung sah. Schuldig, weil sie sich geküsst hatten?

Wütend kniff Tristan die Lippen zusammen und fuhr sich durch die blonden Strähnen.

Das war Bastians Schuld. Er hatte sie zuerst geküsst. Hatte Gefühle in ihr geweckt, die sonst eigentlich Tristan zuflogen. Und je mehr Zeit Tristan mit Abby verbrachte, umso schwerer wurde es für ihn, sie sich mit Bastian vorzustellen. Sie zu küssen war nicht geplant gewesen und doch war es bedeutsamer, als er erwartet hatte. Und es war nicht genug. Er sehnte sich nach ihren Küssen, genau so sehr wie nach ihren Weben.

»Cross hat sie gekostet!«, dachte er neidisch und kickte einen Kiesel über den Weg. »Bastian hat sie gekostet!«, wisperte er kaum hörbar und kniff die Lippen zusammen. Nur er selbst hatte sich mit letzter Kraft zurückgehalten. Nicht nur aus Rücksicht auf Abby, sondern auch aus Angst vor der Macht ihrer Weben.

Sofort begehrte der Hunger in ihm auf. Tristan ballte die Fäuste und verbarg seine Hände hinter dem Rücken.

»Ich bring Bier mit«, rief einer von Tristans Ruderfreunden und riss ihn damit aus seinen Gedanken. »Und ein Mädchen, das so heiß ist, dass –«

»Etwa die neue Flamme deines Vaters?«, zog ein anderer ihn auf und eine wenig ernst gemeinte Prügelei kam auf. Tristan, der keinen Nerv für die Sticheleien seiner Freunde hatte, schnappte sich seinen Rucksack, schwang ihn sich über die Schulter und machte sich auf den Weg in Richtung Bootshaus. Sein Hunger war nicht das Problem, das wusste er, denn das Wüten legte sich schnell wieder. Er hatte genug Weben in sich, um klarzukommen. Vielmehr beschäftigte ihn ein anderes Verlangen, das ihm recht neu war. Das Verlangen nach Zuneigung. Was empfand Abby, wenn sie ihn ansah? Spürte sie ebenfalls diesen leichten Anflug von Schmetterlingen in ihrem Bauch? Wie war es für sie gewesen, ihn zu küssen?

»Nicht so lahm!«, rief einer seiner Kumpels, der joggend an ihm vorbeikam. »Du bist doch sonst immer der Erste beim Training!«

»Lass ihn!«, kam ihm ein anderer zu Hilfe. »Die Beule an seiner Schläfe setzt ihm offenbar noch zu. Er ist total weggetreten!«

»Das passiert, wenn man es mit dem Partymachen übertreibt!«, lachte der neben Tristan.

»War 'ne wilde Party«, stimmte Tristan murmelnd zu und setzte sich in Bewegung. Es war leicht, eine plausible Ausrede für den dunkelblau schillernden Bluterguss an seiner Schläfe zu finden. Unter seinen Kumpels war vermutlich nicht einer zu finden, der sich im betrunkenen Zustand nicht schon das ein oder andere blaue Auge geholt hatte. Dass Konstantin Cross ihm einen Schmiedehammer übergezogen hatte, würden sie ohnehin nicht glauben.

Er folgte seinen Freunden, die ihn noch immer foppten, durch den Park in Richtung Wasser. Ein letztes Mal wanderte sein Blick hinüber zu Abby, die noch immer auf der Bank saß. Das Licht ließ ihr Haar leuchten, beinahe wie die purpurne Herzwebe. Die Schlieren auf Tristans Haut verdichteten sich, aber er wusste, er konnte es kontrollieren. Anders als am Bahnhof von Wymouth, wo Abby sich schluchzend an ihn geklammert hatte. Ihr durch Tränen und Kummer weit geöffnetes Seelentor war ihm wie eine Einladung erschienen. Er selbst war geschwächt vom Kampf mit Cross gewesen. Als sie sich dann so an ihn geklammert hatte, mit ihrer wunden Seele, geplündert nicht nur von Mister Cross, sondern auch von seinem Bruder, da ...

Tristan beobachtete, wie die Weben auf seiner Haut bei der Erinnerung in Bewegung gerieten.

Schnell vergrößerte er die Distanz zu ihr. Er sprang immer mehrere Stufen auf einmal nehmend hinunter zum Bootshaus.

Er hätte Abbys Weben nehmen können – in diesem Moment der Schwäche. Und er hatte sie gewollt. Gott, und wie er sie gewollt hatte! Die Sehnsucht, sich zu nehmen, wonach er sich schon seit Wochen verzehrte, war übermächtig gewesen. Der Wind hier unten am Wasser war böig und das Tor des Bootshauses schlug krachend gegen die Bretterwand, doch Tristan bekam es kaum mit. Er sah ein anderes Tor vor seinem geistigen Auge.

Er hatte Abbys Seelentor schon erreicht, war ihren Weben schon so nah gewesen, doch da war eine Dunkelheit hinter diesem Tor, die ihn erschreckt hatte. Eine Finsternis, die nicht nur von den wenigen verbliebenen onyxschillernden Weben von Abbys Seele ausging. Nein, die Dunkelheit lag tiefer. Nicht in Abbys Seele. Nicht in Abbys Herz, oder ihren Erinnerungen. Die Dunkelheit ... sie WAR Abby.

Und das hatte ihn erschreckt. Er hatte den Moment ungenutzt verstreichen lassen.

Er fuhr sich durchs Haar und mit einem letzten Blick in Richtung Park trat er ins Bootshaus und warf seinen Rucksack auf eine Holzbank neben dem Tor. Dann zog er sich das Shirt über den Kopf, griff nach seinem Rudertrikot und versuchte, nicht mehr an Abby und ihren Kuss zu denken.

Er beeilte sich, das Trikot anzuziehen, ehe jemand die leichten Schlieren auf seiner trainierten Brust bemerken würde, aber ein Gedanke ließ ihn nicht los.

Er wollte Abby, mehr als alles andere.

Die Weben auf seiner Haut verschwanden unter dem Stoff und er atmete leichter. Dann griff er sich das Gig und folgte seiner Mannschaft zur Themse, die im Licht der Sonne so dunkel schillerte wie Abbys Seele.

⌘

Tief stehendes Licht stach mir in die Augen, als ich müde über meiner Suppe saß. Die Kantine war, abgesehen von zwei Nerds links vom Eingang, die aus Zahlen Worte auf dem Taschenrechner bildeten, leer, und nur in der Küche hörte man noch Teller klappern. Ich gähnte und versuchte anhand des Sonnenstands die Uhrzeit abzuschätzen.

Mein Kopf hämmerte protestierend.

Die Kantinentür schwang durch und Schritte näherten sich von hinten. Ich drehte mich um, und, geblendet vom Licht der tief stehenden Sonne, blinzelte ich Tristan an. »Gibt's schon was Neues?«, fragte ich und unterdrückte ein weiteres Gähnen.

Noch immer färbte der Bluterguss sein markantes Gesicht. Er sah aus, als hätte er gerade geduscht, denn sein Haar war feucht und er roch nach Duschgel. Dennoch hatte auch er müde Ringe unter den Augen.

»Nein.«

»Was machst du dann hier?«

Tristan schmunzelte. »Kann es nicht sein, dass ich Sehnsucht habe?«

»Nach was?«

Sein Grinsen wurde breiter. »Es wird langsam dunkel, in der Villa drüben ist es einsam. Vielleicht habe ich gehofft, du kommst mit.« Er zwinkerte. »Mein Bett ist weicher als das in deinem Dreibettzimmer.«

»Du spinnst doch!«

»Ich bin höchstens verrückt – verrückt nach Liebe!«, meinte Tristan mit einem verführerischen Lächeln, das bei anderen Mädchen sicher gut ankam. Er deutete durch die Fenster des Wintergartens in Richtung der tremblayschen Villa.

»Du wirst eine Nacht allein schon überstehen.«

»Wer weiß – ich bin in den Nächten nicht oft allein.« Sein vielsagender Blick war eigentlich nicht mehr nötig, um zu erklären, was er meinte.

»Gott, Tristan!«, stöhnte ich und stand auf. Die Suppe in meiner Schüssel war längst kalt. »Ich frage mich echt, was –«

»Was du an mir findest?« Er nahm meinen Teller in die Hand und zwinkerte mir zu. »Das ist einfach. Ich bin heiß!«

»Du bist doof!«, beschied ich ihm. »Und meine Frage war: was mit dir eigentlich nicht stimmt!«

Er lachte. »Trotzdem findest du mich heiß, gib's zu.«

Ich sah ihn von der Seite an, während er die Schüssel in den Wagen für schmutziges Geschirr räumte. Natürlich war er süß. Das wusste er genau. »Und wie!«, gab ich deshalb übertrieben zurück und wartete, bis er wieder neben mir stand. »Aber wenn man dich erst kennt, dann –«

Tristan lachte und hob abwehrend die Hände. »Wenn du heute Nacht die Gesellschaft deiner BFFs meiner vorziehst, dann geh ich jetzt lieber, ehe du mein Selbstwertgefühl noch weiter beschädigst.«

Unsere Blicke trafen sich und sein übliches arrogantes Grinsen schlug mir entgegen. Die Weben auf seiner Haut waren dezent, aber dennoch da, und ob ich wollte oder nicht, ich war von ihrem Anblick fasziniert. Tristan war schön. Nicht ganz so kräftig wie Bastian und auch seine Haut war etwas heller, aber an sich ein wirklich netter Anblick.

»Ich wollte nur sehen, ob du klarkommst – ohne mich«, raunte er und strich mit dem Finger mein Haar beiseite, sodass er mir direkt ins Ohr flüstern konnte, während wir die Kantine verließen. Sein Atem strich über meinen Hals und verursachte mir eine Gänsehaut. »Du weißt ja, wenn du mich brauchst, dann ... bin ich für dich da.«

Ich lachte und entwand mich ihm ein Stück. Der Flur war verlassen und es schien fast, als wären wir allein auf dieser Welt. Seine blauen Augen glänzten amüsiert, aber die Weben auf seiner Haut wurden dunkler.

Der samtige Ton seiner Stimme ging mir unter die Haut und ich spürte, wie der Teil von mir, der sich immer nach Liebe und Zuneigung gesehnt hatte, empfänglich für seine Worte war. Dabei war Tristan ein Verführer, wie er im Buche stand, und ich nur eine von vielen. Und im Gegensatz zu vielen anderen, wollte ich gar nicht umgarnt werden.

Ich war gerade dabei, ihm das zu sagen, als ein schriller Schrei uns auseinanderfahren ließ.

»Was ist denn da los?«, fragte ich erschrocken. »Ist das Bastian?«

»Bastian? Klingt eher nach einem Mädchen«, warf Tristan ein und streckte die Hand aus. Ein Schatten. Im nächsten Moment war er verschwunden.

»Fuck!«, rief ich und rannte los. Mein Herz hämmerte und meine Gedanken kreisten wie wild in meinem Kopf. Was war passiert? War Bastian zurück? Oder Cross? Mein Vater? Jeder dieser

Gedanken war absurd und doch zuckten sie mir durch den Kopf, als ich den Schulflur entlang in Richtung Mädchenwohnräume rannte.

»Hilfe!«, scholl es mir gellend entgegen. »Ich brauche Hilfe!« Ich erkannte Jasmins Stimme, noch ehe ich um die Ecke bog. Tränen rannen ihr über das sommersprossige Gesicht. Sie zitterte wie Espenlaub und keuchte auf, als sie mich sah.

»Abby!«, rief sie und taumelte auf mich zu.

»Jasmin!« Ihre Angst lähmte mich beinahe. »Shit, was ist los?« Warum sah sie so aufgelöst aus? Sie zitterte, als sie sich gegen mich warf und so rieb ich ihr tröstend den Rücken. Ich sah Tristan irritiert an, während mein eigener Puls unter der Schädeldecke hämmerte.

»Was ist passiert?« Auch er schien irritiert. Er zog uns an die Seite und schirmte uns vor möglichen neugierigen Blicken ab, aber die meisten waren im anderen Flügel im Fernsehzimmer und so war niemand auf dem Flur zu sehen. Trotzdem klang er ungeduldig. »Jasmin!«, mahnte er sie. »Sag, was los ist.«

Ein regelrechtes Zittern durchfuhr sie und sie quiekte wie ein verwundetes Reh.

»Da war jemand! In unserem Zimmer!«, rief sie panisch.

»Sie ist viel zu laut!«, knurrte Tristan, schob mich beiseite und packte Jasmins Schultern. »Jasmin!«, versuchte er energisch zu ihr durchzudringen. Er hob ihr Kinn an und zwang sie, ihm in die Augen zu sehen. »Komm runter!«

»Ich ... ich ... ich kann ... nicht!«, stotterte sie und krampfte sich zusammen. »Ich ... ich ...«

Tristan sah mich unschlüssig an. »Sie dreht völlig durch!«

Es stimmte, Jasmin heulte und schnappte panisch nach Luft, während sie sich mit ganzer Kraft gegen Tristans Griff wehrte.

»Kein Wunder«, murrte Tristan und seine Kiefermuskeln zuckten. »Ich weiß von Bastian, dass einer der Gründe für ihren Aufenthalt ihre Angstzustände sind, weil im Haus ihrer Eltern eingebrochen wurde, als sie mit dem Kindermädchen allein zu Hause war. Sie hat das nicht gut verkraftet.«

»Und jetzt war jemand in unserem Zimmer?« Mir sträubten sich die Nackenhaare. »Jasmin!«, rief ich wieder und kam an ihre Seite, aber sie schien mich überhaupt nicht wahrzunehmen. Sie war gefangen in ihrer Angst. Ich sah Tristan an. »Sie braucht Hilfe!«, rief ich. »Wir müssen ihr irgendwie –«

»Seh ich auch so!«, stimmte er mir zu und warf erneut einen kontrollierenden Blick über die Schulter. Als niemand zu sehen war, erwachten dunkle Weben unter seinen Fingerspitzen und wuchsen überall dort, wo er Jasmin berührte, in sie hinein. Sie breiteten sich über ihr Kinn, ihren Hals hinunter aus und mit einem erleichterten Seufzen sank meine Freundin in Tristans Arme. Ihre Lider fielen zu und sie wäre gefallen, hätte er sie nicht zwischen seinem Körper und der Wand gefangen gehalten. Seine Hände wanderten von ihrem Kinn ihre Kehle hinab und die Weben unter Jasmins Haut folgten ihm. Ich konnte regelrecht sehen, wie die Panik aus ihr heraus und in Tristans Körper floss. Er hob Jasmin hoch und mit wenigen Schritten hatte er sie in unser Zimmer gebracht.

Dort standen sämtliche Schubladen offen und der Inhalt unserer Schränke, Taschen und Kommoden war wild über dem Boden verteilt.

Tristan warf mir einen vielsagenden Blick zu. Die Sorge war ihm ins Gesicht geschrieben. Ich wusste, was er dachte: Das war kein Zufall.

Dann legte er Jasmin behutsam auf dem Bett ab, ohne die Verbindung zwischen ihnen abreißen zu lassen. Er atmete tief durch, ehe er sich wieder über sie beugte und noch mehr von ihren Weben in sich aufnahm.

Er nahm ihr ein Stück ihrer Seele. Und ihrer Angst.

Dabei sah Tristan nicht halb so gefährlich aus wie Bastian, wenn er Weben nahm. Tristans Augen waren unverändert menschlich und die dunklen Schlieren überzogen nur einen Teil seiner Haut. Er schien kontrollieren zu können, was er tat, denn obwohl er auf eine unfassbar intime Weise mit Jasmin verbunden war, sah er mich über ihre Schulter hinweg an.

»Ich helfe ihr!«, flüsterte er und sein Blick bohrte sich in meinen.

Ich sah, dass er auf mein Verständnis hoffte. Verständnis für etwas, das ich hasste. Aber trotzdem ... Jasmin war nun ruhiger.

Er löste sich von ihr und lehnte sich zurück. Noch immer pulsierten die Schlieren auf seiner Haut und das Blau seiner Augen hatte einen unnatürlichen Glanz angenommen. Er blinzelte und die Iris sah wieder aus wie zuvor. Er fuhr sich durchs Haar und nur einen Augenblick später war er wieder der gut aussehende Mädchenschwarm der Schule.

Sein Blick hielt meinen noch immer gefangen. »Ich habe ihr nur geholfen, okay?«, wiederholte er leise, denn vor ihm kam Jasmin wimmernd zu sich.

»Wo bin ich?«, fragte sie und setzte sich irritiert auf. Sie sah sich panisch im verwüsteten Zimmer um und sofort kehrte die Angst in ihre Augen zurück.

»Du bist ohnmächtig geworden«, warf Tristan ein und sah mich mahnend an.

Jasmin rieb sich die Schläfen. »Ja, ich ...«

»Was ist denn eigentlich passiert? Und wo ist Esme?«, wollte ich wissen und deutete mit einer allumfassenden Bewegung auf das Chaos.

Jasmin biss sich auf die Lippe und ich fürchtete schon, einen weiteren Zusammenbruch, als Tristan ihr behutsam eine Hand auf den Rücken legte. Er war offenbar bereit, einen neuerlichen Panikanfall zu verhindern.

»Esme ist im Fernsehzimmer!«, antwortete Jasmin, mit zitternder Stimme, aber dennoch ruhiger. »Ich … wollte mir nur eine Strickjacke holen, als …« Sie packte meine Hand. »Da war jemand in unserem Zimmer!« Sie sah mich aus gespenstisch aufgerissenen Augen an. Ihre Panik kam zurück.

Tristan kniff die Lippen zusammen und ich nahm an, dass er die Weben, die Jasmin umgaben, im Auge behielt. Sein Blick traf meinen und wieder schien es, als bäte er um Verzeihung, ehe erneut dunkle Weben von seinen Fingerspitzen auf Jasmins Rücken wanderten. Jasmin atmete geräuschvoll ein. Sie wankte leicht, dann nahm Tristan die Hand weg.

»Wer war in eurem Zimmer?«, wandte er sich direkt an Jasmin.

»Sorry! Ich … kann überhaupt nicht mehr klar denken. Ich … muss die Polizei rufen.« Sie kämpfte sich vom Bett hoch und bückte sich nach ihrem Pyjamaoberteil, das von ihrem Bett heruntergefallen sein musste. Sie wrang es wie ein nasses Handtuch in den Händen. »Und wir müssen es Esme sagen. Und Margaret-Maud und –«

»Jasmin!«, rief ich und griff nach ihrer Hand. »Warte. Erzähl erst mal fertig. Was war denn los? Wer war das? Was ist hier passiert?«

Sie klammerte sich an ihren Pyjama und sah Tristan ins Gesicht, als könne sie darin Kraft schöpfen. »Zwei Männer – komplett schwarz gekleidet – sind in unser Zimmer geschlichen. Ich hab sie gesehen, als sie rein sind«, erklärte sie hastig. »Sie haben wohl gedacht, wir wären alle beim Fernsehen. Um die Zeit ist ja kaum jemand auf den Zimmern.« Jasmin fasste sich ängstlich an die Kehle. Tristan hob sogleich beruhigend die Hand an ihre Schulter.

»Schon gut. Red weiter«, raunte er ihr zu, während sein Blick auf etwas gerichtet war, das für mich nicht zu erkennen war. Ihre Weben.

»Das waren Einbrecher! Sie haben alles durchwühlt! Den Schrank, unsere Taschen, meinen Gucci-Koffer, Esmes Unterhosenschublade und deinen ganzen Kram.« Jasmin biss sich ängstlich auf die Lippe. »Ich war wie versteinert«, gestand sie. »Ich … wusste nicht, was ich tun sollte, also hab ich mich im Waschraum versteckt, bis ich ganz sicher war, dass sie weg sind.«

»War das Cross?«, keuchte ich verwirrt. »Oder hat das was mit Bastian und dem Ring zu tun?

»Abby!« Tristans mahnender Blick ließ mich zusammenfahren und in Jasmins Gesicht stand Verwirrung.

»Wenn das dieselben Leute sind, die meine Eltern getötet haben, dann … dann schwebt Jasmin in ernster Gefahr!«, warf ich ein und sah Tristan besorgt an,

»Was?« Jasmin blieb der Mund offen stehen. »Von was redest du da?«, verlangte sie mit mehr Nachdruck, als ich ihr zugetraut hätte, zu erfahren. »Abby?«

»Ach, Scheiße, Jasmin!«, rief ich und warf die Arme in die Luft. »Das … ist eine verdammt lange Geschichte, und … und sie ist verrückt und unglaublich, und –«

»Und wir werden sie jetzt *nicht* erzählen!«, protestierte Tristan wütend. Er kam auf mich zu und baute sich drohend vor mir auf.

»Wir werden das jetzt *nicht* mit der Panikqueen Jasmin diskutieren!«, fauchte er mich leise durch zusammengebissene Zähne an.

»Du wirst ihr Antworten geben müssen, wenn du nicht willst, dass sie das in der ganzen Schule ausposaunt!«, widersprach ich ihm flüsternd. »Du wolltest auch nicht, dass Bastian mir die Wahrheit sagt. Dabei hat jeder das Recht auf die Wahrheit!«

Tristan kniff die Augen zu schmalen Schlitzen zusammen und funkelte mich böse an. »Gott, Abby! *Diese* Wahrheit ist nicht für die Allgemeinheit gedacht! Begreif das doch endlich!«

»Jasmin steckt schon bis zum Hals in der Scheiße. Meinst du, sie riecht nicht, dass da was faul ist?«

»Was tuschelt ihr da?«, fragte Jasmin unsicher.

»Nichts!«, versuchte Tristan sie zu beschwichtigen und rieb sich den Nacken. Dann sah er mich entschlossen an. »Keine Sorge, Abby. Ich kümmere mich darum, dass diese Scheiße nicht länger stinkt«, raunte er und rollte genervt mit den Augen. »Aber du warst echt einfacher, als Ebbe in deiner Seele geherrscht hat. Dein Gewissen nervt!« Damit zückte er sein Handy und ging aus dem Raum. Ich wusste nicht, wen er anrief, hörte nur noch, wie er sagte: »Du musst unbedingt herkommen. Wir haben ein Problem.«

Immer noch verstört kam Jasmin stolpernd zu mir und griff nach meiner Hand. »Was ist eigentlich los?«, fragte sie, und die Verwirrung in ihrem Blick kam mir nur zu vertraut vor. Vor wenigen Tagen hatte ich das Gleiche gefühlt.

»Keine Ahnung«, log ich, bückte mich nach meinen Schulbüchern und fing an aufzuräumen. Ich wollte Jasmin die Wahrheit erzählen. Wollte mich ihr anvertrauen. Mein nerviges Gewissen erleichtern.

Ich schaute ihr in die Augen und ein Gefühl, das mir bis dahin vollkommen fremd war, breitete sich in mir aus. Zuneigung. Ich wäre froh gewesen, mich jemandem anvertrauen zu können. Wäre froh gewesen, dieses Geheimnis teilen zu können. Ich wäre froh – eine Freundin zu haben. Doch stattdessen hatte ich nur Geheimnisse.

Caerhay Court

Bastian stieg aus dem Auto und bezahlte den Uber-Fahrer. Er wartete, bis das Auto auf der geraden Landstraße gewendet hatte und wieder in Richtung London davonfuhr. Caerhay Court lag im Nachmittagslicht in all seiner Pracht vor ihm. Es war lange her, dass er einen Fuß auf das Land der Familie Caerhay gesetzt hatte. Und doch kam ihm die von Birken gesäumte Zufahrt so vertraut vor, als wäre es erst gestern gewesen. Das Gras seitlich der geschotterten Einfahrt war saftig grün und sorgsam gemäht. Kein Halm ragte über einen anderen, als stünden sie in Reih und Glied, um ihn zu begrüßen. Ihn, oder die Besucher der romantischen Kennenlerndates, die in einem Teil des alten Herrenhauskomplexes regelmäßig abgehalten wurden. Das champagnerfarbene Firmenschild der *Hearts for Hearts*-Partnervermittlung besaß eine dezente Größe, die zur Eleganz des Anwesens passte.

Gemächlich ging Bastian auf das sandsteingelbe Herrenhaus zu. Die typische Doppeltreppe, die über beide Seiten hinauf zum höher gelegenen Anwesen führte, war für Romantiker wie gemacht. Kletterrosen und Efeu rankten an den Treppenpfosten empor und kleine, ordentlich getrimmte Buchsbaumkugeln rahmten eine weitläufige Grünfläche zum Haus hin ein. Ein in voller Blüte stehender Blauregen lenkte den Blick vom Eingang gen Westen, weiter in Richtung der angrenzenden Stallungen. Bastian nahm sich einen Moment Zeit, die hügeligen Koppeln zu betrachten. Edle Pferde trabten von Zaun zu Zaun. Das Hufgetrappel erinnerte ihn an früher. Als er noch regelmäßig hergekommen war. Das Gestüt war namhaft und die Zucht weit über England hinaus bekannt.

Und auch wenn er selbst für Pferde nicht viel übrighatte, konnte er sehen, dass diese Pferde etwas Besonderes waren. So besonders wie alle, die auf Caerhay Court lebten.

Er wollte gerade weitergehen, da weckte eine Reiterin seine Aufmerksamkeit. Im schnellen Galopp preschte sie auf dem Rücken eines nachtschwarzen Pferdes auf ihn zu. Ihr langes blond gelocktes Haar wehte unter ihrem Helm hervor und die eng anliegenden Reithosen betonten die schlanken Beine der Frau. Ihre geschmeidigen Bewegungen schienen eins zu sein mit dem Pferd.

Vorsichtshalber trat Bastian einen Schritt zur Seite, denn im Moment sah es nicht so aus, als wollte die Reiterin langsamer werden.

Der Kies wirbelte unter den Hufen des Araberhengstes auf und die schwarze Mähne schlug der Reiterin beinahe ins Gesicht. Bastian ließ sie nicht aus den Augen, und obwohl er nicht gerade scharf auf ein Wiedersehen war, musste er sie für ihren Reitstil bewundern.

Ungebremst jagte der Araber auf ihn zu, um dann direkt vor ihm mit einem lauten Wiehern auf die Hinterbeine zu steigen. Die Reiterin stand fast in den Steigbügeln und nur dank der Kraft ihrer Oberschenkel blieb sie im Sattel, als der Rappe mit den Vorderhufen wild ausschlug und den Kopf nach hinten warf. Hart kam er wieder auf alle vier Hufe zurück und Bastian wich auf die Grasfläche aus, um dem schnaubenden Hengst nicht in die Quere zu kommen.

»Beeindruckender Ritt«, wandte er sich an die Reiterin. Es war unschwer zu erkennen, dass sie nicht so recht wusste, was sie von seinem Besuch halten sollte.

»Ich weiß.« Sie sah die Auffahrt hinunter, als erwartete sie noch weitere ungebetene Gäste zu sehen. »Was willst du hier, Bastian?«, bestätigte sie seinen Verdacht und nahm dabei ihren Helm ab. Das schwarze Vollblut unter ihr tänzelte unruhig und Bastian sah, wie die Brust des Pferdes vor Schweiß glänzte, während sie ihre blonden Locken ausschüttelte.

Bastian lächelte. »Es ist auch schön, dich wiederzusehen, Victoria«, überging er ihre nicht gerade freundliche Begrüßung.

Die Blonde verzog das Gesicht und seufzte. »Ich nehme an, dein Besuch ist kein Zufall?«, fragte sie und der Wind blies ihr einzelne Locken ins Gesicht. Sie saß ab und hob die Zügel über den Kopf des Pferdes, ehe sie ihn wieder ansah. »Also, warum bist du hier?«

Bastian musste schlucken. Victoria hatte die gleichen grünen Augen wie alle Caerhays. Das gleiche helle Haar.

»Wenn du wegen Skye gekommen bist, dann ...« Sie schüttelte den Kopf und schob entschieden das Kinn vor. »... dann vergiss es! Du kannst nicht einfach nach all der Zeit auf eine Tasse Tee vorbeischauen und den mühsam erkämpften Frieden in Gefahr bringen.« Sie führte den Hengst in Richtung der Stallungen und Bastian ging neben ihr her.

»Komm schon, Vic. Du weißt genau, dass ich nicht wegen einer Tasse Tee hier bin.«

Sie warf ihm einen misstrauischen Blick zu. »Ich bin ja dafür, du kommst überhaupt nicht mehr her.«

Der Kies ging vor dem weitreichenden Stallgebäude in Kopfsteinpflaster über und einige Stallburschen misteten gerade die Boxen aus.

Wenn Bastian erwartet hatte, sie würde einem von ihnen die Zügel übergeben, dann hatte er sich getäuscht. Victoria führte den Hengst in den Stall und das Klappern der Hufe klang dumpf wie

Trommelschläge, die seine Niederlage einläuteten. Sie löste den Sattelgurt und sattelte ab.

»Ich bin hier, weil es ein Problem gibt, das auch Skye betrifft.«

Victoria, die sich gerade nach dem Hinterhuf des Hengstes gebückt hatte, sah ihn von unten herauf an. »Was für ein Problem?«, fragte sie und begann, den Huf auszukratzen.

»Es geht um den Herzring«, setzte Bastian an.

Victoria ließ den Huf los. Mit vor der Brust verschränkten Armen musterte sie ihn. »Und was ist damit?«

Bastian kniff die Lippen zusammen. Dass er es mit Victoria nicht leicht haben würde, hatte er befürchtet. »Der Herzring ist womöglich in Gef–«

»Vic!« Ein Ruf schallte über den Hof. »Vic! Wo steckst du?«

Victoria hob die Hand, um Bastian zu bitten, zu warten. »Ich bin im Stall!«, rief sie und blickte zum Stalltor.

»Wir wollten die Veranstaltung von heute Abend noch einmal im Detail durchgehen! Und du warst mal wieder nicht da!«, schimpfte die zweite Frauenstimme und kam näher.

Bastian erkannte die Stimme sofort und obwohl der Grund seines Besuchs alles andere als erfreulich war, freute er sich.

»Ich wäre gekommen, aber wir haben unerwarteten *Besuch*.«

Bastian merkte, wie Victoria das Wort Besuch abfällig betonte.

»Heilige Scheiße!«, entfuhr es Victorias Schwester, sobald sie den Stall betrat. Erfreut riss sie die Augen auf. »Bastian Tremblay!«, rief sie aufgeregt und sprang ihn regelrecht an.

Die Überraschung in ihrem Gesicht brachte Bastian zum Schmunzeln. »Rayne Caerhay«, antwortete er und taumelte unter ihrer stürmischen Umarmung gegen die Boxenwand. Sie hüpfte auf und ab, ohne ihn loszulassen und ihr hochgefasster Pferdeschwanz schlug ihm dabei ins Gesicht. Sie war so stürmisch wie immer, als wären seit ihrem letzten Treffen nicht drei Jahre vergangen.

»Du Mistkerl! Wie lange ist das her?«, rief sie empört und boxte ihn gegen die Schulter.

»Au!« Bastian rieb sich die Stelle und hob schützend die Hände. »Du bist viel stärker als beim letzten Mal!«, neckte er sie und zog sie an ihrem Pferdeschwanz.

»Ich bin jetzt siebzehn!«, klärte sie ihn auf. »Und man legt sich besser nicht mit mir an!« Sie lachte und schlang sogleich noch mal die Arme um ihn. »Gott, ich freue mich so! Weiß Skye, dass du hier bist? Ich wette, sie flippt aus!«

»So wie du?« Victoria teilte die Begeisterung ihrer Schwester nicht.

»Ich?« Rayne winkte ab und steckte die Hände in die Hosentaschen ihrer Skinny Jeans. »Ich flipp doch nicht aus. Ich bin nur überrascht.« Sie grinste Bastian an. »Mit dir hab ich echt in tausend Jahren nicht gerechnet!«

»Weil er nicht willkommen ist!«, stellte Victoria klar und fing mit geübten Bewegungen an, den Hengst zu striegeln.

»Unsinn!« Rayne rollte mit den Augen. »Hör nicht auf Vic. Es ist toll, dich zu sehen, Bastian. Ich freu mich total.«

Victorias Miene verfinsterte sich. »Du hast wohl vergessen, was geschehen ist, als er das letzte Mal hier war?«, fragte sie ungläubig und warf sowohl Bastian als auch Rayne einen bösen Blick zu.

»Niemand wird das je vergessen können!«, stellte Rayne klar und trat näher zu Bastian. »Aber was passiert ist, ist nicht nur seine Schuld.« Sie lächelte ihn aufmunternd an. »Das hat doch niemand kommen sehen!«

»Und trotzdem ...« Victoria blieb hart. »Skye ist –«

»Ich bin nicht hier, um alte Wunden aufzureißen, Vic!«, ergriff Bastian das Wort. »Du weißt, dass ich nie wollte, dass Skye –«

»Schon okay«, flüsterte Rayne und tätschelte seinen Arm. »Du musst das nicht erklären. Das ist doch klar.«

»Ich wäre nicht gekommen, wenn ich nicht fürchten würde, dass der Herzring in Gefahr ist.«

»Wie das?«, fragte Rayne und das glückliche Lächeln auf ihren Lippen verschwand.

Bastian sah sich im Stall um. Sie waren allein, also konnte er sprechen. »Es gibt einen Schattenspringer, der – wenn stimmt, was ich bisher herausgefunden habe – schon lange hinter dem Seelenring her ist. Er ist offenbar für den Tod meines Vaters verantwortlich. Er führt eine Gruppe von Leuten an, die alle jemanden verloren haben und die glauben, er könnte sie ihnen zurückbringen, wenn er alle Ringe vereint.«

Rayne lachte, was Victorias Hengst unruhig tänzeln ließ. »Das ist doch verrückt! Wie wollen die an alle drei Ringe herankommen?«

Bastian ballte die Fäuste und senkte die Stimme. »Den Seelenring hat er bereits«, gestand er zerknirscht und sah den beiden Schwestern ins Gesicht.

»Du hast den Seelenring nicht mehr?«, fragte Victoria ungläubig und erstarrte in der Bewegung.

»Nein. Er wurde mir ... gestohlen. Konstantin Cross, ein Lehrer aus Darkenhall, hat einen Weg gefunden, mich zu täuschen und ... sich den Seelenring angeeignet.« Allein der Gedanke an Abby und den Kuss, der ihn unachtsam hatte werden lassen, beschleunigte seinen Puls. Abby! Er biss die Zähne zusammen und verbot sich, gerade jetzt an sie zu denken.

»Und du sagst, er ist ein Schattenspringer? Wie das?«, hakte Victoria nach.

»Er ist wohl ein uneheliches Kind meines Großvaters und bildet sich ein, ein Anrecht auf den Ring zu haben. Er ist unberechenbar und ich fürchte, er wird hierherkommen.«

»Shit!«, brummte Rayne und schob ihre volle Unterlippe nachdenklich nach vorne. »Das ist doch verrückt!« Sie sah Bastian irritiert an. »Du hast den Ring echt nicht mehr?«

»Nein.«

»Und was hast du jetzt vor? Du kannst auf Dauer nicht ohne den Ring leben, das ist dir klar, oder?«, fragte nun auch Victoria etwas freundlicher. Hinter ihr betrat gerade ein Stallbursche den Boxengang und sie nickte Bastian zu, ihr nach draußen zu folgen. Im Vorbeigehen gab sie dem Jungen den Auftrag, sich um den Hengst zu kümmern. Dann wischte sie sich die Hände an der camelfarbenen Reithose ab und ging ihnen voran aus dem Stall.

Im Schatten des Blauregens deutete sie auf das offen stehende Fenster am Haupthaus. Der Blauregen wand sich an einem Rankgitter die Fassade hinauf und als Victoria sich dem Schatten der Zweige mit den blauen Blütendolden näherte, war sie auch schon verschwunden.

Bastians Blick folgte dem Schatten bis zum geöffneten Fenster. »Das war dann wohl so was wie eine Einladung, oder?«, fragte er.

»Herzlicher wird sie dich kaum willkommen heißen«, stimmte Rayne ihm kichernd zu und streckte ihm ihre Hand entgegen.

»Das hatte ich befürchtet«, murmelte Bastian, griff ihre Hand und gemeinsam traten sie in den Schatten.

Halbwahrheiten

Ich saß auf der Fensterbank und blickte hinaus in den Park. In den übrigen Zimmern war längst das Licht aus und die Stille war irgendwie beängstigend. Es war mir nur mit Mühe gelungen, Jasmin davon abzuhalten, die Schulleitung oder ihre Eltern oder gar die Polizei über den Vorfall in unserem Zimmer zu informieren, und auch Esme war nach ihrer Rückkehr aus dem Fernsehzimmer sehr skeptisch, was die Sache anging. Nur meine flehende Bitte, noch einen Tag zu warten, hatte sie dazu veranlasst, Stillschweigen zu bewahren. Nun kauerten die beiden ängstlich auf Esmes Bett und warfen skeptische Blicke in meine Richtung. Unter ihre Skepsis mischte sich Neugier, denn Tristan stand so dicht neben mir, dass sein Atem mein Ohr streichelte. Ich wollte etwas Abstand zwischen uns bringen, doch er ließ das nicht zu.

»Bleib sitzen«, mahnte er und legte die Hände an meine Schultern. »Die denken doch eh, wir hätten was laufen, also spiel mit.« Ich stieß ihm unauffällig den Ellbogen in die Seite, um ihm zu verdeutlichen, dass das, was zwischen uns gelaufen war, nicht überbewertet werden sollte. »Was hast du ihnen erzählt?«, wollte er wissen.

Ich schnaubte. »Ich habe gesagt, dass ich wegen Diebstahls hier bin. Und dass Darkenhall meine letzte Chance ist. Ich habe sie angefleht, nicht die Polizei zu rufen, weil die vermutlich mich für die Diebin halten würden«, wisperte ich und sah über die Schulter hinüber zu Jasmin, die noch immer wirkte, als ob sie neben sich stehen würde. »Sie hat keine Ahnung von den Weben, die du ihr genommen hast, von dem ganzen kranken Seelenraub-Zeug, das Bastian mit den Schülern im Antiaggressionstraining abzieht, und dass du jede in der Schule küsst, um an deren Seelenweben zu kommen.« Mit jedem Wort meiner Aufzählung wurde ich frustrierter, denn irgendwo unter diesem Irrsinn war die Wahrheit vollkommen verloren gegangen. Um mich abzureagieren, hieb ich ihm erneut den Ellbogen in die Rippen.

Tristan keuchte und packte mich fester. »Ich küsse nicht *jede*«, raunte er und seine Lippen berührten fast die empfindliche Haut an meinem Nacken.

»Mich küsst jedenfalls keiner mehr!«, sagte ich und kniff die Lippen zusammen.

Tristan grinste. »Wir werden sehen, Abby«, murmelte er und sein leichtes Lachen verursachte mir eine Gänsehaut.

»Glaub, was du willst. Ich hab gerade keinen Nerv für so was!«, erinnerte ich ihn streng und schob ihn ein Stück weg. Ich sah ihm warnend in die Augen. Ein Fehler, denn das strahlende Blau war so schön, dass mein eben erwähntes Gewissen sich totstellte und meine Entschlossenheit dahinschmolz. »Ich habe für euch die einzigen beiden Menschen angelogen, die ich zum ersten Mal in meinem Leben als Freundinnen bezeichnen würde. Das war schwerer als gedacht. Sie wissen nichts von den Schattensprüngen und eurer Macht, also wäre es besser ...«

»... ich nehme vorerst nicht die Abkürzung durch die Schatten, richtig?«

Gott, ich hasste es, wie gut Tristan aussah, wenn er so verschmitzt grinste. Dann hatte er nur wenig mit Bastian gemeinsam, denn der sah zumeist nachdenklich und ernst aus – wenn auch nicht weniger attraktiv.

»Das wäre besser«, stimmte ich ihm zu und musste mich zwingen, mir nicht anmerken zu lassen, wie sehr er mich verwirrte. Bisher hatte es in meinem Leben nicht einmal einen Jungen gegeben, den ich für interessant gehalten hätte oder für den ich hätte schwärmen können. Doch seit ich auf die Schule für problembehaftete Jugendliche ging, gab es gleich zwei Jungs, die ... die ich gut fand? Zumindest irgendwie ...

Bastian und Tristan – zwei Brüder, die unterschiedlicher nicht sein konnten. Und doch verband uns drei etwas, das sich nur schwer in Worte fassen ließ. Es war ein Gefühl – und Gefühle waren gefährlich, wenn ich Bastian in dieser Hinsicht glaubte.

Aber konnte ich Bastian Tremblay wirklich glauben? Konnte ich einem der beiden wirklich vertrauen?

Ich lehnte mich gegen das Fenster und sah Tristan ins Gesicht. Die blonden, etwas zu langen Strähnen, hingen ihm lässig in die Augen. Der Bluterguss schillerte dunkel, doch er schien ihn nicht einmal zu bemerken.

Tristan war mir noch immer viel näher als nötig, aber vielleicht hatte er in diesem Punkt recht. Meine Mitbewohnerinnen gewährten uns Privatsphäre, weil sie dachten, wir würden kuscheln. Weil sie dachten, Tristan und ich wären ein Paar.

In den letzten Tagen war das wohl das Gesprächsthema Nummer eins auf dem Schulhof gewesen, denn es hatte sich als Ausrede gut angeboten. Und Tristan schien es nicht im Geringsten zu stören, dass jeder in Darkenhall das glaubte. Ich sah in seinen Augen, dass es ihn regelrecht reizte, mich mit seiner Nähe aus dem Konzept zu bringen. Er hatte wie selbstverständlich seine Hände auf meiner Taille und seine Beine berührten meine.

»Dann vertrauen sie dir?«, fragte er leise und sein Blick wanderte zu den beiden.

»Vorerst wohl schon.«

Tristan nickte. »Gut gemacht.«

»Und was sollen wir tun? Hast du denn überhaupt eine Idee, wer diese Kerle waren? Wonach haben sie gesucht?«

Tristan zuckte mit den Schultern. »Wenn Cross damit etwas zu tun hat – und davon ist ja auszugehen –, dann wollte er bestimmt Informationen zu deinem Vater beschaffen«, überlegte er laut.

»Ich weiß aber nichts über meinen Vater! Ich wusste doch bis eben nicht mal, dass er lebt!«

»Dann werden die Kerle nicht viel Erfolg gehabt haben, richtig?«

»Richtig.« Ich schluckte. »Sie werden kaum damit zufrieden sein, nichts gefunden zu haben.«

»Garantiert nicht. Ich denke, wir haben nicht zum letzten Mal Ärger mit Cross gehabt.«

»Was, wenn es überhaupt nicht Cross war? Schließlich ist Bastian ihm gefolgt. Vielleicht hat er ihn längst eingeholt, und diese Kerle wollten …« Ich rieb mir die Schläfen. »Keine Ahnung, aber vielleicht hat Jasmin recht und wir sollten die Polizei –«

»Denk doch mal nach, Abby. Was willst du der Polizei sagen? Dunkel gekleidete Kerle haben die Gucci-Unterhosen deiner Freundinnen durchsucht? Die lassen dich einweisen, wenn du die ganze Geschichte erzählst.«

»Schon, aber … Jasmin … sie … sie hat echt heftige Panik. Ich kann mir nicht vorstellen, dass sie hier noch schlafen kann.«

»Ich weiß. Aber ich kümmere mich darum. Sie wird sich später an nichts mehr davon erinnern, das verspreche ich dir, Abby«, flüsterte Tristan und seine Finger berührten die Haut unter dem Saum meines Shirts.

Ich schnappte nach Luft, wusste nicht, ob die Berührung zufällig war, denn unschuldig war sie keinesfalls. »Das ist doch nichts, was man so einfach vergisst!«

Tristan ließ die Hände sinken und dort, wo er mich eben noch berührt hatte, kribbelte meine Haut. Er verwob seine Finger mit meinen. Sah mir in die Augen und lächelte leicht. »Keine Sorge.« Sein Daumen strich über meinen Handrücken. »Ich habe Owen gebeten, herzukommen und sich um die Erinnerungsweben deiner Freundinnen zu kümmern. Sie werden bald nicht mehr wissen, was geschehen ist.«

»Was?« Ich entzog ihm mit einem Ruck meine Hände. Jasmin sah auf und ich zwang mich zu einem aufmunternden Lächeln. »Ich will nicht, dass Owen sich an ihren Erinnerungen zu schaffen macht!«, erklärte ich mit Nachdruck. »Hörst du? Ich will nicht, dass Owen –«

»Du kannst hier nicht mitentscheiden, Abby«, unterbrach er mich und sah mich streng an. »Es geht um die Sicherheit all dessen, was wir seit Generationen hüten. Da gibt es keine Diskussion.«

»Aber sie vertrauen mir!«, rief ich und stampfte mit dem Fuß auf.

»Ach ja?« Tristan setzte den selbstgefälligen Blick auf, den ich an ihm so hasste. »Sie vertrauen dir? Hast du sie nicht angelogen, um sie dazu zu bringen, sich zu beruhigen?«

»Ich habe gelogen, um zu verhindern, dass *eure* Lügen aufgedeckt werden!«, stellte ich klar, auch wenn das nicht wirklich etwas daran änderte, dass er recht hatte.

»Unwichtige Details, Abby!« Er schüttelte den Kopf. »Jeder verrät jeden, wenn es darum geht, das zu schützen, was einem wichtig ist.«

»Ach ja? Ist das so?« Ich zitterte. Vor Wut? Oder Enttäuschung? Oder weil die Wahrheit wehtat? Ich wusste es nicht. »Sind wir also deiner Meinung nach alle Verräter?«

»Etwa nicht? Du hättest ohne mein Eingreifen keine verdammte Sekunde gezögert, Jasmin einzuweihen, ohne Rücksicht darauf, ob du Bastian und mich damit in Gefahr bringst.«

»Ich habe euch kein bisschen in Gefahr gebracht! Ich hätte ihr nichts gesagt, was euch –«

»Was auch immer du gesagt hast, war schon zu viel, Abby. Und Owen wird sich darum kümmern. Es ist doch nicht nur zu unserem Schutz. Auch ihr wird es besser gehen, wenn sie dieses Kapitel vergisst, siehst du das nicht ein?« Ich schluckte einen Fluch hinunter und wandte mich stattdessen ab, aber Tristan packte mich am Arm und zwang mich, ihn wieder anzusehen. »Siehst du das wirklich nicht ein, Abby?«

Sein eisblauer Blick traf mich wie ein Messerstich und etwas tief in mir schrie auf. Ich wollte nicht, dass er recht hatte. Wollte nicht, dass er mir die Gründe nahm, seine, Owens und Bastians Taten zu missbilligen. Und doch war da diese Stimme in mir, die unter seinem Blick Gehör forderte. Ich konnte nicht leugnen, dass er Jasmin geholfen hatte, als er ihre Weben nahm. Er hatte ihren Schmerz und ihre Angst in sich aufgenommen und gemacht, dass sie sich besser fühlte.

»Wir sind nicht die Bösen, Abby«, setzte er beinahe flehend nach.

»Du musst dich mal entscheiden, Tristan. Ob hier jeder jeden verrät oder ob du einer von den Guten sein willst. Denn ich blick langsam nicht mehr durch!«

»Ich bin der, der ich sein muss. Und ich tue, was getan werden muss, um sowohl Bastian zu unterstützen, als auch deine Freundinnen zu beruhigen und dir zu helfen, deinen Vater zu finden. Und wenn dir meine Mittel nicht gefallen, kann ich dir auch nicht helfen. Ich weiß, dass es keinen anderen Weg gibt. Und das kannst du mir wirklich glauben! Wir warten ab, bis Owen hier fertig ist – dann gehen wir zu Bastian nach Caerhay Court.«

»Caerhay Court?«, fragte ich. »Ist Bastian dort? Hat er was über meinen Vater gesagt? Oder über Cross?«

Tristan zuckte mit den Schultern. »Er hat nicht viel geschrieben. Nur, dass Cross mit dem Seelenring entkommen ist und er selbst gerade in Caerhay Court ist. Wir fahren morgen dorthin«, sagte Tristan und sah mich an. »Es ist Skyes Zuhause. Bastian ist bei ihr.«

Mein Magen verkrampfte sich. Trotzdem tat es nicht so weh, wie erwartet, dass Bastian ausgerechnet bei dem Mädchen Zuflucht suchte, das er einst so geliebt hatte, dass er beinahe gestorben wäre. Ich hatte die Narben an seinem Körper gesehen. Berührt. Er hatte mir gesagt, wie sie sich als unerfahrene Ringhüter geküsst und dabei die Kontrolle verloren hatten, und auch, was dann geschehen war. Skye hatte Bastian fast alle Herzweben genommen, was es ihm unmöglich gemacht hatte, sich anderen Menschen gegenüber zu öffnen. Und Skye selbst hatte nach Bastians Worten ihre Seelenweben verloren. Doch was das bedeutete, wusste ich nicht. Ich wusste nur, die beiden waren damals ein Paar gewesen.

»Dein Bruder wird mir nicht noch einmal nahekommen, denn ich mag es nicht, wenn man mir die Seele oder meine Erinnerungen stiehlt!«, wisperte ich und versuchte dabei zu ergründen, was ich wirklich empfand. »Und das solltest du dir besser auch merken!«, fuhr ich Tristan an, obwohl ich wusste, dass ich unfair zu ihm war.

Wie erwartet kniff er verärgert die Lippen zusammen. Dann wandte er sich ab und verließ wortlos das Zimmer. Ich schluckte das dumme Gefühl hinunter, das sein plötzlicher Rückzug mit sich brachte.

»Alles okay?«, hakte Esme scheu nach.

Ich nickte. Dann sah ich wieder aus dem Fenster. Beinahe unbemerkt trat Tristan vor der Villa aus einem Schatten. Ich seufzte und atmete tief durch. Diese Tremblay-Jungs gingen einem echt unter die Haut. Ich rieb die Hände aneinander, als würde ich Tristans Berührung abwaschen können. Doch ich wusste, dass das nicht ging. Ich spürte noch immer die Wärme seiner Haut. Sie war mir irgendwie anders vorgekommen.

Die Orangerie

Bastian saß an der langen Tafel des Speisezimmers von Caerhay Court, vor sich eine inzwischen leere Tasse Tee. Auf dem royalblau gepolsterten Lehnstuhl neben ihm lümmelte Rayne und ihm gegenüber am Tisch saß Vic. Kerzengerade, wenn auch nicht mehr ganz so ablehnend wie bei seiner Ankunft.

»Ich finde das echt krass!«, fasste Rayne seinen Bericht über Cross und den gestohlenen Ring zusammen.

»Dass sie sogar den Nachfahren des Schmieds ausfindig gemacht haben, der damals das Vitalinaurum geteilt und unsere drei Ringe geschmiedet hat, ist es, was mir Sorge bereitet«, gestand Victoria und tippte mit den Fingernägeln auf die Tischplatte. »Die gehen nicht ganz kopflos vor.«

»Stimmt.« Bastian nickte. »Und sie verfolgen den Plan schon seit Jahren. Selbst Vaters Tod war ein Versuch, an den Seelenring zu gelangen.«

Rayne schnaubte. »Das ist doch alles wie ein verdammter Fluch mit diesen scheiß Ringen!«, murrte sie. »Manchmal wünschte ich, dieser dämliche Priester, dieser erste Lichtbringer, wäre woanders aufgetaucht. Nicht in dem Ort, an dem unsere Familien gelebt haben. Dann könnte sich jemand anderes damit rumärgern.«

»Du weißt nicht, wie die Welt heute aussähe, hätten unsere Ahnen das Vitalinaurum nicht aufgeteilt und damit entkräftet. Es darf keinen Weg ins Totenreich geben, Rayne!«, belehrte sie Victoria.

»Wünschst du dir nicht manchmal, wir könnten ganz normal leben?«, rief Rayne und stand auf. »Dann wäre Skye …« Sie zuckte hilflos mit den Schultern und ein dunkler Schatten zog über ihre Züge. »Dann wäre das alles nicht passiert.«

Bastian schluckte, als er den Kummer in Raynes Augen sah.

Victoria atmete hörbar durch. Ihr Blick heftete sich auf Bastian, als gäbe sie ihm ebenfalls eine Schuld an den neuesten Ereignissen. »Es ist, wie es ist«, stellte sie emotionslos fest, doch dabei ballte sie die Fäuste so fest, dass ihre Fingerknöchel weiß hervortraten. »Das ist unser Schicksal. Unsere Bestimmung. Und wir werden sie erfüllen.« Sie sah Bastian direkt an. »Was auch immer es uns kosten wird.«

»Dann sollten wir dafür sorgen, dass Cross den Ring nicht bekommen wird«, stimmte Bastian zu. »Deswegen bin ich hier.«

»Der Herzring ist gut geschützt. Niemand wird an ihn herankommen, das weißt du. Und da wir nun gewarnt sind, ist es nicht nötig, dass du länger bleibst.«

»Gott, Vic!«, stöhnte Rayne und warf ihrer Schwester einen genervten Blick zu. »Bastian ist eben erst gekommen, und –«

»Und nun wird er wieder gehen. Wir haben heute Abend die Red-Roses-Candlelight-Dates und keine Zeit, die Gastgeber für jemanden zu spielen, der dieser Familie nur Unglück gebracht hat.«

Bastian biss die Zähne zusammen und stand auf. »Weißt du, Vic«, setzte er an und merkte selbst, dass er wütend klang. »Es fällt auch mir nicht leicht hierherzukommen. Du weißt, dass ich deine Schwester geliebt habe, genauso sehr wie sie mich.« Er fuhr sich durchs Haar und trat ans Fenster mit dem Blauregen, der in der aufkommenden Dunkelheit beinahe lila wirkte. Lila, wie Abbys

Haar. Bastian schloss die Augen. »Ich war sechzehn und zum ersten Mal verliebt. Ich hätte nie etwas getan, was ihr schadet. Hätte nie gewollt, dass –«

»Ich will nicht, dass sie dich sieht«, unterbrach Victoria ihn energisch. »Wenn du ihr nicht schaden willst, Bastian, dann gehst du jetzt besser und Skye muss nicht erfahren, dass du hier warst. Das wäre für alle das Beste.«

»Du willst es ihr nicht sagen?« Rayne klang empört. »Komm schon, Vic. Sie würde sich freuen.«

»Nein. Meine Entscheidung steht fest.« Victoria verschränkte abweisend die Arme vor der Brust. »Es tut mir leid, aber es wäre wirklich besser, du gehst jetzt.«

»Ihr werdet den Ring allein nicht schützen können. Cross hat mächtige Unterstützer.«

»Wir werden klarkommen.«

»Der Herzring ist wirklich nicht in Gefahr«, stimmte auch Rayne zu. »Um zu verhindern, dass Skye ihn anlegt, haben wir ihn im Lichtbunker weggesperrt.«

Bastian hatte bereits von Owen gehört, dass Skyes Schwestern den Ring in einem speziell angefertigten Tresorraum im Keller sicher verwahrten. Und generell vertraute er den beiden, doch Cross war kein normaler Mensch. Kein normaler Dieb, sondern ein Schattenspringer. Und er war nicht allein. Sicher würde er sich nicht so einfach von seinen Plänen abbringen lassen, wie Vic annahm.

»Dein Schutz ist überflüssig, Bastian«, meinte Vic etwas milder. »Wir haben die Sache im Griff.«

Es gefiel Bastian nicht, dass er gehen sollte, ohne den Herzring auch nur gesehen zu haben. Ohne sich persönlich davon überzeugt zu haben, dass das Vitalinaurum sicher verwahrt wurde. Doch die

Entschlossenheit in Vics Augen zeigte deutlich, dass er dazu auch keine Gelegenheit bekäme.

Also nickte er frustriert und streckte die Hand nach dem Schatten des Blauregens aus. Doch ehe er ging, musste er dennoch die Frage stellen, die ihm schon den ganzen Tag durch den Kopf spukte. »Wie du willst, Vic. Ich gehe. Aber sag mir bitte, wie es deiner Schwester geht. Ich … muss wissen, ob sie … okay ist.«

Er hatte sich davor gefürchtet herzukommen und Skye über den Weg zu laufen. Hatte irgendwie Angst davor gehabt, ihr zu begegnen. In ihre Augen zu sehen, und zu erkennen, was er ihr angetan hatte. Doch herzukommen und sie nicht zu sehen, stellte sich nun als noch viel schlimmer heraus.

»Es geht ihr den Umständen entsprechend gut«, antwortete Victoria. »Aber es war ein weiter Weg, und wenn sie dich sehen würde, dann …« Victoria strich sich die Locken auf den Rücken und ihre Lippe zitterte. »Ich will nicht, dass sie noch einmal die Kontrolle über sich verliert.«

»Sicher.« Bastian spürte, wie schwer es Vic fiel, über Skye zu reden. »Ich gehe dann jetzt.« Er zwang sich zu einem Lächeln, obwohl ihm zum Heulen zumute war. »Pass auf die Mädchen auf, Vic«, sagte er und winkte Rayne zu, die wie erstarrt neben ihrer Schwester stand. »Und du …« Er zwinkerte ihr zu. »Bleib, wie du bist, du Wildfang. Es war schön, euch zu sehen.«

Der Schatten hatte fast den gleichen Farbton wie die Blauregendolden, als er sich hineinfallen ließ. Die Kühle und Leere in den Schatten war wohltuend für seine Seele, denn das Wüten in ihm brüllte inzwischen wie ein Grizzly und all die Gefühle, die ihn hier in Caerhay Court überfielen, brannten wie Feuer in seinem Herzen. Er fühlte sich so schwach wie nie zuvor. Ohne den Ring, ohne den

Rückzugsort seines Zuhauses und ohne das Wissen, die Kontrolle bewahren zu können. Das Wesen in ihm, das Wüten und der Hunger krochen ihm immer dichter unter die Haut und es kostete ihn Kraft, sich nicht selbst darin zu verlieren.

Er trat aus dem Schatten und ließ das prachtvolle Herrenhaus hinter sich. Er würde nicht nach Darkenhall zurückkehren. Nicht, solange Abby dort war. Er würde sie nicht in Gefahr bringen. Mit schweren Schritten ging er auf die Pferdekoppel zu. Die Tiere waren längst in den Stallungen, doch ihr Geruch hing noch immer in der Luft.

Bastian überkreuzte die Arme auf der obersten Zaunlatte und lehnte sich dagegen. Die Ruhe stand in krassem Gegensatz zu dem Orkan in seinem Inneren. Er atmete tief durch und tippte dann eine Nachricht für Tristan in sein Handy. Sein Bruder hatte in den letzten Tagen immer wieder versucht ihn zu erreichen, doch er war nicht rangegangen. Er brauchte Abstand. Von allem. Sogar von seiner Verpflichtung als Ringhüter, denn hierbei hatte er so richtig versagt. Und würde er Tristan gegenübertreten, wäre ihm das nur noch klarer. Denn Tristan kannte ihn viel zu gut. Er würde ihn durchschauen. Seine Schwäche sehen und wissen, dass er nicht mehr lange gegen das schmerzhafte Wüten in sich ankäme.

»Ich kann das kontrollieren!«, fluchte Bastian entschlossen und steckte nach dem Senden das Handy gleich wieder weg.

»Hier bist du!«

Bastian drehte sich um und ein Lächeln stahl sich auf seine Lippen. »Hat Vic dich geschickt, um sicherzugehen, dass ich wirklich verschwinde?«

Rayne lachte. »Quatsch! Vic kümmert sich um die Date-Night.« Sie rollte mit den Augen und lehnte sich lässig mit dem Rücken gegen das Gatter. »Gleich kommen hier dreißig liebeshungrige Singles an, um sich bei der Partnersuche auf die Sprünge helfen zu lassen. Aber das ist noch gar nichts gegen den Maskenball morgen Abend. Da werden die Funken richtig sprühen.«

»Ich dachte, deine Schwester hat für Liebe nicht viel übrig.«

»Stimmt. Weil sie sieht, was die Liebe aus Skye gemacht hat. Und vielleicht …« Rayne kratzte sich am Kinn. »Vielleicht auch, weil sie ja weiß, wie leicht ein Menschenherz manipuliert werden kann.«

»Und trotzdem tut sie es.«

Rayne sah ihn an. »Wir helfen den Leuten. So wie du auch.«

»Ich weiß, Rayne. Ich weiß.« Er entdeckte eine tiefe Ernsthaftigkeit in ihren Augen. »Seit Kurzem stelle ich dennoch infrage, was wir tun«, gestand er und dachte an Abby. »Reden wir uns nicht nur ein, dass wir helfen? Ist unsere Kraft nicht … falsch?«

Rayne zog nachdenklich die Lippe zwischen ihre Zähne. »Wir haben uns das nicht ausgesucht, Bastian, oder? Du blickst in die Seelen eurer Schüler und bewahrst sie vor schrecklichen Taten, Verbrechen und vor dem Schmerz, den sie mit sich tragen. Wir helfen einsamen Herzen sich zu finden. Klar. Vielleicht geht uns das alles nichts an. Aber wir haben nun mal diese Macht aufgebürdet bekommen. Also sollten wir uns dem auch stellen, meinst du nicht?«

Bastian lächelte. »Du bist ganz schön klug, Rayne.« Er legte ihr den Arm um die Schultern und genoss die tröstliche Nähe eines Menschen, der ihn verstand. Der ihn auf eine viel tiefere Art verstand, als es jeder andere je können würde. Einfach, weil dasselbe Erbe auf ihren Schultern lastete, das seine und ihre Familie miteinander verband.

»Und weil ich so klug bin, finde ich, dass du nicht einfach gehen solltest«, meinte sie und sah ihm in die Augen. »Vic wird im Trubel der Date-Night nicht merken, wenn du noch etwas länger bleibst.« Ihr Blick wurde ernst. »Und Skye würde sich … Ich denke, sie würde sich freuen.«

»Bist du sicher?« Bastians Herz hämmerte ihm in der Brust und die Weben unter seiner Haut wurden lebendig.

Rayne sah das und legte ihre Fingerspitzen zart auf seinen Handrücken. Sie sah ihn an und strich über die Weben an seinem Hals. »Du darfst sie keinesfalls auf ihren Ring ansprechen, Bastian«, ermahnte sie ihn ernst. »Und keine Schattensprünge. Sie … bringen sie aus dem Gleichgewicht und wir haben Angst, sie könnte sich in den Schatten verirren.« Sie drückte seine Hand. »Du darfst sie nicht daran erinnern, was sie ist.«

»Ich werde ihr nicht wehtun oder irgendwie schaden«, murmelte er. »Ich bin nicht mehr der unerfahrene Junge, Rayne. Ich passe auf sie auf, das verspreche ich.«

»Ich vertraue dir, Bastian«, gab Rayne zurück. »Ich weiß, du liebst sie. Du wirst sie nicht noch einmal verletzen.«

Bastian wusste nicht, was er sagen sollte. Liebe? Er war nicht in der Lage, solche Gefühle zuzulassen. Er durfte überhaupt keine Gefühle haben, um nicht noch den letzten Rest seiner Selbstbeherrschung zu verlieren. Seine Gedanken trifteten zu Abby. Liebe … Er trug schon lange nur noch wenige Herzweben in sich. Nicht mehr seit dem verhängnisvollen Kuss mit Skye vor drei Jahren. Und doch hatte sich zuletzt etwas in seinem Innersten verändert.

»Ich passe auf sie auf«, versprach er deshalb noch einmal und ließ zu, dass Rayne ihm die Arme um den Hals schlang.

»Es war schön, dich wiederzusehen, Bastian«, flüsterte sie und lächelte ihn an. »Skye ist in der Orangerie.« Sie deutete den Hügel auf der anderen Seite des Hauses hinauf, auf dessen Kuppe ein riesiges gläsernes Gewächshaus im viktorianischen Stil thronte, das schwach beleuchtet war. »Sie verbringt dort viel Zeit«, erklärte sie und löste sich dann von ihm.

Bastian betrachtete den gläsernen Bau oben auf dem Hügel. Flache Wasserbecken säumten den terrassierten Weg und breite Stufen führten unter duftenden Rosenbögen hindurch hinauf zur Orangerie.

Als er sich zu Rayne umwandte, war sie verschwunden. Mit dem Gefühl, ganz nah an einem Abgrund zu stehen, setzte er sich in Richtung Hügelkuppe in Bewegung.

Er fragte sich, was ihn dort erwartete.

Warme feuchte Luft umfing ihn, als er die Orangerie betrat. Die Pflanzen schienen in diesem Klima hervorragend zu gedeihen, denn sie reichten bis unter das gläserne Dach und vermittelten das Gefühl, sich in einem nächtlichen Dschungel zu befinden. Es roch nach fruchtbarer Erde und süßen Blüten. Wasser plätscherte und ein schwaches Leuchten wies ihm den Weg durch die beeindruckende Pflanzenvielfalt. Es gab viele Schatten hier, doch er hatte nicht vor, sie zu benutzen. Raynes mahnende Worte hallten ihm noch im Ohr, als er einen Blütenstängel beiseiteschob, um tiefer in den künstlichen Dschungel vorzudringen.

Kondenswasser fiel hin und wieder in dicken Tropfen von der Decke und er hörte einen Springbrunnen rauschen. Bastian zuckte zusammen, als ein handtellergroßer Schmetterling mit leuchtend blauen Flügeln vor ihm aufstob.

Gerade sah er dem Falter noch nach, da weckte eine Bewegung hinter dem nächsten Blättervorhang seine Aufmerksamkeit. Behutsam schob er die großen Blätter einer Bananenstaude beiseite und spähte hindurch.

»Skye«, flüsterte er tonlos und versuchte, kein Geräusch zu machen. Er brauchte einen Moment, um sich zu fassen, denn auch nach drei Jahren ging ihm das Mädchen dort am Pflanztisch unter die Haut. Ihr langes blondes Haar war zu einem lockeren Knoten am Hinterkopf zusammengebunden und sie trug ein weißes sommerliches Kleid, das bis auf ihre nackten Füße reichte und trotz der tropischen Temperaturen lange, wenn auch luftige Ärmel besaß.

Angespannt versuchte Bastian etwas zu entdecken, das ihm einen Hinweis auf ihren Zustand gab. Sie schien unverletzt. Augenscheinlich unversehrt von dem, was geschehen war. Mit geradem Rücken und vornehm gehobenem Kopf stand sie über einen Blumentopf gebeugt, die Hände tief in feinkrümelige Erde getaucht. Einzelne Strähnen umschmeichelten ihr Gesicht und sie pustete sich eine davon aus den Augen.

Obwohl Bastian ein ganzes Stück abseits stand, hatte er das Gefühl, ihren Atem auf seiner Haut zu spüren. Wie von selbst zog es ihn zu ihr und er trat durch den Blättervorhang.

Er glaubte, sie hätte ihn bemerkt, denn sie drehte sich leicht in seine Richtung und lächelte. Das Licht fiel in ihr Gesicht und er musste zugeben, dass sie noch genauso schön war wie früher. Sie wirkte zerbrechlich, als sie den Arm etwas anhob, auf dem ein Schmetterling gelandet war.

Bastian schluckte. Was für ein Bild. Wie eine Fee in strahlendem Weiß, umgeben von einem Urwald aus Blättern und Blüten und tanzenden Schmetterlingen in allen Farben, die das beinahe vollständige Fehlen von Skyes Weben überdeckten. Sie bot einen atemberaubenden Anblick und das ließ das Wüten in ihm anschwellen. Er rieb seine Hände aneinander, um die Male auf seiner Haut zurückzudrängen, doch je länger er sie beobachtete, umso stärker tobte der Schmerz in ihm.

Skye blies ihren Atem zart auf die Flügel des leuchtend gelben Schmetterlings.

Bastian hielt die Luft an. Er wollte diese Harmonie nicht stören. Wollte den Frieden des Augenblicks auskosten und nur zusehen, wie Skye ganz in ihrem Element aufging. Sie wirkte so glücklich.

Ihre Augen leuchteten und sie hob ihren Arm noch etwas weiter an. »Du bist wunderschön«, hörte er sie sagen.

Dann zuckte Bastian zusammen, denn Skye stieß ruckartig eine Nadel durch den Körper des Falters und hielt ihn gegen das Licht. Die Flügel zuckten, aber Skye schien das kaum zu bemerken. Sie wandte Bastian den Rücken zu und widmete sich wieder dem Blumentopf.

Bastians Herz hämmerte. Der Moment des Friedens, nach dem er sich so gesehnt hatte, war schlagartig zerstört. Er schluckte den bitteren Geschmack hinunter, der ihm mit einem Mal auf der Zunge brannte, und trat näher.

»Hallo, Skye«, sagte er leise, um sie nicht zu erschrecken. Ob das überhaupt möglich war, konnte er nicht sagen.

Sie drehte sich langsam zu ihm um und das Lächeln, das sie dem bedauerlichen Schmetterling geschenkt hatte, war verschwunden.

»Bastian«, stellte sie unbeeindruckt fest. Sie wirkte nicht überrascht und es war schwer zu sagen, ob sie sich freute, ihn zu sehen. Die wenigen Weben, die sie umgaben, waren kaum in Bewegung. Eine blaue Erinnerungswebe kämpfte sich nach oben – doch mehr war nicht zu sehen.

»Ist das nicht ein schöner Abend?«, fragte sie und klang dabei so, als hätte sie die Frage auswendig gelernt.

Er trat näher und nickte. Ihr Gesicht war verschlossen und ohne jede Emotion.

»Eine Nacht für die Liebe«, fuhr Skye fort und es war, als würde sie durch das dichte Blattwerk ihrer Pflanzen hinunter zum Haus blicken, wo die Gäste der Date-Night inzwischen ankommen mussten. »Die Männer, die herkommen, wollen alle nur eines: Liebe. Bist du auch deswegen hier?«

Bastians Blick hing an dem Schmetterling, der auf eine dünne, mit weißem Stoff bespannte Platte gepinnt war. Noch immer zuckten die Flügel und ein Bein zitterte gequält. Ein gutes Dutzend weitere Falter waren in gleicher Weise auf dieser Leinwand des Todes aufgereiht.

Als er Skye wieder ansah, wusste er, dass er das alles zu verantworten hatte. Er hatte dieses wunderschöne Mädchen zerstört.

Schmetterlingssterben

»Ich bin nur hier, um Hallo zu sagen«, gestand er und fragte sich dabei, ob er nicht einen großen Fehler gemacht hatte. So schön das Mädchen vor ihm auch war, er erkannte sie kaum wieder. Ihr Blick war leer. So kalt und gleichgültig, wie ihr Lächeln einstudiert wirkte.

»Hallo.« Sie rieb die Handflächen aneinander, um die Erde abzustreifen. Dann sah sie zur Tür der Orangerie. »Eigentlich soll ich keinen Besuch empfangen.«

»Ich bleibe nicht lange. Ich wollte nur sehen, wie es dir geht.«

»Es geht mir gut. Es ist ein schöner Abend.«

Bastians Herz blutete. Er hätte Skye gerne geschüttelt, um irgendeine echte Reaktion zu erzwingen.

»Du hast ein gutes Gespür für Pflanzen«, versuchte er sie bei etwas zu packen, das ihr wichtig zu sein schien. »Diese Orangerie ist unglaublich.«

Skye lächelte, aber ihre Augen erreichte es nicht. »Ich mag Orchideen. Sie sind schön anzusehen. Vic sagt, ich könne hier wenig Schaden anrichten.«

Sie kam näher und die Erinnerungswebe umspülte sie leicht. »Ich richte gelegentlich großen Schaden an«, gestand sie flüsternd und sah dabei aus wie ein Kind, das versehentlich etwas kaputt gemacht hatte. »Sie sagt dann oft, dass das deine Schuld sei.«

Bastian verbot sich, die Fäuste zu ballen. Er hielt den Atem an, als Skye ihre Finger leicht an seine Brust legte. Dabei rutschte der weite Ärmel ihres Kleides bis zum Ellbogen zurück und er biss die Zähne zusammen, um nicht entsetzt zu stöhnen bei dem Anblick, der sich ihm dadurch offenbarte.

»Es tut mir leid, was damals passiert ist, das weißt du, oder?«, fragte er und zwang das Wüten in sich zur Ruhe. Er musste Abstand zu ihr halten, das hatte er Rayne versprochen, doch das war leichter gesagt als getan, denn Skye hängte sich bei ihm ein und führte ihn tiefer in den Dschungel. Der Duft der Blüten wurde stärker und es roch süßlich nach Banane.

»Wir haben Mist gebaut«, sagte sie und zum ersten Mal klang sie wie ein schwaches Echo ihres früheren Ichs. »Dass wir zusammen sein wollten, war dumm, Bastian!« Sie klang so, als würde sie die Worte wiederholen, die man ihr vorgesagt hatte. »Dabei wollten wir doch nur zusammen sein.«

Bastian streichelte ihre Hand. Ihr Haar glänzte im schwachen Mondlicht, das stellenweise durch das Blätterdach schien. Es erweckte ihre blaue Erinnerungswebe zum Leben.

»Es war ein Kuss. Einfach nur ein Kuss, denn wenn man sich liebt, dann küsst man sich doch, oder nicht, Bastian? Dann küsst man sich doch!« Sie wurde laut und Bastian spürte, wie ihre Unruhe wuchs. Lilafarbene Weben zeigten sich an ihrer Halsbeuge und erstreckten sich bis an ihre Wange.

»Beruhige dich«, bat er und fasste nach ihren Händen. »Skye«, raunte er leise und legte seine Stirn an ihre. »Bitte beruhige dich.«

Sie schluckte. Mehrmals atmete sie durch. Dann lächelte sie wieder und trat von ihm zurück. »Es ist wirklich ein schöner Abend für einen Besuch«, sagte sie und eine Maske der Kälte legte sich über ihr Gesicht.

Bastian wusste nicht, was er erwartet hatte, aber sicher nicht das, was er vor sich sah. Es schnürte ihm die Kehle zu, Skye so zu erleben. Als würde ihm jemand ein Messer ins Herz stechen. »Vielleicht ist es besser, wenn ich gehe«, murmelte er, denn er hatte Angst, noch weitere Folgen dessen zu sehen zu bekommen, was seine Gefühle für Skye angerichtet hatten.

»Nein!« Angst flackerte in Skyes Augen auf. »Bleib noch.« Sie deutete in Richtung Tür. »Das Haus ist voller Menschen. Ich kann nicht hinein. Ich bin anders. Ich bleibe hier. Bleib du doch auch noch etwas.«

In ihrem Gesicht rangen die Maske der Gleichgültigkeit mit ihren wahren Gefühlen. Eine Träne stahl sich aus ihrem Augenwinkel und es war, als wäre diese Träne ein kraftvoller Strom, der Bastian mitriss.

»Okay.« Er hob ihr Gesicht an und schenkte ihr ein Lächeln. »Ich bleibe. Wenn du willst, dann … bleibe ich noch etwas.«

»Oh. Ja. Sehr gerne. Es …« Sie sah auf ihre erdigen Finger, als fragte sie sich, woher der Schmutz unter ihren Fingernägeln kam. »… es ist ein schöner Abend für Gäste.«

Bastian atmete durch. Das würde ein langer Abend werden. Ein schmerzhafter Abend, an dem er erstmals wirklich begriff, was aus Skye geworden war.

»Du weißt, dass ich den Ring nicht mehr tragen darf, oder?«, klang die Stimme der alten Skye durch die nüchterne Kühle. »Ich hab's nämlich verkackt. Ich bin gefährlich, wenn ich ihn trage, aber noch gefährlicher ist es, wenn ich ihn zu lange nicht trage. Dann … boom!« Sie machte eine Geste, als würde eine Bombe explodieren.

Ein eisiger Schauer rann Bastian bei ihren Worten den Rücken hinab. Er wusste genau, was sie meinte. Hatte es gesehen. Bei seinem Vater und auch bei Skye. Und er spürte es in sich selbst. Ein Ringhüter ohne Ring konnte nicht überleben.

»Vic hat mir den Ring abgenommen«, fuhr Skye fort und löste dabei ihren Haarknoten. Die weiche Fülle ihres Haars ergoss sich auf Bastians Arm und der leichte Duft nach Honig weckte Erinnerungen. Dabei wollte er gerade jetzt nicht daran denken, wie sie sich vor Jahren ineinander verliebt hatten. Wie die gemeinsamen Erfahrungen mit ihrem Erbe sie zusammengebracht und Gefühle geweckt hatten, die sie beide beinahe umgebracht hätten.

»Sie sagt, sie schützt dich damit«, antwortete er und sah Skye dabei in die Augen.

»Alle wollen mich beschützen«, sagte sie und zuckte mit den Schultern. »Ich bin gefährlich. An manchen Tagen.« Sie lachte heiter und winkte ab. »Aber heute ist ein schöner Tag. Und ich habe Besuch.« Sie strahlte ihn an. »Wollen wir einen Spaziergang machen? Ich würde gerne hinausgehen, aber ich soll nicht. Nicht, bis Rayne mich abholt.« Sie senkte die Stimme. »Es sind Menschen hier, die Liebe suchen. Sie sollen mich nicht sehen.«

Bastian empfand Mitleid mit Skye. Sie rührte etwas in ihm an, das sich wie Schmerz anfühlte.

»Natürlich. Gehen wir eine Runde«, schlug er vor und freute sich darauf, das viel zu dampfige Gewächshaus zu verlassen. Die Wärme kroch ihm unangenehm unter die Haut und das Bild der aufgepinnten Schmetterlinge stand ihm hier drin viel zu deutlich vor Augen. Er führte sie hinaus und die Kühle der Nachtluft klärte seine Gedanken. Der Wind wehte Skye ins Haar und bauschte ihr das Kleid um die Füße.

»Was für eine schöne Nacht«, stellte sie fest und Bastian konnte nicht genau sagen, ob sie das wirklich empfand oder ob das ebenfalls einer dieser einstudierten Sätze war. Skye sah ihn an und ein Lächeln, das er für echt hielt, stahl sich auf ihre Lippen. »Gehen wir zum Wasserbecken. Ich mag das Rauschen. Es kühlt die Haut und den Schmerz.« Sie zog ihn mit sich, und für einen Moment hatte sie große Ähnlichkeit mit Rayne. Doch als sie ihr Kleid bis über die Knie anhob und in das flache Becken kletterte, konnte er ihre Beine sehen. Er schluckte und unwillkürlich entfuhr ihm ein Fluch. Er ließ sie im Wasser tanzen und wünschte sich dabei, dass es auch etwas geben würde, das den Schmerz abkühlte, den er bei ihrem Anblick empfand. Er konnte sich kaum vorstellen, was sie durchgemacht haben musste. Schweigend beobachtete er sie, wie sie durch das Wasserbecken sprang. Sie wirkte losgelöst und glücklich. Sie warf den Kopf in den Nacken und ihr Haar wirbelte um sie herum.

»Bist du hier, weil du mich küssen willst?«, fragte sie und kam auf ihn zu. Wasser schwappte über den Beckenrand und der Saum ihres Kleides klebte ihr nass an den Waden. Sie strich sich das Haar auf den Rücken und streckte die Arme nach Bastian aus, damit er ihr aus dem Wasser half.

Als er sie berührte, brüllte das Wüten in ihm.

»Ich darf niemals mehr jemanden küssen!«, erklärte sie ernst und nickte dabei sehr überzeugt. »Es tut nämlich wirklich weh, wenn man ...« Sie machte wieder die Geste, als würde etwas explodieren. Sie stieg auf den Rand des Wasserbeckens und hielt sich an Bastians Schultern fest. »Vic sagt, ich verliere den Verstand, wenn ich noch einmal so eine Dummheit mache, aber ich glaube ja eher, dass ich dann sterbe. Was meinst du?«

Vorsichtig umschloss Bastian ihre Taille und hob sie vom Beckenrand, ohne den Blickkontakt zu unterbrechen.

»Niemand wird sterben, Skye, denn wir passen einfach gut auf uns auf.« Er umfasste ihr Gesicht und das Wüten in ihm brüllte so laut, dass er den Kopf schüttelte, um klar denken zu können. »Wir haben dazugelernt.«

Skye blinzelte. Wieder rang sie mit sich selbst. »Wollen wir hinunter zum Haus gehen und uns ein paar Weben nehmen? Es sind viele Menschen da.« Sie redete immer schneller. »Viele Weben. Viele Herzweben. Es wäre ein Spaß, uns ein paar zu nehmen und …« Sie zog an seinem Arm und drängte in Richtung Haus. »Es würde diese schmerzhafte Leere füllen und ich könnte endlich wieder in die Schatten gehen.« Sie wirbelte zu ihm herum und ihre Augen leuchteten. Unter ihrer Haut schillerten lila Weben und sie biss sich auf die Lippe. »Vic lässt mich nicht in die Schatten. Sie lässt mich nicht zu den Weben, die ich so sehr will. Sie ist immer so gemein, aber jetzt bist du da, und …«

Bastian hielt sie fest. »Ich denke, das sollten wir lassen«, sagte er und streichelte ihre Finger. »Warum setzen wir uns nicht ein bisschen und genießen die schöne Nacht?« Er zog sie mit sich auf eine Bank seitlich des Wasserbeckens. »Komm zu mir und erzähl mir von deinen Pflanzen.«

Ein Zittern durchlief Skye und sie sah wehmütig hinunter zur Villa.

»Dort sind Weben!«, wisperte sie und eine Träne rann ihr über die Wange.

»Wir brauchen heute keine Weben«, versuchte Bastian sie zu überzeugen und sich dabei selbst einzureden, dass dies der Wahrheit entsprach. Er spürte das gleiche Verlangen wie Skye. Er brauchte ebenfalls Weben. Und diese Menschen dort unten würden nicht nur Skyes Hunger nach Herzweben stillen, sondern auch seinen nach Seelenweben. Doch keiner von ihnen durfte diesem Hunger nachgeben, denn sie beide hatten keinen Ring, der ihnen half, die Macht dieser Weben zu kontrollieren.

Niedergeschlagen sank Skye neben ihn auf die Bank. Sie sah ihn an. Dann legte sie sich hin und bettete ihren Kopf auf seinen Schoß, während sie die Füße unter ihr Kleid zog. »Keine Weben. Keine Küsse«, flüsterte sie, verwob ihre Finger mit seinen und schloss die Augen. »Vielleicht ist das doch keine so schöne Nacht.«

Duft der Erinnerung

Diese Warterei machte mich ganz irre. Ich rieb mir übers Gesicht und versuchte im Bett irgendwie eine bequeme Position zu finden. Esme und Jasmin hatten sich ängstlich in Esmes Bett zusammengekuschelt und waren eben erst eingeschlafen. Doch nicht der Einbruch hielt mich wach.

Ich war unruhig und aufgekratzt und konnte einfach nicht aufhören, an Bastian zu denken. Wann immer ich die Augen schloss, sah ich vor mir, wie er mich gepackt hatte. Wie er, mehr dunkles Wesen als Mensch, seine Lippen auf meine gepresst hatte, ehe er das Tor zu meiner Seele aufgestoßen und meine Weben genommen hatte.

»Verdammte Kacke!« Ich setzte mich schnaubend auf und strich mir energisch die lila Strähnen hinters Ohr. Dann berührte ich meine Unterlippe, denn es wollte mir einfach nicht gelingen, das Gefühl dieses verzweifelten, letzten Kusses zu vertreiben.

Ich stand auf und schlüpfte in meine Klamotten. Ich fühlte mich wie gerädert, aber den Versuch zu schlafen gab ich auf. Ohne meine beiden Mitbewohnerinnen zu wecken, schlich ich aus dem Zimmer. Die Untätigkeit musste ein Ende haben. Ich brauchte endlich Antworten.

Als ich über den Schulhof in Richtung Villa schlich, hasste ich mich regelrecht dafür, Jasmin und Esme nicht vor Owen beschützen zu können. Ich war nicht besser als Owen, wenn ich ihm die beiden einfach überließ. Doch was sollte ich schon tun?

Ich knackte die Tür der Villa mit Leichtigkeit und ging, ohne zu klingeln, hinein.

»Tristan?«, rief ich halblaut, als ich durch die weit geöffnete Glastür trat. Das Licht war an und so ganz ohne einen Partygast kamen mir die Räume noch viel größer vor. »Tristan?«, wiederholte ich noch immer leise, um die Haushälterin nicht zu wecken. Zögernd ging ich durch die Räume. In der Küche war niemand und ich ging weiter. Ein großes Wohnzimmer mit mega Loungeecke und großem Fernseher war ebenfalls verlassen. Mein Blick glitt die gläserne Treppe hinauf und da auch oben Licht brannte, machte ich mich auf den Weg. Wie immer, wenn ich diese Stufen hinaufging, überkam mich ein ungutes Gefühl. Der Abgrund tat sich unter mir auf wie ein schlechtes Omen und ich beeilte mich, den oberen Treppenabsatz zu erreichen. »Tristan?«, rief ich nun lauter und drehte mich einmal um mich selbst. Mein Herzschlag beschleunigte sich. Genau hier war ich Bastian das erste Mal begegnet. Ich war in ihn hineingerannt. Ihm regelrecht in die Arme gelaufen. Düster, bedrohlich und zugleich aufregender als alles zuvor, hatte sich seine Berührung angefühlt.

Ich benetzte meine Lippe, fuhr mir noch einmal durchs Haar und ging dann zielstrebig auf die Tür zu, die zu seinem Zimmer führte.

Für einen Moment fragte ich mich, ob er womöglich hier war. Ob er hergekommen war, während ich in meinem Bett gelegen und meinen Erinnerungen an ihn nachgehangen hatte. War er vielleicht näher als gedacht?

Ich wusste, es war bescheuert, aber als ich die Klinke drückte und in sein Zimmer ging, da flüsterte ich dennoch seinen Namen: »Bastian? Bist du hier?«

Ich suchte die Schatten nach einer Bewegung ab, dabei spürte ich es längst. Der Raum war verlassen. Ich trat ein und streckte die Arme aus. Nein. Bastian war nicht hier. Langsam entwich mir der Atem, den ich unmerklich angehalten hatte, und ich sah mich unschlüssig um. Mein Blick wanderte zum Schreibtisch, hinter dem ich mich während meines zweiten Versuchs, den Ring für Mr Cross zu stehlen, versteckt hatte. Ich ging hinüber und strich zart über das Holz. Bücher, Hefte und ein Block lagen fein säuberlich auf dem Tisch und wie von selbst zog ich den Block zu mir heran. Meine Fingerspitzen kribbelten und ich sehnte mich danach zu zeichnen. Ich wollte das Bild von Bastian aus meinem Kopf bekommen, indem ich es zu Papier brachte. Meine Hand glitt an meine hintere Hosentasche, wo ich immer einen kurzen Bleistift und mein Spitzmesser bei mir trug, doch ich ertastete nur das kleine Messer in der Lederscheide. Erst jetzt wurde mir bewusst, dass mein Stift weg war. Ich hatte ihn Cross mit ganzer Kraft in den Leib gestoßen, als der mich angegriffen hatte.

Mit einem Schaudern wischte ich mir die Hand an der Jeans ab, denn das Gefühl von warmem Blut, das mir über den Handrücken rann, überkam mich.

»Chill mal!«, ermahnte ich mich, während ich einen Bleistift aus dem Stiftehalter vor mir nahm und ihn einsteckte. Dabei durchlief mich ein vertrautes Gefühl. »Ich borge ihn nur!«, sagte ich mir im Geiste und riss auch noch ein leeres Blatt vom Block, das ich so klein faltete, dass es ebenfalls in meine Hosentasche passte. Ich drehte schon um, da sah ich ein Shirt von Bastian über der Lehne des Sofas hängen. Ich schüttelte den Kopf. Wollte mich zwingen zu gehen, doch etwas in mir war stärker. Ich nahm das Shirt und sogleich schlug mir der leichte Duft nach Bastians Duschgel entgegen. Ich fühlte den Stoff unter meinen Fingern, als könnte ich Bastian so näherkommen. Dann schmiegte ich meine Wange an das Kleidungsstück und atmete tief ein. Erinnerungen blühten auf und verwoben sich in meiner Seele zu ganz neuem Schmerz. Tränen brannten hinter meinen Lidern und ich schluckte hart. Ich fühlte mich verloren. Verraten. Und allein. Ich hatte Fragen. Und zwar Tausende.

Ich wollte meinen Dad finden, verstehen, warum meine Mutter ermordet worden war, und dann irgendwie zurück in ein ganz normales Leben in einem Dreibettzimmer mit Jasmin und Esme. Ich dachte an meine Pflegemutter Florence und ihren kleinen Hutladen. Würde ich je dorthin zurückkehren? Wenn ich meinen Vater finden würde, würde ich dann je wieder mit Florence' Kater auf dem Schoß einschlafen und ihr über die Schulter schauen, wenn sie einen neuen Hut entwarf? Würde ich Darkenhall und alles, was ich hier erlebt hatte, hinter mir lassen können? Vergessen können, dass der erste Junge, den ich geküsst hatte, meine Seele gestohlen hatte? Vergessen, dass auch die Küsse seines Bruders irgendwie besonders waren? Und wollte ich das überhaupt alles vergessen? Zählte nicht jeder einzelne Tag eines Lebens? Und war ich nicht genau deshalb mit Tristan aneinandergeraten? Weil er Jasmins Erlebnisse auslöschen wollte? Es war nicht seine Entscheidung, an was Jasmin sich erinnerte. Und auch nicht Owens. Ich war es leid, dass andere immer glaubten, besser zu wissen, was gut für einen war. Selbst Bastian hatte das so gehandhabt.

Wütend knüllte ich den Stoff in meinen Händen zusammen, ehe ich ihn zurück aufs Sofa fallen ließ. So sauer ich auch auf ihn war,

Bastian Tremblay war der Einzige, der mir weiterhelfen konnte. Und er war mir verdammt noch mal etwas schuldig.

Ich drehte um und rannte auf Zehenspitzen den Flur entlang, an Tristans Zimmertür vorbei, die Treppe hinunter und hinaus auf den Schulhof.

Im Gehen zückte ich mein Handy und rief mir per App ein Taxi.

Es war noch dunkel, als ich mich an der Mauer hochzog, die Darkenhall einfasste. Mir schlug das Herz bis zum Hals und ich hatte Angst, dass Tristan mein Verschwinden bemerken würde. Dabei lief ich nicht vor ihm davon, sondern einfach nur vor dem Gefühl, nicht zu wissen, wem ich überhaupt noch trauen konnte.

Der Stein schürfte mir die Haut auf, als ich mich auf der anderen Seite der Mauer langsam heruntergleiten ließ. Ich hatte Angst, Tristan könnte jeden Moment neben mir aus dem Schatten treten. Aber das tat er nicht. Ein Kauz rief in die Stille, während ein erster Silberstreifen am Horizont den nahenden Morgen ankündigte. Ich rieb mir die Sandkörnchen von der Hand und schlang mir die Arme um den Körper. Das Zwielicht ließ mich frösteln und ich wollte lieber gar nicht wissen, was dieser Tag noch bereithalten mochte. Zum Glück musste ich nicht lange darüber nachdenken, denn das Taxi bog schon um die Ecke.

»Nach Caerhay Court«, sagte ich und hoffte, der Fahrer würde die Adresse kennen.

»Die *Hearts for Hearts*-Partnervermittlung?«, hakte der Fahrer nach und sein Blick streifte meinen durch den Rückspiegel.

Ich nickte und das Taxi fuhr an. »*Hearts for Hearts*«, murmelte ich und fragte mich, was mein Herz dazu sagen würde, Bastian wiederzusehen.

Kühles Willkommen

Während der ganzen Fahrt aus London hinaus fragte ich mich, ob ich nicht gerade einen Fehler machte. Warum hatte ich es plötzlich so eilig, zu Bastian zu kommen? Ging es dabei wirklich um all die unnatürlichen Dinge, die mein Leben gerade beherrschten, oder ging es in Wahrheit um etwas ganz anderes? Das Wiederaufleben meiner Seele brachte mich ganz schön aus dem Konzept. Manche Gefühle vermisste ich, andere überfuhren mich regelrecht und die meiste Zeit fühlte ich mich zerrissen. So wie gerade.

Ich seufzte. Vielleicht wollte ich Bastian sprechen, ehe Tristan die Gelegenheit bekommen würde, seinem Bruder von unserem Kuss zu berichten. Ich fing nämlich an, mich deshalb ziemlich schuldig zu fühlen. Aber warum? In dem Moment, als Tristan mir Trost gespendet hatte, da hatte ich keinerlei Gewissensbisse verspürt. Keinen Gedanken an Schuld verschwendet.

Ich wünschte, der Fahrer würde das Radio anstellen, denn die Stille machte mich wahnsinnig. Ich wollte nicht über all das nachdenken. Wollte mir einfach nicht eingestehen, dass ich trotz allem, was Bastian getan hatte, noch immer in ihn verliebt sein könnte.

Der Fahrer bog auf eine Landstraße ab und ich zählte die Minuten bis zu unserer Ankunft. Dabei fürchtete ich mich insgeheim vor dem, was mich in Caerhay Court erwarten würde.

»*Es ist Skyes Zuhause*«, hatte Tristan nur gesagt. »*Bastian ist bei ihr.*«

Ein, wenn auch winziger, eifersüchtiger Stich in meinem Herzen bewies, dass Bastian mir durchaus noch etwas bedeutete. Er war das unfassbarste Wesen, das mir je begegnet war. War geheimnisvoll und stark, sexy und dabei so zurückhaltend, dass ich mich ihm anvertraut hatte, obwohl ich wusste, was er war. Natürlich bedeutete er mir etwas. Ich hatte ihn geküsst. Hatte mich in ihn verliebt und nun? Nun war er zu seiner Ex-Freundin zurückgekehrt und ich kam mir vollkommen bescheuert vor, ihm hinterherzurennen.

Das Taxi bog in die lange, von Bäumen gesäumte Zufahrt ein und mir blieb die Spucke weg.

»Na klar!«, murrte ich frustriert. »Skye musste ja die Königin von England sein!«

»Was?«, hakte der Fahrer nach und sah mich im Rückspiegel an.

»Ach, nichts!«, winkte ich ab. Ich hätte eigentlich selbst darauf kommen können, dass Skye sicher nicht in einem Schuhkarton wohnte. »Sie können mich dort rauslassen.«

Ich rieb mir gestresst übers Gesicht und verdrängte den Gedanken an Tristan. Ahnte er, wo ich war? Hätte ich ihm eine Nachricht hinterlassen sollen? Als ich mich kurzerhand dazu entschloss, ihm zu schreiben, dass ich bei Bastian war, kam ich mir wie eine Verräterin vor. Tristan hatte wirklich recht. Niemand konnte noch irgendwem vertrauen.

⌘

Bastian hatte die Augen geschlossen. Seine Hand ruhte auf Skyes Kopf und er streichelte zärtlich ihr blondes Haar. Die Nacht an ihrer Seite war lang gewesen. Lang und schmerzhaft. Ein Wechsel zwischen Wahnsinn und Verzweiflung. Und selbst jetzt, wo sie schlafend ihren Kopf auf seinen Schoß gebettet hatte, spürte er ihre Zerrissenheit. Immer wieder kämpften die wenigen Weben in ihr gegen das Gefängnis an, das ihr Körper darstellte. Immer wieder drängten sie unter seiner sachten Berührung an die Oberfläche, sodass er ihren Schmerz direkt vor Augen hatte. Er hätte besser auf Rayne gehört und Abstand gehalten, doch Skyes Verletzlichkeit hatte ihn jede Vernunft vergessen lassen. Er wollte ihr Frieden schenken. Wollte irgendwie wiedergutmachen, was er ihr angetan hatte, auch wenn er nun erkannte, dass er das nicht konnte.

Er öffnete die Augen und sah auf sie hinab. Ihre Haut wirkte im ersten blassen Licht des neuen Tages fast durchscheinend und ihr Haar bildete einen goldenen Vorhang um ihre zarten Schultern. Der Ärmel ihres Kleides war bis über den Ellbogen nach oben gerutscht und instinktiv zog er ihn wieder runter. Er schluckte hart, als er dabei sacht über ihre Wunden strich, die jetzt wieder verdeckt waren.

»Es tut mir so leid«, flüsterte er, bestimmt schon zum tausendsten Mal, und er war fast erleichtert, als die Ankunft eines Taxis diese lange Nacht beendete.

⌘

Der Himmel über Caerhay Court glühte leuchtend pink auf, als ich aus dem Taxi stieg. Die vereinzelten Schleierwolken setzten blassviolette Akzente an den Morgenhimmel und die Gebäude des Anwesens erstrahlten golden.

»Wow!«, entfuhr es mir und ich bezahlte den Fahrer, ohne wirklich darauf zu achten. Mein Blick wanderte über die Stallungen und die in den Sonnenstrahlen aufleuchtende Orangerie oben auf dem Hügel.

Das Taxi fuhr davon und erst jetzt spürte ich, wie mich die Angst packte. Was tat ich hier? Hätte ich nicht bei Tristan bleiben sollen? Was, wenn Bastian überhaupt nicht hier war?

»Bastian!«, wisperte ich tonlos, als ich die dunkle Silhouette erblickte, die an einem eckigen Wasserbecken seitlich des Weges stand. Er hatte sich gerade von einer Bank erhoben und sah nun zu mir herunter. Mein Arm zuckte, wollte sich erheben und winken, aber ich zwang den Impuls nieder. Dennoch zog es mich wie von selbst in seine Richtung.

Ich ging einige Schritte den Weg entlang, mein Herz schlug Saltos und meine Hände wurden feucht vor Nervosität. Bastians Blick hielt mich gefangen, sodass ich erst merkte, dass er nicht allein war, als ich den Hügel schon fast erklommen hatte.

Ich wusste sofort, wer das zierliche blonde Mädchen war, das neben ihn trat und deren Hand Bastian wie selbstverständlich ergriff. Ich wusste es, denn ich hatte sie schon gesehen. Nicht in echt, sondern in einer Erinnerung. In einer Erinnerung in Owen Kingsleys Kopf. Eine Erinnerung, die ich, wenn ich Bastian und Owen Glauben schenkte, niemals hätte zu Gesicht bekommen dürfen. Denn es war nicht normal, dass jemand in den Kopf eines Schattenspringers eindrang. Bastian hatte mir erklärt, dass niemand außer Ringhütern höchstpersönlich Seelentore wirklich durchschreiten konnten. Deshalb konnte Tristan zwar ebenfalls Weben nehmen, aber nicht so tief in die Seele der Menschen eindringen wie Bastian. Nur er konnte die Seelen wirklich lesen. Wirklich erkennen, was die Menschen ausmachte. Und als Owen Kingsley, der Ringhüter des Erinnerungsrings, versucht hatte, meine Erinnerungen zu lesen, indem er das Erinnerungstor aufgestoßen hatte, da war ich in sein Innerstes vorgedrungen und hatte *ihn* gelesen. Und ich hatte Skye gesehen. Hatte gesehen, wie sie Bastian geküsst hatte. Hatte die Liebe zwischen den beiden gesehen. In den Erinnerungen eines Fremden.

⌘

Er musste noch nicht einmal ihr Gesicht sehen, oder ihre aubergine gefärbten Haare, um zu wissen, wer das Mädchen war, das da aus dem Taxi stieg. Das ihm vertraute Netz an Weben, das sie umgab, ließ keinen Zweifel offen.

»Abby Woods«, flüsterte er, hob behutsam Skyes Kopf an und wand sich unter ihr hervor. Das Wüten in ihm begehrte lautstark auf und dunkle Weben überzogen seine Hände. Die Sehnsucht in seinem Inneren war riesig. Wie ein Echo der unfassbaren Energie, die ihre Weben ihm verliehen hatten. Er ballte die Fäuste und verbarg die Hände hinter seinem Rücken, doch er spürte, wie sich die schwarzen Male unter seiner Haut über seinen gesamten Körper ausweiteten. Wie kalte Finger reckten sie sich seinen Hals hinauf und er musste sich zwingen, ruhig zu atmen. Was zum Teufel hatte Abby hier verloren?

»Oh!« Skye trat verschlafen neben ihn. »Noch mehr Besucher«, stellte sie emotionslos fest. »Ist das nicht ein wunderbarer Morgen für Gäste?«

Bastian schluckte. Die echte Skye, die er in der Nacht nur sehr selten unter der Maske der distanzierten jungen Frau entdeckt hatte, war offenbar verschwunden.

»Ob sie wegen der Liebe hier ist?«, fragte sie und lächelte ein klein wenig zu breit. »Alle kommen wegen der Liebe her«, erinnerte sie Bastian unnötigerweise. »Vielleicht sollte ich zu ihr gehen und ihr die Liebe zeigen? Ich habe so lange keine Herzweben mehr gekostet.«

Bastian griff nach ihrer Hand und hielt sie fest. »Ich denke, wir sollten nichts überstürzen«, versuchte er sie zu bremsen, denn auch auf Skyes Haut zeigte sich das Wüten, das der Hunger auf Weben in ihr weckte. Er verstand, warum sie nicht ins Haus sollte, wenn Gäste der Partnervermittlungs-Veranstaltungen dort ein und aus gingen. Sie konnte sich nicht kontrollieren. Nicht ohne ihren Ring. Und ihm ging es ähnlich.

Obwohl er auf Abby zugehen wollte, ihr erklären wollte, warum er getan hatte, was er getan hatte, konnte er sich doch keinen Millimeter bewegen. Es war gut, dass sie stehen blieb, denn heißer Schmerz fraß sich durch seine Venen. Und trotz des Schmerzes war da auch etwas in ihm, das sich wünschte, sie würde näher kommen.

»Oh shit! Was geht denn hier ab?«, hörte er Raynes Stimme wie aus weiter Ferne. »Shit, shit, shit, so geht das aber nicht!« Sie stürmte aus dem Haus auf Abby zu und warf Bastian einen missbilligenden Blick zu. »Entschuldigung! Haben Sie nicht das Schild mit der Aufschrift *Privat* an der Einfahrt gesehen?«, schimpfte sie und stampfte auf Abby zu. »Wir brauchen hier keine Touris!«

Sie baute sich vor ihr auf und versperrte ihr so die Sicht auf ihn und Skye.

»Gott, siehst du, wie purpurn diese eine kleine Herzwebe pulsiert?«, wisperte Skye und ihr Blick heftete sich beinahe gierig auf Abby.

»Ich sehe es«, stimmte Bastian zu. Sein Puls hämmerte und je mehr Beachtung er Abbys Weben schenkte, umso stärker begehrte das Wüten auf. »Sie gehört zu mir«, rief er Rayne zu und drückte Skyes Hand fester. Er schämte sich für das, was er gleich tun würde. »Findest du nicht auch, dass es ein ganz fantastischer Tag für Besucher ist?«, fragte er und stellte zufrieden fest, wie sich langsam die Maske der Gleichgültigkeit über den Hunger in ihren Augen legte.

»Ein wunderbarer Tag«, flüsterte Skye und sah sich um, als fragte sie sich, wie sie hierhergekommen war. »Vic sagt, Gäste mögen Blumen. Vielleicht ... sollte ich welche schneiden.« Sie wandte sich verunsichert zur Orangerie um.

»Das ist eine tolle Idee!«, stimmte Bastian ihr zu und gab ihre Hand frei, als sie sich, steif wie ein Roboter, in Bewegung setzte.

⌘

»Sie gehört zu dir?« Das Mädchen vor mir schien nicht gerade gut auf Bastian zu sprechen zu sein. »Fuck, Bastian!«, rief sie und warf frustriert die Arme in die Luft. »Du solltest lieber selbst langsam verschwinden.« Sie sah wütend zwischen mir und Bastian hin und her. »Wir bekommen echt Ärger, wenn Vic mitbekommt, dass du noch hier —«

»Wenn ich *was* mitbekomme?« Eine weitere blonde Frau kam – vermutlich angelockt von dem Geschrei – in den Hof.

Ich kam offenbar ungelegen.

Die Frau namens Vic lief nun die Stufen herunter. Obwohl offensichtlich war, dass sie vor Zorn bebte, versuchte sie gefasst zu wirken.

»Was ist hier los?«, verlangte sie zu erfahren und ihr strenger Blick streifte sowohl das Mädchen, das Bastian Rayne genannt hatte, als auch ihn selbst. »Klärt mich mal einer auf?« Sie kam auf mich zu. »Wer ist das und was will sie hier?«

Ich wäre gerne einen Schritt zurückgewichen, doch meine Beine schienen wie angewurzelt. Hilflos sah ich Bastian an. »Ich wollte nicht stören, ich ... muss nur dringend ... mit Bastian ... reden.«

»So, so.« Die Frau, die Vic genannt worden war, kreuzte die Arme vor der Brust. »Zu Bastian.« Langsam drehte sie sich zu ihm um. »Bastian, mein Lieber, sie will also zu dir.« Sie kniff die Lippen zusammen. »Dabei solltest du doch schon längst nicht mehr hier sein.«

Ich sah, wie Bastian tief Luft holte. Er hatte die Hände hinter seinem Rücken verschränkt. Eine Haltung, die ich von ihm nur zu gut kannte. Eine Haltung, die darauf hindeutete, dass er versuchte, die dunklen Schlieren auf seiner Haut zu verstecken.

Er kam näher, doch es war Rayne, die antwortete: »Ich habe ihm erlaubt zu bleiben, Vic.«

Die schnaubte. »Wie könnt ihr nur so leichtsinnig sein?!«

»Für Skye bestand zu keiner Zeit Gefahr«, erklärte Bastian ruhig und kam näher. »Ich war vorsichtig, Vic«, versuchte er sie zu besänftigen, während er mich dennoch unverwandt ansah.

»Ihr müsst jetzt gehen!«, beharrte sie und ich hätte ihr nur zu gerne zugestimmt. Einen kühleren Empfang hätte ich mir auch kaum ausmalen können. Immer wieder streifte mich Vics misstrauischer Blick.

»Gott, komm doch mal runter, Vic«, mischte sich Rayne wieder ein. »Skye geht es prima und Bastian ist schon so gut wie weg, richtig?« Sie lächelte ihn an.

»Rich–«

Ein weißer Geländewagen preschte die Auffahrt herauf, sodass der Kies in alle Richtungen aufstob.

»Ich dreh gleich durch!«, hörte ich Vic stöhnen, während ich mich mit einem erschrockenen Satz in Richtung Koppel in Sicherheit brachte. Der Geländewagen hatte etwas Bedrohliches an sich und die schiere Größe dieses Gefährts erinnerte an einen Panzer.

In meinem Kopf herrschte absolutes Chaos, und ich kam überhaupt nicht damit hinterher, die ganzen Eindrücke zu verarbeiten.

Eine Vollbremsung brachte den Wagen zum Stehen. Mein Herz

hämmerte, denn hinter den getönten Scheiben des Fahrzeugs war der Fahrer nicht zu erkennen.

»Ich glaub, ich spinn!«, jubelte Rayne laut und rannte auf den riesigen Geländewagen zu. »Tristan!« Sie hüpfte auf und ab, als sich die Beifahrertür öffnete und Tristan ausstieg. Sie ließ ihm keine Gelegenheit auch nur die Tür zu schließen, ehe sie sich ihm an den Hals warf.

Als nun auch noch der bärtige Owen ausstieg, dämmerte es mir so langsam. Hier versammelte sich gerade die Superhelden-Liga.

Das militärisch anmutende Auto beherrschte die gesamte Einfahrt, was aber irgendwie dafür sorgte, dass die Menschen, die sich davor versammelten, nicht mehr ganz so gefährlich wirkten. Als wären sie geschrumpft. Nur Vic schien nicht vergessen zu haben, dass sie stinksauer war.

»Geht's noch?«, fragte sie entsetzt. »Was wird denn das? Ein Klassentreffen?«

Bastian hob die Arme und trat in die Mitte. »Vielleicht beruhigst du dich mal«, bat er Vic und musterte die Neuankömmlinge. »Dann erfahren wir am ehesten, was eigentlich los ist.« Nur kurz sah er mich dabei an und ich ahnte auch, warum. An seinem Hals zeigten sich dunkle Schlieren.

»Also, ich finde es großartig, alle mal wiederzusehen«, freute sich Rayne und himmelte Tristan regelrecht an, wohingegen sie Owen nur mit einem kurzen Nicken begrüßte. Er war also nicht nur mir unsympathisch.

»Wir sind nicht zum Spaß hier«, ergriff Tristan das Wort und sein üblicher unbeschwerter Gesichtsausdruck war verschwunden. Er warf mir einen bösen Blick zu. »In Abbys Zimmer in Darkenhall wurde eingebrochen. Das muss mit Cross zu tun haben.«

»Wisst ihr, wer es war?«, fragte Bastian und runzelte die Stirn. Owen schüttelte den Kopf. »Nein, ich habe die Erinnerungen von Abbys Mitbewohnerin durchsucht. Mehr als die Silhouetten von zwei schwarz gekleideten Kerlen hat sie nicht gesehen.«

»Na klasse!« Es fühlte sich an wie ein Schlag, dass Owen einfach so über Jasmins Erinnerungen sprach, als hätte er jedes Recht darauf, in ihren Kopf zu blicken wie in einen Fernseher. Ich funkelte Tristan enttäuscht an. »Dann hast du echt zugelassen, dass er ihre Erinnerungen manipuliert?«, fuhr ich ihn an.

»Das Letzte was wir brauchen können, sind unbeteiligte Mitwisser!«, antwortete Owen an seiner statt. »Und glaub mir, deinen Freundinnen geht es besser, jetzt, wo sie sich nicht mehr an den Einbruch erinnern. Sie fühlen sich wieder sicher!«

»Es ist eine verlogene, trügerische Sicherheit«, regte ich mich auf.

»Du weißt, dass wir keine Wahl hatten«, rechtfertigte Tristan ihr Tun und fuhr sich durchs Haar. Die Bewegung wirkte sonst stets lässig, doch davon war heute nichts zu sehen.

»Und was ist mit ihr?«, verlangte Vic zu erfahren und deutete in meine Richtung. »Welche Rolle spielt sie? Sie ist keine von uns!«

»Sie gehört zu mir!«, antworteten die beiden Tremblays wie aus einem Mund.

»Zu wem?«, hakte Rayne spitzfindig nach und sah stirnrunzelnd zwischen Tristan und Bastian hin und her. »Da scheint es wohl noch Klärungsbedarf zu geben.«

»Abby gehört zu *uns*!«, stellte Bastian ruhig fest, ohne auf Raynes bissigen Tonfall einzugehen, und kam auf mich zu.

Tristan warf ihm einen distanzierten Blick zu. »Du solltest dich aber besser von ihr fernhalten«, erinnerte er ihn.

»Dann hättest du sie nicht herbringen dürfen.«

»Er hat mich nicht hergebracht«, widersprach ich und wollte von ihm weg, doch er fasste nach meinem Arm. »Ich bin hergekommen, weil du mir Antworten schuldest! Und jetzt lass mich los!«

»Ich lass dich los, wenn ich es für richtig halte!«, gab Bastian stoisch zurück.

»Soll ich mich darum kümmern?«, bot Owen an und kam einen Schritt auf uns zu.

»Halt dich von mir fern!«, fauchte ich und wich instinktiv einen Schritt zur Seite, um die Distanz zu Owen zu vergrößern. Dieser Arsch würde mir nicht zu nahe kommen! Schlimm genug, dass Bastian glaubte, mich herumkommandieren zu können. Ich versuchte vergeblich, meinen Arm zu befreien und warf ihm einen mörderischen Blick zu. Ich war hierhergekommen, weil ich gehofft hatte, er würde mir helfen. Weil er mir etwas schuldete. Und weil ich insgeheim darauf vertraut hatte, dass er das Richtige tun würde. Doch offenbar hatte ich mich getäuscht.

»Lass mich los!«, fauchte ich und schlug auf ihn ein. »Nimm die Hände weg!«

Ich sah in sein Gesicht und schnappte nach Luft. Seine Haut war von Weben überzogen und in seinen Augen umflossen dunkle Schlieren die schmalen, unmenschlichen Pupillen. Ich sah, wie sein Kiefer vor Anspannung zuckte. Dann wurden mir die Wunden an seinem Körper bewusst. Risse in seiner Haut am Hals und am Arm. Die letzten Tage hatten ihm zugesetzt.

»Glaub mir, das würde ich liebend gerne tun, aber wann immer ich dich nicht im Auge habe, passiert irgendwas. Und das können wir uns im Moment wirklich nicht leisten.«

Dilemma

Konstantin Cross raufte sich die schütteren Haare und erhob sich aus dem Krankenbett in Zac Morans Medi-Zentrum. Ihm ging es besser – zumindest bis eben.

»Ihre Männer haben versagt!«, fluchte er.

»Das brauchen Sie mir nicht zu sagen!«, gab Moran ebenfalls erzürnt zurück.

»Ich dachte, Ihre Leute sind die Besten der Besten. Ich dachte, Sie geben sich nur mit Perfektion zufrieden!«, schimpfte Cross und schüttelte missbilligend den Kopf. »Das ist bei Weitem keine Perfektion!«

»Halten Sie die Klappe, Konstantin!«, murrte der Milliardär und straffte die Schultern. »Kein Mensch kann uns mit dem Einbruch in Verbindung bringen.«

Konstantin holte tief Luft. Das war ein Albtraum! Er sah durch das kleine Fenster in der Tür hinaus auf den grau gestrichenen Flur. »Warum haben Sie nicht gesagt, was Sie vorhaben?«, fragte er verärgert. »Ich bin in der Lage, die Schatten zu nutzen. Ich hätte mit Leichtigkeit Abigails Zimmer durchsuchen können!«, stöhnte er frustriert. »Kein Schüler hätte sich gewundert, mich dort zu sehen!« Wieder schüttelte er den Kopf. »Aber Ihnen geht es nicht darum, effektiv zu sein, richtig? Sie wollen meinen Anhängern nur beweisen, dass all unsere Fortschritte *Ihr* Erfolg sind, ist es nicht so?«

»Das ist Unsinn«, gab Moran zurück. »Sehen Sie mich doch an, Cross. Ich bin Milliardär. Denken Sie, die Bewunderung unserer kleinen Gemeinschaft wäre mir so wichtig?«

»Offenbar! Denn Sie haben sich nicht an unsere Abmachung gehalten. Wir wollten unbemerkt operieren. Alles sollte so unauffällig wie möglich ablaufen!«

Moran strich sich den Anzug glatt und ließ die Schultern kreisen, als würde er dadurch Verspannungen lösen, während er Cross dabei beobachtete, wie der unruhig im Krankenzimmer auf und ab ging. »Regen Sie sich ab, Konstantin«, forderte er ruhig. »Wir wollten Informationen«, stellte er klar. »Um jeden Preis.«

»Eben *nicht* um jeden Preis!«, rief Konstantin.

Zac rollte mit den Augen. »Es ist nicht nötig, eine solche Lautstärke –«

»Sie sagen mir nicht, was ich zu tun habe!«, warnte ihn Cross und sprang durch einen Schatten direkt vor Morans Füße. Er stieß ihm den Finger gegen die Brust und funkelte ihn warnend an. »Wehe dieser Einbruch hat negative Konsequenzen«, drohte er. »Ich bin der Lichtbringer – kein Verbrecher!«

»Tun Sie nicht so. Sie und Margaret-Maud haben den Tod ihres Ehemannes in Kauf genommen, um an den Seelenring zu kommen.«

»Es war nie unsere Absicht, dass Laurence Tremblay stirbt!« Cross atmete tief durch. Mit zitternden Händen tastete er nach dem Hornkamm in seiner Brusttasche, bis ihm einfiel, dass er ein Krankenhaushemd trug. »Ich bin der Lichtbringer. Ich will die Toten zurückholen. Nicht noch mehr Leid über die Menschen bringen!« Er glättete seinen Haarkranz mit den Händen, als könne er dadurch auch sein Leben ordnen.

»Das Glück vieler fordert oftmals Opfer«, stellte Moran nüchtern fest. »Das ist in der Geschäftswelt so – warum sollte es also hier anders sein?«

Konstantin schüttelte den Kopf. »Die Schüler dieser Schule sind kein Kollateralschaden! Verstanden?!« Er sah dem Milliardär geradewegs in die Augen.

Moran schüttelte den Kopf. »Na schön. Ich rede mit Margaret-Maud. Sie wird, falls überhaupt nötig, mit den Eltern und den Schülern sprechen und sie beruhigen. Und wir machen weiter wie geplant. Wir brauchen Abigail Woods. Mithilfe ihrer Handynummer kann ich herausfinden lassen, wo sie sich aufhält. Und ich habe schon eine Idee, wie wir bekommen, was wir wollen, ohne uns noch einmal die Hände schmutzig zu machen.«

Im Stroh

»Lass mich endlich los!«, fauchte ich, als Bastian mich schon ein ganzes Stück in Richtung der Ställe mit sich gezogen hatte. Im Hof hinter uns standen Owen, Tristan und Skyes Schwestern noch immer beisammen und keiner wirkte besonders glücklich über das unerwartete Aufeinandertreffen.

»Du machst nur Probleme!«

Bastian hatte ja keine Ahnung, wie oft ich genau das in meinem Leben bisher gehört hatte. Wie oft ich mich genau in dieser Situation befunden hatte. Hinter irgendjemandem hergeschleift zu werden, der stärker war als ich, und mir vorwarf, Probleme zu machen. In jeder Pflegefamilie das gleiche Spiel. Ich versuchte den Gedanken daran zu verdrängen, denn er trieb mir Tränen in die Augen.

»Fick dich!«, spie ich aus und riss mich los. »Fass mich ja nicht mehr an!« Ich wirbelte zornig herum, um ihm nicht zu zeigen, wie sehr er mich verletzte. »Ich wünschte, ich wäre dir nie begegnet!«

⌘

Bastian sah, dass sie log. Ihr ausgedünntes Seelengeflecht verdichtete sich durch einzelne, neu hinzukommende Weben. Lügen, die ihre Seele belasteten. Und doch hatte er das Gefühl, als suche sie dahinter Schutz. Das ließ seine Wut verrauchen und er atmete tief durch.

»Hör auf zu kreischen und reg dich ab«, versuchte er es ruhiger.
»Ich will mich nicht abregen!«, schrie sie ihn an. »Mein Zimmer wurde durchwühlt und dein kranker Freund hat Jasmins und Esmes Erinnerungen gestohlen – und du hast nicht mal den Anstand, dich scheiße zu fühlen, weil du mir die Seele aus dem Leib gerissen hast! Kein Wort der Entschuldigung?«

Bastian keuchte. Abby hatte ja keine Ahnung, was sie anrichtete. Ihre Emotionen versetzten ihre Weben in Bewegung und sie tanzten wie nachtschwarze Rauchschwaden um ihren Körper. Und das weckte seinen Hunger. Dabei hatte er sich doch schon so kaum noch unter Kontrolle. Er brauchte seinen Ring, um gegen das Wüten anzukämpfen. Und er brauchte Weben, um die Leere in seinem Innersten zu füllen. Doch Abbys Weben durfte er nicht nehmen. Nicht nur, weil sie so kraftvoll waren, dass sie ihn umbringen würden, sondern auch, weil er sie nicht noch einmal enttäuschen wollte. Doch das interessierte das Wüten in ihm nicht. Er spürte die Haut an seinem Rücken unter dem Druck beinahe nachgeben. Gequält sog er den Atem ein und trat ein Stück von ihr weg. »Bitte, Abby, sei still. Hör auf davon zu sprechen.«

⌘

Für wen hielt der sich? Glaubte er ernsthaft, ich würde so mit mir reden lassen?

»Du hast mir nicht zu sagen, was –«

Im nächsten Moment wurde ich gepackt. Ich verlor den Boden unter den Füßen und die Dunkelheit verschluckte mich. Kälte riss mich entzwei und wie bei jedem Schattensprung mit Bastian löste ich mich regelrecht auf. Ich wäre zerbrochen, zersplittert, zerfallen, wären nicht seine starken Arme gewesen, die mich zusammenhielten. Das Ganze dauerte nur einen Wimpernschlag, dann fanden wir uns im Stall wieder und Bastian ließ mich los.

»Spinnst du?«, fauchte ich zitternd. Sonne und Schatten malten ein Streifenmuster aus goldenem Licht auf die verlassenen Pferdeboxen und Staub funkelte darin wie Diamanten. Irgendwo schnaubte ein Pferd, aber ansonsten herrschte atemlose Stille. Ich konnte mein Herz schlagen hören.

»Wir müssen das klären«, sagte Bastian und ging sofort auf Abstand. Seine Haut war über und über dunkel gefärbt und seine Augen mit schwarzen Weben geflutet. »Ohne dass uns jemand sieht«, erklärte er und hob zur Verdeutlichung seine von Schwärze überzogenen Hände. Es war unschwer zu erkennen, dass er mit aller Kraft gegen das Wüten in sich ankämpfte.

»Du hast recht! Du schuldest mir eine verdammte Erklärung, warum du mich belogen hast. Warum du meine Seele wie ein verfluchter Dieb ausgenommen hast und mich dann am beschissenen Bahnsteig im beschissenen Wymouth hast sitzen lassen. Erklär mal, warum du ohne ein weiteres Wort der Entschuldigung lieber zu deiner Ex-Freundin gerannt bist als zu mir. Erklär doch mal, warum du mich überhaupt jemals geküsst hast, wenn ich dir doch eigentlich vollkommen egal bin!«

»Gott, Abby!« Er raufte sich die Haare. »Du bist mir doch nicht egal! Wie kannst du das nur glauben? Siehst du nicht, was du mit mir anrichtest? Siehst du nicht, dass es mich fast zerreißt, weil ich nicht einfach die Arme nach dir ausstrecken kann, um dich zu trösten?«

»Ich brauche keinen Trost!«, rief ich und wischte mir eine Träne aus dem Augenwinkel. Ich verbot mir den Gedanken an den Trost, den ich bei Tristan gefunden hatte. »Ich brauche jemanden, dem ich vertrauen kann, und du hast einmal gesagt, du wärst diese Person. Aber das bist du nicht! Du hast mich angelogen, Bastian! Hast mich wie ein Dieb, für den du mich hältst, bestohlen!« Es fühlte sich so furchtbar an, Bastian gegenüberzustehen und zu wissen, dass die Nähe, die uns einmal verbunden hatte, nun zerstört war. Wir hatten sie beide zerstört. Er mit seinem Verrat an meinen Weben, ich, indem ich seinen Bruder geküsst hatte. Es würde nie mehr so sein wie vorher.

Ich sah, wie Bastian mit seinen inneren Dämonen kämpfte, wie er sich zwang, Abstand zu halten, aber das machte es nicht besser. Ich wollte, dass er herkam. Mich festhielt, mich küsste, und mich vergessen ließ, was geschehen war. Ich wollte so gerne glauben, dass ich ihm etwas bedeutete.

»Was hätte ich denn tun sollen?«, fragte er leise und das Blau seiner Iris trat durch die Schlieren in den Vordergrund. »Ich konnte Cross doch nicht einfach entkommen lassen«, erklärte er und kam tatsächlich auf mich zu. »Er hat meinen Ring, Abby. Und ohne den Ring … bin ich in Gefahr. Und was noch schlimmer ist – ich bin eine Gefahr für dich.« Direkt vor mir blieb er stehen. Sein Kiefer zuckte vor Anstrengung und er hatte die Fäuste geballt, um sich zu beherrschen. Sein Blick war überschattet von nachtschwarzen Schlieren und doch hatte ich nie in schönere Augen geblickt. Sein Atem streichelte meine Lippen und er hob sacht die Hand an meine Wange, ohne mich wirklich zu berühren. »Also, sag mir, Abby: Was hätte ich tun sollen?«

Ich musste schlucken. Jede Faser meines Körpers schrie danach, mich in seine Arme zu werfen. Seine tiefe Stimme berührte mein Innerstes und ich fühlte seine Verzweiflung. Es gab keine Antwort auf seine Frage. Schon am Bahnhof hatte ich gespürt, dass er glaubte, keine andere Wahl zu haben. Auch Tristan sah das so. Doch man hatte immer eine Wahl. Besonders, wenn man jemanden liebte.

»Ich weiß es nicht, Bastian«, gab ich zu. Ich weinte innerlich um das kleine bisschen Glück, das uns vergönnt gewesen war. »Du hättest —«

»Ich hätte nichts anderes tun können. Nur deine Weben haben eine solche Kraft, dass ich überhaupt den Hauch einer Chance hatte, Cross zu folgen.«

»Und trotzdem ist er entkommen«, stellte ich sachlich fest.

Bastian nickte. Dann zog er sich wieder zurück und ließ sich erschöpft an der Boxenwand zu Boden sinken. Er lehnte den Kopf gegen die Bretter und sah mich von unten herauf an. Die Schlieren unter seiner Haut tanzten noch immer, aber seine Augen waren wieder menschlich. Er rang um Kontrolle.

»Tut mir leid, dass er entkommen ist«, flüsterte ich und setzte mich ihm gegenüber ins duftende Stroh.

Bastian lächelte leicht. »Und mir erst.« Er stupste mich mit dem Fuß an und das Lächeln erlosch. So saßen wir da, sahen einander nur an und hinterfragten unsere Gefühle. Die Minuten verstrichen und meine Wut ebbte langsam ab. Ich wollte ihm sagen, dass Tristan mich geküsst hatte, aber ich brachte es nicht über mich. Ich schämte mich, denn mit jedem Atemzug in Bastians Nähe wurde mir nur allzu deutlich bewusst, dass er es war, den ich wollte. Seine Küsse verfolgten mich in meinen Träumen. Und in ihn hatte ich mich verliebt. Die Schatten veränderten sich, der Morgen ging in den Tag über und obwohl draußen die Welt im Chaos versank und die Bedrohung durch Cross allgegenwärtig war, brauchten wir diese Auszeit. Wir mussten zu Atem kommen.

»Geht es dir gut?«, fragte Bastian eine ganze Weile später schuldbewusst. »Abgesehen davon, dass ich dir …« Er zuckte mit den Schultern. »… dir wehgetan habe, meine ich.«

Ging es mir gut – abgesehen davon? Ich lachte gequält. »Mach dir keinen Kopf«, gab ich mich cooler, als ich war. »Ich komme klar. Ohne die Last meiner Seele hat sich vieles … neu angefühlt. Anders. Weniger schmerzhaft. Tristan meint, meine Seele nimmt nach und nach wieder ihren Dienst auf.« Ich schmunzelte zerknirscht. »Mein Gewissen scheint langsam wieder zu funktionieren.« Ich hob mahnend den Finger. »Was deine Tat nicht weniger schlimm macht!«

Er musterte mich nachdenklich. »Deine Seele ist nicht beschädigt, Abby. Ich sehe, wie in deinem Webengeflecht neue Seelenweben entstehen. Ich sehe Schuld, Reue, Schmerz. Genau wie vorher. Nur … nicht so dicht. Und das ist gut, denn in dir herrschte die dichteste Dunkelheit, die ich je gesehen habe. Kein normaler Mensch könnte je so einer Last standhalten.« Er rieb sich den Nacken und das Geflecht der Weben auf seiner Haut wurde wieder dichter. Es war offenbar gefährlich, auch nur über meine Weben zu sprechen. »Es muss an deinem Erbe liegen, dass du darunter nicht zerbrichst. Es muss daran liegen, dass du ein direkter Nachfahre des Schmieds bist, der damals die drei Ringe aus dem Amulett des Todes geschmiedet hat. Anders lässt sich das nicht erklären. Das macht dich besonders. Nur deshalb ist es dir gelungen, sowohl in meine Seele als auch in Owens Erinnerungen einzudringen, während wir durch die Weben verbunden waren.« Bastian schluckte und ich sah, dass er wegen seiner nächsten Worte mit sich rang. »Abby, ich … muss dir etwas sagen. Ich …« Er kratzte sich am Arm und wischte dabei leicht über die Weben. »Ich kann in der Seele der Menschen sehen, was ihnen bestimmt ist. Zu was sie fähig sind oder welche Verbrechen sie vielleicht irgendwann begehen werden, wenn ich ihnen nicht die Last von der Seele nehme.«

Ich schluckte. Er klang so ernst und sein Blick war eindringlich.

»Als ich durch dein Seelentor getreten bin, da ... war nur dunkelste Seelenqual, Abby. Und die Vorahnung von etwas sehr Schlimmem, das du womöglich tun könntest. In dir herrscht eine Dunkelheit, die mir Angst macht.«

»Du denkst, ich würde unter einer Last leben, aber so fühlt sich das für mich nicht an, Bastian. Ich ... halte mich gerne an meinem Schmerz fest. Seit dem Unfall meiner Eltern begleitet mich mein Schmerz, wie ein Freund. Ich weiß, es klingt doof, aber ich will ihn nicht hergeben.« Ich sah in seine Augen. »Ich weiß, du wolltest mir nicht wehtun. Denk nicht, dass ich das nicht weiß. Aber es ist mein Schmerz. Und ich brauche ihn. Er hilft mir, zwischen Recht und Unrecht zu unterscheiden. Er erinnert mich daran, dass da etwas in meinem Leben fehlt. Dass es da etwas gibt, das ich brauche, das ich füllen muss – und daran muss ich einfach festhalten. Ich bin nicht böse oder ein Problemfall, wie alle Pflegefamilien immer behauptet haben. Ich ... bin nur anders. Und ich brauche das. Alles andere wurde mir doch schon genommen. Verstehst du das?«

»Sicher.« Er streckte die Hand nach dem Schatten aus und im nächsten Moment saß er direkt neben mir. Er griff nach meiner Hand und verwob seine Finger mit meinen. Er sagte nichts, sah nur die Weben an, die mich umgaben, als fände er dort die Antwort auf all seine Fragen.

»Warum bist du eigentlich hergekommen?«, unterbrach ich unsicher die Stille. »Bist du Cross ... hierher gefolgt?« Es tat gut, das Gespräch auf etwas anderes zu lenken, denn auch wenn meine Seele wohl wieder am Arbeiten war, so richtig traute ich meinen Gefühlen nicht.

»Er ist entkommen. Ich weiß nicht, wohin er geflohen ist, aber ich weiß von Margaret-Maud, was er plant. Zusammen mit einer

Gruppe Menschen, die alle jemanden verloren haben, will er die drei Ringe vereinen, das Vitalinaurum mithilfe deines Vaters zu einem Stück schmieden und ...«

»... und den Tod überlisten, richtig?« Der Gedanke war mir früher schon gekommen. Dass Cross das aber wirklich vorhatte, schien vollkommen abwegig. Nicht zuletzt, weil alle Welt meinen Vater bis vor wenigen Tagen für tot gehalten hatte. Mich eingeschlossen.

»Richtig. Er wird also früher oder später herkommen.«

Ich knabberte an der Innenseite meiner Wange. »Und ... so lange willst du jetzt hierbleiben?«

»Wohl kaum. Vic ist überzeugt, dass ich Skye verletzen werde, wenn ich bleibe. Sie will, dass wir schnellstens wieder verschwinden.«

»Vic ist Skyes Schwester?« Ich versuchte den Anflug von Eifersucht, den Skyes Name in mir weckte, zu verdrängen.

Bastian nickte. »Sie sind zweieiige Zwillinge. Skye ist nur acht Minuten älter.« Er rieb sich den Nacken und atmete tief durch. Ich sah, dass es ihm nicht leichtfiel, weiterzusprechen. »Vic sagt immer, dass diese acht Minuten Skyes Leben zerstört haben. Diese acht Minuten – und ich.«

»Warum?«

Trotz der Schmerzen, die er ganz offensichtlich in meiner Nähe litt, lachte Bastian. »Was Skye passiert ist, ist nur geschehen, weil wir uns damals als unerfahrene Ringhüter und dumme Teenager ineinander verliebt haben. Und wenn Vic vor ihr geboren worden wäre, wäre sie jetzt die Ringhüterin. Dann hätte man sie mit mir zu Owen geschickt, um mehr über unser Erbe zu erfahren.« Bastian lächelte. »Und Vic hätte sich nie in mich verliebt, das steht fest.«

Ich musste lachen. »Und du dich in sie?«

»Kaum.« Er sah mich ernst an. »Ich verliebe mich nicht so leicht«, raunte er und sein Daumen strich über meinen Handrücken. »Da muss schon jemand Besonderes kommen.«

Ich schluckte, und mein Herz schlug schneller. »Jemand wie Skye?«, fragte ich, auch wenn ich nicht wusste, warum ich mich selbst derart quälte.

Bastians Blick traf mich mitten ins Herz. »Du hättest sie gemocht. Sie ... war in der Tat besonders. Genau wie du.«

Ich runzelte die Stirn. »Warum sprichst du immer so, als wäre sie tot? Ich hab sie doch gesehen. Mit dir. Ihr scheint es gut zu gehen. Du hast einmal gesagt, du hättest sie zerstört. Was meinst du damit?«

⌘

Skye. Bastian wollte jetzt nicht an sie denken. Es quälte ihn, zu sehen, was er ihr angetan hatte. Und es schwächte seine Selbstbeherrschung. Schnell ließ er Abbys Hand los und die schwarzen Weben überzogen vollständig seinen Körper. Jeder Zentimeter seiner Haut war wie die Oberfläche eines nächtlichen Flusses. Schwarze Wellen, Schlieren und Schwaden bäumten sich auf und zogen sich wieder zurück. Kleine Risse durchzogen seine Haut. Blut quoll hervor und er atmete gequält ein.

»Bastian!« Abby sah ihn erschrocken an und er wusste nicht, was sie empfand. Faszination oder Furcht.

Er keuchte. Ballte die Fäuste und fasste sich an die Brust, um seinen Ring zu umklammern. Doch der war fort. Verzweifelt schnappte er nach Luft. Ohne seinen Ring war der Kampf viel härter.

Der Schmerz war überwältigend und ihm brach der Schweiß aus. Er wusste, nichts an ihm war mehr menschlich. Um Abby nicht zu gefährden, zog er sich durch einen Schattensprung ans Ende der Box zurück und stemmte die Hände auf die Oberschenkel, um wie nach einem Marathon erschöpft Luft zu holen. Sein Herz raste und das Blut pochte ihm qualvoll unter der Haut und sickerte aus kleinen Rissen in sein Shirt. Nur langsam gelang es ihm, die Kontrolle zurückzuerlangen. Er zwang sich zur Ruhe, zwang seine Gefühle zurück.

»Ich habe Skye zerstört. Ich habe dir schon erzählt, was passiert ist, als wir uns geküsst haben. Die Kräfte in uns haben die Oberhand gewonnen. Ich drang in ihr Seelentor ein, sie öffnete das Tor zu meinem Herzen. Meine Herzweben strömten aus mir heraus, während ich ihre Seelenweben nahm«, presste Bastian unter Schmerzen hervor. Die Erinnerungen waren schwerer zu bändigen als gedacht, und er brauchte alle Kraft, um das Wüten in sich zu beherrschen.

»Sie sieht aber ganz normal aus«, warf Abby skeptisch ein. Bastian nickte. Das hatte er gestern auch für einen Moment gedacht, als er sie inmitten ihrer Pflanzen in der Orangerie hatte stehen sehen. »Dass ein Mensch seelenlos ist ... ist nicht auf den ersten Blick erkennbar.«

»Und auf den zweiten Blick?«

Bastian schluckte. »Skye kennt den Unterschied zwischen Recht und Unrecht, zwischen Gut und Böse nicht. Sie hat kein Gewissen – und kennt keine Grenzen. Es gibt kein Falsch und Richtig. Alles, was sie darüber weiß, haben Vic und Rayne ihr beigebracht. Es ist, als würden zwei Persönlichkeiten in ihr stecken: Die eine, die Unschuldige, die verletzt wurde und wie ein Kind Hilfe benötigt – und die andere, der man gesagt hat, wie man sich in der Gesellschaft benimmt, die aber keinerlei Empathie empfindet.« Bastian sah, dass Abby wohl nicht ganz verstand, was er ihr zu erklären versuchte. »Sie kann den Herzring nicht tragen, denn der Ring gäbe ihr die Macht, Gefühle wie Liebe und Hass in den Herzen anderer zu wecken. Sie könnte ihnen Teile ihres Herzens nehmen, ohne dabei zu bedenken, welche Folgen es hätte, denn da ist kein Gewissen, das ihr sagt, wann es genug ist.

»Niemand sollte so eine Macht haben«, warf Abby ein und Bastian schmunzelte. Er hatte nichts anderes erwartet.

»Viele Menschen sind einsam und unglücklich. Entwickeln Hass und Neid auf das Glück anderer. Solchen Menschen kann geholfen werden. Die Caerhays betreiben die Partnervermittlung schon in vierter Generation. Sie haben vielen Glück gebracht.«

»Wie funktioniert das?« Obwohl Abby noch immer misstrauisch aussah, schien sie ehrlich interessiert.

»Sie dünnen Weben wie Neid und Hass aus, regen Herzweben an, sich in den Vordergrund zu bewegen, lebendig zu werden. Die meisten, die herkommen, haben Angst vor der Liebe – Angst sich zu öffnen. Hier setzen Vic und Rayne an. Sie locken die Herzweben heraus.« Bastian hob den Zeigefinger.

»Und Skye?«

Bastian seufzte. »Sie befindet sich in einem recht instabilen Gleichgewicht. Sie muss in der Nähe des Rings bleiben, denn ohne die Kraft des Vitalinaurums würde das Wüten in ihr sie dazu treiben, mehr Herzweben aufzunehmen, als gut für sie ist. Denn ihr Körper ist … schwach. Die Weben hätten leichtes Spiel, aus ihr herauszubrechen, denn das ist schon einmal passiert.«

Abby runzelte die Stirn. »Dann trägt sie den Ring gar nicht?«

»Nein. Ohne den Ring kann sie nur einen Bruchteil der Weben aufnehmen, die sie mit dem Ring aufnehmen könnte, und sie kann nicht durch das Herztor gehen. Genau wie Tristan, der ja auch Seelenweben nehmen kann, aber lange nicht so mächtig ist wie ich …

Wie ich, als ich den Ring noch hatte«, fügte er zerknirscht hinzu. »Meine Herzweben waren zu stark für sie. Sie haben sie ... schwer verletzt. Das darf nicht noch einmal geschehen.«

»Du sagst, sie wurde dadurch sehr verletzt. Aber du, ich meine, dir geht es doch heute relativ gut, oder? Warum?«

Bastian rieb sich den Nacken und seufzte. Die Frage traf einen wunden Punkt. Er hatte sich selbst oft gefragt, warum es Skye so viel schlimmer erwischt hatte. Und die Antwort darauf ließ ihn sich ein Stück weit selbst hassen. »Ich bin nicht sicher«, wich er aus und mied Abbys Blick. »Vielleicht war ich einfach stärker. Konnte das Wüten in mir vielleicht besser beherrschen.« Jetzt sah er Abby in die Augen. »Vielleicht waren meine Gefühle für Skye auch einfach nicht so stark wie ihre. Ich war in sie verliebt, aber was, wenn ... wenn ...« Er strich sich verzweifelt die Haare aus der Stirn. »Ich fühle mich noch schuldiger, wenn ich mir vorstelle, dass nach allem, was passiert ist, ich sie nicht genug geliebt habe. Ich habe ihr Leben zerstört!«

»Und darum wollen ihre Schwestern, dass du gehst?«

Bastian nickte. »Ob ich will oder nicht, ohne meinen Ring bin ich nicht nur für dich eine Gefahr. Auch für Skye.«

⌘

Bastian kam wieder näher. Er überwand die selbst gewählte Distanz, bis er fast vor mir stand.

»Aber ich schwöre dir, Abby, wenn ich erst meinen Ring zurückhabe, dann droht keinem von euch mehr Gefahr von mir.« Er fasste meine Hände und zog mich an sich.

»Und bis dahin?« Er war mir so nah, dass ich glaubte, sein Duschgel riechen zu können. Sein Lächeln war gefährlich und ich musste mich zwingen, nicht auf seine Lippen zu starren.

»Bis dahin muss ich Abstand halten.«

»So wie gerade?«, flüsterte ich mit wild klopfendem Herzen und hob zur Verdeutlichung unsere ineinander verschlungenen Hände. Bastian lachte gequält. »Ein bisschen mehr, fürchte ich. Ich gehe ehrlich gesagt gerade an meine Grenzen. Aber ich will dir beweisen, dass du mir vertrauen kannst.« Er sah mich an und es war wie ein Ringen um die Vorherrschaft in seinen Augen. Schwarze Schlieren gegen dunkelstes Blau. »Wir finden meinen Ring und deinen Dad. Alles wird gut.« Er neigte sich über mich und seine Lippen streiften beinahe meine. Sein Keuchen war wie ein Warnschuss, doch der Schwindel, von dem ich wusste, dass er ein Zeichen dafür war, dass jemand meinen Weben zu nahe kam, blieb aus.

Bastians Atem blies verlockend heiß über meine Lippen und mit einem Seufzen kam ich ihm entgegen.

»Nicht!«, raunte er heiser und zog sich ein Stück zurück. Die Berührung seiner Lippen war wie ein Federstreich. Zart, kaum zu fühlen, und setzte doch jeden Zentimeter meines Körpers in Brand. Ich wollte ihm nicht vergeben. Konnte ihm nicht vertrauen. Und konnte doch nicht aufhören, von seinen Küssen zu träumen. Ich wollte nichts sehnlicher tun, als ihn wirklich zu küssen, um ihm zu zeigen, dass nur er es war, den ich wollte.

Er umfing mein Gesicht zärtlich mit den Händen, um mich davon abzuhalten, ihn zu küssen. Ich sah, wie er kämpfte. Sah, wie er litt. Und doch barst mein Herz vor Glück, als seine Lippen meine fast streiften. Nur kurz, nur einen Moment. Wie ein Versprechen. Ich schloss die Augen, und …

»Sonst geht es euch gut, oder?!« Tristans Stimme ließ uns auseinanderfahren. Er stand in der Boxentür und starrte uns an. »Seid ihr vollkommen bescheuert?«, fragte er zornig. »Knutscht hier rum, während alle anderen versuchen, die Probleme zu lösen, die ihr beide verursacht habt!« Er ging auf Bastian los und stieß ihn von mir weg. »Sieh dich doch an! Du hast dich kaum unter Kontrolle!« Sein missbilligender Blick traf mich. »Hast du 'nen Knall?«

Ich fühlte mich ertappt und schämte mich. Meine Gefühle fuhren Achterbahn und ich presste verlegen die Lippen aufeinander. »Es ist nicht, wie du denkst! Wir *knutschen* nicht!«, verteidigte ich mich und das Blut schoss mir in die Wangen.

»Tu, was immer du willst, Abby!«, gab Tristan grob zurück. »Aber erwarte nicht, dass ich ständig hinter dir herräume.«

Ich schnappte nach Luft. »Wann hast du denn hinter mir hergeräumt?«, fragte ich nun ebenfalls wütend.

»Nur zur Info: Du hast dich einfach davongeschlichen und es mir überlassen, sowohl im Kopf deiner BFFs Ordnung zu schaffen, als auch eine Erklärung zu finden, warum es in den letzten Tagen keine Aggressionsbewältigung und keinen Matheunterricht gegeben hat und warum Margaret-Maud wie eine wandelnde Schlaftablette durch die Gänge schleicht.« Mit jedem Wort war er lauter geworden. Er sah Bastian eiskalt an. »Vic, Owen und Rayne wollen dich sprechen, also entschuldigt die Störung!« Der Sarkasmus in seiner Entschuldigung war nicht zu überhören.

»Danke, dass du dich darum gekümmert hast«, überging Bastian den Wutanfall seines Bruders, straffte die Schultern und deutete auf die Boxentür. »Lassen wir Vic nicht warten.«

Noch ehe ich mich in Bewegung setzte, streckte Tristan eine Hand aus, um mich aufzuhalten. »Sie wollen dich nicht dabeihaben«, erklärte er und sah mich kühl an. »Ist vielleicht besser so.«

Ein Bild im Kopf

»Ist vielleicht besser so!«, äffte ich Tristan gekränkt nach, als die beiden in den Schatten verschwunden waren. Ich trat gegen die Boxenwand und strich mir energisch die Strähnen aus dem Gesicht. Der Stall wirkte mit einem Mal drückend und ich fühlte mich vollkommen verwirrt. Diese beiden Brüder waren nicht gut für mein Seelenheil, das stand fest. Ich ärgerte mich, dass Tristan Bastian und mich unterbrochen hatte. Und zugleich ärgerte ich mich darüber, dass er uns überhaupt gesehen hatte. Nicht, dass ich mich ihm gegenüber rechtfertigen musste. Ihm musste ja klar sein, dass der Kuss mit ihm ... nichts zu bedeuten gehabt hatte. Dass ich nur ... verwirrt gewesen war, als ich mich auf ihn eingelassen hatte. Er war doch selbst niemand, der eine Freundin suchte. Es war ein Impuls gewesen. Eine Momententscheidung, ohne Bedeutung.

»Fuck!« Ich raufte mir die Haare, denn selbst in meinen Ohren klang das wie eine billige Ausrede. Wenn ich doch nur wüsste, wie Tristan darüber dachte. Er hatte eben deutlich gezeigt, dass ihm meine Nähe zu Bastian nicht gefallen hatte. War er eifersüchtig? Oder nur besorgt um das Wohl seines Bruders?

Ich trat ins Freie und sah mich um. Von keinem der Ringhüter war mehr etwas zu sehen. Nur ein Pferdeknecht ging am anderen Ende des Hofs seiner Arbeit nach. Etwas unschlüssig überlegte ich, was ich nun tun sollte, während die anderen meinten, mich aus ihren ach so wichtigen und besonderen Gesprächen ausschließen zu können, als ginge mich das alles nichts an.

»Die sollten sich langsam mal klar werden, ob ich jetzt an allem schuld bin oder ob mich das nichts angeht«, brummte ich und schlenderte den Hügel hinauf in Richtung Orangerie. Das weiß lackierte Metallgerüst des überdimensionalen Gewächshauses im viktorianischen Stil strahlte wie ein Diamant auf der Hügelkuppe und ich setzte mich bewundernd auf die Bank am Wasserbecken. Hier hatte Bastian heute Morgen noch mit Skye gesessen. Ich legte meine flache Hand auf die Bank, als könnte ich so erspüren, was die beiden gesprochen hatten. Was sie womöglich getan hatten.

Hatten sie dem Plätschern des Wassers gelauscht, so wie ich gerade? Oder hatten sie ...

Ich schüttelte, wütend über mich selbst, den Kopf und nahm das zusammengefaltete Blatt Papier aus meiner Hosentasche. Ich musste aufhören, mir irgendwelchen Unsinn auszumalen. Bastian hatte mir erklärt, was mit Skye geschehen war. Ich musste mir keine Sorgen machen, dass sie sich nähergekommen waren.

Ich klemmte mir das Papier zwischen die Knie und fummelte den Bleistift samt Spitzmesser aus der anderen Hosentasche. Die Mine des Stifts, den ich aus Bastians Zimmer mitgenommen hatte, war stumpf, deswegen nahm ich das winzige Schnitzmesser, das mein Vater für mich geschmiedet hatte, aus seiner Lederscheide und hielt es ins Licht. Die Klinge war noch immer so scharf wie damals, als er es mir geschenkt hatte. Ein wenig Graphitstaub haftete an der Schneide und ich fuhr sacht mit dem Finger darüber. Damit einen Stift anzuspitzen, war nicht nur Mittel zum Zweck – es war ein Ritual. Mir war nicht viel von meinen Eltern geblieben. Nicht sehr viel mehr als dieses Messer und einige schmerzhafte Erinnerungen. Ganz langsam drehte ich den Bleistift in meinen Fingern und setzte dann die Klinge an. Wie immer, wenn ich das tat, klärten sich meine Gedanken und ich hatte für einen Moment das Gefühl, die Kontrolle über mich und mein Leben zurückzubekommen. Energie durchströmte mich und ich atmete leichter. Graphitstaub rieselte zu Boden und die Mine wurde feiner. Als ich zufrieden war, nahm ich den Stift zwischen die Zähne und reinigte die Klinge. Ich strich zärtlich über den kunstvoll geschmiedeten Griff, ehe ich das Messer zusammen mit der Erinnerung an meinen Vater in der Lederscheide verstaute. Erinnerungen waren nicht gut für mich. Ich wollte mich nicht an früher erinnern, als ich ein ganz normales glückliches Mädchen gewesen war, das von seinen Eltern geliebt und behütet wurde, denn nichts davon traf heute noch auf mich zu. Ich wusste ja nicht mal mehr, wie sich Glück anfühlte. Abgesehen von den wenigen Momenten in Bastians Armen war mir Glück regelrecht fremd. Und ich hatte Angst davor.

Ich breitete das Papier auf meinen Oberschenkeln aus und setzte den Stift an. Die Aussicht von meinem Platz aus war atemberaubend und es hätten sich hundert Motive auf einmal angeboten, doch ohne nachzudenken entstand ein ganz anderes Bild auf dem Papier. Ein Bild aus meinem Kopf.

Konzentriert sog ich die Lippe zwischen meine Zähne, als ich beinahe selbst erstaunt verfolgte, was ich zeichnete. Es war ein dunkles Bild, mit vielen schattierten Flächen. Ich musste die Mine zweimal nachspitzen und meine Fingerkuppe war wie mit Silber überzogen, weil ich damit die Linien verwischt hatte, bis ein Großteil der Seite schwarz war. Nur helle Striche wie Rauch zogen durch die Dunkelheit meiner Zeichnung. Rauch oder Lava oder flüssiges Licht? Ich hatte keine Ahnung, was da aufs Papier floss, doch ich hatte gelernt, meine kreativen Ideen nicht zu hinterfragen, sondern zuzulassen.

»Was tust du?«, störte mich Tristan und ich zuckte zusammen. Wie von selbst faltete ich das Blatt in der Mitte, um mein Werk vor fremden Augen zu schützen.

»Ich ...« Ich hob die Schultern. »Ich zeichne.«

Tristan lachte und mit einem Satz über die Lehne landete er neben mir. »Mich?« Der neckende Ton in seiner Stimme zeigte, dass seine Wut verraucht sein musste.

»Hättest du wohl gerne«, gab ich zurück und sah ihn verlegen an. Ich wünschte, ich hätte seine Gedanken lesen können.

»Stimmt«, gab er zu und grinste.

»Ich zeichne keine Jungs mehr, seit alle denken, ich wäre in dich verliebt, nur weil ich dich gemalt habe.«

»Bist du nicht in mich verliebt?« Ich bemerkte, dass er meine Weben betrachtete.

»Und du?«, ging ich einer Antwort aus dem Weg. »Bist du verliebt?«

Tristans Augen funkelten. »Sagen wir so, Abby, ich würde dich gerne hinter der Turnhalle treffen.« Er knuffte mich leicht in die Seite und ich musste schmunzeln. Vor Tagen – oder waren es Wochen? – hatten wir darüber gesprochen, dass er hinter der Turnhalle Mädchen abschleppte. Es kam mir vor, als wären seitdem Jahre vergangen.

Tristans Lachen war ansteckend, und wie so oft gefiel mir, wie er sich in seiner selbstverliebten, arroganten Art die Haare aus der Stirn strich. Sie waren im Gegensatz zu Bastians dunklem Haar blond, was ihn im Ganzen unbeschwerter wirken ließ. Wie von selbst glitt mein Blick zu seinen Lippen und die Erinnerung an den Kuss kehrte zurück. Tristan hatte definitiv schon viel Zeit hinter der Turnhalle verbracht, ging es mir durch den Kopf, denn küssen – das konnte er.

»Wenn du nicht mich gezeichnet hast, wen dann?«, fragte er, deutete auf das gefaltete Blatt und zwinkerte. »Womöglich Gwynned?«

»Idiot!« Ich rollte mit den Augen. »Was machst du überhaupt hier? Solltest du nicht wichtige Unterhaltungen mit wichtigen Schattenspringern führen?«

Tristan winkte ab. »Die streiten. Da hab ich keinen Bock drauf. Und weil ich nicht mit dir streiten will, bin ich hier, um mich zu entschuldigen. Ich war sauer, als du ohne mich aus Darkenhall fort bist … aber ich hätte eben nicht ausflippen dürfen.«

»Hättest du nicht«, stimmte ich ihm zu.

»Hab gedacht, du küsst ihn«, gestand er und seine Selbstsicherheit bekam Risse. »Bastian, meine ich. Vorhin im Stall.«

»Schon klar, was du meinst«, unterbrach ich ihn, ehe er noch mehr sagte. »Wir haben uns aber nicht –«

»Ich weiß.« Er sah mich an und das strahlende Blau seiner Augen liebkoste mich regelrecht. »Hat mich trotzdem ganz schön aus der Bahn geworfen.«

Ich nickte. »Mich wirft gerade auch alles aus der Bahn. Ich war noch nie im Leben so verwirrt.« Weil er mich fragend ansah, redete ich weiter. »Mein Dad, Cross, der Einbruch. All das. Ich …« Ich schüttelte den Kopf. »Da kann doch kein Mensch klar denken.«

»Uns geht es allen so. Die Nerven liegen blank.« Er nickte in Richtung des Herrenhauses und rollte bedeutsam mit den Augen.

»Worüber streiten sie denn?«, fragte ich.

Tristan streckte die Beine lässig aus und lehnte sich zurück. »Die Caerhays wollen Bastian nicht helfen, aber ich bin sicher, er kann sie noch umstimmen. Und Owen – du kennst ihn ja. Er findet alles

Scheiße. Er regt sich mal wieder über jede Kleinigkeit auf.« Tristan zwinkerte mir zu. »Er ist nicht gerade ein Fan von dir, also vielleicht solltest du ihn zeichnen. Das könnte ihn umstimmen.«

»Nein, danke. Führt doch immer wieder zu Missverständnissen.« Ich grinste. »Sieh dich an. Seit ich dich gezeichnet habe, werd ich dich nicht mehr los.«

»Autsch!« Tristan fasste sich ans Herz. »Ich bin ein starker Kerl, Abby, aber das tat weh.«

»Vielleicht tut es weniger weh, wenn du siehst, dass ich nur ein wenig rumgekritzelt habe«, sagte ich versöhnlich und reichte ihm etwas unsicher das Blatt.

Tristan faltete es auf und betrachtete es schweigend. »Rumgekritzelt«, meinte er tonlos und die Unbekümmertheit verschwand aus seinem Blick. Er sah mich ernst an und deutete auf die Zeichnung. »Abby, ich weiß nicht wie, aber ... aber das solltest du ...« Er schüttelte den Kopf, und als er sich diesmal die Haare aus der Stirn strich, wirkte er nicht mehr cool. »... das solltest du nicht zeichnen können. Weil du es eigentlich nicht ... sehen können solltest.« Er schien verwirrt. »Wo hast du das gesehen?«

Ich zuckte mit den Schultern. »Ich weiß nicht. Das Bild – es war einfach in meinem Kopf. Ich weiß nicht mal, was genau ich da gezeichnet habe.«

Tristan faltete das Blatt mehrfach zusammen, als wollte er verhindern, dass wir in das Bild hineinfielen. Dann sah er wieder mich an. »Ich weiß nicht, wie du das machst, Abby, aber es ist nicht normal. Das, was du gezeichnet hast, kann ein Mensch niemals sehen.«

»Vielleicht habe ich das gesehen, als Bastian mich mit durch die Schatten genommen hat?«, schlug ich vor, aber Tristan schüttelte den Kopf.

»Das hier, Abby … das sind nicht die Schatten der Welt. Das hier sind die Abgründe des Lebens. Was du gezeichnet hast, habe selbst ich noch nie gesehen. Ich erkenne es, weil Bastian mir davon erzählt hat. Was du gezeichnet hast, ist der Weg zwischen Leben und Tod. Das Nichts. Das dunkle Nichts, das den Weben gehört, deren Energie wir neutralisieren. Es ist das lauteste Wüten, das man sich vorstellen kann, und irgendwo dahinter befindet sich das Tor aus Licht.«

Ein mulmiges Gefühl durchlief mich. »Warum sollte ich so was zeichnen? Das ist doch verrückt. Vielleicht ist das einfach nur Zufall, einfach etwas, das – «

Tristan schüttelte den Kopf. »Nein. Das ist kein Zufall. Das ist es, was Bastian meinte, als er gesagt hat, du wärst in seinem Kopf gewesen.« Tristan deutete wieder auf das kleine Papierpäckchen, ehe er es in seine Hosentasche steckte. »Das ist der Beweis. Er war dort. Als Skyes Seelenweben ihn fast umgebracht hätten, war er dort. In diesem Nichts. Die Weben sind aus ihm herausgebrochen, haben ihn aufgerissen und ihn immer tiefer in das Nichts gezogen. Er wäre dort fast gestorben. Und du hast das gesehen, weil du in seinen Kopf eingedrungen bist.« Tristan rieb sich den Nacken. »Auch wenn ich nicht verstehe, wie du das machst.«

Nachdenklich sah ich ihn an. Er wirkte ernsthaft besorgt. »Bastian sagt, in mir wäre eine Dunkelheit, die er noch bei keinem zuvor gesehen hat. Denkst du … das ist der Grund? Denkst du, ich … bin gefährlich?«

Tristan zuckte mit den Schultern. »Du bist definitiv besonders, Abby. Aber ob das gut oder schlecht ist … kann ich dir nicht sagen.« Er grinste leicht. »Falls du dich erinnerst: Du lässt mich ja nicht an deine Weben ran.«

»Aus gutem Grund!« Ich wollte schließlich meine Seele schützen.

»Ich weiß, du denkst, ich will dir etwas wegnehmen, aber das stimmt nicht. Ich würde nur wirklich gerne einen Blick in deine Seele werfen. Deine Seelenweben ... kennenlernen.«

»Ich will das nicht«, wehrte ich ab, doch ich konnte den Gedanken nicht verdrängen, wie behutsam er Jasmin in ihrer Panik geholfen hatte. Es war mir fokussiert erschienen. Kontrolliert. Und nicht getrieben von schmerzhaftem Verlangen, wie ich es bei Bastian so oft gesehen hatte. »Ich weiß nicht, ob ich dir vertrauen kann.«

Tristan hob abwehrend die Hände. »Ich werde dich nicht zwingen, Abby. Nicht über dich herfallen oder so, wenn du davor Angst hast. Ich hab vorerst akzeptiert, dass du deine Weben für dich willst, was aber nicht bedeutet, dass ich nicht gerne verstehen würde, was eigentlich los ist, seit du in unser Leben getreten bist. Weißt du, Abby, vor dir war alles deutlich einfacher.«

»Vorerst?« Ich rieb mir die Arme, denn der Gedanke, der in meinem Kopf Gestalt annahm, ließ mich frösteln.

Tristan nickte. »Ja. Vorerst. Ich hab schon mal gesagt, dass ich dir nichts versprechen werde, was ich nicht halten kann. Und deine Weben sind so verlockend, dass ich dir nichts versprechen will, denn der Gedanke, sie niemals zu kosten, ist keine Option für mich, Abby. Würde ich das behaupten, würde ich lügen. Du ziehst mich an wie das Licht die Motten. Und nicht nur mich. Auch Bastian fühlt das. Du bist besonders auf eine Weise, die uns fremd ist, und ich denke, dass da viel mehr in dir steckt, als du selbst weißt. Ich will dem auf den Grund gehen, aber nicht nur das. Ich will spüren, wie deine Weben sich um mich legen, wie sich der Schmerz deiner Seele anfühlt, denn ich kann nicht verstehen, warum du so an ihm hängst. Du reizt mich, wie nie etwas oder jemand zuvor, Abigail Woods.«

Ich schluckte. Wenigstens war er ehrlich.

»Ich hätte dir deine Weben nehmen können, als wir uns geküsst haben. Aber ich habe es nicht getan. Aus Respekt – nicht, weil ich es nicht mehr als alles andere gewollt hätte.« Er sah mich an. »Aber ich habe dir gesagt, wenn ich deine Weben nehme, dann nur, wenn du es willst.« Er grinste. »Auf dieser Bank sitzt nämlich nur ein Dieb. Und das bist du.«

»Was, wenn ich Ja sage?«, fragte ich nach kurzem Schweigen und mein Herz sprang mir dabei fast aus der Brust. War ich verrückt? Hatte ich den Verstand verloren?

»Ja zu was?«, vergewisserte sich auch Tristan. Dabei schien er durchaus zu wissen, wovon ich sprach, denn mit einem Mal erwachten die Weben auf seiner Haut zum Leben. Nicht mit derselben Intensität wie Bastians, aber auch auf Tristans Körper faszinierten mich die schwarzen Male.

Instinktiv rückte ich etwas von ihm ab. »Zu einem Experiment«, sagte ich unsicher. »Was, wenn wir es tun?«, fragte ich und redete schnell weiter, ehe mich der Mut verließ. »Was, wenn ich Ja dazu sage, dir einige wenige meiner Weben zu überlassen?« Ich hob einen Finger, um zu zeigen, dass ich noch nicht fertig war. »Bastian sagt, du kannst nicht so viele Weben aufnehmen wie er. Also ... bist du für mich nicht so gefährlich, richtig?«

Tristan sah mich ungläubig an. »Machst du Scherze?«

Ich senkte den Blick, bis meine Haare mein Gesicht verbargen. »Weiß nicht. Ich überleg ja nur. Also rein theoretisch.«

»Theoretisch«, wiederholte Tristan sachlich. »Also schön. Und was hast du dir so ... theoretisch gedacht?«

Ich schluckte. »Vielleicht, also ... also mal theoretisch, wenn du dieses Weben-Ding machen würdest, so ...«

Tristan grinste. »So Haut auf Haut?«, flüsterte er mit einem sinnlichen Grinsen und hob mein Kinn an. Dabei weiteten sich die Male auf seiner Haut deutlich aus. Sie stiegen seinen Hals hinauf und seine Augen veränderten sich.

»Du weißt wie!«, murrte ich, denn mir war nicht zu scherzen zumute. »Aber darauf wollte ich nicht hinaus. Ich will wissen, ob du die Kontrolle verlieren wirst, wie Bastian. Oder ob du aufhören kannst, wenn wir die Antworten haben, die wir suchen?«

»Welche Antworten suchst du?«

»Ich ... weiß es nicht. Ich will wissen, ob ich es steuern kann. In deinen Kopf zu blicken, meine ich.«

Tristan grinste. »Ich warne dich: Wer mein Innerstes kennt, kann vermutlich gar nicht anders, als sich unsterblich in mich zu verlieben.«

Ich musste lachen. »Na, das Risiko halte ich für gering.«

»Schon wieder ein Autsch!« Er sah mich neckend an, ehe er erneut sachlich wurde. »Dann meinst du es ernst?« Sein Blick bohrte sich in meinen und mir stockte der Atem.

Seine Augäpfel waren schwarz geflutet, die Iris oval und von silbernem Glanz. Das strahlende Blau seiner Augen war vollkommen überdeckt. Ich fragte mich, was mit mir nicht stimmte, denn es kam mir vor, als würde die Dunkelheit in seinem Blick etwas in meinem Innersten wecken. Etwas, das schon immer dort geschlummert hatte.

Mein Puls beschleunigte sich und mir brach der Schweiß aus. Meine Kehle war wie zugeschnürt. Dennoch nickte ich. »Wenn du schwörst, dass mir nichts passiert, dann ja. Dann meine ich es ernst.«

Tristan nickte bedächtig. »Wir werden ganz vorsichtig sein. Anders würde es auch nicht gehen. Deine Weben sind stark. Ich habe ordentlich Respekt vor ihnen, denn ich habe gesehen, was sie mit Bastian angerichtet haben.«

Seine Worte beruhigten mich, auch wenn er es nicht schaffte, mir meine Angst zu nehmen. Aber das war vermutlich normal, wenn man dabei war, jemandem ein Stück seiner Seele zu überlassen.

»Und … wie … wie läuft das jetzt ab?«, fragte ich unsicher und wischte mir die verschwitzten Hände an der Jeans ab.

»Du weißt, wie ich … das normalerweise handhabe«, gab Tristan grinsend zu. »Ich küsse Mädchen, um –«

»Dann mach es anders als sonst!«, protestierte ich.

Sein Grinsen wurde breiter. »Wir haben uns schon mal geküsst«, erinnerte er mich.

»Ich weiß. Aber hier geht es nicht um Gefühle. Es ist ein Deal!«

»Gefühle? Dann … fühlst du etwas, wenn wir uns küssen?«

»Tristan, bitte!«, warnte ich ihn, denn seine Worte beschleunigten unweigerlich meinen Puls. »Kannst du mal ernst bleiben? Ich hab so schon Panik!«

Er nickte. »Also dann ohne küssen, richtig?«

»Genau!«

»Sicher? Küsse ich etwa so schlecht, dass –?«

»Idiot!«, schnaubte ich und schlug nach ihm, war aber insgeheim froh über seine Scherze. Das zeigte mir, dass er offenbar viel weniger beunruhigt war als ich.

Tristan fing meinen Schlag ab und hielt meine Hand fest. Dann sah er mich an und ein Schauer rann mir über den Rücken. »Na gut«, raunte er und klang dabei fast wie Bastian. »Dann tun wir es.« Er verwob seine Hände mit meinen und rückte näher. »Bist du sicher?«, fragte er, obwohl sich die dunklen Weben bereits von seiner Haut auf meine ausweiteten.

Meine Kehle war zu eng, um zu antworten, also nickte ich. Dann brach ein Damm und Tristans Blick brannte sich in meinen. Er ließ meine Hände los, umfasste mein Gesicht und ich schnappte nach Luft, als der Schwindel mich erfasste.

Eins mit Tristan

Die Welt verschwamm vor meinen Augen und das Herz brach mir fast aus der Brust. Ich hörte mein eigenes schwaches Seufzen durch einen Nebel der Wehrlosigkeit. Ich fühlte Tristans Finger zart in meinem Nacken, seine andere Hand an meiner Wange. Immer mehr sog es mich in den Strudel, immer schneller wirbelten meine Gedanken und Angst packte mich.

»*Angst ist ein starkes Gefühl*«, hallten Bastians Worte in meinem Kopf wider. Ich wusste, dass ich mich Tristan ein Stück weit öffnen musste, doch dass das wie von selbst geschah, war erschreckend. Vertraute ich ihm – oder fürchtete ich ihn? Noch ehe ich darauf eine Antwort fand, spürte ich, wie etwas tief in mir in Bewegung geriet. Ich kämpfte gegen den Schwindel an, um ganz bewusst zu fühlen, was gerade geschah. Mein Innerstes kehrte sich nach außen. Der Atem brannte mir eiskalt in der Lunge und ich fühlte mich wie erstarrt, während mir zugleich der Boden unter den Füßen weggerissen wurde. Dann sank ich ohnmächtig in Tristans Arme. Schmerz schlug über mir zusammen, ehe er sich schlagartig verflüchtigte. Bilder und Gefühle tobten in mir und strömten unkontrolliert aus mir heraus.

Panisch wollte ich nach Luft schnappen, wollte um mich schlagen, mich aus diesem Albtraum lösen, doch kein Muskel gehorchte. Immer schneller strömte der Schmerz aus mir heraus. Ich sah ihm nach, sah ihn schwinden. Dann klarten sich meine Gedanken mit einem Mal und ich wusste, was ich zu tun hatte. Ich atmete durch. Wieder und wieder sog ich diese Eiseskälte in meine Lunge, bis ich glaubte zu erfrieren. Dann rannte ich los. Ich warf mich mit aller Macht in den Strom meiner Schmerzen und ließ mich mitreißen, bis ...

»*Endlich, Abby, endlich!*«, hörte ich Tristans Gedanken. Ich spürte sein Zittern, als würde die Erde beben, auf der ich stand. »*Du weißt ja nicht, wie sehr ich das wollte!*«

Ich sah Bilder, die nicht für mich bestimmt waren, sah Tristan in Darkenhall. Sah ihn, wie er mich sah. Konnte sehen, wie er mich in der Kantine neckte. Und ich sah so viel mehr. Es war, als erlebte ich den Moment durch seine Augen. Ich sah – was er sah. Meine Weben. Ich sah, wie sie mich umgaben – zum allerersten Mal. Und ich spürte Tristans Hunger. Er packte mich wie eine Klaue und ich wollte schreien, so heiß durchfuhr mich der Schmerz.

»*Niemals ist keine Option!*«, strömten seine Gedanken zusammenhanglos auf mich ein. Ich sah Bilder, wirre Bilder. Tristan mit Bastian auf einer Brücke, bei Nacht. »*Wie viel von ihr hast du dir denn genommen*«, schrie Tristan seinen Bruder an. »*Wenn du die Kontrolle verlierst, dann musst du ihre Seele ja ganz schön geplündert haben! Du weißt, wie sehr ich diese Weben wollte! Hast du überhaupt welche übrig gelassen?*«

Tristans Verlangen war überwältigend. Jede Faser meines aufgelösten Seins, meines verlorenen Ichs spürte Tristans Gier. Sein Verlangen nach mir.

Vielleicht war dieses Experiment keine gute Idee gewesen. Doch jetzt war es zu spät.

»*Wer einmal von dir gekostet hat, Abby, wird dir für immer verfallen sein. Etwas an dir ist besonders. Besonders und unwiderstehlich.*«

Ich musste das beenden! Ich wollte mich wehren, mich zurückziehen, doch ich war zu weit gegangen. Als würde ich in einem Sumpf versinken, erstickt von Tristans hungriger Seele. Ich sah ihn durch den Stall von Caerhay Court gehen, sah, was er sah. Bastian, wie er sich über mich beugte. Ich spürte Schmerz. Tristans Schmerz und eine bittere Enttäuschung, die ihn mit Klauen umfing. Sein Schmerz traf mich hart und ich keuchte. Ich wollte raus aus seinem Kopf. Wollte nicht noch mehr sehen. Nicht fühlen, was er fühlte. Verlangen, Schmerz, Eifersucht und Unsicherheit. Tristans Innerstes schlug dunkel über mir zusammen, wie eine Decke, die drohte mich zu ersticken.

»Nein!«, wollte ich rufen. Ich schrie es hinaus, doch kein Laut war zu hören.

⌘

Tristan hatte nie etwas Vergleichbares erlebt. Und das, obwohl er fast täglich irgendwelchen Mädchen einige ihrer Weben nahm, um das Wüten in sich auf ein angenehmes Level zu dämpfen. Er war nicht so ausgehungert wie sein Bruder, doch in diesem Moment, als Abbys scheues Nicken ihm erlaubt hatte, sich ihren Weben zu nähern, da hatte ihn das Wüten übermannt und er hatte die Kontrolle verloren. Er hatte zärtlich sein wollen. Hatte behutsam vorgehen wollen, doch die Macht ihrer Weben war stärker als er. Sie hatte mit ihrer Zustimmung das Tor zu ihrer Seele entriegelt und nun riss er es gierig auf.

»Endlich!«, schrie sein Innerstes, als er die Fülle ihrer nachtschwarzen Weben vor sich sah. Anders als Bastian besaß er nicht die Kraft, das Seelentor zu durchqueren. Konnte nicht zu den Weben vordringen, nach denen er sich so sehr verzehrte, doch das war auch nicht nötig. Sie kamen zu ihm. Sie schlugen auf ihn ein wie Hagelkörner, und trotz des Schmerzes, den die Aufnahme der Weben mit sich brachte, wollte er mehr. Abbys Weben waren von solcher Traurigkeit getränkt, so gefüllt mit Qualen, dass ein hartes Keuchen seiner Brust entwich. Bastian hatte ihn gewarnt, doch damit hatte er nicht gerechnet. Kaum waren die Weben in ihm, suchten sie nach einem Ausweg. Sie kämpften sich unter seine Haut, als wollten sie ihn sprengen.

Es fühlte sich an, als würde er in siedendes Öl fassen, als würde ihm die Haut abgezogen und sein bloßes Fleisch mit Säure übergossen. Nie gekannter Schmerz benebelte seine Sinne. Er klammerte sich an Abby fest und starrte verwundet in die unergründliche Dunkelheit ihrer Seele.

Eine solche Dunkelheit hatte er noch nie gesehen. Nicht einmal für möglich gehalten, dass ein Mensch mit solcher Finsternis in sich überhaupt leben konnte. Er war schockiert – und zugleich fasziniert. Er war wie im Rausch. Er spürte, dass Abby in ihn eindrang. Spürte, dass sie seine Seele las, wie er ihre. Es war, als wären sie eins. Er spürte, wie Abby gegen ihn ankämpfte, doch vielleicht empfand sie nur dieselbe Furcht vor dieser wahnsinnigen Nähe, die auch ihm den Atem raubte. Und trotzdem war es nicht genug.

Immer mehr ihrer Seelenweben strömten auf ihn ein und gaben den Blick auf einzelne Herzweben frei, die in ihrem dunklen Purpurschimmer wie sterbende Flammen wirkten. Getrieben von dem Verlangen, das Feuer dieser Herzweben neu zu entfachen, senkte er den Kopf und eroberte Abbys Lippen.

⌘

Sein Kuss war wie ein Sturm. Ich bekam keine Luft mehr, zitterte und mein Herz blieb stehen. Tristan Tremblay konnte küssen, das wusste ich inzwischen. Er verstand es, mir für einen Moment die Angst zu nehmen, mich vergessen zu lassen, dass wir eine Abmachung hatten. Seine Zunge neckte mich und seine Hände glitten zärtlich an meine Taille. Ich spürte wie durch einen Nebel, dass Tristan sich aus dem Meer meiner Weben zurückzog. Dass mit jedem Schritt, den er aus meinem Innersten trat, es auch mich aus seinem Kopf sog. Die Ohnmacht verblasste und ich klammerte mich kraftlos an ihn. Zitternd öffnete ich die Augen, doch anstatt Schwärze sah ich hellstes Blau in Tristans Augen. Die Hände, die mich hielten, verursachten mir nicht länger ein Schwindelgefühl und ich fühlte mich unfassbar leicht und glücklich. Tristans Zunge teilte meine Lippen und ich spürte seinen Herzschlag genauso schnell wie meinen eigenen, als er mich fest an sich presste. Sein Kuss hatte sich verändert. War nicht mehr Mittel zum Zweck. Es war ein echter Kuss. Ein leidenschaftlicher Kuss.

Seine blonden Strähnen strichen mir über die Wange und ich hatte keine Ahnung, wo ich war oder was ich tat. Es war wie ein Erwachen aus einem Traum. Einem Traum, in dem ich Tristan Tremblay küsste. Schon wieder!

»Nicht!«, flüsterte ich beinahe tonlos und stemmte meine Hände gegen seine Brust. »Tristan!«

Er sah mich an und grinste. »Sorry, Abby, ich schätze ... ich hab die Kontrolle verloren.« Er ließ mich widerstrebend los, wobei sein Blick nach wie vor auf meine Lippen gerichtet war. »Einfach die Kontrolle verloren.« Bedauernd nahm er die Finger von meiner Taille und hob die Hände wie ein unbewaffneter Cowboy.

Ich rückte von ihm weg und strich mir verlegen übers Haar. Mein Herz hämmerte und ich fühlte noch immer seine Lippen auf meinen. »Du wolltest mich doch nicht küssen!«, erinnerte ich ihn zitternd.

Tristan grinste schuldbewusst und rieb sich den Nacken. »Ich *wollte* schon. Ich *sollte* nur nicht. Aber hey, du … bist einfach zu …«

»Zu leichtgläubig?«, beendete ich den Satz für ihn.

»Zu süß, sodass ich nicht anders konnte.«

Dass er das Ganze nicht so ernst zu nehmen schien, beruhigte mich komischerweise. Das war kein bedeutungsschwerer Kuss gewesen, sondern ein Tristan-typischer Scherz. Sein übliches Vorgehen, wenn man so wollte. Oder nicht? Trotzdem zitterten mir die Knie.

»Du bist echt ein Idiot!«, murrte ich noch immer verwirrt, aber doch etwas versöhnlicher.

Tristans Grinsen verwandelte sich in ein Lächeln und er blickte kurz über meine Schulter. Dann sah er mich wieder an. »Ein Idiot, der weiß, was er will, Abby.« Er stand auf und ich sah, dass Bastian im Hof stand und zu uns heraufsah. »Und vielleicht, wenn du ein wenig darüber nachdenkst, willst du ja das Gleiche.«

Er wandte sich zu Bastian um, zuckte die Schultern, als wäre das, was sein Bruder denken mochte, nicht sein Problem, und verschwand dann im nächsten Schatten.

Zitternd hob ich die Hand an meine Lippen, nicht in der Lage, mich Bastians anklagendem Blick zu stellen. Ich sollte mich wie eine üble Betrügerin fühlen, als Bastian sich umdrehte und wortlos zurück ins Haus ging – aber das tat ich nicht. Ich fühlte mich toll, auch wenn ich wusste, dass das nur von den Weben kam, die Tristan mir genommen hatte. Es lag nicht an ihm – oder seinem stürmischen Kuss.

»So ein Chaos«, murmelte ich mit wild klopfendem Herzen und stützte das Gesicht in die Hände. Ich war vollkommen durch den Wind und das Echo meines Ausflugs in Tristans Seele hämmerte in meinem Kopf. Ich war in seinem Innersten gewesen. Ich hatte das gesteuert. Das war verrückt! Und zugleich fühlte es sich so an, als wäre etwas in mir erwacht, das dort lange geschlummert hatte. Etwas ... wie eine Kraft.

Ich schielte zwischen meinen Fingern hindurch dorthin, wo Bastian eben gestanden hatte. Würde er verstehen, dass ich Tristan meine Weben gegeben hatte? Würde er mir glauben, dass ich nicht vorgehabt hatte, seinen Bruder zu küssen? Mehrmals? Es war merkwürdig, aber in meiner Seele fand sich fast zu wenig Schuld und Reue, was das anging. War das normal? War das eine Folge, wenn man seine Seele verlor? War es nicht genau das, was Skye passiert war?

Eine Gänsehaut breitete sich bei dem Gedanken auf meinem Körper aus und ich rieb mir die Arme, um das ungute Gefühl zu vertreiben.

Narben

Meine durcheinandergeratenen Emotionen machten mir noch immer zu schaffen, als ich in das imposante Herrenhaus der Caerhays trat. Es war drinnen kühler als draußen und das Licht wurde von Vorhängen gedämpft. Mir war kalt, was aber nicht an den Temperaturen, sondern an meinen in Aufruhr geratenen Gefühlen lag.

»Bastian?«, rief ich scheu in die Stille. »Tristan?« Ich schlang mir die Arme um den Oberkörper und ging weiter. Ein dicker Orientteppich dämpfte meine Schritte.

»Bastian!«, rief ich wieder. Diesmal lauter, um mein wild pochendes Herz zu übertönen.

»Hallo.« Ich fuhr herum. »Ist das nicht ein wunderbar milder Tag für einen Besuch?« Skye Caerhay kam auf mich zu und musterte mich. Mich – und das, was mich umgab.

Meine Gänsehaut verstärkte sich. Trotzdem zwang ich mich zu einem knappen Lächeln. »Ich suche Bastian. Oder Tristan.« Für Höflichkeiten hatte ich keine Zeit. Und auf einen Plausch übers Wetter mit Bastians Ex war ich erst recht nicht scharf. Mir reichte es schon, dass diese Skye aus der Nähe verdammt gut aussah. Sie trug ein luftiges weißes Kleid und zusammen mit ihrer hellen Haut und den blonden Haaren sah sie darin wunderschön aus. Zart und zerbrechlich. Ich konnte verstehen, was Jungs an ihr toll fanden. Was Bastian vielleicht toll gefunden hatte. Ganz automatisch verglich ich mich mit ihr. Sie war hell und strahlend, wenn auch distanziert. Ich wollte kalt und stark wirken und bevorzugte deshalb dunkle Farben und dunkles Augen-Make-up. Ich suchte dahinter Schutz, wie hinter meinen lila Haaren. Mein wahres Ich ... es war so tief versteckt, dass ich selbst nicht mehr wusste, wie es aussah.

»Heute sind viele Besucher im Haus«, sagte Skye mit ihrer melodischen Stimme und sah mich weiter an, als verglich sie uns ebenfalls. »Victoria ist nicht erfreut.« Sie strich sich die hüftlangen Haare auf den Rücken und beendete ihre Musterung.

»Und wo ist Victoria? Oder der Besuch?«, wurde ich langsam ungeduldig. »Ich muss dringend mit Bastian reden.«

»Skye!« Raynes erschrockene Stimme ließ uns zur Treppe herumfahren, die ausladend in die obere Etage führte. »Warum bist du nicht bei deinen Pflanzen?« Sie kam die Treppe heruntergeflitzt und hakte sich bei ihrer Schwester ein. »Du weißt doch, dass es besser ist, wenn du dich etwas zurückziehst.«

Der kühle Ausdruck in Skyes Zügen verblasste und sie wirkte mit einem Mal sehr verletzlich. »Ich wollte gerade zu den Orchideen gehen, aber Vic sagt immer, man muss zu Besuch höflich sein. Ich war höflich.« Sie sah mich an und hielt sich dann eine Hand vor den Mund. »Siehst du ihre Herzwebe? Ich ... finde sie schön. Und ich hatte doch so lange keine Weben mehr.«

Rayne straffte die Schultern. »Davon fangen wir jetzt wirklich nicht an. Du hattest erst vorgestern welche. Das reicht eine Weile. Komm. Ich bringe dich nach draußen«, bot sie an und ihr warnender Blick streifte mich. »Bastian und Tristan sind oben. Zweite Tür rechts.«

Ich nickte, aber da Skye sich weigerte, mit Rayne zu gehen, wartete ich zögernd ab.

»Ich will auch zu Bastian! Er war so lange nicht mehr da«, wehrte sich Skye. »Ich will auch nach oben.« Sie riss sich los und rannte die Treppe hinauf. Rayne stöhnte, rieb sich übers Gesicht und sah mich dann frustriert an, während sie ihrer Schwester folgte. »Komm schon!«, brummte sie. »Ist eh schon alles egal!«

Ich war noch nicht einmal am oberen Treppenabsatz angekommen, da hörte ich schon Bastians Stimme. »Du weißt genau, was mir droht, Vic, wenn du dich querstellst!« Er klang aufgebracht. Ich trat hinter Rayne in den großen Speisesaal. Eine lange Ebenholztafel mit kunstvollen Lehnstühlen ringsum ließ den viktorianisch gestalteten Raum königlich wirken. Ein mehrarmiger Kandelaber in der Tischmitte bot einem guten Dutzend rotglänzender Kerzen Platz, und die Farbe fand sich auch in den schweren Vorhängen wieder. Ahnengemälde säumten die Wände und es kam mir vor, als würden mich die Augen aus den Bildern anstarren.

Tristan bemerkte meine Ankunft und winkte mich zu sich, aber ich schüttelte den Kopf, denn er lehnte neben Owen am Fenstersims. Und auf den hatte ich nun wirklich keine Lust. Allein wie misstrauisch er mich ansah ... Schlimmer als die Blicke der Ahnen.

Am anderen Ende der langen Tafel standen sich Bastian und Vic gegenüber. Beide hatten eine kämpferische Haltung eingenommen und funkelten sich böse an. Die große Feuerstelle hinter Vic war so kalt wie die Stimmung, die hier herrschte.

Rayne hatte Skye am Arm gepackt und sie entschieden auf einen der Stühle gedrückt, während sie selbst wie ein Aufpasser daneben stehen blieb. Unser Auftauchen unterbrach das Gespräch zwischen Vic und Bastian.

»Was soll denn das?«, fuhr Vic genervt herum. »Rayne, was ...?«
»Können wir beim Thema bleiben?!«, forderte Bastian und trat

in Vics Sichtfeld – nicht, ohne mir einen enttäuschten Blick zuzuwerfen.

Vic schnaubte. »Wenn es einen Weg gäbe, dir zu helfen, Bastian, würde ich es tun«, sagte sie milder. »Aber ich kann dir nicht helfen. Ich kann dir den Herzring nicht überlassen.« Sie ging zu Skye und legte ihr die Hände auf die Schultern. »Aber du kannst uns vertrauen. Der Ring ist sicher verwahrt. Diese Gruppe um den selbst ernannten Lichtbringer wird ihn nicht in die Hände bekommen.«

»Selbst wenn du recht hast, Vic ...«, widersprach Bastian, ohne mich noch einmal anzuschauen. Seine Haltung zeigte deutlich, dass er sauer auf mich war. »... ich kann es ohne Ring nicht mit Cross aufnehmen. Das weißt du.«

»Und Skye kann ohne den Ring nicht überleben«, blieb Vic stur. »Es hat Jahre gedauert, sie zu stabilisieren. Schmerzhafte Jahre, Bastian. Skye muss den Ring alle vierzehn Tage einmal tragen, um das Gleichgewicht zu wahren.«

»Dann bleiben mir dreizehn Tage, um Cross aufzuhalten, wenn du mir den Herzring anvertraust. Dreizehn Tage – dann bringe ich ihn zurück, Vic.«

»Vergiss es, Bastian!« Vic wandte sich kopfschüttelnd ihrer Zwillingsschwester zu. »Der Ring bleibt hier. Ich will das, was passiert ist, nicht noch einmal durchleben.« Sie drückte Skye die Hand, und wie auf ein Zeichen kam Leben in sie.

Skye schob ihren Stuhl zurück und stand auf. »Was passiert ist, hat sehr wehgetan, Bastian«, stimmte sie Vic mit leerem Blick zu und stieg trotz des Protests ihrer Schwestern auf die Sitzfläche des Stuhls. Dann auf die Tischplatte. »Ich will meinen Ring behalten, Vic«, flüsterte sie und knackte mit ihren Fingerknöcheln. Sie atmete schneller und blickte sich ängstlich um. »Ich will ihn behalten.

Und ich will ihn jetzt!« Sie rieb über ihre Arme, ihr Gesicht, drehte sich, sodass der Saum ihres Kleides um ihre Beine wirbelte. Sie hob den Rock ein Stück an, dann noch ein Stück und entblößte dabei immer mehr Bein. Mit einem Mal wirkte sie gehetzt. »Ich will ihn JETZT!«, rief sie laut und ihr fiebriger Blick fixierte mich. »Ich will diese Herzwebe kosten!«, kreischte sie und ballte den Stoff des Kleides gegen den Bauch, während sie auf etwas zeigte, das mich umgab. Der Ausdruck in ihrem Gesicht änderte sich. Verzweifelter Schmerz spiegelte sich darin wider, gemischt mit wütender Entschlossenheit. »Ich will meinen Ring, Vic! Jetzt!« Sie rannte über den Tisch auf mich zu, flog regelrecht in meine Richtung. Sie schien nicht einmal zu bemerken, dass sie den Kandelaber mit Kerzen vom Tisch stieß.

Jede Zelle meines Körpers wollte fliehen, doch ich war wie erstarrt. Wie in Zeitlupe sah ich die Kerzen über den glänzenden Tisch rollen, hörte das dumpfe Scheppern, mit dem der Kandelaber auf die Tischplatte stürzte.

Ich hörte Vic und Rayne etwas rufen, sah, wie sie sich nach Skye streckten, ohne sie jedoch zu fassen zu bekommen. Sie kam immer näher und ich konnte meinen Blick nicht von ihren Beinen abwenden. Was ich im ersten Moment für lilafarbene Weben gehalten hatte, waren Narben. Wulstige, die ganzen Beine umspannende Narben. Ich war so geschockt von dem Anblick, dass ich kaum realisierte, dass Bastian sich am gegenüberliegenden Ende des Tischs in Bewegung setzte. Er streckte die Hand in den Schatten der Tischplatte und verschwand. Dann war er bei mir und sein harter Griff presste mir den Atem aus der Lunge. Im nächsten Moment verschluckte uns das Nichts.

Kälte umfing mich. Es war verrückt. Dieses Gefühl, sich aufzulösen. Der Gedanke zu zerfallen, wenn nicht Bastians Arme mich halten würden. Doch der Schattensprung war kurz und als ich mich stolpernd an ihn klammerte, waren wir noch immer im Speisesaal. Ich sah, wie Skye ins Leere taumelte. Wie sie verwundert die Augen aufriss, als sie realisierte, was geschehen war.

»Ich will auch in die Schatten!«, rief sie und schlagartig spülte purpurne Farbe über ihre Haut. Leuchtende Weben drängten an die Oberfläche, sodass sie durch das Weiß ihres Kleides zu erkennen waren. Sie schrie und wirbelte zu uns herum. Dann wurde sie von Vic gepackt. Skye knallte auf die Tischplatte und Rayne warf sich auf sie. Ihr Kreischen war wie das Geräusch einer Säge, das sich in Metall fraß. Dabei riss sie Hilfe suchend die Arme in die Luft, was allen Anwesenden einen Blick auf ihre nackte Haut dort offenbarte. Wie die Beine waren sie über und über mit wulstigen Narben übersät.

»Beruhig dich!«, rief Rayne und versuchte mit ganzer Kraft, ihre wild um sich schlagende Schwester auf den Tisch zu drücken. Stühle kippten polternd um und Skyes Kleid riss an der Schulter auf. Immer mehr ihrer vernarbten Haut kam zum Vorschein. Sie wand sich unter ihren Schwestern, verzweifelt und mit schmerzverzerrtem Gesicht. Ihre Augen waren blutrot unterlaufen und ihre Pupillen ein schmaler Strich. Und was sie wollte, was der Hunger in ihr wollte, das war ich – das war klar.

»Verflucht, Bastian!«, stieß Rayne hervor. »Ich hab doch gesagt, keine Schattensprünge!«, keuchte sie vorwurfsvoll. Dann befreite Skye eine Hand und streckte sich. Im nächsten Moment verschwanden alle drei Schwestern in den Schatten. Einen atemlosen Augenblick schien die Welt stillzustehen.

Das Geschrei riss schlagartig ab und es herrschte unheilvolle Stille. Niemand sagte ein Wort. Niemand regte sich. Würde nicht Bastians

Atem über meinen Hals streichen, würde ich denken, der Moment wäre in Harz gegossen worden. Ich blinzelte, doch der furchtbare Anblick von Skyes vernarbtem Körper wollte nicht weichen. Was musste passieren, um solche Wunden zu verursachen? Welche Qualen mussten das gewesen sein?

Ich spürte Tränen hinter meinen Lidern brennen und war froh, dass Bastian mich noch immer festhielt, denn ich war nicht sicher, ob ich hätte stehen können. Das Zittern steckte mir tief in den Knochen.

Owen fing sich als Erster wieder. »Ich sag's ja nicht gern, aber das kommt dabei heraus, wenn man einfache Menschen in Dinge einweiht, die nicht für sie bestimmt sind.« Er kratzte sich am Bart und stieß sich vom Fenstersims ab. »Ich hab gleich gesagt, dass sie hier nichts verloren hat«, sagte er und deutete auf mich.

»Abby ist kein einfaches Mädchen«, verteidigte mich Tristan, während Bastian mich zögerlich losließ. »Sie dringt in unsere Köpfe ein, wenn wir ihre Weben nehmen, und ihr beide habt sie mit durch die Schatten genommen. Das kann kein normaler Mensch!«

»Ich weiß, dass ihr denkt, die Nähe ihrer Vorfahren zum Vitalinaurum hätte ihre Gene verändert. Doch selbst wenn – selbst wenn sie dahingehend besonders ist –, sie ist keine von uns. Und solange sie mich nicht einen weiteren Blick in ihre Erinnerungen werfen lässt, weiß ich nicht, auf wessen Seite sie steht.« Er musterte mich kalt. »Fakt ist, das Chaos ist erst losgebrochen, als sie auf der Bildfläche erschienen ist. Sie hat Bastians Ring gestohlen. Und ...« Owen hob mahnend eine Hand und sah Bastian an. »Du hast mir vorhin gesagt, du hättest in ihrer Seele gesehen, dass sie die Welt ins Chaos stürzen wird. Dass die Dunkelheit in ihrem Webengeflecht sie gefährlich macht.«

Wie bitte? Ich warf Bastian einen ungläubigen Blick zu. »Was?«, fragte ich geschockt, weil er Owen das verraten hatte.

Bastian kniff verärgert die Lippen zusammen. »Abby, bitte. Ich wollte nicht ...« Er streckte die Hand nach mir aus, aber ich wich zurück.

»Ich bin nicht gefährlich! Ich will nicht mal hier sein!«, sagte ich matt und wischte mir über die Augen, denn ich spürte Tränen aufsteigen. »Darkenhall sollte meine letzte Chance auf ein normales Leben sein.« Ich schüttelte den Kopf. »*Normal*! Kennt ihr dieses Wort überhaupt?« Ich funkelte beide Brüder böse an. »Nicht *ich* bin hier die Gefahr! Wegen *euch* hat Cross mich manipuliert! Wegen *euch* wurden die Erinnerungen meiner Freunde gelöscht!« Ich war laut geworden, aber das war mir egal. »Ich wollte nur dieses Schuljahr überstehen! Ich bin kein böser Mensch! Kein verdammtes Problem, das ihr lösen müsst, habt ihr das kapiert?« Ich stieß Bastian hart die Hände gegen die Brust, so wütend war ich. »Diese beschissene Welt interessiert mich nicht genug, um mir die Mühe zu machen, sie ins Chaos zu stürzen! Ich will nur meinen Vater finden!«

»Dann lass mich in deine Erinnerungen!«, forderte Owen. »Lass mich sehen, ob ich darin einen Hinweis auf deinen Vater finde.«

»Nein!« Ich schüttelte energisch den Kopf. »Ich weiß, was du mit Jasmin und Esme gemacht hast!«

»Abby, versteh doch, dass –«

»Vergiss es, Bastian!« Ich wich vor ihm zurück. »Wenn er mir zu nahe kommt, dann ...«

Owen grinste. Er streckte die Hand in den Schatten und war bei mir. Seine Finger in meinem Nacken fühlten sich kalt an. So kalt wie sein Blick. »Dann was?«, flüsterte er an meinem Ohr und ich sah die blauen Weben über seine Haut tanzen.

»Lass sie!«, ging Bastian dazwischen und zog Owen beiseite. »Wir finden ihren Vater auch auf anderem Weg.«

Owen hob unschuldig die Hände. »Wie du meinst, Bastian. Ist ja nicht mein Ring, der verschwunden ist.« Er strich sich einen Fussel von der Schulter und schlenderte zur Tür. »Wenn ihr es euch noch mal anders überlegen solltet, ruft mich an.«

»Willst du einfach gehen?«, fragte Tristan und folgte ihm. »Was ist mit Cross und seinem Plan?«

Owen zuckte mit den Schultern. »Cross hat was? Einen Ring? Einen von dreien? Und keinen Schmied?« Er glättete seinen Bart. »Meldet euch, wenn es was Neues zu berichten gibt. In der Zwischenzeit gehe ich nach Darkenhall und sehe mal, welche Hinweise sich noch in Margaret-Mauds Erinnerungen finden lassen. Wir treffen uns dort.«

Damit verließ er den Speisesaal und kurze Zeit später röhrte im Hof der Motor des monströsen Geländewagens.

Bastians Kiefer zuckte angespannt, als er mich ansah. »Es wäre leichter, du würdest Owen machen lassen«, wandte er sich an mich und ich sah, dass er mehr als nur ein wenig verstimmt war. Seine Lippen waren zu einem schmalen Strich zusammengepresst.

»Ich dachte, wir hätten das geklärt!«, erinnerte ich ihn.

Bastian kniff die Augen zusammen. »Das hatten wir – und dann muss ich mit ansehen, wie du Tristan an deine Weben lässt.« Er umfasste die Lehne des Stuhls vor sich so fest, dass seine Fingerknöchel weiß hervortraten. »Du hast nicht den Eindruck gemacht, als würde er das gegen deinen Willen tun – darum erzähl mir nicht, dass dir deine Weben so heilig sind.« Bastian deutete verächtlich auf seinen Bruder. »Ihm hast du sie *geschenk*t, aber *ich* bin der Böse, weil ich sie genommen habe, als es keine andere Möglichkeit gab?« Er schnaubte. »Bitte entschuldige, Abby, wenn ich also leicht verwirrt bin, was deine verfluchten Weben angeht!«

»Das mit Tristan war ein Experiment!«, verteidigte ich mich, aber Bastian ging einfach an mir vorbei. Er hob den Stuhl auf, der beim Kampf zwischen den Caerhay-Schwestern umgekippt war. Mit mehr Kraft als nötig stieß er ihn gegen den Tisch.

»Mir egal, was das war. Und jetzt kommt!«, knurrte er, ohne mich oder Tristan anzusehen. »Ich nehme an, wir sind hier nicht länger erwünscht.« Damit trat er in einen Schatten und war verschwunden.

»Shit!«, fauchte ich und drehte mich zu Tristan um. »Und jetzt?«

»Jetzt ist er sauer.«

»Sehr witzig!« Ich verzog das Gesicht. »Wie geht es jetzt weiter? Was sollen wir tun?«

Tristan kam zu mir und deutete auf die Tür. »Er hat recht. Wir können nicht bleiben. Skye ist völlig ausgerastet.« Er sah mich an – oder vielmehr das, was mich umgab. »Verständlich. Aber bei der Kraft, die deine Weben haben, wäre es ihr Tod, würde sie sich ihnen nähern. Selbst ich komm gerade kaum gegen sie an. Ich glaube, ich muss bald durch einige Hundert Schatten gehen, um ihre Energie zu neutralisieren.« Er grinste, als er neben mir die Treppe hinunterging. »Kaum zu glauben, dass ich das sage, aber im Moment brauche ich wirklich etwas Abstand zu dir.«

Na toll! Das Letzte, was ich wollte, war, hier auf Caerhay Court allein gelassen zu werden.

»Denk nicht mal daran, jetzt zu verschwinden. Reicht ja schon, dass Bastian einen Abgang gemacht hat.«

Wir traten nach draußen und Tristan nickte in Richtung der Koppel. »Sehr weit ist er nicht gekommen«, meinte er, denn sein Bruder lehnte am Gatter und wartete auf uns. »Ich überlass dich ihm nur ungern«, neckte Tristan mich und streifte wie nebenbei meine Hand mit seinem kleinen Finger. »Aber wie gesagt, deine Weben können einen echt in die Knie zwingen. Ich muss einige davon loswerden.« Er zwinkerte mir zu, dann verschluckten ihn die Schatten des Gatters und ich blieb allein zurück. Allein mit Bastian Tremblay und einem verwirrenden Kribbeln auf meinem Handrücken.

Der Moment des Kusses blitzte vor meinem geistigen Auge auf und ich spürte, wie mir das Blut in die Wangen stieg.

⌘

Bastian sah, wie sich ihre Seelenweben verdichteten. Schuld – dachte er. Sie fühlte sich schuldig. Warum? Weil sie Tristan geküsst hatte? Er hasste es, dass er es gesehen hatte. Und er hasste es, dass ihn das störte. Denn eigentlich waren ihm Schülerinnen aus Darkenhall egal. Besonders die, hinter denen sein Bruder her war. Doch Abby ... sie war ihm nicht egal. Und er musste sich ernsthaft zusammenreißen, um seiner Enttäuschung über ihren Kuss mit Tristan nicht Ausdruck zu verleihen. Eifersucht war ein starkes Gefühl und es verstärkte das Wüten in ihm. Jede Zelle seines Körpers schmerzte und er fragte sich ernsthaft, wie lange er ohne seinen Ring noch durchhalten würde. Da war es nicht hilfreich, dass Abby nun auch noch auf ihn zukam.

»Hey!« Zögernd stellte sie sich gute fünf Meter entfernt von ihm ans Gatter. Sie lehnte sich etwas unsicher dagegen und sah ihn von unten herauf an. Die Strähnen ihrer Haare verbargen halb ihr Gesicht.

»Hey.«

Ein dunkler Hengst galoppierte über die Koppel und stieg wiehernd auf die Hinterbeine, um eine Stute auf der Nebenkoppel zu beeindrucken.

»Du bist böse auf mich«, stellte Abby fest und sah kurz zu ihm herüber, ehe sie wieder zum Hengst blickte.

Bastian schwieg. Schmerz brannte in seinen Adern. Was sollte er schon sagen? Natürlich war er böse. Sie hatte seinen Bruder geküsst! Er war frustriert! Wütend und enttäuscht. Doch zugeben wollte er das nicht.

»Hör zu, das –«

»Du musst nichts sagen«, unterbrach er ihren schwachen Erklärungsversuch und stieß sich vom Gatter ab. Er brauchte mehr Abstand.

»Und wenn ich es aber erklären will?« Sie wischte sich die Haare aus der Stirn und folgte ihm den Weg an der Koppel entlang. Der Duft von Heu und Pferdeäpfeln hing in der Luft.

Bastian blieb stehen. »Es gibt nichts zu erklären, Abby. Ich verstehe es. Du hast Angst. Willst nicht allein sein – und Tristan … nun, er ist offenbar nur zu gerne bereit, dir zur Seite zu stehen.«

»Das ist Bullshit!«, rief Abby und schloss zu ihm auf. Sie packte seine Schulter und zwang ihn, sich zu ihr umzudrehen. »Absoluter Bullshit!«

In ihrer Wut hob und senkte sich ihre Brust schnell und ihre Wangen hatten einen zarten Rosaton angenommen. Sie sah süß aus, wenn sie sich aufregte.

»Ich wollte Tristan nicht küssen! Das schwöre ich! Es war ein –«

»Ein Fehler?«, unterbrach er sie skeptisch.

»KEIN Fehler!«, verbesserte sie ihn entschieden. »Es war ein Experiment!«

»Ein Experiment?« Bastians Blick bohrte sich in ihren. »Wolltest du herausfinden, welcher Tremblay besser küsst?«, fragte er gefährlich leise und zog sie hart an seine Brust. Das Wüten in ihm brüllte auf, doch da war noch etwas viel Drängenderes in ihm. Ein Verlangen, viel stärker als das nach ihren Weben.

»Du spinnst doch!«, fauchte Abby und wehrte sich gegen ihn, doch er hatte nicht vor, sie loszulassen.

»Hast du denn wenigstens eine Antwort auf deine Frage bekommen? Oder brauchst du noch eine kleine Entscheidungshilfe?« Seine Lippen strichen über ihre, wollten sie erobern, doch das durfte er nicht. Er wusste, sollte er ihr auch nur noch einen Millimeter näher kommen, würde er die Kontrolle über das Wüten verlieren. Er konnte seine Lippen nicht einfach auf ihre pressen, nicht einfach ihre Lippen teilen und sie küssen, so, wie er es wollte. Er brauchte Distanz.

Dringend!

⌘

Bastians Atem versengte meine Haut. Wie von selbst öffneten sich meine Lippen ein wenig, dabei war diesmal von Bastians üblicher Zärtlichkeit kaum etwas zu spüren. Er war dunkel und gefährlich und ich nahm an, dass er nicht merkte, wie die Weben sich dicht unter seiner Haut drängten. Er fixierte meine Lippen mit einem harten Blick und ich spürte seinen inneren Kampf um Beherrschung, genau wie seine Wut. Seine Worte waren so strafend wie sein eisiger Blick.

»Fick dich, Bastian!«, fuhr ich ihn an, als mir klar wurde, dass er mich nicht küssen würde. Frustriert stieß ich ihn weg. »Glaub doch, was du willst! Aber du warst es, der gesagt hat, es gibt kein Uns – und es könne nie ein Uns geben, also verzieh dich, wenn du glaubst, du hättest ein Recht, dich aufzuregen, nur weil ich einen anderen küsse!«

Ich war so wütend auf ihn und auch auf mich, dass ich es überhaupt nicht mehr einsah, mich für meine Taten zu entschuldigen. Es war egal. Bastian glaubte ohnehin nur, was er glauben wollte. Sollte er doch! Um mein Herz zu schützen, war es ohnehin besser, wenn er wütend auf mich war, denn wenn er es nicht war, dann sehnte ich mich danach, mich in seine Arme zu werfen und mich ihm anzuvertrauen. Dabei war ich wohl überall sicherer als bei ihm.

»Küss, wen du willst«, knurrte Bastian und fuhr sich durchs dunkle Haar. »Aber ich muss dich warnen. Tristan ist nicht wählerisch. Er meint es nicht ernst und das Glück, das du nach einem Kuss mit ihm fühlst, ist nicht echt.«

»Ach?« Ich stemmte die Hände in die Hüften. »Und als du mich geküsst hast – hast du es da etwa ernst gemeint? War das, was ich dabei gefühlt habe, etwa echt?«

Bastians Schweigen kam einem Schuldeingeständnis gleich. Er wandte sich ab und seufzte. »Wir klären das ein andermal. Uns … läuft die Zeit davon.« Er seufzte und sah mich dann milder an. »*Mir* läuft die Zeit davon.«

»Was meinst du damit?« Ich wusste nicht, was ich von dem Themenwechsel halten sollte, war aber bereit, ihn vorerst zu akzeptieren.

Bastian krempelte den Ärmel seines Shirts hoch und deutete auf die dunklen Weben unter seiner Haut. Blutiger Schorf hatte sich an einigen Rissen gebildet, während weitere Hautstellen so unter Spannung standen, dass sie jeden Moment aufreißen konnten. »Du hast Skye gesehen. Ohne meinen Ring droht mir das Gleiche. Ich muss Vitalinaurum bei mir tragen, um das Wüten unter Kontrolle zu bekommen. Ich trage kaum Weben in mir, um mich zu schützen, doch das verstärkt das Wüten. Und das macht mich gefährlich.«

»Die Narben auf Skyes Körper – das ist mit ihr geschehen, als …?«

»Ja. Nach unserem Kuss. Und in den Jahren danach. Sie kann das Wüten nicht mehr beherrschen, mit oder ohne den Herzring. Wenn sie ihn trägt, dann kennt sie kein Maß. Darum darf sie den Ring nur unter strengster Aufsicht ihrer Schwestern alle zwei Wochen einmal tragen. Dann erlauben sie ihr, sich Herzweben zu nehmen. Nur so viele, um das Wüten in ihr zu dämpfen, aber nicht genug, um ihr Schattensprünge zu ermöglichen. Skye wäre fast gestorben, weil sie aus den Schatten nicht mehr herausgefunden hat.« Bastian sah mich ernst an. »Die Schatten sind tief, dunkel und gefährlich. Auch für mich, wenn ich nicht bald wieder einen Ring trage. Ich spüre mit jedem Tag mehr, dass ich das nicht mehr lange aushalte. Skye hält vierzehn Tage ohne Ring durch, sagt Vic.« Sein Blick wurde drängend. »Ich weiß nicht, wie lange ich durchhalte.«

»Und wie willst du an deinen Ring herankommen?«

»Gar nicht.« Bastians Kiefer zuckte. »Ohne meine alte Kraft wird Cross mir immer wieder in den Schatten entkommen. Und neue Weben kann ich nur aufnehmen, wenn ich einen Ring trage. Darum brauche ich deine Hilfe.«

»Meine?« Ich runzelte die Stirn. »Wofür?«

Bastian hob den Blick und sah mir in die Augen. »Ich brauche einen wirklich fähigen Dieb – um den Herzring zu stehlen.«

Sei mein Dieb

Es kam mir vor wie ein Déjà-vu. Ich sollte einen Ring stehlen? Schon wieder?

»Das ist nicht dein Ernst«, hakte ich deshalb ungläubig nach. »Du willst nicht wirklich Skyes Ring stehlen?«

Bastian hatte den Anstand, sich unwohl zu fühlen. Er rieb sich schuldbewusst das Kinn und sah mich beinahe vorsichtig an. »Ich will ihn borgen. Aber dazu brauche ich dich.«

Ich musste lachen. »Borgen? Wann immer ich mir etwas *geborgt* habe, hieß es, ich wäre eine Diebin.«

Bastian seufzte. »Egal wie man es nennt, ich muss den Herzring in meinen Besitz bringen, denn Vic wird ihn mir niemals überlassen. Ich muss Weben aufnehmen, und zwar kontrolliert. Nur so haben wir eine Chance, an Cross heranzukommen und ihn aufzuhalten.«

»Wissen wir denn überhaupt, wo Cross ist?«

Bastian neigte den Kopf. »Owen ist dabei, das herauszufinden. Margaret-Maud hat Kontakt zu Cross' Anhängern. Sie weiß am ehesten, wo wir ihn finden.«

»Ich dachte, Owen ist angepisst.«

Bastian rollte mit den Augen. »Er ist nicht gerade erfreut. Aber er wird sich darum kümmern.« Er sah mich an und lächelte kurz. »Weißt du, Abby. Ich vermute, dass auch Owen sieht, wie besonders deine Weben sind. Vielleicht drängt er deshalb so darauf, deine Erinnerungen zu durchforsten, weil er, genau wie ich, fasziniert von deinen Weben ist. Selbst Skye erkennt das.«

»Er soll bloß seine Finger von mir lassen. Und deine Ex genauso!«

»Sag das nicht so«, bat er und sein Blick wurde ernst. »Das mit der Ex. So ist das nicht. Skye und ich ... waren nie richtig zusammen. Das Wüten hat Nähe stets unmöglich gemacht.« Er rieb sich matt übers Gesicht. »Wir Ringhüter können keine Beziehungen führen. Jedes stärkere Gefühl ... kann uns zerstören.« Bastian schloss die Augen und schnaubte. »Darum kann es auch kein Uns geben. Das ist der einzige Grund. Nicht, dass ich es nicht wollen würde.« Er öffnete wieder die Augen und sein Blick war voller Bedauern. »Aber wenn du meinen Bruder küsst, dann weckt das ein ebenso starkes Gefühl in mir, als würde ich dich selbst küssen. Eifersucht ist genauso stark wie Leidenschaft, Abby. Und beides ... bringt mich um.«

Er wandte sich ab und ging einige Schritte in Richtung Stallungen. Ich sah ihm nach und meine Kehle war so eng, dass ich kaum atmen konnte. Eifersucht. Er verspürte Eifersucht, wenn ich Tristan küsste? Ein kleines Stolpern meines Herzens zeigte, dass mich das nicht kaltließ. Ganz im Gegenteil.

»Ich wollte Tristan nicht küssen!«, rief ich ihm deshalb nach und hastete hinter ihm her. »Ich wollte es nicht. Es hatte nichts zu bedeuten! In Wymouth war ich verloren, verzweifelt, verletzt. Er war da und hat mich ... gerettet. Nicht mehr. Und der Kuss gerade ... da ging es nur darum, dass ich wissen wollte, wie ich das mache – das mit dem Eindringen in deinen oder Owens Kopf. Oder Tristans. Es war ein Experiment, um zu verstehen, welche Rolle ich in der ganzen Sache spiele.«

Ich fasste nach seiner Hand und trat ihm in den Weg. Seine Miene war versteinert und ich sah, dass meine Worte ihn nicht wirklich beruhigten. »Ihr habt euch *zweimal* geküsst?«

Shit – das hatte er ja gar nicht gewusst. War ich eigentlich bescheuert? Andererseits war nicht anzunehmen, dass Tristan ein Geheimnis daraus machen würde. Also war es vielleicht gut, alles aufs Tapet zu bringen.

Ich nickte, denn ich brachte es nicht über mich, es laut auszusprechen.

Bastian schwieg. Dann sah er mich an. Kühl und ohne jede Emotion. »Hast du wenigstens eine Antwort auf deine Fragen erhalten? Weißt du, was du wissen wolltest?«, fragte er ernst.

»Nein. Aber ich weiß, dass das kein Zufall ist. Ich ... kann das irgendwie steuern. Zumindest in gewissem Maß.« Ich versuchte noch einmal zu fühlen, was ich kurz vor dem Kuss mit Tristan gefühlt hatte. »Ich spüre einen Sog. Einen Zwang, könnte man sagen«, versuchte ich meine Empfindungen zu beschreiben. »Es lässt mir keine Wahl, als dem nachzugeben und meinen Weben zu folgen. Ich kann nicht anders, und gleichzeitig geschieht es ganz bewusst. Es ist ... verrückt.«

»Es klingt beinahe wie der Hunger, den ich empfinde«, sagte Bastian und musterte mich.

»Denkst du, es ist dasselbe?«

»Ich weiß nicht, was ich glauben soll, Abby. Ich weiß nur, dass nichts an dir normal ist. Das spüre ich, ebenso wie Tristan, Owen oder Skye. Und wir werden dem nachgehen, sobald ich wieder die Kraft habe, neben dir zu stehen ohne ...« Er deutete auf die dunklen Weben, die seine Haut überlagerten. »Ohne dass ich dich verletzen könnte, okay?« Er vergrößerte die Distanz zu mir. Dabei nahm er wie so oft die Hände hinter den Rücken. Ich wusste, dass er dadurch versuchte, seine körperliche Reaktion auf mich zu verbergen.

»Dann meinst du das mit dem Ring stehlen also ernst?«

Er nickte. »Unter dem Herrenhaus befindet sich ein Gewölbekeller. Darin muss sich das Versteck des Rings befinden. Aber nicht in einem einfachen Kellerraum. Ich schätze, uns erwartet eher ein Bunker. Ein Bunker aus Licht, der verhindern soll, dass jemand durch einen Schattensprung die Schließvorrichtungen umgeht.«

»Jemand wie du?« Ich verstand nicht, warum die beiden Schwestern annahmen, ein anderer Ringhüter würde ihnen den Ring stehlen wollen. Soweit ich das verstanden hatte, arbeiteten sie doch zusammen.

Bastian lachte bitter. »Dabei geht es nicht um andere Ringhüter. Es geht um Skye. Sie soll nicht in der Lage sein, sich ihrem eigenen Ring zu nähern. Vic behauptet, der Herzring wäre im Lichtbunker sicher. Aber wenn es uns gelingt, ihn zu stehlen, dann beweist das, dass sie sich täuscht. Vielleicht nimmt sie dann unsere Hilfe an, ehe Cross sich den Ring holt.«

»Wenn Cross ein guter Dieb wäre, hätte er mich nicht gebraucht, um an deinen Ring zu kommen«, gab ich zu bedenken.

Bastian lachte. »Ich kann dir versichern, dass *er* mich nicht durch einen Kuss abgelenkt hätte«, neckte er mich und sein Lächeln ließ erahnen, dass er gerade an den Moment in der Geisterbahn dachte, als wir uns das erste Mal geküsst hatten.

»Du bist blöd!«, sagte ich und spürte die Hitze in meinen Wangen. Ich musste dringend das Thema wechseln, denn es kam mir vor, als spürte ich noch immer seine Lippen auf meinen. »Der Ring ist hier also nicht sicher meinst du?«

»Ich glaube, dass wir es nicht darauf ankommen lassen sollten, dass Cross uns das Gegenteil beweist. Wenn es dir gelingt, an den Ring zu kommen, dann könnte er es ebenfalls. Vic muss verstehen, dass sie unsere Hilfe braucht.«

Das klang logisch. Und die Schuldgefühle, die ich normalerweise empfand, wenn ich über einen Diebstahl nachdachte, blieben komischerweise aus. Ich runzelte kurz die Stirn, denn in letzter Zeit empfand ich recht wenig Schuld. Und mit jeder Sekunde, die ich länger darüber nachdachte, wuchs diese altbekannte Spannung in mir. Diese Vorfreude. Dieser Lockruf tief aus meinem Innersten. Ich schüttelte den Kopf, um die Dunkelheit in mir zurückzudrängen. »Falls wir also den Ring wirklich stehlen können – was ich nicht glaube, wenn Vic ihn so gut eingesperrt hat –, dann ist das doch für Skye gefährlich, oder nicht? Du hast gesagt, sie muss ihren Ring regelmäßig tragen.«

»Ich brauche ihn nur heute Abend«, erklärte Bastian. »Wir stehlen den Ring, ich nehme ihn an mich und besorge mir die nötigen Weben. Dann bringen wir ihn zu Vic, um ihr zu beweisen, dass sie noch mehr Vorsicht walten lassen muss.«

»Du holst dir die nötigen Weben?«, fragte ich und eine Gänsehaut breitete sich auf meinen Armen aus. »Wo?«

»Nicht bei dir.« Er betrachtete die Weben, die mich umgaben. »Keine Sorge, Abby – nicht bei dir.«

»Bei wem dann?« Ich verschränkte die Arme vor der Brust, denn ich wollte nicht, dass er sah, wie eifersüchtig mich allein der Gedanke machte, ihn noch einmal in so einer intimen Situation mit jemand anderem zu sehen. Es hatte sich furchtbar angefühlt, als er Esmes Weben absorbiert hatte. »Wessen Seele ist dann in Gefahr?«, wollte ich wissen.

Bastian seufzte und strich sich eine verirrte Strähne aus der Stirn. »Niemandes *Seele* ist in Gefahr«, sagte er beschwichtigend. »Sollte es uns gelingen, den Herzring zu stehlen, kann ich das Wüten in mir nur mit *Herzweben* dämpfen.« Er stieß mich sacht mit dem Fuß an. »Sobald ich den Ring habe, bist du bei mir sicher.«

»Herzweben? Ich dachte, dein Ding sind Seelenweben?«

Bastian nickte. »Der Ring bestimmt darüber. Sobald ich ihn mir anstecke, lenkt er das Wüten in mir in Richtung der Herzweben.«

»Und wenn du ihn zurückgibst?«

»Das Vitalinaurum hat eine enorme Kraft. Die Macht des Rings, den ich zuletzt getragen habe, hallt in mir nach. Ich werde dann Herzweben aufnehmen müssen, bis ich meinen eigenen Ring zurückbekomme.«

Ich verkrampfte innerlich. Irgendwie war das sogar noch schlimmer. »Du ... willst also jemandem im Herz rumpfuschen?«

Bastian schüttelte den Kopf. »Abby, versteh doch. Ich werde niemandem schaden.«

»Unsinn!« Ich drehte mich um und stapfte die geschotterte Zufahrt hinunter in Richtung Straße. Ich musste hier weg. Der Gedanke, mit jemandes Gefühlen zu experimentieren, war erschreckend. »Du weißt nicht, welche Folgen dein Eingreifen in die Herzweben eines Menschen hat, oder?«

»Natürlich weiß ich das. Wofür hältst du mich? Denkst du, das ist für uns Ringhüter nur ein Spaß? Wir wurden jahrelang darauf vorbereitet, uns unserer Macht bewusst zu sein.« Er kam mir nach und sah mich aus zusammengekniffenen Augen an. »Wir hüten diese Ringe, damit eben niemand kommt und ihre Kräfte missbraucht. Wir sind uns der Verantwortung bewusst!« Er stieß sich den Zeigefinger gegen die Brust. »*Ich* bin mir der Verantwortung bewusst!«

»Dann denkst du also, dass wer auch immer von dir auserkoren wird, dir seine Herzweben zu spenden, das prickelnd findet?«, fragte ich spitz und versuchte, genauso böse zu schauen wie er.

»Die Leute kommen hierher, weil sie genau das wollen, Abby. Dass jemand Schwung in ihre Herzen bringt! Dass jemand die Leere in ihrem Herzen füllt, indem er sie für Gefühle anderer öffnet.«

»Bullshit!«

Ich wollte ihm nicht zuhören. Wollte mich nicht überzeugen lassen zu glauben, dass er mit seinem Seelen- oder Herzraub Gutes bewirken würde. Denn ich wusste, wenn ich anfangen würde, das zu glauben, würde mein Schutzwall anfangen zu bröckeln. Und ich brauchte diesen Schutzwall unbedingt, sonst würde ich mich nur noch mehr in ihn verlieben. Ohne einen Grund, ihm zu misstrauen oder ohne etwas, das ich ihm vorhalten konnte, gäbe es nur noch das schöne Gefühl, als er mich im Arm gehalten hatte. Dann gäbe es nur noch die Magie unserer Küsse. Dann würde ich mich noch mehr nach dem sehnen, was ich – wie er selbst gesagt hatte – nie haben konnte. Ein *Uns*.

»Es ist kein Bullshit, Abby!«, widersprach er und packte mich an der Schulter. Wir hatten das Ende der Zufahrt erreicht und er deutete auf das Schild der Partnervermittlung. *Hearts for Hearts*. Es zeigte den Gästen an, dass sie hier richtig waren, wenn sie verkuppelt werden wollten. »Die Leute kommen hierher, weil die Caerhays ihnen helfen. So, wie auch die Eltern freiwillig ihre Kinder nach Darkenhall bringen, weil sie wissen, dass es ihr Leben verbessert.« Er suchte in meinem Blick nach Verständnis. »Es ist eine Kunst, Abby, die Herzweben eines Menschen so auszudünnen, dass Hass und Wut,

Misstrauen und Eifersucht verschwinden, um Raum dafür zu schaffen, Herzweben heranwachsen zu lassen.«

»Hass?« Ich sog meine Lippe zwischen die Zähne, denn seine Worte machten, dass ich mich blöd fühlte. Es konnte nicht sein, dass es etwas Gutes bewirkte, jemandem etwas zu nehmen, von dem er nicht einmal wusste, dass es ihm genommen wurde. Da konnte Bastian sagen, was er wollte.

»Ja, Hass. Und Wut. Und Neid. All das wächst in den Herzen der Menschen, die niemals Liebe erfahren, Abby. Und daraus kann nichts Gutes entstehen.«

Ich schluckte. Ich würde ihm da keinesfalls zustimmen, auch wenn es ziemlich logisch klang, was er sagte. »Wie auch immer!« Ich senkte den Blick, denn ich hatte das Gefühl, er würde mich allein durch das dunkle Blau seiner Augen zwingen wollen, ihm zu vertrauen. »Bleibt immer noch die Frage, wen du um seine Herzweben erleichtern willst, falls wir überhaupt an Skyes Ring herankommen sollten.«

»Heute Abend ist hier eine Veranstaltung. *Fest der Verführung.* Es werden viele Menschen ein und aus gehen. Ich werde mit einigen Teilnehmerinnen reden und versuchen, dabei meine Weben aufzufüllen. Ganz unspektakulär.«

Ich lachte. »Als wäre je etwas, das du tust, unspektakulär.«

Seine Lippen umschmeichelte ein Lächeln. »Ist das so?« Seine Stimme war samtig und sein Blick wurde sinnlich.

»Sag jetzt nichts Falsches«, warnte ich ihn und hob abwehrend die Hand, damit er bloß nicht näher kam. »Sonst kannst du deinen dummen Herzring allein aus dem Bunker holen!«

Sein Lächeln wurde breiter. »Dann hilfst du mir?«

Ich schnaubte. »Hab ich denn eine Wahl?«

Verflucht, es war wirklich ungerecht, wie gut Bastian aussah, wenn er dieses siegessichere Leuchten in den Augen hatte. Seine Größe und Kraft wirkten dann kein bisschen bedrohlich und das leichte Kräuseln seiner Lippen war echt heiß, sodass ich gar nicht anders konnte, als mir vorzustellen, wie er mich küssen würde.

»Du hast gesagt, man hat immer eine Wahl«, erinnerte er mich heiser. Dabei kam er näher und ich wich wie von selbst vor ihm zurück, dabei zog mich das Verlangen in seinem Blick magisch an.

»Reiz mich besser nicht, Bastian!«, drohte ich ihm. »Sonst kannst du deinen Ring allein stehlen!«

Er lachte und sein Blick glitt ungeniert über meinen Körper und über meine Weben. »Du wirst mir helfen«, sagte er überzeugt. »Das sehe ich an deinen Weben.« Er zwinkerte mir zu. »Schon seit dem Moment, als ich von dem Lichtbunker gesprochen habe, tanzen deine neu erwachten Seelenweben wie nachtschwarze Schlangen um deinen Körper. Du stehst in Flammen, Abby«, raunte er. Und kam näher. Er hob die Hand und ich sah dunkle Schlieren auf seiner Haut. »In tiefschwarzen Flammen. Du brauchst das genauso sehr wie ich. Also lassen wir diese Spielchen um Gewissen, Recht und Unrecht, und tun, was wir tun müssen.« Er streifte meine Wange und seine Berührung war wie ein Stromschlag. »Wir können nicht gegen unsere Natur ankämpfen.«

»Wir könnten es versuchen.«

Bastian lachte. »Abby, du bist nach Darkenhall gekommen, weil jeder einzelne Versuch, gegen deine Natur anzukämpfen, misslungen ist.«

»Toll, dass du mich daran erinnerst, dass ich immer nur Probleme mache!«, murrte ich und musterte ihn kalt, aber er packte meinen Nacken und zog mich an seine Brust.

»Du siehst das zu einseitig, Abby. Ich brauche dich. *Wegen* der Probleme, die du machst. Weil nur *du* den Ring für mich stehlen kannst.«

Ich spürte seinen Herzschlag hart und schnell unter seinem Shirt. Sein Blick durchbohrte mich und alles in mir drängte danach, mich auf die Zehenspitzen zu stellen und ihn zu küssen. Er war mir so nah, und seine Weben machten ihn zum schönsten Wesen, das ich je gesehen hatte. Gefährlich, mystisch und dunkel.

»Dann brauchst du mich nur wegen dem Ring?«, flüsterte ich fast tonlos und benetzte meine Lippen. Ich verlor mich im Blau seiner Iris, die von einem schwarzen Ölfilm umspült wurde.

»Und du?«, fragte er, anstatt zu antworten. »Brauchst du mich nur, um deinen Vater zu finden?« Sein Atem kitzelte an meiner Kehle und bereitete mir eine wundervolle Gänsehaut am ganzen Körper.

»Ja«, log ich und drängte mich an ihn, als die Weben das Blau verschluckten und seine Berührung mir leichten Schwindel verursachte. Ich sah, wie er mit dem Hunger in sich kämpfte. Wie er dabei war, die Kontrolle zu verlieren.

»Abby Woods«, murmelte er und nahm seine Hände von mir, ohne sich wirklich von mir zu entfernen. »Du spielst mit dem Feuer.« Das Blau in seinen Augen flackerte auf und gewann schließlich die Oberhand. »Denn nichts reizt mich mehr, als das Schwarz deiner Weben – wenn du lügst.«

Fest der Verführung

Gebannt beobachtete ich, wie immer mehr Autos die lange Einfahrt von Caerhay Court heraufkamen. Die Scheinwerfer beleuchteten den Kies, als die Wagen in ordentlichen Reihen am Rand der Pferdekoppel parkten. Die Männer, die ausstiegen, waren gut gekleidet, und die Frauen trugen elegante, oft bodenlange Kleider. Sie alle hatten sich offenbar Mühe mit ihrem Äußeren gegeben, um an diesem Abend womöglich doch noch die lang ersehnte Liebe zu finden. Die Voraussetzungen waren gar nicht mal so schlecht. Es war eine milde, aber sternenklare Nacht und leise Musik drang aus dem Herrenhaus. Die Orangerie oben auf dem Hügel erstrahlte in hellem Licht. Bestimmt war Skye dort untergebracht, während ihre Schwestern das taten, was die Familie Caerhay schon immer tat: Liebe verkaufen.

Von unserem Versteck hinter den Ställen aus hatten wir den hell beleuchteten Eingang gut im Blick, und ich konnte sehen, wie Vic und Rayne jeden der Gäste einzeln begrüßten. Eine kleine Berührung hier, eine kleine Berührung da. Haut auf Haut, wie Tristan so schön gesagt hatte. Mehr brauchten die Schwestern nicht, um die Herzweben ihrer Gäste zum Leben zu erwecken. Zumindest nahm ich an, dass sie es auf diese Art machten, auch wenn ich aus der Entfernung nicht hätte sagen können, ob es wirklich so war. Jeder Gast, der eintrat, bekam eine glänzende Maske ausgehändigt, die an den venezianischen Karneval erinnerte und die obere Gesichtshälfte bedeckte. Vielleicht war es leichter, sich zu verlieben, wenn das Gegenüber geheimnisvoll wirkte. Vielleicht war aber auch einfach nur Diskretion Teil des Geschäfts. Ich jedenfalls bekam eine Gänsehaut und in meine Nervosität mischte sich ein Hauch von böser Vorahnung. Etwas unsicher wandte ich mich an Tristan, der inzwischen zu uns zurückgekehrt war.

»Wo warst du vorhin?«

Tristan grinste. »Hast mich wohl vermisst?«, fragte er mit seinem üblich neckenden Ton.

»Sehr witzig!« Ich würde ihm darauf keine Antwort geben und das schien er auch gar nicht zu erwarten. Er kam auf mich zu.

»Ich bin durch die Schatten gesprungen – musste deine Weben abbauen.« Er sah mich an und grinste. »War gar nicht so leicht, sie wieder loszuwerden. Sie sind voller Energie, sodass ich noch Stunden in den Schatten hätte verbringen können.« Seine Lippen kräuselten sich. »Aber ich wollte sie gar nicht alle loswerden«, gestand er leise und warf einen knappen Blick über die Schulter in Bastians Richtung. Dann beugte er sich näher zu mir. »Dich in mir zu spüren, Abby, ist noch besser und heißer und erregender als –«

»Es ist so weit«, unterbrach Bastian kühl und zog Tristan ein Stück von mir weg. Sein Blick war missbilligend und seine Lippen zu einer schmalen Linie zusammengepresst. Er nickte in Richtung Eingang, wo sich die ebenfalls maskentragende Rayne beim letzten Gast eingehängt hatte und mit ihm in der Eingangshalle verschwand. »Legen wir los.«

Tristan rümpfte die Nase über die Störung, zwinkerte mir aber verschwörerisch zu. »Als Abby und ich heute Mittag so richtig losgelegt haben, da hat es dir aber nicht gefallen.«

»Halt die Klappe, Tristan!«, fauchte Bastian und ballte die Fäuste. Seine Haut war dunkel und er hatte ganz offensichtlich Schmerzen. »Du hast Glück, dass dich Abbys Weben nicht umgebracht haben!«

Tristan winkte ab. »Ein bisschen Schmerz kann ich ertragen. Und wie du siehst, bin ich stärker, als du denkst.« Er kniff die Augen zusammen. »Vielleicht sogar stärker als du.«

»Könnt ihr mal aufhören?!«, verlangte ich, denn mir gingen diese Streitigkeiten zwischen ihnen gehörig auf die Nerven. Wir hatten definitiv Wichtigeres zu tun! »Ich weiß nicht, was ihr euch denkt, was hier läuft«, fauchte ich durch zusammengebissene Zähne, um keine Aufmerksamkeit auf uns zu ziehen. »Aber ihr hört jetzt sofort auf, euch so bekloppt aufzuführen!« Ich sah erst Bastian mahnend an, ehe ich mir Tristan vornahm. »Diese schräge und verwirrende Dreiecksnummer ...«, ich deutete auf mich und dann auf die Jungs, »die endet hier und jetzt!« Ich funkelte sie zornig an, denn die beiden hatten ja keine Ahnung, in welches Gefühlschaos sie mich stürzten. »Ihr haltet euch von mir und meinen Weben fern – beide!« Mein Herz hämmerte und ich spürte, wie meine Wut etwas in meinem Innersten entfesselte. So war es schon immer gewesen, wenn ich aufgebracht gewesen war. Wenn ich Streit mit den Pflegefamilien oder Ärger in der Schule gehabt hatte. Dann war die Dunkelheit in mir erwacht. »Lasst uns jetzt diesen verfluchten Herzring holen, damit diese ganze Scheiße irgendwann mal ein Ende nimmt, sonst drehe ich noch durch. Ich habe Angst vor meinen eigenen Gefühlen – und Angst vor euch. Ist euch das eigentlich klar? Ich weiß nicht, ob ich auch nur einem von euch vertrauen kann, denn auch wenn ich hier diejenige bin, die den Ring stehlen soll, seid ihr genauso Diebe! Und jeder von euch hat *mich* schon beraubt!« Grob wischte ich mir die Haare aus der Stirn. »Aber das interessiert euch ja gar nicht, oder? Es zählt nicht, weil ihr meint, jedes Recht dazu zu haben. Aber das habt ihr nicht!«

»Abby ...« Bastians Blick wurde milder und er streckte die Hand nach mir aus, die ich kurzerhand wegschlug.

»Ich brauch Abstand«, warnte ich ihn und funkelte dabei auch Tristan an. Denn das galt für beide. »Sag mir lieber, wie zum Teufel wir jetzt da reinkommen. Je schneller wir drin sind, umso schneller können wir von hier verschwinden.« Der Puls hämmerte mir in den Schläfen und ich spürte, wie mir der Schweiß ausbrach. Ich rieb mir die Hände an der Jeans trocken und zwang mich zur Ruhe. »Ich will das jetzt hinter mich bringen«, sagte ich leiser und spürte doch, dass die Aussicht, etwas zu stehlen, mich mehr aufwühlte als Bastian und Tristan es je könnten.

Ich zog nervös die Lippe zwischen meine Zähne und trat aus dem Schutz des Stallgebäudes heraus. Mein Blick wanderte zur Eingangstür, und die Dunkelheit in mir erwachte zum Leben. Wie ein Panther auf Samtpfoten kam sie zum Vorschein, und plötzlich wollte ich nur noch eines: Ihr freien Lauf lassen.

⌘

Bastian blieb der Atem weg und er bemerkte, dass auch Tristan erstarrte. Abbys Weben schlugen wild wie Peitschenenden um ihren Körper. Das nachtschwarze Onyx verdichtete sich wie zähes, klebriges Erdöl, das sie zu umhüllen schien. Das Mondlicht ließ ihre lila Haare magisch aufleuchten und verlieh ihr eine beinahe teuflische Schönheit. Das, was sie ausmachte, war lebendiger als je zuvor und zugleich dunkler, als er es je bei einem anderen Menschen gesehen hatte. Und es machte ihm Angst.

»Abby, du ...« Er wusste nicht, was er sagen sollte, denn sie schien ihn ohnehin nicht zu hören. Sie war wie hypnotisiert. Fokussiert auf den Eingang und alles, was sich dahinter verbergen mochte. Sie knetete ihre Finger, ihr Körper war angespannt und obwohl ihre Weben wie in Ekstase zu sein schienen, spürte er die unheimliche Ruhe, die sie überkommen hatte. Ohne darauf zu warten, ob sie ihr folgen würden, setzte sie sich in Bewegung.

⌘

Ich atmete ein. Die Nachtluft strömte in meine Lunge und obwohl ich von dunklen Mondschatten umgeben war, fürchtete ich sie nicht. Denn was ich fürchtete, war dicht hinter mir. Meine Sinne waren so geschärft, dass es mir vorkam, als spürte ich den Atem des ungleichen Brüderpaares in meinem Nacken. Jedes Härchen an meinem Körper war aufgerichtet, jeder Nerv gespannt. Ich war bereit. Mehr als bereit, wie ich mir eingestehen musste, als die Dunkelheit in mir mich regelrecht flutete. Ich atmete durch und trat aus meinem Versteck. Der Kies unter meinen Füßen knirschte so laut, dass ich dachte, man müsste mich in ganz England hören. Mein Herz pochte wie eine Buschtrommel, die jedem, der es hören wollte, kundtat, dass ich hier war. Hier, um etwas zu stehlen, das unmöglich zu stehlen sein sollte. Etwas, das gefährlich war.

Ich spähte über die Schulter und mein Blick kreuzte Bastians. Er sah mich an, als hätte er mich noch nie gesehen. Unverhohlene Gier lag in seinen Augen, die jede Menschlichkeit verloren hatten. Die Nacht war über mich gekommen und hatte meine beiden Begleiter mit mir in die Dunkelheit gerissen. Tristan keuchte und ich wusste, würde ich ihn ansehen, sähe ich den gleichen Hunger auch bei ihm. Etwas ging in meinem Inneren vor – und es verwandelte die Männer hinter mir in reißende Wölfe. Ich beschleunigte meine Schritte in Richtung Licht. Raus aus den Schatten, die um mich herum lauerten. Weg von dem, was mir Angst machte, und hin zu der Dunkelheit, die mir so vertraut war wie mein eigener Herzschlag. Ich schwitzte, als ich die Stufen hinaufschlich und mich ungesehen in das Herrenhaus schob. Es fühlte sich berauschend an. Und wie im Rausch folgte ich meiner inneren Stimme, meinen eigenen Dämonen immer tiefer ins Haus. Mitten hinein in die Gefahr.

Musik drang aus dem großen Saal, und ich hörte Vic eine Begrüßungsrede halten. Es war anzunehmen, dass alle Augen und Ohren innerhalb dieses Hauses auf sie gerichtet waren. Niemand würde uns bemerken. Niemand ...

Eine Bewegung vor mir bewies, dass ich mich irrte. Erschrocken zuckte ich zusammen und duckte mich in eine Türöffnung, als eine ganze Reihe dunkel livrierter Bediensteter mit schwarzen venezianischen Masken vor dem Gesicht, die an Vogelschnäbel erinnerten, Champagnergläser in den Saal trugen. Sie gingen in Reih und Glied, wie Soldaten, und der unheimliche Ausdruck in ihren maskierten Gesichtern verursachte mir eine Gänsehaut.

»Komm!«, wisperte Tristan und berührte sacht meine Schulter. Er sprang in einen Schatten und kam unterhalb der Treppe wieder zum Vorschein, dort, wo die Bediensteten eben noch entlanggekommen waren. Er grinste und hielt drei schillernde Halbmasken in die Höhe.

»Echt jetzt?«, flüsterte ich und drehte mich zu Bastian um. Sein Gesicht lag im Schatten, aber ich musste es nicht sehen, um zu wissen, dass er Schmerzen litt. Jeder Zoll seiner Haut war mit Weben überzogen. Im Moment konnte er Tristan nicht durch die Schatten folgen, das war offensichtlich. Vor allem nicht mit mir als zusätzliche Last.

»Weiter!«, drängte er.

Ich nickte und hastete auf Zehenspitzen durch die große Eingangshalle. Der dicke Perserteppich dämpfte meine Schritte, aber ich spürte dennoch, dass Bastian dicht hinter mir war.

»Hier«, meinte Tristan, als wir ihn erreichten und drückte uns jeweils eine der Masken in die Hand. »Das verschafft uns im Fall der Fälle vielleicht kostbare Sekunden, um zu verschwinden.«

Skeptisch drehte ich die mit glänzenden Schmucksteinen und zarten Federn verzierte Maske in der Hand. Sie war mit schwarzer Spitze eingefasst. Ich verzog das Gesicht. »Wenn ich die aufsetze, dann sehe ich nur noch die Hälfte!«, murrte ich. »Wie soll ich was stehlen, wenn ich nichts sehen kann?«

»Wenn wir hier jemandem in die Arme laufen, ist es besser, du hast so ein hübsches Ding auf deiner Nase!«, beharrte Tristan. »Du und Bastian, ihr könnt euch aktuell nicht einfach durch die Schatten schlagen, aber wir müssen hier wieder unbemerkt rauskommen.« Er band sich die schlichte schwarze Variante der Maske um und sah mich dann ungeduldig an. »Mach schon.« Er grinste. »Hat doch was, oder nicht?« Er drehte und wendete sich wie ein Model und zwinkerte mir zu. Dabei sah es aus, als würden die Weben auf seinem Gesicht zu einem erweiterten Teil der Maske werden.

Ich fand das immer noch lächerlich, aber da selbst Bastian schon dabei war, eine Maske anzulegen, gab ich nach. Es war verwirrend, wie ähnlich sich die Brüder sahen, nun, da die Maske einen Teil ihres Gesichts verbarg und nur ihre Lippen freiließ. Zwei Lippenpaare, die ich schon geküsst hatte. Zwei Männer, die ... so gleich und doch so unterschiedlich waren. Ich zwang meine Gedanken in den Hintergrund und zog die Maske an.

»Na schön, aber das ist bescheuert! Ich komm mir dämlich vor, und wenn das deshalb schiefgeht, ist es nicht meine Schuld!«

Tristan grinste und rückte mir die Maske gerade. Dann sah er Bastian an. »Sieht sie nicht zum Verlieben aus?«, fragte er spöttisch. »Ziemlich passend zum Fest der Verführung, finde ich.«

Bastian schien das nicht lustig zu finden. Genauso wenig wie ich. Ich sah die Weben auf Bastians Haut sich wie Schlangen unter seiner Halbmaske winden und seine Augen waren so dunkel wie der Satin seiner Maske. Er zitterte und wir warfen Tristan einen warnenden Blick zu.

Dann drängten wir uns an ihm vorbei. Es war klar, dass Bastian die Zeit davonlief.

Tiefe Dunkelheit

»Los jetzt!«, forderte ich nervös. Dieses Kribbeln in mir wuchs immer weiter an. »Wo müssen wir hin?«

Bastian deutete auf eine Tür. »Da geht es in den Keller.«

Ich nickte. Ein kurzer Kontrollblick in Richtung des Saals zeigte, dass keine Gefahr drohte. Also flitzte ich über den Marmor, froh, dass dort, wo es in den Keller ging, keine Lampen angebracht waren. Ich berührte die Klinke, als Tristan neben mir aus dem Schatten trat. Mir wäre beinahe ein Schrei entwichen, wenn er mir nicht den Mund zugehalten hätte.

»Schhht!«, raunte er und funkelte mich unter seiner Maske hervor amüsiert an. Das strahlende Blau seiner Augen bekam durch die dunkle Maske noch mehr Leuchtkraft und es wirkte, als sähe er bis in mein Innerstes. Als wäre er noch immer mit mir und meinen Weben verbunden. Einen Herzschlag lang fühlte ich mich, als wäre ich noch in seinem Kopf. Als sähe ich dort noch immer sein Verlangen nach mir. Aber vielleicht sprach das auch nur aus seinen Augen.

Verlegen schlug ich seine Hand weg und wischte mir über die Lippen, als könnte ich so die Erinnerung an das loswerden, was ich in seinem Kopf gesehen hatte. »Spinnst du? Erschreck mich nicht so!« Ich stieß ihn weg. Es war mir unangenehm, dass er mir so nahe war, während Bastian nur wenige Schritte hinter mir stand. Ich hatte das Gefühl, die Kluft zwischen den beiden würde von Minute zu Minute größer. Entschlossen, mich davon nicht ablenken zu lassen, drückte ich die Klinke hinunter.

»Fuck!«, fluchte ich und drückte weitere zweimal. »Abgeschlossen.« Doch noch während ich das sagte, machte sich etwas in mir selbstständig. Ich atmete tief ein, griff in meine hintere Hosentasche und zückte mein Schnitzmesser. Ein einfaches Türschloss hatte mich noch nie aufgehalten.

Es war, als würde mich eine warme, weiche und sinnliche Energie durchströmen, als ich das Messer in den Türspalt steckte und mit der Rückseite der Klinge Stück für Stück nach oben fuhr. Das Zittern meiner Hände war verschwunden und tiefe Ruhe überkam mich. Ich war eins mit dem Schloss, eins mit dem warmen Metall der Klinge in meiner Hand, und vermutlich verging nicht mal ein Herzschlag, bis das Schloss nachgab. Als ich die Klinke nun nach unten drückte und die Tür nach innen aufschwang, platzte ein Knoten in meinem Magen und es war, als wäre nichts unmöglich. Glück durchflutete mich und ein heiteres Lachen entstieg meiner Kehle, sodass Bastian und Tristan wie aus einem Mund »Schhht« sagten.

»Kommt ihr, oder was?«, fragte ich ungeduldig und stieg die engen Stufen hinunter. Dunkelheit umfing mich, mit jedem Schritt mehr, und kalte Luft schlug mir aus der Tiefe entgegen.

»Warte hier!«, befahl Bastian und ich wandte mich nach den Brüdern um. Er hatte Tristan an der Schulter gepackt und sah ihn nun ernst an. »Halt hier Wache und komm durch die Schatten zu uns, wenn es Probleme gibt«, befahl er.

»Ich soll den Aufpasser spielen?« Tristan klang nicht begeistert.

»Wer sonst? Ich könnte euch nicht schnell genug warnen, sollte uns jemand bemerken«, erklärte Bastian entschieden. »Es gibt nur einen Weg raus. Und du hältst ihn für uns frei.«

Kurz glaubte ich, Tristan würde widersprechen, doch nach anfänglichem Zögern nickte er schließlich. »Beeilt euch!«, murrte er und wandte uns den Rücken zu. Dann zog er sich in den Schatten unter der Treppe zurück.

Bastian sah mir in die Augen. »Bereit?«, fragte er und seine Kiefermuskeln zuckten.

»Bereit.«

Mit einem dumpfen Laut zog Bastian die Tür hinter uns ins Schloss. Alles wurde schwarz. Im ersten Moment glaubte ich, er hätte mich in einen Schatten gezogen. Kurz überkam mich die Angst, mich zu verlieren, doch es war nicht das Nichts der Schatten, das uns umgab. Es war nur das fehlende Licht. Es war nur Dunkelheit. Ich klammerte meine Finger um den Schaft meines Schnitzmessers, als wäre es eine Rettungsleine, und presste mir die andere Hand auf mein wild pochendes Herz. In der Stille hörte ich mich selbst zitternd einatmen.

»Alles gut?« Bastians Stimme war nah und setzte alle meine Sinne in Alarmbereitschaft. Ich konnte ihn nicht sehen. Doch ich spürte seinen Atem, roch seinen mir so vertrauten Duft und seine Stimme durchrieselte meinen Körper wie ein Liebeslied. »Abby?«, hakte er nach. »Ist alles okay?«

Ich schluckte. »Los geht's«, wisperte ich und tastete mich vorsichtig die Stufen hinunter. Das Messer in meiner Hand verlieh mir Mut. Dennoch fühlte ich mich verletzlich. »Ich sehe null!«, flüsterte ich. Ich streckte die Arme aus, um mich an der Wand entlangzutasten. Die Klinge kratzte über Stein und das Geräusch fraß sich in meine ohnehin schon angespannten Nerven.

»Ich sehe nur dich.« Bastians Stimme war direkt hinter mir. »Deine Weben leuchten wie ein schwarzes Feuer. Und diese einzelne schwache purpurne Webe in deiner Mitte …« Bastian keuchte und ich wich automatisch vor ihm zurück. Die Dunkelheit hinter mir war nicht das Gefährlichste hier unten. Das musste ich mir deutlich vor Augen halten.

»Hör auf, über meine Weben zu reden!«, ermahnte ich ihn streng. »Du verlierst sonst die Kontrolle!«

»Ich weiß.« Es klang gepresst und ich verfluchte diese lähmende Dunkelheit. »Aber ich kann nicht anders, als mich zu fragen, wer diese purpurne Webe geweckt hat«, flüsterte er und ich spürte seine Finger an meinem Arm. »Ich? Oder Tristan?«

»Was für eine bescheuerte Frage, Bastian!«, fauchte ich und tastete mich weiter voran, um Abstand zu gewinnen. Die Treppe hatten wir schon eine ganze Weile hinter uns gelassen und mir kam es vor, als wäre dieser schmale Gewölbegang endlos. Je weiter ich ging, umso kälter wurde es und meine Schritte hallten dumpf von den kahlen Wänden wider. Genau wie unsere geflüsterten Worte. Ohne meinen Sehsinn kam mir selbst unser Wispern ohrenbetäubend laut vor und ich zuckte permanent zusammen, wenn Bastian auch nur Luft holte. Das Messer schaffte es inzwischen nicht einmal mehr, mir Sicherheit vorzugaukeln. »Und was für ein bescheuertes Timing für so eine Frage!«, murrte ich leise und schlich weiter. Endlos, wie mir schien. Ich hatte das Gefühl, Stunden würden verstreichen, während mein Fuß sich über den kalten Stein weiterschob und meine Hände Spinnweben berührten, kaltes Mauerwerk streiften und feuchte Stellen ertasteten, von denen ich besser nicht wissen wollte, was genau ich da fühlte.

»Warum antwortest du nicht einfach?«

Meine Nackenhärchen stellten sich beim heiseren Klang seiner Stimme auf.

»Weil es bessere Zeitpunkte gibt, das zu klären. Denkst du nicht?« Ich zuckte zusammen, als mein Fuß gegen etwas Hartes stieß. »Stopp!« Mein Herz hämmerte, als wollte es das Hindernis vor mir aus dem Weg sprengen. »Hier geht's nicht mehr weiter«, stellte ich aufgeregt fest. »Bastian, hier … ist eine Tür.« Er stellte sich neben mich und seine Schulter streifte meine.

»Eine Stahltür.« Ich spürte, wie er die Tür abtastete.

»Ist das der Lichtbunker?«, fragte ich und steckte das Messer zurück in die Hosentasche. Meine Hände schwitzten und freudige Erregung durchfuhr mich. »Gott, Bastian, was, wenn ich die Tür nicht aufbekomme?«

Bastian griff nach meiner Hand. »Ich vertraue dir«, flüsterte er und sein Atem strich über meine Kehle. Er war mir so nah, dass ich das Echo seines Herzschlags in meiner Brust fühlen konnte. »Beeil dich«, drängte er und sein Keuchen klang wie das Rasseln von Stahlketten auf Stein. »Gott, Abby, beeil dich, denn du weißt ja nicht, was deine Weben gerade tun. Du … glühst förmlich.« Er wich vor mir zurück und ich hörte ihn gequält nach Luft schnappen.

»Dann sieh mich nicht an!«, mahnte ich ängstlich, denn ich kam mir vor wie ein Tier in der Falle. Vor mir Stahl, hinter mir … Bastian mit seinem unmenschlichen Hunger auf das, was mich ausmachte. »Verdammt, Bastian! Schließ einfach die Augen! Ich kann diese scheiß Tür nicht aufmachen, wenn ich Angst haben muss, dass du über mich herfällst!«

Ein dumpfes Geräusch zeugte davon, dass er auf die Knie gegangen war. »Beeil dich einfach!«, presste er heraus. »Verflucht, Abby! Beeil dich!«

⌘

Er verlor die Kontrolle. Das spürte er. Die Dunkelheit des Kellers erinnerte ihn nur zu deutlich an die Finsternis in Abbys Seele. Es war, als würde er heimkehren in ihr tiefstes Inneres. Als würde er sie wiedererkennen unter einer Million anderer Seelen. Sie war das dunkelste Dunkel, das schwärzeste Schwarz, das kälteste Kalt und doch fürchtete sie ihn. Und das zu Recht. Sie war so schön mit ihrer einzelnen Herzwebe, umgeben von all der Dunkelheit. Einzelne Erinnerungsweben waren hinzugekommen, denn seit er und Cross sich an ihren Weben bedient hatten, war das Schwarz ihrer Seele nicht mehr so dicht. Sie atmete jetzt leichter. Schmerz war ihr genommen worden und hatte Raum geschaffen für Erinnerungen. Und gerade jetzt, als sie vor der Herausforderung stand, diese Stahltür zu knacken, da ging sie im Geiste alle anderen Schlösser durch, die sie je geknackt hatte. Türkis drängte in den Vordergrund. Verwob sich mit Onyx und umfloss die einzelne Herzwebe, sodass ein violettes Leuchten aufflammte.

Das Wüten in ihm brüllte, um an ihre Weben zu gelangen, doch er musste sich dagegen wehren. Er musste sie machen lassen. Nicht nur, weil er den Ring brauchte, sondern auch weil er so sehr wünschte, das Purpur würde für ihn glühen. Er wollte nicht, dass es erlosch. Wollte es wachsen sehen. Er wollte die Kraft haben, seinen Hunger zu unterdrücken, damit er Abby in die Arme ziehen und küssen konnte, bis er sicher war, dass das Purpur in ihrem Webengeflecht nur für ihn leuchtete.

Er grub die Finger in den Steinboden, um das Wüten in sich unter Kontrolle zu halten. Er musste es bändigen, es hinhalten, den Schmerz ertragen, der ihn zu zerreißen drohte, jetzt, wo Abby ihm nicht würde entkommen können. Sie saß in der Falle. In die Enge

getrieben. Zwischen ihm und dem unnachgiebigen Stahl. Und er ...
er wurde von Sekunde zu Sekunde mehr zur Bestie. Mehr zur Marionette seines Erbes. Das Wüten in ihm war mächtig, und ohne Ring war er nicht stark genug, es zurückzuhalten. Es würde erst ihn übermannen und dann ...

Er bäumte sich auf. Ein hartes Keuchen entwich seiner Brust und er spürte Abbys Angst.

Sie machte sich an der Tür zu schaffen, drehte die Zahnrädchen, lauschte auf das leiseste Geräusch und er hatte keine Ahnung, wie es ausgerechnet ihr gelingen sollte, diese undurchdringbare Tresortür zu öffnen.

»Schneller!«, keuchte er und kämpfte gegen den Impuls an, sich auf sie zu stürzen. Er war nicht mehr er selbst. Und er wusste es. »Abby!«, flehte er. »Beeil dich!«

⌘

Ich hörte Bastians Drängen, spürte seinen inneren Kampf. Und doch war es nicht von Bedeutung. Seit ich mich der Tür zugewandt hatte, gab es nichts anderes mehr als dieses Gefühl in mir. Als dieses Bedürfnis, mir zu nehmen, was mir nicht gehörte. Das Zittern war verschwunden, der Schweiß getrocknet. Mein Herzschlag hatte sich beruhigt. Ich atmete tief und gleichmäßig und es war, als führe mich ein goldenes Leuchten durch den Drehrad-Mechanismus des Schlosses. Als besäße ich Sinne, die kein Mensch besaß, als spürte ich die kleinste Vibration unter meinen Fingerspitzen, als ich die Rädchen bewegte. Heiß wie Magma rann mir das Blut durch die Adern und es tat beinahe weh, dass die Tür noch zwischen mir und dem stand, was ich mir holen wollte.

Ich stöhnte, als sich das Rädchen weiterdrehte und es mich wie ein

Blitz durchfuhr. Dieses Schloss war unknackbar. Ich würde scheitern. Das wusste ich mit absoluter Sicherheit.

»Schneller!«, hörte ich Bastians Keuchen wie aus weiter Ferne. Ich spürte seine Anspannung so deutlich wie den ausgeklügelten Schließmechanismus unter meinen Fingern, doch es hatte einfach keine Bedeutung. Es war nicht wichtig. Nicht jetzt. Mir schwindelte und ich schloss die Augen, denn die ewige Finsternis ließ mich ohnehin nichts sehen. Ich konnte nur fühlen. Und hören. Ich schmeckte Adrenalin auf meiner Zunge. Dann jagte der nächste Blitz durch meinen Körper.

Der Laut, der meiner Kehle entwich, war eine Mischung aus Schmerz und Wut. Ich konnte es nicht. Es war unmöglich. Das Schloss schien mich zu verspotten und ich zitterte.

Hinter mir knurrte Bastian wie ein Raubtier und obwohl ich in meiner eigenen Welt gefangen war, überlief es mich kalt.

»Halt durch!«, wisperte ich, denn ich konnte es nicht riskieren, das feine Klicken zu überhören, das das Rad an der richtigen Position von sich geben würde. Das Klicken, von dem ich wusste, dass ich es nicht würde finden können.

⌘

»Abby, ich …« Bastian stützte sich an der Wand ab. Keuchend kam er auf die Beine. »Ich … kann nicht …«

Er musste sie warnen. Sie gehen lassen. Ihr die Chance geben zu entkommen. *Ihm* zu entkommen, ehe er sich auf sie stürzen würde. Er hatte die Kontrolle längst verloren und das Wüten zerrte ihn in ihre Richtung.

»Du musst hier weg!«, presste er zwischen zusammengebissenen Zähnen hervor. »Lauf!«, japste er und der Hunger bog ihm den Rücken durch. Er bäumte sich auf, wie ein sich bei Vollmond verwandelnder Werwolf.

»Ich bin noch nicht so weit!« Abby ignorierte seine Warnung.

Bastian erzitterte. War dieses Mädchen lebensmüde? Sah sie nicht, was gleich passieren würde?

»Abby!« Laut und drohend hallte seine Stimme von den Wänden wider und Abby drehte sich zu ihm um. Er sah es an ihren Weben. »Verschwinde!«, flehte er und trat aus dem Weg, damit sie nur endlich an ihm vorbei in Sicherheit rennen würde.

»Sei verdammt noch mal still!«, fluchte sie, ohne das Stellrad an der Tür auch nur loszulassen. »Stör mich nicht!«

Bastian keuchte. Der Hunger in ihm glaubte, gewonnen zu haben. Ohne seinen Ring würde er Abby zerfleischen. Er würde ihr jede einzelne ihrer Seelenweben rausreißen, denn seit er sie zum ersten Mal in sich aufgenommen hatte, beherrschten ihre Weben ihn. Er wusste, er würde nicht aufhören können. Und würde gleichzeitig sich selbst zerstören.

»Abby!« Seine Stimme war kaum mehr als ein Flüstern, aber sie reagierte nicht. Goldene Weben, die er nie zuvor gesehen hatte, mischten ihr Webengeflecht auf und kosteten ihn das letzte bisschen Selbstbeherrschung.

Eine Träne des Bedauerns rann seine Wange hinab. Eine Träne der Schwäche, denn obwohl er es nicht wollte, stürzte er sich auf sie.

Goldene Weben und gleißendes Licht

Ich spürte den Moment, als Bastian die Kontrolle verlor. Ich spürte den Lufthauch, als er sich von der Wand abstieß und sich auf mich warf. Trotzdem zuckte ich erschrocken zusammen, ehe ich zu ihm herumwirbelte und die Hände nach vorne stieß, um ihn aufzuhalten. Er krachte gegen mich, stieß mich mit dem Rücken gegen die Stahltür, und als er mein Gesicht umfasste, um mir meine Weben zu stehlen, da barst etwas tief in mir und riss mich regelrecht in Stücke. Eine Kraft, die mir den Atem raubte, brach aus mir heraus und im nächsten Moment übernahm sie meinen Willen.

»Nein!«, schrie ich, ohne auch nur einen Laut von mir zu geben. »Nein!« Es war ein Befehl und ich schrie ihn wortlos in Bastians Kopf. Ich sah goldene Schlieren, die meine Haut überzogen, während ich ein Tor eintrat, das zuvor nicht da gewesen war. Die goldenen Ranken zogen mich vorwärts und ich zitterte, als ich sah, was mich hinter dem Tor erwartete. Wellen aus Gier und Verlangen türmten sich auf, rollten auf mich zu, um mich unter sich zu begraben, doch ich spürte keine Angst. Ich war in Bastians Kopf.

»NEIN!« Es war, als bildete mein gesamter Körper dieses Wort. Als wäre *ich* dieses Nein.

Die Welle, die auf mich zupreschte, erstarrte, prallte gegen eine unsichtbare Wand. Ihre Energie richtete sich nach innen, brach in die Richtung, aus der sie gekommen war. Dann zog sie sich zurück, schwappte nur noch leicht auf meine Füße zu und mit dem Gefühl, etwas Unmögliches vollbracht zu haben, trat ich einfach einen Schritt zurück. Die Welle versandete im Nichts, löste sich auf unter meiner Macht, und ich zog schwungvoll und nur durch meine Gedanken das Tor hinter mir zu.

Ich bin der Schlüssel, hämmerte es in meinem Kopf und ich atmete ein. *Der Schlüssel zu allem!*

Wie ein Orkan riss mein Atem an dem Tor, ehe das Bild vor mir verblasste und mich erneut Dunkelheit umfing.

Benommen taumelte ich gegen Bastians Brust. Er atmete unregelmäßig und ließ seine Stirn matt gegen meine Schulter sinken. Seine Maske streichelte samtweich meinen Hals. Das Knurren war verstummt. Der Angriff vorüber. Er hielt mich fest, oder stützte ich ihn? Ich wusste es nicht. Ich war gar nicht hier. Ich war irgendwo in meinen Erinnerungen.

Das Bild meines Vaters stand mir vor Augen. Er hielt meine Hand und legte sich den Zeigefinger an die Lippen. »Ich zeig dir einen Trick, Abby«, flüsterte er und kam neben mir in die Hocke. »Einen Zaubertrick, der unser Geheimnis bleiben muss, okay?« Ein Funkeln lag in seinem Blick.

»Du bist ein Zauberer, Daddy!«, hörte ich mich staunen, denn als er die Hand nach unserer Haustür ausstreckte, sprang sie auf, noch ehe er sie berührte. »Wie hast du das gemacht?«, die Frage hallte durch meine Erinnerung und eine Gänsehaut überzog meinen Körper. Ich spürte Bastians Atem und seinen ruhiger werdenden Herzschlag. Spürte seine Nähe, tröstlich wie eine Decke, und zeitgleich seinen Schmerz. Etwas klebrig Feuchtes rann seine Wange hinab und ich wusste, es war Blut. *»Wie hast du das gemacht?«*

»Es ist ein Trick, den du irgendwann auch lernen wirst, Abby. Das verspreche ich dir.«

Dads Stimme trug mich zurück ins Hier und Jetzt, und ohne mich noch weiter um die Zahnräder des Öffnungsmechanismus zu kümmern, streckte ich die Hand nach den dicken Schließbolzen unter dem Stahl aus. Es war, als spürte ich, wo sie sich befanden. Dann durchlief ein heißer Schauer meinen Körper.

»Bastian!«, keuchte ich, als ich glaubte zu verbrennen.

»Ich bin der Schlüssel!«, brüllte mein Innerstes und das Schloss sprang auf. Gleißendes Licht schlug uns entgegen. Ich hob einen Arm vor mein Gesicht. Erst jetzt erkannte ich die goldenen Weben, die meine Haut wie ein feines Netz überzogen. Ich taumelte rückwärts und Bastian sank kraftlos zu Boden. Reglos lag er da, das gnadenlose Strahlen des Lichts ließ sein Blut wie rote Farbe aussehen. Er blutete nicht nur an der Wange. Auch an der Hand sickerte es aus einer Wunde. Ebenso am Hals.

»Shit!« Sein Anblick drehte mir den Magen um und ich schluckte die bittere Galle hinunter, die mir im Mund zusammenlief. »So eine Scheiße!« Ich rieb mir übers Gesicht.

Ich hatte keine Ahnung, was eben geschehen war, und ich hatte noch nie zuvor solche Angst verspürt. Ich starrte auf meine Hände. Dann wieder zu Bastian. Das Dunkel auf seiner Haut war verblasst, während die goldenen Schlieren an meinen Händen regelrecht aufflammten.

»Scheiße!« Meine Hände zitterten und Panik schnürte mir die Kehle zu. Von der Kraft, die mich eben durchströmt hatte, war nichts geblieben. Ich fühlte nur noch Angst. Angst vor dem, was in mir steckte. Und Angst davor, Bastian zu verlieren. Ich kniete mich neben ihn, strich ihm die seidigen Strähnen aus der Stirn.

Er regte sich nicht und ich wusste nicht, ob er überhaupt noch atmete.

»Bastian!« Ich schüttelte ihn verzweifelt, versuchte, ihn nur durch meinen Willen dazu zu bringen, die Augen zu öffnen. Die Maske ließ ihn wie einen Gott wirken. Einen Gott, der im Sterben lag.

»Komm schon, Bastian!« Ich stieß ihn grob an, denn meine Panik wuchs immer weiter. »Verdammt! Wach auf!«

Er hustete. Mir fiel ein Stein vom Herzen und ich stieß den Atem aus, den ich angehalten hatte. Seine Lider flatterten, aber er schaffte es nicht, die Augen zu öffnen.

»Bastian! Wach auf!« Ich strich ihm über die Wange, fuhr ihm durchs Haar, schüttelte ihn an den Schultern, um ihn dazu zu bringen, mich anzusehen. »Komm schon!«

»Der Ring!« Seine Lippen formten die Worte, auch wenn kein Laut über seine Lippen kam. »Der Ri...« Wieder brach seine Stimme und er kämpfte gegen seine Bewusstlosigkeit an. Als er schließlich einen winzigen Spalt weit die Augen öffnete, war das Schwarz verschwunden. Der Dämon schlief und nur das Blau seiner menschlichen Iris leuchtete mir entgegen. Wieder hustete er. »Ich brauche den ...« Die Lider fielen ihm zu und er sank erneut in eine Ohnmacht.

»Nein!« Grob rüttelte ich an seiner Schulter. »Nein! Bleib bei mir!« Ich rappelte mich auf. Ich wollte Tristan rufen. Laut schreien, damit Hilfe kommen würde. Ich drehte mich einmal um mich selbst, beugte mich nach vorne, um zu verhindern, dass ich ebenfalls ohnmächtig wurde. Alles drehte sich. Nichts war mehr real. Ich verstand überhaupt nichts mehr. Ich war nicht länger ich.

Die grausame Härte des Lichts aus dem Bunker durchschnitt jeden klaren Gedanken und legte in gnadenloser Klarheit offen, wie verletzlich wir waren. Bastian würde hier sterben, wenn ich nicht sofort etwas unternahm. Dabei fühlte sich das Licht so an, als ob es mich verbrennen würde. Die goldenen Weben zogen sich beinahe gepeinigt von dieser Helligkeit tief in mein Innerstes zurück und nur das Echo dessen, was geschehen war, rieselte noch durch meinen Verstand. Ich schirmte meine Augen mit den Händen ab und richtete mich auf.

Es war so hell. So furchtbar hell. Über mir waren gefühlt tausend Leuchtstrahler angebracht. Ein jeder zerstörte Schatten, wo immer sie sich bilden wollten. Als ich einen Schritt in diesen überbelichteten Bunker hineinsetzte, fühlte ich mich wie auf einem fremden Planeten. Spiegelplatten bildeten den Boden und das Licht, das von oben herabfiel, stach von unten in meine Augen. Ich kam mir vor wie im Inneren einer Supernova. Gefangen in einem Sonnensturm.

»Ich werde blind!«, keuchte ich und es war unmöglich, etwas zu erkennen. Eine Wüste aus Licht, ein Planet aus Helligkeit, ein Universum von Strahlen, die alles verbrennen würden.

Ich würde verbrennen. Trotzdem ging ich weiter. Hinein ins Licht, und obwohl ich zitterte, ja regelrecht schlotterte, passierte nichts. Das Licht – es war harmlos. Grell und hell und … harmlos. Ich ließ den Arm sinken, zwang mich, die Augen zu öffnen, und als ich den schlichten Ring auf einem weiteren grellen Lichtstrahler liegen sah, wusste ich, ich hatte es geschafft. Die Dunkelheit in mir brüllte auf und dämpfte das grelle Leuchten um mich herum. Ich griff mir den Ring, wandte dem Licht und dem Schmerz den Rücken zu und kehrte zu meinem sterbenden Gott zurück.

Als ich auf der Schwelle der dicken Panzertür stand, durch die kein einziger Schatten gelangen konnte, und die Stahlbolzen betrachtete, die einfach aufgesprungen waren, da kam es mir vor wie Magie. Wie ein Wunder oder ein unnatürlicher Zauber.

Doch so sicher wie ich heute wusste, dass mein Dad alles andere als ein Zauberer war, so sicher wusste ich auch, dass ich diesen Gott vor mir auf dem Boden nicht würde sterben lassen.

Ich kniete mich neben ihn, hob seine verletzte Hand und strich zärtlich über die Wunde darauf. Dann legte ich ihm den Ring in die Hand und schloss seine Faust darum. Beinahe krank vor Angst beugte ich mich über ihn.

»Komm schon, Bastian«, flehte ich leise und strich ihm liebevoll übers Haar, denn ich wusste, ich hatte ihm diese Wunden zugefügt. »Du hast versprochen, du lässt mich nicht allein!«, erinnerte ich ihn und wischte mir eine Träne aus dem Augenwinkel. Warum wachte er nicht auf? Warum passierte nichts?«

Ich schloss die Augen, denn in meinem Kopf wirbelten die Bilder durcheinander.

»*Nein!*«, hatte ich befohlen. Und die Welle des Verlangens hatte ihn an meiner Stelle mit sich gerissen.

»Was war das für eine Welle?«, flüsterte ich und küsste seine Wange. Ich wollte ihm die Maske abnehmen, jeden Zentimeter von ihm sehen, doch ich wagte es nicht, denn auch unter dem Satin rann Blut hervor. Ich wollte nicht sehen, was ich angerichtet hatte.

»Verflucht, du wachst jetzt auf!«, befahl ich wütend.

Warum bewegte er sich nicht? Kam der Ring zu spät? Ich stemmte mich nach hinten und zog ihn mit mir, sodass sein Kopf auf meinen Knien lag.

»Bastian!«, wisperte ich ängstlich. »Bastian, bitte. Ich weiß nicht, was ich noch tun soll.«

Ich drückte fest seine Hand mit dem Ring, denn die Angst schnürte mir die Kehle zu. Ganz fest verwob ich seine Finger mit meinen, bis der Herzring mir ins Fleisch schnitt. Ein leichter Schwindel überfiel mich und mit einem Mal war mir klar, was Bastian brauchte. Was ihn retten konnte.

»Angst ist ein starkes Gefühl«, hallten seine Worte in meinem Kopf. Und ich hatte Angst. Doch ich hatte noch etwas anderes. Die Kontrolle. Golden zogen die Weben über meine Haut, als ich mir dessen bewusst wurde. Ich konnte mich ihm öffnen. Ihm geben, was er dringend brauchte. Einen Teil meines Herzens.

Doch wollte ich das wirklich?

Herzweben

Bastians Brust drohte von der Gewalt des Wütens in sich zu zerreißen. Sein Körper schrie nach Weben. Nach Rettung. Etwas war geschehen. Etwas, das er nicht hatte kommen sehen. Er war gescheitert. Der Hunger, der ihn angetrieben hatte, war niedergeschmettert worden. Von etwas Goldenem. Von dem Gefühl der absoluten Kontrolle. Wie ein Wolf, der mitten im Angriff erstarrte und anstatt des Kaninchens lieber sich selbst zerfleischte – nur, weil das Kaninchen dies wollte.

Er sah in die dunkel getuschten Augen des Kaninchens, registrierte das grelle Licht auf dem lila Haar.

»Wehe, das geht schief«, hörte er es flüstern, ehe eine Berührung an seiner Hand die Illusion des Kaninchens verjagte. Jetzt sah Abby auf ihn herab. Und ihr Blick war warnend. »Hast du mich verstanden, Bastian?«, fragte sie schroff. »Wehe, du übertreibst es!«

Er wusste nicht, was sie meinte. Verstand nicht den goldenen Glanz, der ihr anhaftete. Ihm blieb auch keine Zeit, das herauszufinden, denn sie atmete tief durch, zog ihre Unterlippe zwischen die Zähne und legte ihm dann die Hände an den Hals. Sein schwacher Puls erwachte unter ihren Fingerspitzen zum Leben und die Angst in ihrem Blick entriegelte das Tor zu ihrem Herzen. Der goldene Glanz ihrer Weben lockte ihn näher an diese Tür und der Ring in seiner Hand wurde lebendig. Er sandte machtvolle Wellen aus, die den Hunger in ihm wieder aus den Tiefen seines Seins hervorlockten. Ein Brüllen durchfuhr ihn und doch zwang er sich zur Zurückhaltung. Er blinzelte gegen das Gold an. Suchte in Abbys Gesicht nach Zustimmung, und als ihre Blicke sich trafen, war ihre Iris von goldenen Schlieren überzogen.

»Wehe, du übertreibst!«, wiederholte Abby und drängte sich näher an ihn. Ihre Lippen waren jetzt nah an seinem Ohr und ihr Atem strich über seinen Nacken. »Ich will das nicht bereuen!«, warnte sie ihn und im nächsten Moment streckte der Hunger in ihm seine Fänge nach ihr aus.

Bastian zitterte. Der Herzring fühlte sich anders an. Er zog ihn in eine andere Richtung, glühte heißer, und ein erregender Schauer rann ihm über den Rücken. Er bäumte sich unter Abbys Berührung auf und hob die Arme in ihren Nacken, um mehr von ihr zu fühlen. Seine Weben breiteten sich auf seinem Körper aus, wanderten weiter zu Abbys Hals, ihre Kehle hinab und von seinen Handflächen aus bis zu ihrem Schlüsselbein. Er näherte sich ihrem Herzen, ihrem ungewöhnlichen Webengeflecht, das ihn hinter dem geöffneten Herztor erwartete. Die dunklen Seelenweben waren lange nicht mehr so massiv wie an dem Tag, als Abby in Darkenhall aus dem Taxi gestiegen war. Sie hatte viele Seelenweben verloren. Seelenlast war ihr genommen worden. Von ihm, von Cross und auch von Tristan. Doch heute, durch den Einbruch und den Raub des Herzrings war neue Schuld dazugekommen. Starke, dunkle Seelenweben wuchsen heran, bereit, auch weiterhin Abbys Erinnerungen und Gefühle zu ersticken. Doch an die Seelenweben kam er nun nicht mehr heran. Der Herzring lenkte ihn in eine andere Richtung.

Bastian keuchte vor Hunger. Die jungen Herzweben, die ihm entgegensahen, wirkten ängstlich. Und unsicher. Sie zitterten, als wäre ihnen klar, was er wollte.

Der Herzring in Bastians Hand glomm auf und verlieh ihm trotz seines überschäumenden Verlangens nach Weben etwas Ruhe. Er trat durch das Herztor und sah sich um. Liebe war hier Mangelware. Dunkelheit herrschte vor, aber als er näher kam, glomm ein purpurnes Leuchten auf. Die Herzwebe wuchs. Sie reckte sich ihm scheu entgegen.

Er spürte Abbys Zittern und ihre Hingabe. Sie hatte ihm ihr Herz geöffnet. Und jetzt, wo er ihre Herzwebe sah, ahnte er, warum. Rosa Mitgefühl überzog kaum sichtbar den Boden ihres Herzens. Sie hatte Mitgefühl für ihn. Das war gut – und doch nicht das, was er gehofft hatte vorzufinden.

Langsam streckte er die Hände nach der einzigen Herzwebe aus, die nach Liebe aussah. Sie kam ihm entgegen, wie ein scheues Kätzchen. Auf leisen Pfoten und bereit zum Rückzug. Er strich über das flammende Purpur und sogleich ging es ihm besser. Der Druck in seinem Innersten ließ nach, der Schmerz wurde erträglicher. Feinstes Rot strömte in ihn hinein und er atmete glücklich aus. Erleichterung flutete ihn, rettender als der schwindende Schmerz, denn was er fühlte, war, dass diese winzige Herzwebe in diesem Moment für niemand anderen schlug als für ihn.

Das Gefühl war berauschend und er griff wieder nach dem Purpur. Gerade wollte er es berühren, da drang etwas in ihn ein. Mächtig, entschlossen und stark drängte es in sein Herz, wie ein Messer. »*Gibt es ein Uns?*«, hallte es in seinem Kopf. »*Wird es nach dieser Sache ein Uns geben?*«

Irritiert ließ er die Hand sinken und fühlte in sich hinein. Er spürte, was Abby spürte. Wusste, sie war in ihm – mitten in seinem Herzen. An einem Ort, den er bewusst schon lange vernachlässigt hatte. Denn wenn Abbys Herz schon einsam war, dann war seines im Vergleich dazu eine regelrechte Ödnis. Er hatte sich Gefühle verboten. Hatte sie gemieden. Bis Abby aus dem Taxi gestiegen war. Und als er sie jetzt in seinem Herzen fühlte, sie als das fehlende Teil erkannte, das er so lange gesucht hatte, da brachen flammende Weben aus dem trockenen Wüstenboden seines Herzens und reckten sich der Stimme in seinem Kopf entgegen.

Abby stöhnte, als seine Herzweben sie umfingen und sie liebkosten.

Ihre eigene Herzwebe wuchs und drängte sich näher an ihn. Sie reckte sich und der Hunger in ihm nahm sie freudig auf.

»Abby«, flüsterte er und obwohl er ihr etwas wegnahm, glaubte er, dass sie es war, die die Kontrolle besaß.

Er zog seine Hände zurück und trat aus ihrem Herztor. Ihre Herzwebe war nun größer, strahlender und gleichzeitig hatte sie ihn genährt und gestärkt. Er fühlte ihre Liebe in sich wie einen Schatz, wie ein Geschenk, wie ein kostbares Gut.

Als er die Augen aufschlug und in Abbys sah, da wusste er: Nur ihre Liebe hatte ihn gerettet.

Der Ring gab ihm Kraft, gegen das Wüten in ihm anzukämpfen und als er nun seine Hände erneut an ihren Hals legte, da tat er dies aus einem anderen Grund. Er zog sie näher an sich und suchte die Liebe in den Tiefen ihrer Augen.

»Kann es je ein Uns geben, Bastian?«, fragte sie und ihre Stimme bebte.

Er strich über ihre Lippen und neigte den Kopf noch näher zu ihr. Nur Millimeter trennten sie. »Du warst doch in meinem Herzen, Abby. Hast du die Antwort darauf nicht gesehen?«

Sie blinzelte unsicher. »Dein Herz ist … kaputt«, stellte sie leise fest.

»Skye hat all meine Herzweben … ausgerissen. Es ist nie … richtig geheilt.«

»Kann je wieder Liebe darin wachsen?«

Bastian sah sie an und dachte an seinen Bruder. Die beiden hatten sich geküsst. Mehrfach. Was immer in seinem Herz keimte, beim Gedanken daran zerfiel es. Und gleichzeitig wollte er dieses keimende Gefühl nicht ganz aufgeben. Er schlang die Arme um Abby, denn ihre Liebe, die er in sich aufgenommen hatte, verlieh ihm neue Kraft. Langsam zog er sie mit sich vom Boden hoch. »Seit ich dich kenne, habe ich das Gefühl, dass es vielleicht noch Rettung für mein Herz gibt«, flüsterte er. Dann strich er ihr eine lila Strähne hinters Ohr und zog sie dann mit neuer Kraft in die Schatten des Gewölbekellers.

Der Herzring in seiner Hand fühlte sich wunderbar an. Er gab ihm die Kontrolle zurück und das Wüten in ihm war zu einem leisen Wimmern geworden. Abbys Herzweben waren ebenso mächtig wie ihre Seelenweben und sie verliehen ihm genug Kraft, um den Rückweg durch die Schatten anzutreten. Er genoss es, Abby so nah zu sein. Beinahe so nah, wie er ihrer Herzwebe gekommen war. Eine Stimme in ihm warnte ihn jedoch davor, das noch einmal zu tun, solange sein Bruder ebenfalls um ihr Herz kämpfte.

Als Bastian am Kopf der Treppe aus dem Schatten sprang, hatte Abby ihm die Hände um den Hals geschlungen. Ihre Blicke trafen sich und er spürte ihren Herzschlag rasend schnell an seiner Brust. Wie gerne hätte er seine Bedenken über Bord geworfen. Doch das konnte er nicht.

»Danke«, flüsterte er deshalb schlicht und löste sich widerwillig aus ihrer Umarmung. »Danke für deine Hilfe, Abby. Danke dafür, dass du mir ... dein Herz geschenkt hast. Jetzt können wir Cross aufhalten.«

⌘

Eben noch hatte sich Bastians Brust so gut unter meiner Wange angefühlt, meine Fingerspitzen hatten sein Haar im Nacken berührt. Dass er nun so einfach losließ, fühlte sich komisch an. Doch natürlich hatte er recht. Wir mussten Cross finden. Es blieb keine Zeit für Romantik – wenn es die zwischen uns denn überhaupt gab. Dass mein Herz so heftig schlug, lag nicht an ihm, sondern nur an der Tatsache, dass er meine Herzwebe berührt hatte. Mein Herz wurde manipuliert. Meine Gefühle wurden manipuliert. Die Liebe, die ich in diesem Moment fühlte, war nicht echt. Oder doch? Ich hatte ihm erlaubt, sich an meinem Herz zu bedienen, und deshalb traute ich meinen Gefühlen nicht mehr. Was hatte sein Eindringen verändert? Welche Auswirkungen hatte es auf mich? Was empfand ich wirklich, und was war neu? Ich versuchte, mir mein Gefühlschaos nicht anmerken zu lassen und schlüpfte durch die Tür in die Halle. Mit zittrigen Fingern rückte ich mir die Maske vor den Augen zurecht und gab mir Mühe, dieses komische Gefühl abzuschütteln.

»Ihr habt den Ring!«, stellte Tristan mit einem knappen Blick auf seinen Bruder fest. Es war nicht zu übersehen, dass es Bastian besser ging. Seine Haut war wieder menschlich und der schmerzgepeinigte Ausdruck in seinen Zügen war verschwunden.

»Abby war großartig!«, sagte Bastian und schenkte mir ein Lächeln, aber Tristan kniff die Lippen zusammen. Trotz der Maske, die er trug, war seine Missbilligung deutlich zu erkennen.

»Sie hat dir mehr gegeben als den Ring, wie ich sehe!«, murrte er und betrachtete das, was mich umgab.

»Bastian war ohnmächtig. Ich musste ihm helfen«, rechtfertigte ich mich und trat an Tristans Seite.

»Ohnmächtig?« Tristans Augenbrauen hoben sich skeptisch über den Rand seiner Halbmaske. »Du warst ohnmächtig?«

Bastian nickte. »Ich hab die Kontrolle verloren und ...« Er fuhr sich durchs Haar und schüttelte dann den Kopf. Verwirrung spiegelte sich in seinem Blick. »Wir müssen besprechen, was dann passiert ist, aber nicht hier.« Er zog uns weiter, den dunklen Flur entlang, um nicht gesehen zu werden. »Ich muss meine Kräfte auffrischen. Dann bringen wir den Ring zurück und verschwinden von hier, ehe uns noch jemand bemerkt.«

»Du musst deine Kräfte auffrischen?«, entfuhr es mir. Was meinte er damit? Er hatte doch meine Herzweben in sich. Ich ballte die Fäuste, denn ich merkte selbst, wie mich Eifersucht überkam.

Bastian wich meinem Blick aus. »Wir hatten das besprochen, Abby. Ich brauche genug Weben, um durchzuhalten, bis ich meinen Ring zurückhabe.« Er deutete auf den großen Saal, aus dem gedämpftes Licht und romantische Musik drang. »Gebt mir fünf Minuten.«

Tristan lachte leise. »Fünf Minuten?« Sein breites Grinsen reichte bis an den unteren Rand seiner Maske. »Als hättest du je in nur fünf Minuten ein Mädchen abgeschleppt.«

Bastian rollte mit den Augen. »Ich muss niemanden abschleppen«, stellte er klar und sah Tristan vorwurfsvoll an. »Ich bin nicht du!« Damit verschwand er in den nächsten Schatten, noch ehe ich ihm sagen konnte, dass ich es scheiße fand, dass er fremden Herzweben nachjagte.

»Fuck!«, murmelte ich und biss die Zähne zusammen.

»Alles klar?« Tristan legte mir den Arm um die Schulter. Ich spürte, dass er mein Webengeflecht betrachtete. »Du siehst ... echt fertig aus.«

Fertig? Das traf es nicht mal ansatzweise. Ich war verwirrt, erschöpft, verängstigt und wütend. Nichts lief nach Plan, außer, dass Bastian sich Weben bei den Teilnehmerinnen der Verkupplungsparty holen würde. Ein scheiß Plan, wenn ich das jetzt so betrachtete.

»Abby?«, hakte Tristan nach und Sorge lag in seiner Stimme. »Was ist dort unten passiert? Bastian ohnmächtig? Das ergibt keinen Sinn. Wenn er die Kontrolle verliert, dann ...« Er zuckte mit den Schultern und sah sie fragend an. »Du weißt, was das Wüten tut, wenn er die Kontrolle verliert. Er hätte sich genommen, was er braucht. Er wäre nicht einfach ohnmächtig geworden.«

»Ich ...« Ich warf ahnungslos die Arme in die Luft. »Was weiß denn ich, was da passiert ist. Er wollte auf mich losgehen, aber dann ...« Ich suchte nach den goldenen Malen auf meiner Haut, aber da war nichts. »Ich war in seinem Kopf und hab ihn ... aufgehalten.« Ich kam mir doof vor, das so zu sagen. »Ich hab ihn zurückgestoßen und dann ... lag er da. Reglos und verletzt. Er hat geblutet, und erst als ich ihm Skyes Ring und etwas von meinen Weben gegeben habe, ging es ihm besser.«

Tristans Skepsis war trotz der Maske nicht zu übersehen. »Du kannst keinen Schattenspringer aufhalten, wenn er die Kontrolle verliert.«

»Etwas ist mit mir passiert, Tristan«, erklärte ich, während ich Bastian in der Menge ausmachte. Obwohl das Licht gedämpft war, war es nicht schwer, seine vom Rudern gestählten Schultern unter denen der übrigen Gäste auszumachen. Sein dunkles Haar schillerte vom Licht der Kronleuchter, und als spürte er meinen Blick, drehte er sich zu mir um. Die Maske vor seinen Augen hatte etwas Geheimnisvolles an sich, und sie erinnerte mich an das erste Mal, als ich die Weben auf seiner Haut und seine unmenschlichen Augen gesehen hatte. Ein erregender Schauer rann mir über den Rücken, als ich daran dachte, wie nah er mir damals gewesen war. Wie nah er mir immer war, wenn er mich mit sich durch die Schatten nahm. Doch jetzt stand er dort im gedämpften Licht mit einer anderen Frau. Sie war schlank und ihr blutrotes, rückenfreies Kleid betonte ihre Kurven.

»Und *was* ist mit dir passiert?«

»Hm?« Ich riss mich widerwillig von Bastians Anblick los und sah Tristan an, ehe ich meinen Blick wieder in Richtung Saal schweifen ließ. »Was?«

»Du hast gesagt, etwas wäre mit dir passiert. Was meinst du damit?«

»Ich ...«

Bastian lachte über etwas, das die Frau sagte. Er nickte und führte sie ein wenig abseits der übrigen Gäste. Mein Herz hämmerte nervös und ich wischte mir die Hände an der Jeans ab.

»Abby!« Tristan berührte meine Wange und zwang mich, ihn anzusehen. »Was ist los? Warum ...?«

Ich hörte ihm überhaupt nicht zu. Ich schüttelte seine Hand ab und starrte zu Bastian hinüber. Als der seinen Arm um die Frau legte und seine Finger auf den nackten Rücken gleiten ließ, verkrampfte sich mein Magen und ich biss mir auf die Lippe, um den ungewohnten Schmerz in meiner Brust zu überdecken. Nie gekannte Eifersucht überfiel mich und ich hasste es, nichts dagegen tun zu können. Bastian drehte sich zu mir um und unsere Blicke trafen sich.

⌘

Bastian hasste, was er tat. Aber er hatte keine andere Wahl. Er brauchte Weben. Jetzt. Nicht Abbys, denn die waren zu stark und mächtig, als dass er sie hätte kontrollieren können, wenn sie den Ring an Vic zurückgeben würden.

Dabei hatte sich nichts jemals besser angefühlt, als Abbys Herzwebe zu berühren. Er hatte sie angestoßen, sie wie aus einem tiefen Schlaf geweckt, und ihre erwachende Stärke war auf ihn eingeströmt wie eine zärtliche Liebkosung. Beinahe wie ein Kuss.

Bastian stöhnte und obwohl die Frau vor ihm gerade von ihrem Job in der Anwaltskanzlei ihres Vaters berichtete, wandte er sich zu Abby um. Ihre Weben hatten sich verändert. Die Dunkelheit, die sie immer umgeben hatte, war ausgedünnt, und in diesem Moment schlug beinahe wie ein Blitz ihre Herzwebe aus dem zarten Webengeflecht hervor. Das glühende Korallenrot der Eifersucht wand sich um das zarte Purpurpflänzchen der Liebe. Herzgefühle waren stark. Impulsiv. Ganz anders als Seelenlast. Die wog schwer und legte sich wie eine Decke über die Seele. Herzweben waren wie Flammen. Heiß, lodernd und ständig in Bewegung. Liebe ging immer mit Eifersucht einher und wandelte sich oft in die gegenteiligen Herzgefühle – Hass und Wut. Bastian war gewohnt, Schmerz und Verzweiflung in sich zu fühlen, Trauer und Qual. Liebe und Verlangen waren neu, und obwohl Skyes Ring ihm im Moment die Macht verlieh, auch diese Weben zu bändigen, fürchtete er sich. Allein Abbys Liebe gekostet zu haben, hatte Gefühle in ihm geweckt, die gefährlich waren. Gefühle, die ihn schwächen würden. Gefühle, die ihn sich jetzt, als er hier bei einer Fremden stand, um seinen Hunger zu stillen, wie einen Verräter fühlen ließen. Einen Verräter an der wunderschönen Herzwebe, die um Abby herum erwachte.

Er fixierte sie mit seinem Blick, versuchte ihr nur dadurch zu zeigen, dass das, was er tat, keine Bedeutung hatte. Es war notwendig. Aber nicht von Bedeutung. Nicht für ihn. Er verzehrte sich nicht nach den schwachroten Weben der Frau vor sich, die nicht einmal mit der Farbe ihres Kleides mithalten konnten. Er verspürte kein Verlangen, dieses Herz zu erwecken, und er würde ihr auch nicht wehtun. Anders als Abby. Offenbar tat er ihr weh, denn das Purpur wurde von schwarzem Schmerz umhüllt, als er schließlich seine Hand auf den Rücken der Frau gleiten ließ. Er hielt Abbys gequältem Blick stand, während er das Herztor der Fremden öffnete und sich nahm, was er brauchte, um für Abby keine Gefahr mehr darzustellen. Purpurne Weben drängten unter seiner Haut und überzogen seine Hände und Finger, doch im Schutz der spärlich-romantischen Beleuchtung würde dies niemand bemerken. Niemand, außer Abby.

⌘

»Abby!« Tristan packte mich am Arm und riss mich zurück in den Schutz unter der Treppe. Ich hatte nicht gemerkt, dass ich immer weiter auf Bastian zugegangen war. Ich hatte offenbar auch nicht bemerkt, dass mir Tränen die Wangen hinunterliefen, doch jetzt fühlte ich sie dort.

Tristan verstellte mir die Sicht auf den Saal und funkelte mich böse an. »Was machst du denn?«, murrte er. »Bleib hier!«, forderte er.

Unauffällig wischte ich mir über das Gesicht.

»In fünf Minuten sind wir weg«, versicherte Tristan mir und griff meine Hand. »Vertrau mir, okay? Alles wird gut.«

Ich ließ zu, dass er mich an seine Brust zog und mir den Rücken streichelte. Es war leicht, mir dank der Masken, die wir alle trugen, vorzustellen, ein anderer Tremblay-Bruder würde mich festhalten.

Es war leicht, mir einzureden, dass meine neu erwachte Herzwebe sicher war, solange nur das Tor zu meinem Herzen nicht noch einmal geöffnet wurde.

Der schrille Klang einer Sirene ließ mich zusammenfahren und Tristans tröstender Griff veränderte sich. Wurde beschützend.

»Was ist das?«, fragte ich irritiert, als er mich hinter der nächsten Wand in Deckung brachte.

»Keine Ahnung. Bleib hier!«, befahl er und war schon im Schatten verschwunden.

Unruhe kam auf. Die Gäste aus dem Saal gingen neugierig in die Halle. Das Sirenengeheul wurde lauter. Ich schlich zur Ecke, drückte mich flach an die Wand und suchte nach Bastian. Die Menge war zu dicht, ich konnte ihn nicht finden. Panik stieg in mir auf, als ein lautes Klopfen an der Eingangstür ertönte.

»Polizei! Aufmachen!«

Vic eilte zur Tür, während Rayne mit erhobenen Händen und entschlossener Stimme die Anwesenden zur Ruhe aufforderte. »Bitte entschuldigen Sie die kleine Störung. Wir klären das. Gehen Sie bitte zurück in den Saal!«, bat sie, doch niemand folgte ihrer Anweisung.

Ich entdeckte die Frau im roten Kleid, Bastian an ihrer Seite, und ohne nachzudenken, trat ich aus dem Schutz der Treppe, straffte die Schultern und pirschte mich an die Gäste an. Inmitten der vielen maskierten Teilnehmer fühlte ich mich relativ sicher, und tatsächlich erreichte ich Bastian, ohne Aufmerksamkeit zu erregen.

Er trat ein Stück von der Frau in Rot weg und griff meine Hand. »Was ist da los?«, fragte er und nickte in Richtung Tür.

»Polizei.« Mehr wusste ich auch nicht.

»Ich muss doch sehr bitten!«, rief Vic, als zwei Polizisten sich Zutritt verschafften. »Ich kann Ihnen versichern, dass sich Mr Moran täuscht, wenn er behauptet, hier auf dem Anwesen befänden sich Diebe!«, hörte man sie über das angespannte Schweigen der Gäste hinweg rufen. Die Antwort der Polizisten war jetzt deutlich zu vernehmen.

»Zac Moran hat Anzeige gegen Bastian und Tristan Tremblay sowie Abigail Woods erstattet. Uns wurde glaubhaft versichert, die Gesuchten befänden sich hier auf dem Gelände. Wir möchten darauf hinweisen, dass sie die Arbeit der Polizei behindern, wenn sie Verdächtigen Unterschlupf bieten.«

»Fuck!«, entfuhr es mir leise und Bastian drückte meine Hand. »Was jetzt?«

»Hier halten sich keine Verbrecher auf – egal, was dieser Moran sagt!«, versicherte Vic den Beamten mit Nachdruck. »Sehen Sie sich doch um. Hier sind nur Menschen auf der Suche nach Liebe.«

Sie machte eine Bewegung mit der Hand, die den Saal umfasste. Die Blicke der Polizisten schweiften über die Köpfe der Gäste.

Bastian fluchte und zog mich mit sich in den Schutz der Menge. Immer weiter zurück, bis die Wand in unserem Rücken uns Deckung gab.

»Wir müssen den Ring zurückbringen«, drängte Bastian, als neben mir Tristan aus dem Schatten trat.

»Rate, was los ist«, forderte Tristan und schnitt unter seiner Maske eine Grimasse. »Moran hat uns angezeigt. Sie haben Abbys Handy geortet. Hier.« Er sah mich an. »Und Moran behauptet, wir hätten ihm einen Ring gestohlen – ist das nicht ironisch?«

»Ich finde das kein bisschen lustig!«, antwortete ich ängstlich. »Was machen wir denn jetzt?«

Bastian schnaubte. »Wir müssen Skyes Ring zurück in den Bunker schaffen und dann verschwinden.«

»So viel Zeit haben wir nicht«, stellte Tristan richtig fest, denn noch mehr Polizisten versammelten sich vor dem Eingang. »Wir müssen sofort verschwinden.«

»Ich kann Skye den Ring nicht wegnehmen!«, erinnerte Bastian seinen Bruder mit Nachdruck.

»Er ist hier nicht sicher!«, widersprach Tristan. »Was, wenn Moran behauptet, dass der Herzring der ist, der ihm gestohlen wurde? Dann konfiszieren ihn die Beamten und wer weiß, was geschieht. Skye ist damit jedenfalls nicht geholfen. Es ist sicherer, wir nehmen ihn mit.« Er sah über die Schulter zur Tür, wo die Beamten inzwischen ins Haus drängten. »Skye bleiben bestenfalls zehn Tage, bis sie den Ring wieder benötigt. So lange müsste sie ohne den Ring sicher sein«, redete Tristan auf Bastian ein. »Und jetzt lasst uns verschwinden, ehe die uns festnehmen!« Damit streckte er die Hand in den Schatten und war verschwunden. Ich sah in Bastians Gesicht. Er wischte sich die Maske von den Augen und ließ sie achtlos auf den Boden fallen. Dann nickte er mir zu.

»Tristan hat recht. Der Herzring ist bei uns im Moment besser aufgehoben.«

»Bei *uns*?«

Er zwinkerte mir zu und schlang mir die Arme um die Taille. »Bei uns«, bestätigte er. »Ich dachte, du wärst so scharf auf ein *Uns*.«

Und als er mich durch den Schatten aus dem Herrenhaus riss, und seine Brust mein Anker im tosenden Nichts war, da wusste ich ganz genau, dass es in jedem Fall, und was immer kommen mochte, definitiv ein Uns geben würde.

Verwoben

Als wir in der Wapping High Street aus dem Schatten traten, zog Tristan uns direkt an die rote Backsteinmauer, die das Anwesen zur Straße hin einfasste.

»Polizei!«, warnte er uns leise und deutete auf die zwei mit Blaulicht beleuchteten Streifenwagen, die vor der Villa der Familie Tremblay parkten. Mir wurde ganz schlecht.

»Oh shit!«, fluchte ich leise und rieb mir die Gänsehaut von den Armen. »Wenn Florence das erfährt, dann –«

»Zac Moran hat Anzeige erstattet. Du kannst davon ausgehen, dass Florence informiert wurde. Vermutlich steht auch bei ihr die Polizei vor dem Haus«, gab Bastian zu bedenken.

»Oh Gott! Sie werden mich direkt ins Jugendgefängnis verfrachten!«, stöhnte ich verzweifelt. »Was machen wir denn jetzt?« Angst kroch mir den Rücken hinauf und nahm mir den Atem. Das war ein Albtraum. Wann wachte ich endlich wieder auf?

»Das ist jedenfalls definitiv kein Spiel mehr«, meinte Tristan nachdenklich und von seiner üblichen Coolness war nicht viel geblieben.

»Spiel?«, raunte ich ihm ungläubig zu. »Das ist noch nie ein Spiel gewesen, Tristan! Cross ist in den Tod meiner Mutter verstrickt. Glaub mir, für mich ist das noch nie ein Spiel gewesen!«

»Sorry, Abby. Das ... ich meine ...«

»Hört auf zu streiten«, schnitt Bastian uns das Wort ab. »Wir haben nur etwa zehn Tage Zeit, ehe wir Skye den Ring zurückbringen müssen.«

»Und was machen wir in diesen zehn Tagen?«, fragte ich gereizt, denn ich sah mich schon in einem Häftlingsanzug einen langen vergitterten Zellengang hinabgehen.

Bastian ballte die Faust um den Herzring. »Wir klären diese Sache – endgültig!« Er sah Tristan an und zum ersten Mal, seit Tristan mich geküsst hatte, erkannte ich so etwas wie brüderliches Zusammengehörigkeitsgefühl in seinem Blick. Das Blaulicht der Polizeifahrzeuge zauberte immer wieder Licht und Schatten auf seine Haut und ließ ihn gefährlich wirken. Sein Kiefer zuckte und seine Augen waren zu entschlossenen Schlitzen zusammengekniffen. »Holen wir uns Zac Moran. Ich bin sicher, er weiß auch, wo Cross steckt.«

Ich schluckte. Die Nacht war kalt und ich verspürte furchtbare Angst. Ich konnte nicht aufhören, an Florence zu denken. An ihre Enttäuschung und daran, dass sie mich nun vermutlich ebenfalls fallen lassen würde.

Mein Blick glitt über den Schulhof hinüber zum Fenster des Dreibettzimmers, das ich mir mit Esme und Jasmin teilte. Kein Licht brannte hinter den Fenstern. Es war Schlafenszeit. Trotzdem erkannte ich die Silhouetten neugieriger Mitschüler. Vermutlich würde Owen morgen von Zimmer zu Zimmer gehen und diese Nacht aus den Köpfen löschen, um Bastian und Tristan zu schützen. Und auch wenn es mir nicht gefiel, ich wusste dass es kaum einen anderen Weg gab.

»Holen wir uns Zac Moran!«, stimmte ich Bastian deshalb zornig zu und die Dunkelheit, die ich so oft versuchte zu unterdrücken, griff nach mir. Ich hatte nichts mehr zu verlieren. Mein Blick streifte die beiden Tremblay-Brüder. Sie waren wie Tag und Nacht.

Verführer und Beschützer. Leichtsinn und Vernunft. Beide hatte ich geküsst. Beide trugen Teile meiner Seele in sich – und beide konnten mir gefährlich werden. Ich biss die Zähne zusammen und streckte jedem von ihnen eine Hand entgegen. Ich traute ihnen nicht. Traute meinen Gefühlen für sie nicht. Aber sie waren alles, was mir noch geblieben war. Ich brauchte sie – und zwar beide, um mir mein Leben zurückzuholen!

»Ich nehme an, der kürzeste Weg führt durch die Schatten?«, fragte ich und sah erst Bastian, dann Tristan an. Ich wusste nicht, ob es möglich war, zu dritt durch die Schatten zu gehen, aber ich hätte nicht sagen können, wen von beiden ich hätte loslassen wollen.

Ich spürte deutlich, dass ich Bastian liebte. Doch ich traute diesem Gefühl nicht mehr, seit er meine Herzweben in Aufruhr gebracht hatte. Mir war nicht klar, ob dies wirklich meine Gefühle waren. Bastian gab vor, immer beherrscht zu sein, doch das war er nicht. Er war genauso getrieben von dem Wüten in sich wie sein Bruder. Nur war er viel gefährlicher für mich, sollte er die Kontrolle verlieren. Deshalb brauchte ich Tristan. Er würde zwar jede Gelegenheit nutzen, mir nahe zu kommen – aus unterschiedlichsten Motiven heraus –, aber er war dabei wenigstens absolut ehrlich. Er würde mich schützen, und wenn auch nur, weil er mich für sich wollte. Das hatte ich erkannt, als ich in sein Innerstes geblickt hatte. Zur Not auch vor seinem Bruder.

⌘

Tristan wusste nicht, was sein Bruder davon hielt, dass Abby ihnen beiden die Hand reichte. Er wusste nicht, was es für Abby bedeutete, aber für ihn war es ein Sieg. Er erkannte an ihrem Webengeflecht, dass Bastian ihre Herzwebe verändert hatte. Dass die purpurne

Webe, von der er sicher war, dass sein Kuss sie ebenfalls berührt hatte, sich nun in Bastians Richtung reckte. Dennoch merkte er, dass Abby sich ihren Weben nicht einfach hingab. Und das war vollkommen neu für ihn. Dabei hätte er das doch erwarten können, nachdem sie schon mit der Last ihrer Seelenweben gut klargekommen war. Warum sollte sie sich also dem Sehnen ihres Herzens ergeben? Weil alle anderen es taten?

Tristan verwob seine Finger mit ihren. Er zwinkerte ihr zu. Nein – Abby Woods war nicht wie die anderen. Und das war es auch, was ihn so reizte.

Er spürte, dass Bastian ebenfalls ihre andere Hand nahm, doch das war ihm egal. Er fixierte Abby mit seinem Blick und als sie scheu ihre Lippen benetzte, während er ihr in die Augen sah, da wusste er – er würde den Kampf um das Rot ihrer Weben noch nicht aufgeben.

Sie alle drei waren miteinander verwoben – und doch waren drei einer zu viel.

Tristan nickte Bastian zu. Er las einen ähnlichen Gedanken in dessen Blick. Sie waren Brüder und brauchten keine Worte, um sich zu verstehen. Wie so oft, wenn Bastian und Tristan zusammen über die Themse ruderten, mit ihren Gigs pfeilschnell von einem in den nächsten Schatten tauchten und dadurch die Welt mit dem Nichts verbanden, verstanden sie sich ohne Worte. Gedanken und Gefühle lagen offen. Und wie beim Rudern spürte Tristan auch jetzt ein Ringen mit Bastian um den Sieg. Nur ging es diesmal um etwas anderes.

Es ging um das Mädchen mit den lila Haaren, das ihrem Leben einen onyxfarbenen Glanz verlieh. Ihre Angst war offensichtlich und sie klammerte sich so fest an seine Hand, dass er meinte, mit ihr zu verschmelzen.

Bastian zog sie in seine Arme, an seine Brust, um sie in den Schatten besser schützen zu können. Und obwohl Abby Tristan nicht gebraucht hätte, um in den Schatten nicht verloren zu gehen, ließ sie seine Hand dennoch nicht los.

Bastian nickte ihm zu. Bereit, in die Schatten zu treten, als ein riesiger weißer Geländewagen um die Kurve gebrettert kam. Noch ehe der Wagen anhielt, wurde die Beifahrertür aufgestoßen.

»Verflucht, steigt schon ein!«, rief Owen, bevor er ruckartig neben ihnen zum Stehen kam.

⌘

Tristan zuckte mit den Schultern, und ehe ich widersprechen konnte, schoben die beiden mich in Owens Hummer und wir fuhren in Richtung St. Paul's Cathedral davon.

Owen fuhr schnell und sein Blick war missbilligend auf die Straße gerichtet. »Könnt ihr mir mal verraten, was jetzt schon wieder los ist? Warum ist die Polizei hinter euch her?«, verlangte er zu erfahren.

»Zac Moran hat uns beschuldigt, ihn bestohlen zu haben«, erklärte Bastian, während ich noch versuchte, zwischen den zwei Tremblays Platz zu finden.

»Der wird langsam lästig«, meinte Owen und sah uns der Reihe nach an. »Ich schlage vor, wir statten Moran einen Besuch ab.«

»Wissen wir denn, wo wir ihn finden?«, fragte ich, denn ich nahm nicht an, dass uns dessen Sekretärin einfach einen Termin gab oder seine Frau uns zum Tee einladen würde.

Owens Blick fixierte mich. »Ich weiß aus Margaret-Mauds Erinnerungen, dass sie ihn in seinem Büro im The Gherkin getroffen hat. Ich schlage vor, wir versuchen es zuerst dort.«

Es war absolut klar, dass Owen mir mit seinen Worten seine Macht demonstrieren wollte. Es klang, als würde eine unterschwellige Drohung darin mitschwingen. Ich ballte die Fäuste, denn ich war nicht bereit, mich von diesem überheblichen Erinnerungshüter einschüchtern zu lassen. Ich würde die Kontrolle behalten – über meine Erinnerungen, mein Herz – und meine Seele!

»Fuck, Abby!«, rief Tristan und packte meinen Arm. »Was zum Teufel ist das?« Sein alarmierter Ton verwirrte mich und als Owen eine Vollbremsung hinlegte, riss es mich beinahe vom Sitz. Alle Blicke waren auf mich gerichtet und es dauerte einen Moment, bis ich begriff, was sie so geschockt betrachteten. Goldene Weben überzogen meine Hände und drängten meine Arme hinauf.

»Was …?«, murmelte Tristan und sprach damit aus, was alle dachten.

»Versteht jemand, was hier vorgeht?«, fasste sich Owen als Erster wieder, auch wenn sein Blick voller Misstrauen war.

Ich schüttelte den Kopf und schluckte. »Keine Ahnung, aber … aber das ist … schon mal passiert«, gab ich zu und rieb über die ungewohnten Linien auf meinem Körper. Langsam verblassten sie und kurz darauf war es, als hätte ich das nur geträumt.

»Wann? Wann ist das passiert?«, wollte Owen wissen und sah Bastian vorwurfsvoll an.

Mir gefiel sein Blick nicht, also beeilte ich mich zu antworten: »Als ich den Herzring gestohlen habe.« Owen riss ruckartig den Kopf herum.

»Was?« Er sah uns ungläubig der Reihe nach an. »Was habt ihr getan?« Unter seinem Bart wurden seine Lippen blutleer. »Ihr habt Skye den Herzring gestohlen?«

Bastian ballte die Fäuste. »Geborgt!«, stellte er klar. »Es ist doch im Grunde egal, ob der Ring in den nächsten zehn Tagen dort eingeschlossen ist oder ob ich ihn so lange trage. Für Skye macht das keinen Unterschied. Sie würde ihn ohnehin nicht zu Gesicht bekommen«, verteidigte er unser Handeln. »Außerdem war der Ring nicht so sicher, wie Vic sich das vorgestellt hat, wenn Abby ihn in nur wenigen Minuten aus dem Bunker holen konnte.«

Wenn Bastian erwartet hatte, dass das Owen milder stimmen würde, hatte er sich getäuscht. »Verdammt, Bastian, das ist Hochverrat an dem Mädchen, das du mal geliebt hast!«, fluchte Owen und rieb sich gestresst über den Bart.

»Das ist kein Verrat!«, verteidigte Bastian sich. »Ich hatte überhaupt nicht vor, mit dem Ring zu verschwinden. Aber als die Polizei auftauchte, mussten wir weg.«

»Wird Skye das auch so sehen?«, fragte Owen bitter. »Wenn das Wüten in ihr sie erneut in Stücke reißt?«

»Das wird nicht passieren!«, rief Bastian energisch. »Sie bekommt den Ring zurück, ehe sie überhaupt merkt, dass er weg ist!«

Ein Hupen hinter uns ließ Owen zornig aufs Lenkrad schlagen. »Fuck, Bastian, ich ...« Er fuhr wieder an und schüttelte den Kopf. »Ich kann nicht glauben, dass du das getan hast.«

»Du hast ihn nicht gesehen!«, kam Tristan seinem Bruder zu Hilfe. »Er brauchte den Ring. Sofort. Und hätte Vic uns geholfen, wäre es nie so weit gekommen.«

Owen kniff die Lippen zusammen. »Ich bin absolut nicht einverstanden mit eurem Vorgehen«, stellte er klar.

»Das wissen wir.« Bastian klang niedergeschlagen. »Denkst du, ich möchte, dass Skye noch einmal so etwas Schreckliches durchmacht?«

Owen schwieg, aber sein Blick war scharf wie ein Messer, als er mich streifte.

»Owen! Ich schwöre dir, Skye bekommt ihren Ring wieder. Aber ich bin nicht in der Lage, den Seelenring zurückzuholen, wenn ich nicht gegen das Wüten in mir ankomme.« Bastian sah mich kurz an. »Ich wäre gefährlich.«

Owen schnalzte mit der Zunge. »Eine Gefahr für sie!«, betonte er und sah dabei mich an.

»Für jeden – aber ja, auch für Abby!«

Ich fühlte mich absolut unwohl unter Owens kaltem Blick. Er musterte mich, als hätte ich ihm irgendwas getan.

»Und wenn es hart auf hart kommt, Bastian«, hakte Owen bitter nach. »Wessen Sicherheit ist dir dann wichtiger? Skyes oder die deiner neuen Freundin?«

»Abby ist nicht seine Freundin!«, ging Tristan dazwischen und sein Blick streifte mich, so, als wollte er das nicht nur Owen klarmachen. »Und das mit dem Ring ist jetzt nebensächlich! Mich interessiert vielmehr, was das eben auf Abbys Haut war!«

»Ganz offensichtlich waren es Weben!«, brummte Owen zwischen zusammengebissenen Zähnen hervor.

»Weben?« Tristan führte meinen Arm dicht vor sein Gesicht, um meine Haut zu analysieren.

»Sie ... sahen irgendwie golden aus«, stammelte ich und entwand ihm meinen Arm. Im Moment war da eh nichts zu erkennen.

»Goldene Weben gibt es nicht«, erklärte Owen knapp und parkte seinen Wagen nahe der Kathedrale.

»Du hast es doch selbst gesehen«, erinnerte ihn Bastian. »Und ich habe ihre Kraft zu spüren bekommen.« Er sah mich an und tastete dann nach der Wunde an seinem Auge. Dort war Blut unter der Maske hervorgesickert, auch wenn davon inzwischen nichts mehr zu sehen war.

Sofort fühlte ich mich schuldig. Ich hatte es mir nicht eingebildet. Ich war für diese Verletzung verantwortlich. Aber wie?

»Ich muss wissen, was mit mir los ist!«, stöhnte ich und fuhr mir durchs Haar. »Was geschieht mit mir? Was ... ist das in mir?«

Bastian und Tristan sahen Owen fragend an. Ich hatte ja schon mitbekommen, dass er als erfahrenster Ringhüter von allen auch am meisten über ihr aller Erbe wusste.

»Na schön. Dann muss unser Besuch bei Moran eben warten. Bring sie mit in die Sakristei«, sagte er und stieg aus. Noch ehe die Wagentür zuschlug, war er in einem Schatten verschwunden.

Für einen Moment herrschte Stille im Innenraum. Mein Herzschlag schien das Lauteste hier drinnen zu sein und ich wusste nicht, was ich fühlen sollte. Ich spürte Angst in mir aufsteigen, Misstrauen zwischen Bastian und Tristan, das gut zu meinem eigenen Gefühlschaos passte. Und irgendwo tief unter meiner Haut spürte ich etwas Neues. Etwas, das wie ein Alligator in den Mangrovensümpfen unbemerkt immer näher kam, um mich zu packen und in die Tiefe zu reißen. Ich schluckte und ballte die Fäuste. Dann sah ich Bastian an.

»Ich hab Angst«, gestand ich und griff nach seiner Hand. Tristans missbilligender Blick war mir gerade egal. Meine Angst leitete mich – und sie führte mich zu Bastian. »Ich dreh noch durch.« Ich ließ zu, dass er mich in seine Arme zog, denn da er nun den Herzring besaß, schien er sich wirklich wieder im Griff zu haben.

Er küsste meinen Scheitel und sein Atem kitzelte mich. »Du musst keine Angst haben. Was immer diese Macht ist, die du in dir trägst, Abby, du musst sie nicht fürchten.«

»Können wir jetzt langsam mal los?«, brummte Tristan und deutete auf die Kathedrale. »Du hast selbst gesagt, wir haben nur zehn Tage – also schwafel hier nicht drei Tage lang rum, nur um für Abby den epischen Helden zu spielen. Lass uns lieber herausfinden, was los ist!«

Damit stieg auch Tristan aus und hielt mir die Tür auf. Aber es war nicht die kühle Nachtluft, die mich zum Aussteigen brachte, sondern die unangenehme Spannung zwischen den Brüdern. Kaum war Bastian ebenfalls aus dem Wagen gestiegen, da warf er Tristan einen bösen Blick zu, fasste mich an der Taille und noch ehe ich mich's versah, verschluckte uns der Schatten. Drei kurze Schattensprünge später standen wir in der Sakristei der St. Paul's Cathedral. Allein die Räume hinter dem Altarraum, in dem sich die Geistlichen auf ihre Gottesdienste vorbereiteten, war von so imposanter Schönheit, dass es mir kurzzeitig den Atem raubte. Anders als im Kirchenschiff selbst, bildeten glänzend rote Backsteine den Fußboden. Die Wände waren mit Ebenholz dunkel getäfelt. Ein großes goldenes Kruzifix nahm die Stirnseite des Raums ein und mehrere burgunderrot gepolsterte Stühle standen dort beisammen. Nur die offenbar nachträglich installierten Deckenstrahler passten nicht recht ins Bild. Eine Wand war komplett von Bücherregalen eingenommen und dicke ledergebundene Wälzer verströmten den Duft von Vergangenheit und Weisheit.

Eines dieser alten Werke hielt Owen in der Hand. Nur einen Wimpernschlag nach uns kam Tristan dazu. »Licht im Dunkel«, war in altertümlichen Lettern in das rehbraune Leder des Umschlags geprägt.

Owen legte das schwere Werk auf einen Beistelltisch, der unter dem Gewicht des Buchs auf dem unebenen Boden wackelte.

»Was ist das für ein Buch?«, fragte ich und versuchte, etwas zu entziffern. Schwarze Tinte füllte dicht an dicht die Seite.

Owen ließ einen Finger über das vergilbte Papier streichen. »Seitdem die drei Ringe geschmiedet wurden, sammelt meine Familie Informationen. Über das Vitalinaurum, über das Amulett des Todes, über den Lichtbringer und seine Absichten, ebenso wie über alles andere, was mit den Schatten, dem Wüten, den Weben und den drei Ringen zu tun hat.«

»Und das steht alles da drin?« Ich deutete auf den Wälzer.

Owen nickte, zog das Buch aber dabei ein Stück aus meiner Reichweite. »Wir haben unsere Erkenntnisse archiviert«, gab er zu und sah Bastian und Tristan nachdenklich an. »Es gibt viele Erkenntnisse in den Erinnerungen der Menschen, die in Vergessenheit geraten würden, wenn meine Ahnen und ich sie nicht gefunden und verewigt hätten«, sagte er und klang dabei fast wie ein Geistlicher bei der Predigt. Seine Stimme war klangvoll und bedeutungsschwer. Wieder richtete er seinen abschätzenden Blick auf mich. »Ich finde in all den Seiten, die ich in- und auswendig kenne, nicht ein Wort über goldene Weben.« Er fixierte Bastian. »Wenn sie mich nicht in ihre Erinnerungen blicken lassen will, dann lass wenigstens du mich sehen, was geschehen ist, als dieses goldene Mysterium geweckt wurde«, verlangte er und streckte Bastian die Arme entgegen. »Ich muss es sehen, um es zu begreifen.«

Goldene Erinnerungen

»In meinen Erinnerungen wirst du nichts finden«, sagte Bastian zu Owen und sah mich eindringlich an. »Abby ist der Schlüssel zu den Antworten, die wir suchen.«

Ich schluckte, denn Bastians Worte schnürten mir die Kehle zu. *Ich war der Schlüssel.* Das kam mir bekannt vor. Nervös knetete ich den Saum meines Shirts in den Händen. *Ich war der Schlüssel.* Es hallte wie ein Echo durch meine Gedanken. Der Schlüssel für alles. Mir wurde komisch zumute und ich ließ mich auf einen der Polsterstühle sinken. Das Handy in meiner Hosentasche vibrierte fast durchgehend, seit uns die Polizei suchte, aber erst jetzt, wo ich mich setzte, registrierte ich es wirklich. Ich wusste, wer versuchte mich zu erreichen: Florence. Und ich wusste auch, dass Moran uns orten konnte, solange ich das Handy nicht ausschaltete. Doch das brachte ich einfach nicht über mich. Ich durfte die Verbindung zu dem, was einer Familie für mich am nächsten kam, nicht einfach so kappen. Ich brauchte Florence. Ich wollte sie nicht verlieren, auch wenn ich vermutlich gerade auf bestem Wege war, genau das zu tun. Ich wollte unbedingt irgendwann zurück in ihr Atelier oder das kleine Häuschen am Stadtrand. Zurück zum Kater, der so laut schnurren konnte, dass man es noch im Nebenraum hörte, zurück zu den bunten Hutkreationen, die mir das Gefühl gaben, nicht das Verrückteste in Florence' Leben zu sein. Doch um das zu können, musste ich endlich verstehen, was hier eigentlich vorging.

»Wartet mal«, murmelte ich.

Alle Blicke richteten sich auf mich und nachdem ich noch einmal vergeblich versucht hatte, den Kloß in meiner Kehle hinunterzuwürgen, fasste ich einen Entschluss.

Unwissenheit half mir nicht weiter. Angst auch nicht. Ich musste jetzt ein Risiko eingehen – um Florence willen.

Die drei Ringhüter betrachteten mich überrascht, doch ich spürte, dass es eher meine Weben waren, die ihre Aufmerksamkeit fesselten.

»Was geht denn jetzt ab?«, meinte Tristan und runzelte die Stirn.

»Warum?« Ich mochte es nicht, dass mein Innerstes für die drei so offensichtlich war. »Was stimmt denn nicht?«

Auch Bastian hatte die Augenbrauen nachdenklich zusammengezogen, während er meine Weben betrachtete. »Eine dunkelrote Herzwebe nimmt gerade sehr viel Raum ein«, klärte er mich auf. Sein Blick suchte meinen. »An was denkst du im Moment?«, fragte er und seine Stimme war so vertrauensvoll und ermutigend wie damals, als er versucht hatte, beim Anti-Aggressionstraining meinen Schutzwall zu durchbrechen.

Wie damals liebte ich den Klang seiner Stimme. Ich mochte, wie sicher ich mich bei ihm fühlte, auch wenn ich wusste, dass er mich damals versucht hatte zu täuschen.

Konnte ich also heute dem Klang seiner Stimme vertrauen?

»Abby, an wen denkst du?«, fragte auch Tristan.

»An Florence«, gestand ich und spürte, wie mein Herz vor Angst, sie zu verlieren, immer schneller schlug. »An den Kater und an Florence. Ich ... ich werde sie verlieren, oder?«

»Das wirst du nicht«, sagte Bastian, doch ich glaubte ihm nicht.

Ich konnte keinem in diesem Raum vertrauen. Und deshalb musste ich endlich anfangen, an mich selbst zu glauben. Nur ich konnte mir helfen. Nur ich war meines Glückes Schmied.

»Ich tue es.« Eine Gänsehaut überzog beim Gedanken daran meinen Körper. »Ich werde Owen in meine Erinnerungen lassen, aber nur, weil ...« Ich wischte mir die Haare zurück und sah die drei Schattenspringer an. »... weil ich selbst langsam mal Antworten brauche. Ich habe das Gefühl, mich erdrückt das alles. Ich hab nur Fragezeichen in meinem Kopf – von meinen Gefühlen ganz zu schweigen.« Ich biss mir auf die Lippe, denn mit einem Mal zitterte ich. »Ich will das alles verstehen – genau wie ihr.«

»Bist du sicher?«, fragte Bastian überrascht und kam zu mir, aber Owen drängte ihn beiseite und funkelte ihn warnend an.

»Du hast sie doch gehört! Sie will das machen! Also lass sie.« Er nickte mir zu und zog mich auf die Beine. Sein Blick war geschäftsmäßig, als er mich von Kopf bis Fuß musterte. Dann krempelte er die Ärmel seines Holzfällerhemdes hoch und rieb sich über den Bart. »Also gut – verlieren wir keine Zeit.«

Ich war beinahe froh um Owens Eile, denn mit jeder Sekunde wuchsen meine Zweifel. Auch Bastian machte nicht gerade ein glückliches Gesicht, dabei hatte er doch die ganze Zeit versucht, mich genau zu diesem Schritt zu überreden.

»Also gut, wie ...« Ich sah Owen zweifelnd an, denn ich hatte keine Ahnung, wie es nun weiterging. »... wie willst du ...?«

Mir stieg das Blut in die Wangen und ich vermied den Blick in Richtung der Tremblay-Brüder. Beide hatten meine Weben genommen – und mich dabei geküsst. Ich wusste, dass das nicht nötig war, und Owen ... Also Owen würde ich garantiert nicht küssen ...

»Gib mir einfach deine Hände«, forderte er wenig emotional.
»Willst du dich lieber setzen?«

Ich nickte und ließ mich wieder auf den Stuhl sinken. Dann wischte ich mir die feuchten Hände an der Jeans ab, ehe ich sie zögernd in Owens legte. Mein Magen krampfte sich zusammen und ich musste ganz fest meine Lippen aufeinanderpressen, um mein Zittern zu verbergen. Das alles gefiel mir nicht – aber ich sah keinen anderen Weg.

Owens Blick bohrte sich in meinen und ich hatte das Gefühl, als rückten die Wände näher. Zitternd atmete ich ein und bekam doch keine Luft. Angst drückte auf meine Brust und ich hielt mich verzweifelt am Hier und Jetzt fest.

»Du musst dich mir schon öffnen«, verlangte Owen und kam näher. Es gab nur noch ihn und mich. Er füllte mein gesamtes Sichtfeld aus und die blauen Schlieren auf seiner Haut verdichteten sich. »Wenn jemand nicht weiß, dass wir in sein Innerstes vordringen, verschließt er sich auch nicht. Dann reicht eine Berührung, eine durch ein Gespräch geweckte Emotion. Aber du weißt, was gleich geschehen wird – und du sperrst mich aus.«

Es stimmte. Ich war vollkommen verkrampft und vollkommen erstarrt. Es war, als würde ich eine Rüstung tragen, die mich zwar lähmte, gleichzeitig aber auch schützte.

»Ich weiß nicht, wie ich mich öffnen soll«, gestand ich.

Owen fluchte und ließ meine Hand los. Die schwache Verbindung zwischen uns riss ab und der Raum nahm gefühlt wieder seine normale Größe an. Beinahe erleichtert atmete ich durch.

»Du musst dich mehr anstrengen«, forderte er und tigerte zum Schreibtisch. Dann kam er durch einen schnellen Schattensprung zu mir zurück. Die Weben hatten seine Haut zur Gänze überzogen und seine Augen leuchteten unnatürlich blau geflutet aus seinem Gesicht. Ich spürte seine Ungeduld und seinen Hunger, und als er diesmal meine Hände packte, da war er nicht mehr so zurückhaltend. Hart schlossen sich seine Finger um meine und ich zuckte vor Schmerz zusammen.

»Au!«, entfuhr es mir und Schwindel erfasste mich. Panik kroch in mir hoch, als er, anstatt seinen Griff zu lockern, noch fester zupackte. Der Schwindel wurde stärker und mein Herz hämmerte in meiner Brust. »Aua!« Ich versuchte, meine Hand zurückzuziehen, doch Owen ließ nicht los.

»Hör auf! Du tust ihr weh!«, ging Bastian dazwischen und schob Owen beiseite. Der bäumte sich auf wie ein Raubtier und stieß Bastian grob von mir weg.

»Es geht nicht anders! Sie ... will sich nicht öffnen!«

Bastian sah mich an. Sein Blick streifte meine sich panisch hebende Brust und meine zitternden Hände. Dann kam er zu mir und kniete sich neben mich. »Es geht anders«, sagte er und bedeutete Owen, sich langsam zu nähern. Er legte meine Hand in Owens und umfasste dann mein Gesicht. »Vertrau mir, Abby«, bat er und beugte sich über mich. Seine Lippen streiften meine und ich hörte Owen keuchen. Oder war es Tristan?

Noch immer hämmerte mein Herz wie ein Presslufthammer, vibrierte so hart gegen meine Rippen wie das Handy in meiner Tasche, aber diesmal fiel mir das Atmen leichter.

Ich hatte mich so unendlich danach gesehnt, Bastians Lippen auf meinen zu fühlen. Hatte es so vermisst, ihm nahe zu sein, und als seine Zunge zart wie eine Feder über meine Lippen strich, da riss mich der Schwindel mit sich, sodass sich unser Kuss wie ein Traum anfühlte. Ich wollte mehr von ihm fühlen, erwiderte den Kuss, doch irgendwie trennte mich etwas von dem wundervollen Gefühl, das meinen Schutzwall zum Einsturz brachte. Seufzend sank ich gegen Bastians Brust und im nächsten Moment riss mich der Schwindel mit sich fort.

Azurblaue Weben rankten sich durch meine Hände in mein Innerstes, folgten dem Fließen meines Blutes bis in mein Herz, weiter in meinen Kopf, mitten hinein in meine Gedanken und Erinnerungen.

Schmerz durchfuhr mich und ich bäumte mich auf. Bilder zogen vor meinem inneren Auge vorbei. Erinnerungen an den Raub des Herzrings.

»Nein!«, *hörte ich mich selbst sagen, ohne auch nur einen Laut von mir zu geben.* »Nein!« *Es war ein Befehl und ich schrie ihn wortlos in Bastians Kopf. Goldene Schlieren überzogen meine Haut, während ich ein Tor eintrat, das zuvor nicht da gewesen war. Die goldenen Ranken zogen mich vorwärts und ich zitterte, als ich sah, was mich hinter dem Tor erwartete. Wellen aus Gier und Verlangen türmten sich auf, rollten auf mich zu, um mich unter sich zu begraben.*

»NEIN!«

Es war, als bildete noch immer mein gesamter Körper dieses Wort. Als wäre ich wieder dieses Nein. Ich sah, was Owen sah, spürte ihn in mir wie eine Dorne, die sich einem schmerzhaft ins Fleisch bohrt. Doch ich konnte sie nicht loswerden. Ich sah, wie Owen meine Erinnerungen aufnahm, sie las, als wäre ich ein offenes Buch. Wieder rissen mich vergangene Bilder mit in ihren Strudel. Ich folgte Owen in meine Erinnerungen, ließ sie los und erlebte alles noch einmal:

Die Welle, die auf mich zupreschte, erstarrte, als pralle sie gegen eine Wand. Ihre Energie richtete sich nach innen, brach in die Richtung, aus der sie gekommen war. Dann zog sie sich zurück, schwappte nur noch leicht auf meine Füße zu und mit dem Gefühl, etwas Unmögliches vollbracht zu haben, trat ich einfach einen Schritt zurück. Die Welle versandete im Nichts, löste sich auf unter meiner Macht, und ich zog schwungvoll und nur durch meine Gedanken das Tor hinter mir zu. »Ich bin der Schlüssel«, hämmerte es in meinem Kopf und ich atmete ein. »Der Schlüssel zu allem!«

Wie ein Plünderer zog Owen weiter. Dann entstand das Bild meines Vaters vor meinen Augen und führte mich immer tiefer hinein in meine längst vergessenen Erinnerungen. *Er hielt meine Hand und legte sich den Zeigefinger auf die Lippen. »Ich zeig dir einen Trick, Abby«, flüsterte er und kam neben mir in die Hocke. »Einen Zaubertrick, der unser Geheimnis bleiben muss, okay?« Ein Funkeln lag in seinem Blick.*

»Du bist ein Zauberer, Daddy!«, hörte ich mich staunen, denn als er die Hand nach unserer Haustür streckte, sprang sie auf, noch ehe er sie berührte.

»Wie hast du das gemacht?« Ich folgte der Frage aus meinen Erinnerungen heraus in Owens Kopf.

»Wie hast du das gemacht?«, hallte es um mich herum wider und das Gefühl, meinen Körper verlassen zu haben, überkam mich. Ich kämpfte gegen den Schwindel an und versuchte, die Kontrolle zurückzubekommen.

»Es ist ein Trick, den du irgendwann auch lernen wirst, Abby. Das verspreche ich dir.«

Ich sah mich selbst in Owens Kopf. Sah, wie ich die Hand nach den dicken Schließbolzen unter dem Stahl ausstreckte. Sah den heißen Schauer, der meinen Körper durchfahren hatte.

»Ich bin der Schlüssel!«, brüllte mein Innerstes in Owens Kopf und das Schloss sprang auf. Die Bilder rasten an mir vorbei, flohen aus

meinen Erinnerungen und ich spürte, wie der Hüter des Erinnerungsrings sich immer weiter in mein Innerstes vorschob.

Und so, wie er in meine Erinnerungen eindrang, verlor ich mich in seinen. Ich sah ihn, über das Buch gebeugt. *Licht im Dunkel*, las ich, als wären es meine Augen, die über den dicken Ledereinband wandern würden, dabei sah ich nur, was Owen sah. Ich verfolgte gebannt, wie er die Seiten umblätterte, wie seine Fingerspitze über die feine Schrift glitt und es war, als würde seine Stimme mir vorlesen, was dort geschrieben stand.

»*Der Schmied hat gute Arbeit geleistet. Anders als allen zuvor war es ihm gelungen, das Vitalinaurum aus der Fassung des Amuletts zu brechen und es in drei Teile zu teilen. Die Ringe, die er daraus geschmiedet hat, zeigen deutlich, wie machtvoll dieses Metall ist. Es zieht sie wie von selbst zueinander, als wären sie magnetisch. Sie wirken lebendig, wenn sie sich nahe sind. Darum haben wir sie unter uns aufgeteilt. Und obwohl der Schmied seine Aufgabe gemeistert hat, und wir ihm reiche Bezahlung versprochen haben, ist er einfach verschwunden, wie ein Dieb in der Nacht. Das hat uns alle misstrauisch gemacht*«, hörte ich Owens Stimme in meinem Kopf. Doch es fiel mir schwer, mich darauf zu konzentrieren, während immer mehr Bilder meines eigenen Lebens an mir vorbeizogen.

Owen wühlte sich durch meine Erinnerungen und immer neue Bilder blitzten auf. Bilder von Mom, von Dad, von uns – es tat weh und ich wollte mich wehren, aber die Bilder gewannen immer mehr an Klarheit.

Ich rannte über den Markt, den Geschmack von Birnen auf der Zunge und meine Finger klebten vom süßen Saft der Frucht. Mein Schnürsenkel war offen, aber das störte mich nicht. Ich war fast zurück am Stand mit dem wunderschönen Silberschmuck. Mit den Ohrringen aus feinstem Gold und den Armkettchen mit den funkelnden Steinen in kunstvollen Fassungen. Ich drängelte mich an einer Kundin mit ausladender Kehrseite vorbei und zwängte mich zu Mom hinter den Marktstand unserer Verkaufsbude.

»Hi, Mom, wo ist Dad?«, fragte ich, da sie allein am Stand war.

»Immer langsam, kleiner Wirbelwind«, lachte Mom und unterbrach ihr Gespräch mit der Kundin, während sie mich entschlossen auf einen Schemel dirigierte, der in einer Ecke der Bude stand. »Dein Dad holt uns Mittagessen«, sagte sie. Dann nahm sie das Geld der Kundin entgegen und legte es in die Kasse. Während die Frau sich vom Marktstand entfernte, schob ich mir das letzte Stück Birne in den Mund. »Konntest wohl nicht mehr so lange warten?«, fragte sie mit Blick auf die Birne.

»Wo hast du die denn gemopst?« Noch ohne meine Antwort abzuwarten, hob sie schon die Hand, um dem Obst- und Gemüsehändler auf der gegenüberliegenden Seite lächelnd für seine Großzügigkeit zu danken.

»Ich hab nichts gemopst«, verteidigte ich mich und schleckte mir den Saft von den Fingern. »Ich bin doch kein Dieb!«

Moms Lachen war ansteckend und so drehte sich die Verkäuferin vom Stand neben uns in unsere Richtung. Sie verkaufte Hüte und trug dabei selbst eine ihrer ausgefallenen Kreationen. Ein durchscheinender kleiner Schleier bedeckte ihre Augen und eine Pfauenfeder streifte bei jeder Bewegung die weiß-rot gestreifte Überdachung ihres Verkaufsstands.

»Hier gibt es Diebe?«, griff die Frau das Gehörte gespielt empört auf und zwinkerte mir unter ihrem Schleier hervor zu. »Dann ist es ja gut, dass dies mein letzter Tag auf dem Markt ist, denn ab nächster Woche beziehe ich ein Ladengeschäft nahe Piccadilly«, berichtete sie meiner Mutter und tippte sich an den Hut.

Ich verlor das Interesse an der Hutfrau und band meinen Schnürsenkel, als Dad mit einer Tüte Fish and Chips an den Stand zurück-

kam. Er zog mich auf seinen Schoß und ich verbrannte mir die Finger, als ich hungrig nach dem ersten Kartoffelstück griff. Auch Mom stibitzte sich eine Pommes aus der zur Tüte gerollten Zeitung.

»Wie laufen die Verkäufe?«, fragte Dad und Mom zuckte nur mit den Schultern.

»Ein Mann war hier. Er will dir ein Geschäft vorschlagen.«

»Ein Geschäft?«

Die Chips waren fettig und ich hatte Essig an den Fingern.

»Er hat nicht gesagt, worum es geht. Aber er kommt wieder.«

Owen drängte weiter. Er riss mich fort vom Markt, weg von Mom, den heißen Fish and Chips und der Marktfrau mit dem Pfauenfederhut. Die Bilder verblassten so schnell, wie sie gekommen waren, und ich fühlte mich, als würde ich entzweigerissen.

»NEIN!«, brüllte ich, ohne dass ein Laut meine Lippen verließ. Ich wollte diese Erinnerung festhalten, zurück zu ihr gehen und mich vergewissern, dass …

»NEIN!« Etwas tief in mir barst und ich bäumte mich auf. Bastian ließ mich los. Kälte übermannte mich, als die Sicherheit schwand, die seine Nähe mir gegeben hatte. Ich kämpfte mich aus dem Strom meiner Erinnerungen hervor und donnerte die Tür zu Owens Innerstem zu. Ich riss mich von ihm los und schlagartig verblasste der Schwindel. Ich schlug die Augen auf, schnappte mit weit geöffnetem Mund nach Luft und krallte mich panisch an den Armlehnen des Stuhls fest, während ich wie am Rande wahrnahm, dass Owen benommen zu Boden sank.

Florence

»Verdammt, Abby!«, keuchte Bastian und starrte erst mich an, ehe er zum am Boden liegenden Owen hinübersah.

Die goldenen Weben, die meine Haut überspannten wie eine funkelnde Netzstrumpfhose, waren so deutlich zu sehen, als hätte man sie mir aufgemalt, aber irgendwie war das nicht halb so schockierend wie das, was ich in meinen Erinnerungen gefunden hatte. Ich sah die Pfauenfeder vor mir, den kleinen Schleier über dem mir so vertrauten Gesicht.

»Florence!«, keuchte ich.

Mir war schlecht und kalter Schweiß stand mir auf der Stirn. Ich zitterte und bekam keine Luft. Die Weben auf meiner Haut brannten wie Feuer und ich fühlte mich seltsam verlassen. Bastian kniete zwar noch immer neben mir, aber ich fühlte mich völlig allein.

»Da war Florence!«, stammelte ich verwirrt und packte Bastians Hand. »Das kann doch kein Zufall sein!« Meine Gedanken überschlugen sich und ich sprang auf. »Ich muss mit ihr reden! Ich muss wissen, ob –«

»Ganz ruhig, Abby«, bat Bastian und folgte mir. Er legte die Hände beruhigend auf meine Schultern und hielt mich fest, als ich schon auf dem Weg zur Tür war.

»Lass mich, ich …« Ich zückte mein Handy. Unzählige Anrufe von Florence wurden angezeigt. »Ich muss nach Hause. Ich muss …«

»Keine Ahnung, was eben passiert ist, Abby, aber du kannst jetzt nicht einfach gehen. Owen ist –«

»Owen ist mir egal!«, rief ich und versuchte, mich loszureißen. »Ich habe mich an Florence erinnert – an eine Zeit, lange bevor sie mich bei sich aufgenommen hat. Das kann doch kein Zufall sein!« Ich rieb mir energisch übers Gesicht, denn nichts in meinem Leben machte mehr Sinn. »Ich verstehe das nicht, Bastian! Ich … begreife gar nichts mehr!«

»Schhht!« Er schlang die Arme um mich und zog mich an seine Brust. »Beruhig dich.«

Tristan warf uns einen knappen Blick zu. Dann ging er neben Owen in die Hocke und rüttelte den Hüter des Erinnerungsrings an der Schulter. »Er wacht auf«, sagte er kühl, ohne uns anzusehen. Dann half er Owen, bis er schließlich wieder auf beiden Beinen stand.

Owen hielt sich den Kopf und keuchte noch immer, als hätte er Schmerzen. Verständnislos rieb er sich die Schläfen.

»Was ist da gerade passiert?«, fragte Tristan und lehnte sich ein Stück abseits ans Bücherregal. Er strich sich die Haare nach hinten und stellte lässig den Fuß dagegen. Inzwischen kannte ich ihn gut genug, um zu wissen, dass seine coole Körperhaltung und sein arroganter Blick darüber hinwegtäuschen sollten, dass er gekränkt war.

»Das würde ich auch gerne wissen«, stöhnte Owen und stützte sich auf die Tischplatte. Er sah mich an, als wäre ich eine Hexe. »Diese goldenen Weben – gibt es überhaupt nicht. Ich wüsste nicht, für was sie stehen«, gestand er ratlos und begann, unruhig durch das ledergebundene Buch zu blättern. »Ich habe solche Weben noch nie bei einem Menschen gesehen.« Er machte eine ausladende Bewegung. »Sie finden sich nicht im Webengeflecht.«

Bastian streichelte meinen Rücken. Ich wusste nicht, ob er es unterbewusst tat, oder ob er damit versuchte, mich am Gehen zu hindern. Denn obwohl ich begreifen wollte, was mit mir los war, wollte ich doch noch viel dringender dem nachgehen, woran ich mich jetzt erinnerte. Ich hatte Angst, dass die Erinnerung erneut verblassen würde, wenn ich nicht sofort handelte.

»Aber Abbys Weben sind stark«, fuhr Owen kopfschüttelnd fort. »Sie sind stärker als wir.« Er kniff die Lippen zusammen, ehe er fortfuhr. »Eine unbekannte Kraft hat mich regelrecht aus ihren Erinnerungen geschleudert. Wie eine Explosion.« Er sah mich an. »Dabei haben wir Schattenspringer – und besonders wir Ringhüter – die Kontrolle, wenn wir uns den Weben eines Menschen nähern. *Wir* entscheiden.«

»Ihr entscheidet aber nicht über *mich*!«, warf ich ein und löste mich aus Bastians Umarmung. »Vielleicht geschieht das ja alles nur, weil ich als Einzige die Wahrheit über euch und über das, was ihr mit den Weben der Menschen macht, kenne. Vielleicht könnte jeder …« Ich machte mit den Fingern Gänsefüßchen. »… *Einspruch erheben*, wenn er wüsste, dass ihr euch in sein Herz, seine Seele, oder seine Erinnerungen schleicht? Vielleicht liegt das nicht an mir!«

Tristan schüttelte den Kopf, auch wenn er mich nicht direkt ansah. »Es liegt ganz sicher an dir«, betonte er energisch. Dann traf mich sein Blick doch. »Ich hab tausend Mädchen geküsst, um an ihre Weben zu kommen.« Sein Mund war eine harte Linie und ich wusste, dass er dies gerade sagte, um mich – oder vielleicht auch Bastian – zu verletzen. »Keine hat je einen Fuß in meine Seele gesetzt. Abgesehen von dir.«

Owen, der nichts von Tristans schlechter Stimmung mitzubekommen schien, nickte. »Es muss an deiner Verbindung zum Vitalinaurum liegen. Der Kontakt mit dem Metall muss mehr Einfluss auf deine Ahnen gehabt haben, als bisher angenommen. Deine Gene sind dadurch … unseren nicht unähnlich.« Er schlug das Buch zu und stellte es zurück ins Regal. »Das erklärt, warum Bastian dich mit in die Schatten nehmen kann. Das erklärt, warum du in uns eindringen kannst, wenn wir uns deinen Weben nähern. Deine Macht ist der eines Ringhüters in dieser Hinsicht nicht ganz unähnlich.« Als das Buch im Regal stand, drehte er sich noch mal zu mir um. »Aber es erklärt nicht, mit welcher Macht du den Bunker in Caerhay Court geöffnet hast. Es erklärt nicht, warum dein Innerstes meint, der Schlüssel zu sein. Der Schlüssel zu was?«, fragte er und kam auf mich zu. Knapp vor mir blieb er stehen und setzte mir einen Finger auf die Brust. »Nach allem, was ich von dir weiß – und was ich in deinen Erinnerungen gesehen habe – misstraue ich dir. Ich halte dich für gefährlich, Abigail.«

»Weißt du was, Owen? Du kannst mich mal! Dass du mir misstraust, hat nichts mit mir zu tun, sondern mit dem dummen Geschreibsel deines Vorfahren in diesem dämlichen Buch! Ich habe gesehen, was du dort gelesen hast! Dein Urahn hat dem Schmied misstraut – ohne einen Grund zu nennen. Und du misstraust deshalb mir – ebenfalls ohne Grund!« Mir fehlten die Worte und ich schlug seine Hand beiseite. »Also denk doch, was du willst! Halt mich für gefährlich, wenn du meinst! Es ist mir egal. Ich geh jetzt meinen Vater suchen!«

»Du kannst nicht einfach gehen!«, widersprach Owen und verstellte mir den Weg.

»Ach nein?«

»Nein. Oder hast du schon vergessen, dass die Polizei dich sucht?«

»Abby, bitte.« Bastian verwob seine Finger mit meinen und drehte mich zu sich um. Er hob mein Kinn an und sah mir tief in die Augen. »Wir sind doch alle auf derselben Seite.«

Ich lachte zynisch. »Noch nie war jemand auf meiner Seite«, widersprach ich. »Abgesehen von meinen Eltern und Florence. Und wenn mir einer von euch gerade zugehört hätte, dann wüsstet ihr, dass es da eine Verbindung gibt, von der ich jahrelang nichts wusste.« Ich schluckte den Schmerz, den mir diese Erkenntnis verursachte, hinunter. Ich wollte nicht glauben, dass Florence mich angelogen hatte. Dass sie meine Eltern gekannt, und das nie auch nur mit einem Wort erwähnt hatte. Warum hätte sie das tun sollen? Warum?

Eine Träne rann mir die Wange hinunter und Bastian stieß einen Fluch aus. Dann zog er mich in den nächsten Schatten, und als wir wieder daraus hervortraten, befanden wir uns im Freien in der Spitze der Kuppel der Kathedrale. Die Sonne blendete mich und kurz fragte ich mich, wie viele Tage vergangen sein mochten. Es kam mir vor, als hätten die letzten Tage Jahre gedauert. Als wären wir Monate in der Sakristei gewesen.

»Was soll das?«, fragte ich und verschränkte die Arme. »Was tun wir hier? Ich ... muss hier weg. Ich muss zu Florence, und ...« Tränen brannten hinter meinen Lidern.

Bastian kam auf mich zu und löste meine verkrampfte Haltung. Wortlos zog er mich an sich und schlang die Arme um meinen Körper. Er küsste meinen Scheitel und ich verlor mich im wohligen Duft seiner Haut. »Nicht weinen«, raunte er und seine Hand glitt in meinen Nacken. Der leichte Druck seines Daumens zwang mich, ihn anzusehen. Das dunkle Blau seiner Augen durchfuhr mich wie ein Blitz und ich schmiegte mich eng an ihn. »Alles wird gut«, flüsterte er und streichelte meine Arme, meinen Rücken und meinen Nacken. »Ich verspreche dir, dass am Ende alles gut werden wird.«

Ich schniefte, denn mit jedem seiner Worte wurde mir das Chaos bewusster, in dem ich steckte. »Nichts wird je wieder gut werden«, presste ich unter Tränen hervor. »Und das weißt du. Die Polizei sucht uns, Florence weiß mehr, als sie mir gesagt hat, und mein Dad hat mich offenbar absichtlich zurückgelassen. Mein Leben ist ein Trümmerhaufen und ...« Ich wischte mir die Tränen aus den Augen. »... und du und Tristan, ihr ...« Ich zuckte mit den Schultern. »Ihr steht euch gegenüber wie Rivalen – und das ist meine Schuld.«

Ich spürte sein leises Lachen unter meiner Wange. »Wir sind Brüder. Brüder streiten auch mal.« Seine Fingerspitze strich über meine Wange. »Und Brüder ... teilen nicht gerne. Besonders nicht das Herz einer Frau.«

Ich wusste nicht, was ich sagen sollte. Ich war viel zu geflasht von dem Moment. Von der Zärtlichkeit, mit der er mich hielt, vom Wind, der Bastians wunderbaren Duft zu mir trug, und dem Blick aus seinen wunderschönen dunkelblauen Augen.

»Du hast Tristan geküsst«, raunte er und klang dabei unsicher. »Und ihm deine Weben gegeben.« Seine Lippen berührten mich und ich drängte mich fester an ihn.

»Es bedeutet nichts«, sagte ich und suchte in seinem Blick nach Verständnis.

Bastians Zunge glitt meinen Hals hinauf, an mein Ohr. »Vielleicht«, meinte Bastian und ich spürte sein Schulterzucken mehr, als dass ich es sah. Überhaupt bestand ich nur noch aus Gefühl, denn ganz zärtlich ließ er jetzt seine Lippen über meinen fliegenden Puls streichen und küsste die empfindliche Stelle unter meinem Ohr.

»Nicht vielleicht, Bastian. Es ist so. Es hatte nichts zu bedeuten.«

»Und weiß Tristan das?« Seine Zähne gruben sich sanft in mein Ohrläppchen und ein Schauer rann meinen Rücken hinab.

»Tristan küsst jede. Für ihn bedeutet das nichts«, keuchte ich, denn Bastians Hände wanderten unter mein Shirt. Hitze wallte in mir auf und ich stellte mich auf Zehenspitzen, um ihm näher zu kommen. Ich presste meine Lippen auf seine Wange und genoss das leichte Kratzen seiner Bartstoppeln auf meiner Haut.

»Ich kenne meinen Bruder, Abby. Du bist für ihn nicht jede.«

»Tristan weiß, wie wichtig du mir bist«, stellte ich klar. »Er ist ja nicht blind.«

Bastians Lippen kräuselten sich. »Ich bin dir also wichtig?« Er umfasste mein Kinn und senkte seine Lippen auf meine. Die Berührung war leicht und kurz, wie ein Versprechen.

»Was denkst du denn?«

Er lachte und eine seiner Strähnen kitzelte meine Stirn. »Ich denke, dass ich dich besser nicht mit ihm allein lassen sollte.« Damit versiegelte er meine Lippen erneut mit einem Kuss und obwohl sein Bruder wirklich Übung im Küssen hatte, stand Bastian ihm in nichts nach. Ich klammerte mich an seinen Nacken, als er ihn vertiefte. Mein Herz wollte in tausend Teile zerspringen und zugleich schmelzen. Ich spürte, wie das Wüten in Bastian anschwoll, aber der Herzring glomm heiß an seinem kleinen Finger und ich schloss die Augen, denn ich wollte ihm vertrauen.

»Bastian«, keuchte ich glücklich seinen Namen. Ich hatte ihn so vermisst. Dieses Kribbeln in meinem Magen, dieses Flattern in meiner Brust und dieses Prickeln auf meiner Haut, überall dort, wo er mich berührte.

»Oder ich küss dich so lange, bis du vergisst, dass ich einen Bruder habe«, meinte er und küsste mich erneut.

Ich lachte und lehnte meine Stirn gegen seine. Unser Atem vermischte sich und ich sah ihn glücklich an. »Welchen Bruder?«, spielte ich sein Spiel mit und zog seine Lippe zwischen meine Zähne. »Ich sehe nur einen Tremblay, der meinem Herz gefährlich werden kann.« Bastian lachte und küsste meine Nasenspitze. »Solange ich einen Ring trage, bin ich nicht gefährlich.«

»Gut zu wissen«, murmelte ich und küsste ihn erneut. Ich floh regelrecht in seine Zärtlichkeit, die so viel schöner war als die echte Welt. Ich wollte nicht mehr aufhören ihn zu küssen, ihn nicht loslassen, auch wenn ich wusste, dass ich damit der Realität nicht entkommen konnte. Den Fragen in meinem Kopf nicht entkommen konnte. Und doch wollte ich es versuchen. Ich küsste ihn wieder und wieder, drängte mich seinen streichelnden Händen entgegen und grub meine Finger in die kurzen Strähnen an seinem Nacken.

»Gott, Abby«, stöhnte er und eine Erinnerung blitzte in meinen Gedanken auf. *»Kurze Namen kann man gut zwischen zwei Küssen murmeln«*, hatte Tristan mich geneckt, und als ich hörte, wie heiser Bastian mein Name über die Lippen kam, musste ich ihm zustimmen. Es war beängstigend, wie sehr mich der Klang erregte. Ich spürte regelrecht, wie sehr Bastian mich wollte. Trotzdem löste er sich langsam und widerwillig von mir und suchte meinen Blick.

»Wenn ich dich jetzt mit Tristan allein lasse – wirst du dann wissen, zu wem du gehörst?«, fragte er und zog mich an sich.

»Immer wenn ich dachte, ich gehöre zu jemandem, dann … lief alles furchtbar schief«, sagte ich leise und hielt seinem Blick stand.

Bastian streifte meine Lippen mit seinen. »Diesmal wird alles gut.« Er küsste mich zart. »Ich finde Cross, und du gehst mit Tristan deinen Erinnerungen bezüglich Florence nach.«

»Mit Tristan?« Ich stemmte die Hände gegen seine Brust und sah ihn an. »Warum nicht mit dir?«

Bastian seufzte, ohne mich freizugeben. »Owen kann mir helfen, Cross zu finden. Das muss für mich an oberster Stelle stehen, allein schon wegen Skye. Verstehst du das?«

Natürlich verstand ich das. Ich war ja nicht doof. Trotzdem gefiel es mir nicht und ich konnte auch nicht so tun als ob.

»Ich möchte nicht, dass du auch nur in die Nähe von Cross kommst, Abby. Ich traue ihm nicht und weiß nicht, mit welchen Tricks er spielt. Ich weiß, ihm ist jedes Mittel recht.«

»Dann soll Tristan meinen Aufpasser spielen, oder wie?«

Bastian nickte. »Du bist ihm wichtig. Er wird vielleicht versuchen, dich anzubaggern, aber er wird zumindest für deine Sicherheit sorgen.«

»Du könntest auch für meine Sicherheit sorgen.«

Bastian lachte. »Könnte ich. Aber ich kenne dich. Du willst nicht warten, bis ich Cross gefunden habe, ehe du Antworten auf deine Fragen suchst, richtig?«

Ich schwieg und mein Blick glitt in Richtung Westen über die Dächer der Stadt. Doch selbst von hier oben konnte ich den Piccadilly Circus und Florence' Hutladen nicht zwischen den übrigen Gebäuden ausmachen. Ich schluckte, und auch wenn ich nichts mehr hasste, als Bastian loszulassen, hatte er doch recht. Mir brannte schon jetzt meine Ungeduld unter den Nägeln.

»Na schön«, gab ich mich geschlagen und Bastian lächelte mich an.

»Ich liebe es, wenn du nachgibst«, sagte er und betrachtete dabei das Geflecht der Weben, das mich umgab. »Denn dann verschwinden die Schatten deiner Seelenlast fast vollständig hinter den azurblauen Erinnerungen, die Owen geweckt hat – und das neue purpurne Leuchten deiner Herzwebe steht dir unfassbar gut.« Er lächelte. »Ich glaube fast, deine Weben waren nie schöner als in diesem Moment.«

»Und was denkst du, bedeutet das?«

Bastian lachte und zog mich in die Schatten. »Manche Küsse bedeuten mehr als andere«, hörte ich seine Stimme als einzigen Anker im eisigen Nichts.

Der Schatten hat vertraute Augen

Tristan hasste das Gedränge in der U-Bahn. Er hätte lieber die Schatten genommen.

Mit einem unterdrückten Seufzen wartete er, bis sich die Türen der Bahn öffneten, ehe er dicht hinter Abby an der Piccadilly Station ausstieg. Er breitete die Arme leicht aus, um sie von hinten zu schützen, denn die Menschen um sie herum drängten rücksichtslos vorwärts.

»Hoffentlich erwartet uns hier nicht auch die Polizei«, sagte Abby und blickte die Stufen der Station hinauf.

»Ich kann vorgehen und nachsehen«, schlug er vor und wollte schon in einen Schatten treten, auch wenn er Abby nicht gerne allein lassen wollte.

»Nein, warte.« Sie griff seine Hand, als wüsste sie, was er vorhatte. »Überleg mal. In London wird doch jeden Tag irgendwas gestohlen. Und selbst wenn Moran nicht irgendwer ist – ich kann mir nicht vorstellen, dass die Polizei tagelang nichts Besseres zu tun hat, als in ganz London nach uns zu suchen.« Abby rieb sich die Arme, als wollte sie das ungute Gefühl verdrängen, das auch ihn beschlich. »Wir haben ja niemanden umgebracht.«

»Im Gegensatz zu Cross«, murmelte Tristan und bereute seine unbedachten Worte sofort wieder, als er sah, wie Abby blass wurde. »Sorry, ich ... habe nicht an deine Mutter gedacht«, gestand er und fuhr sich durchs Haar. »Ich dachte an ... meinen Vater und ... dass Cross und Margaret-Maud ihn ...«

»Schon okay.« Abby schluckte und er sah, wie sie kämpfte. Dunkle Weben mischten sich in das neuerdings recht purpurne Geflecht, das sie umgab.

»Ich wollte nicht damit anfangen«, sagte Tristan und griff nach ihrer Hand. Es fühlte sich ungewohnt an, sie zu berühren, vielleicht weil offensichtlich war, dass Bastian für den Wandel in ihrem Webenspektrum verantwortlich war.

Er wusste nicht, was er davon halten sollte. Abby war ihm wichtiger als erwartet. Sie war besonders. Und ihre Weben waren unvergleichlich. Er verstand also, was Bastian an ihr fand – und doch überraschte es ihn, dass er richtiggehend eifersüchtig auf ihn war.

»Schon okay. Lassen wir das einfach«, wiederholte Abby und entwand ihm ihre Finger, indem sie ihr Haar zu einem Pferdeschwanz zusammenfasste. Dann zückte sie ihr Handy und checkte die Uhrzeit. »Der Laden hat schon geschlossen. Vielleicht rechnet die Polizei nicht damit, dass wir ein Geschäft aufsuchen, das nicht mehr geöffnet hat«, überlegte sie.

Tristan starrte auf ihr Handy. »Du hast immer noch dein Smartphone bei dir?«, fragte er und nahm es ihr ab. »Hast du vergessen, dass sie uns damit in Caerhay Court gefunden haben?« Er kniff die Lippen zusammen und ehe Abby etwas dagegen sagen konnte, steckte er ihr Handy einer Frau in die Einkaufstasche, die gerade in die U-Bahn stieg.

»Hey, spinnst du?« Abby streckte die Hand nach der Tasche aus, aber Tristan hielt sie fest.

»Wenn du nicht willst, dass die Polizei oder Moran uns finden, dann vergisst du das Handy besser!«

»Aber …« Sie sah der anfahrenden Bahn hinterher und ließ die Schultern nach vorne sacken. »Okay. Dann lass uns endlich gehen. Aber wenn das alles vorbei ist, schuldest du mir ein neues Handy!«

Tristan musste schmunzeln, denn sie hatte gerade den gleichen schmollenden Gesichtsausdruck wie an ihrem ersten Tag in Darkenhall. »Handys sind in Darkenhall ohnehin nicht erlaubt«, sagte er und stieß ihr sacht in die Seite. »Steht in den Schulregeln.«

Abby schnaubte. »Ich scheiß auf die Schulregeln!«, brummte sie und ging ihm voran die Stufen hinauf. »Ich dachte, Darkenhall soll die Schüler glücklich machen – nicht ihr Leben vollkommen aus der Bahn werfen!«, sagte sie und warf Tristan dabei einen vorwurfsvollen Blick zu. »Solange also Darkenhall seine Werbeversprechen nicht hält, braucht mir auch keiner mit den Schulregeln zu kommen.«

Sie streckte ihm die Zunge raus und Tristan musste lachen. Es war verrückt, wie sehr er es genoss, mit ihr zu scherzen, selbst wenn gerade nicht die richtige Zeit dafür war. Er beeilte sich, zu ihr aufzuschließen. »Und ich habe schon gedacht, du hast deinen rebellischen Geist zusammen mit deinen Seelenweben verloren«, raunte er und zog sie am Zopf. »Dabei sind die doch der Grund, dass du nach Darkenhall gekommen bist. Ohne sie wäre ich dir also nie begegnet.«

Abby schlug nach seiner Hand. Passanten drängten an ihnen vorbei, als sie oben am Eingang zur U-Bahnstation auf den Gehweg traten. Direkt vor ihnen prangte die berühmte Leuchtreklamewand und etliche Touristen schossen Selfies, während die roten Doppeldeckerbusse sich langsam durch den Verkehr schoben. Er nutzte die Gelegenheit und legte Abby den Arm um die Schultern. Er mochte ihre Nähe und die Nähe zu ihren Weben. Aber am meisten mochte er das Gefühl ihrer seidigen Haut unter seinen Fingerspitzen, als er wie jetzt zufällig ihren Oberarm berührte.

⌘

Ich war schon tausend Mal hier aus der U-Bahn gestiegen. Hatte tausend Mal das Gedränge der Touristen miterlebt und doch überforderte mich heute die Situation. Ein Polizist am anderen Ende des Platzes hatte uns den Rücken zugekehrt, trotzdem versetzte mich der Anblick des Uniformierten in Angst und Schrecken. Ich war wirklich froh, dass Tristan bei mir war.

»Na los«, trieb er mich an und wir versuchten, uns in die Reihen der London-Besucher zu fügen, um keine Aufmerksamkeit zu erregen. Dennoch wäre einem aufmerksamen Beobachter sicher aufgefallen, dass wir einen schnelleren Schritt anschlugen, und uns immer wieder verstohlen umsahen. Wir wandten uns nach rechts und folgten der Straße ein Stück, immer im Strom der Passanten, bis wir die Rupert Street erreichten.

»Wohin jetzt?«, fragte Tristan und ich deutete vor uns. Das gusseiserne Ladenschild an der Hauswand war dezent. Das Schaufenster nicht gerade groß. Eine Gruppe asiatisch aussehender Touristen stand davor und bewunderte die Auslage.

Ich merkte, dass auch Tristan die Umgebung sondierte. Er hatte mir den Arm um die Schultern gelegt, vielleicht um mein Gesicht mit seinem Körper etwas abzuschirmen.

»Meinst du, wir können?«, fragte ich und nickte in Richtung eines schmalen Gässchens, das zwischen den Gebäuden verlief, denn mir fiel nichts Ungewöhnliches auf. Es führte zur Hintertür des Hutladens.

Tristan kniff die Lippen zu einer schmalen Linie zusammen und rieb sich den Nacken. Sein Blick glitt nach oben zu den Dächern und dann wieder in die Gasse. »So viele Schatten«, murmelte er und zog mich näher an die Hauswand, als wären wir ein verliebtes Paar, das sich küsste. Ich stolperte. Und nur die Mauer in meinem Rücken verhinderte, dass ich fiel.

»Was ...?«

»Keine Ahnung.« Tristan wirkte angespannt. Seine Brust hielt mich zwischen sich und der Mauer gefangen und er hatte die Hände auf meine Taille gelegt. Nur kurz streifte mich sein Blick und ich sog erschrocken die Luft ein, denn seine Augen waren im Gegensatz zu seinem sonstigen normalen Äußeren nicht menschlich.

»Was ist los?«, fragte ich und eine böse Vorahnung kroch mir wie eine haarige Spinne den Rücken hinauf.

Tristans Kiefer zuckte. Dunkle Schlieren fluteten seine Augäpfel. »Irgendwas stimmt nicht«, flüsterte er dicht an meinem Ohr. Dann griff er meine Hand und zog mich ein paar Schritte in die Gasse, bis sich der kühle Schatten der eng stehenden Häuser über uns legte.

»Was ist denn los?« Ich konnte nicht verhindern, dass ich ängstlich klang.

Tristans Blick streifte mich. »Warte hier«, befahl er und im nächsten Moment war er verschwunden.

»Warte hier?«, wiederholte ich ungläubig und rieb mir die Arme. Es war ein milder Tag und selbst im Schatten war es nicht unangenehm – wenn man die Kälte ausblendete, die diesen Schatten irgendwie unnatürlich anhaftete. Ich biss mir nervös auf die Lippe – dann spürte auch ich es: Wir waren nicht allein. Die Schatten hatten Augen – und sie beobachteten mich.

»Tristan!«, fauchte ich und schob mich unsicher tiefer in die Gasse. Kein Geräusch war zu hören, keine Bewegung zu sehen, aber ich wusste, ich war nicht allein. Ich biss mir auf die Lippe, hielt den Atem an, setzte meine Zehenspitze ganz langsam und leise ... Eine Taube stob aus einem Müllcontainer auf und das hektische Schlagen ihrer Flügel erschreckte mich zu Tode. »Shit!« Ich stieß mich von der Wand ab und rannte bis zur Hintertür von Florence' Laden. Es war egal, ob mich jemand hörte. Ich wollte nur noch weg. Raus aus der Düsternis, mich irgendwo in Sicherheit bringen. »Wenn man einmal einen Tremblay braucht, ist keiner da!«, fauchte ich und hämmerte mit der Faust gegen die Hintertür. Rüttelte daran, aber es war abgeschlossen. Wie von selbst glitt meine Hand an die Hosentasche mit dem Spitzmesser, um das Schloss zu knacken. »Florence!«, presste ich halblaut heraus und hoffte, sie würde noch hier sein. Die Klinge glitt in den Spalt zwischen Tür und Riegel und ich schob sie geübt Stück für Stück nach oben. Vielleicht würde Florence Stoffmuster sortieren oder einen Entwurf vorbereiten. »Flore–«

Etwas Schweres traf mich an der Schulter und noch ehe ich gegen die Tür krachte, sprang diese auf – und was immer es war, das mich vor sich herschob, es drängte mich einfach hindurch. Strauchelnd prallte ich gegen einige an der Wand lehnende Stoffrollen, die polternd umfielen und mir zwischen die Füße kullerten. Ich umklammerte die Klinge, doch mein Arm wurde mir auf den Rücken gedreht und ich konnte mich nicht mehr wehren.

Der Angstschrei erstarb mir in der Kehle, ich verlor das Gleichgewicht und schlug der Länge nach auf den Boden. Schmerz explodierte in meinem Ellbogen, mit dem ich versuchte, meinen Sturz abzufangen, meine Wange schlug hart auf die grauen Fliesen und mein Knie verdrehte sich. Dann wurde mir der Atem aus der Lunge gepresst, denn ein ordentliches Gewicht drückte auf meine Brust. Meine Hand mit dem Messer war unter meinem Rücken gefangen. Es würde mir nichts nützen.

Tränen stiegen mir in die Augen, trübten meine Sicht, als sich kalte Finger fest auf meinen Mund pressten.

Ich wollte mich wehren, um mich schlagen, doch ich war wie gelähmt. Ich bekam keine Luft, Angst schnürte mir die Kehle zu und mein Körper gehorchte mir nicht länger. Nicht einmal mein Verstand konnte begreifen, was gerade geschah.

»Hey, mein Herz.« Die Worte waren leise, aber sie rissen eine Wunde auf, so qualvoll und tief, dass mein Schrei, trotz der Finger auf meinen Lippen, laut durchs Haus gellte. »Ganz ruhig, meine Kleine.«

Ich schrie. Presste die Augen zu, um leugnen zu können, was so langsam in mein Bewusstsein sickerte. Was mir klar wurde, als die einzelnen Puzzleteile aus Stimme und Berührung, aus dem kurzen Blick in die dunklen Augen sich in mir zu einem Bild zusammensetzten.

Mein Herz splitterte in tausend Stücke, mein Magen krampfte sich zusammen und meine Kehle war mit einem Mal so wund, als hätte man mich am Galgen aufgeknüpft.

»DAD!« Das Wort bildete sich in meinem Kopf. Und nur dort. Es war, als würde ein Eimer über mir ausgegossen werden und dieses Wort würde sich daraus auf mich ergießen, wie eiskaltes Wasser. Es krampfte meinen gesamten Körper zusammen und nahm mir den Atem. Es durchfuhr mich wie ein Stromschlag und dann ...

Nichts. Das Gewicht drückte nicht länger auf meine Brust. Meine Lippen waren frei, und anstelle der so sehr vermissten Stimme drangen nun komische gedämpfte Laute an mein Ohr.

»Abby?« Jemand rief nach mir.

Ich hob die Hände an mein Gesicht. Befühlte meine pochende Schläfe, während ich noch immer das Messer umklammert hielt.

»Abby!« Ein Krachen dicht an meinem Kopf ließ mich trotz meiner Benommenheit zusammenzucken. »Bist du okay? Abby!«

Tristans Stimme überschlug sich und klang atemlos. Ich blinzelte. Kaum Licht. Viel Schatten. Ich benetzte meine Lippe, wollte etwas sagen, doch ich konnte nicht. Ich lag nur da und sah zu, wie Tristan Tremblay mit einem Mann rang, der ... der offensichtlich mein Vater war.

Ich wollte die Hand ausstrecken, um sie aufzuhalten, doch nur mein kleiner Finger regte sich. Ich wollte atmen, Luft in meine Lunge saugen, Sauerstoff in mein Gehirn pumpen, allerdings hätte ich vermutlich leichter den Mount Everest bestiegen, als einfach nur einzuatmen. Matt schloss ich die Augen, doch das Bild meines Vaters hatte sich tief in meine Netzhaut eingebrannt.

⌘

Tristan fluchte. Der Fremde, der sich auf Abby gestürzt hatte, kämpfte wie ein Wolf. Nur mit Mühe hatte er ihn von Abby wegbekommen, doch nun versetzte der Kerl ihm einen Hieb nach dem anderen. Und Abby ... sie lag reglos am Boden, niedergestreckt von diesem Verrückten. Tristan riss einen Meterstab von der Arbeitsfläche, auf der vermutlich die Stoffbahnen für die Hüte geschnitten wurden, die Florence kreierte. Abwehrend reckte er dem Mann den Stock entgegen, wie ein Schwert, und als Abby wieder nicht auf seine Rufe reagierte, hätte er dem Fremden am liebsten damit eins übergezogen.

»Abby!«, rief er erneut, aber im schwachen Licht, das aus der Gasse durch die Tür fiel, konnte er nicht einmal sagen, ob sie noch atmete. Panik überkam ihn, denn ihre Herzwebe glomm kurz auf, ehe sie schwarz überlagert wurde.

»Damn!«, murrte er. Der Angreifer nutzte den Moment und packte eine der Scheren, die auf dem Tisch lagen. Er reckte ihm die lange Schneide entgegen, während er sich schwer atmend die Seite hielt.

Immer wieder schielte er zu Abby hinüber, und obwohl Tristans Schlag ihm offenbar zusetzte, stellte sein Gegner eine echte Gefahr dar. Kurzerhand fasste Tristan einen Entschluss. Es war ein Risiko. Ein unwägbares Risiko. Doch Abby da so liegen zu sehen ...

Er konnte nicht anders, also ließ er den Stock fallen und streckte sich nach dem nächsten Schatten.

Keine Millisekunde später hatte er Abby erreicht. Der Fremde stürzte in seine Richtung und nahm Tristan damit die Entscheidung ab. Mit einem Fluch auf den Lippen riss er sie vom Boden hoch und betete, dass das gut gehen würde. Dann zog er sie mit sich ins Nichts.

Ein nie gekannter Schmerz drohte ihn in Stücke zu reißen. Das eisige Nichts war kaum wiederzuerkennen. Die ihm so vertraute Dunkelheit der Schatten glich nun dem gefräßigen Maul eines Monsters, das schon dabei war, seine Zähne in sein Fleisch zu graben. Tristan keuchte gequält auf. Etwas Heißes verbrannte seine Brust. Er verlor die Kontrolle, Weben brachen aus ihm heraus, und wie giftige Schlangen wanden sie sich um ihn. Sein Schrei verklang ungehört im Nichts. Er konnte keinen Ausgang finden. Einzig ein Gedanke hielt ihn davon ab, unter dem immensen Druck, den er fühlte, zusammenzubrechen.

Abby. Es hallte durch seine zerfallenden Zellen. *Abby.* Sie war es, die so heiß an seiner Brust glomm. Sie war es, die ihn verbrannte und trotzdem hielt er sie mit aller Kraft fest, denn auch sie begann vom Nichts verschlungen zu werden.

Licht – er musste zurück ins Licht! Sofort!

⌘

Das Nichts. Es war kalt – ohne Bastian. Kälter als je zuvor. So eisig, hätte ich geatmet, wäre meine Lunge zu Eis erstarrt. Doch im Nichts atmete man nicht. Man schrie nicht, wenn einen der Schmerz zerriss. Man wehrte sich nicht, wenn man barst. Ich hatte keinen Halt, keinen Schutz. Nur das Nichts. Ich fühlte Hände, die mich hielten. Die versuchten, mich zu halten, und es zugleich doch nicht konnten. Ich löste mich in meine Bestandteile auf, meine Seele, mein Herz, meine Erinnerungen und ... und diese andere Sache. Diese goldene Sache.

Hätte ich meinen Körper gespürt, hätte ich mich vor Qual aufgebäumt und mich zugleich zusammengekrümmt, denn das Goldene, es blähte sich immer weiter auf, nahm mir mehr und mehr von meinem Ich, verdrängte meine Seele, meine Erinnerungen und meine Gefühle. Es wuchs immer weiter an und dann brach etwas aus mir heraus und eine Gewalt, wie ein Erdbeben, wie ein Tsunami und ein Tornado zusammen, riss mich entzwei. Ich sah Licht. Grelles, unsterbliches Licht. Göttliches Licht vielleicht. Es zog mich an, lockte mich und gleichzeitig wirbelte die Finsternis wie ein Sturm um mich herum. Tristans stummer Schrei drang an mein Ohr, füllte die Risse in meinem Sein und hielt mich zurück, als das übernatürliche Leuchten mich immer weiter zu sich zog.

»Wir müssen hier raus!«, hörte ich seine Gedanken, seine Furcht, seine Not.

Meine Brust wurde unter der Angst zerdrückt, aber da war dieser goldene Glanz. Er war wie ein Anker in sturmumtoster See, wie eine Rettungsleine raus aus dem Grauen und dem Schmerz, die mich drohten mit sich fortzureißen. Ich fokussierte mich auf den Glanz. Auf das Gold, auf das, was mich ausmachte. Mit letzter Kraft ballte ich die Faust um mein Messer, und mit einem Mal schwand die Kälte. Ich klammerte mich an Tristan fest, hielt ihn so eng umschlungen, als wären wir miteinander verschmolzen und dann stolperten wir mitten in der Rupert Street aus einem Schatten.

⌘

»Au!« Tristan keuchte und ging in die Knie. Dann kippte er nach hinten um, denn Abby krachte taumelnd gegen ihn. »Uff.« Jede Faser seines Körpers schmerzte, jede Nervenzelle sandte qualvolle Impulse. Trotzdem schob er sich unter Abby hervor. Sie lag reglos auf ihm und ihr Atem strich zitternd über seine Wange. Immer mehr Passanten drängten sich um sie. Manche wollten einen Krankenwagen rufen und einige Leute deuteten verwundert auf Abbys von goldenen Weben durchzogene Haut. Ihr Messer entglitt ihren Fingern. Schnell steckte Tristan es ein und verbarg es vor neugierigen Blicken.

»Alles gut!«, presste er heraus. »Gehen Sie weiter. Uns ... geht es gut.«

Er zog Abby auf die Beine und legte ihr den Arm um die Taille, während ihr Kopf schwach gegen seine Brust fiel. Zum Glück hatte sie die Augen geschlossen, denn die Menschen würden die Male auf ihrer Haut vielleicht für Schminke halten, doch wenn ihre Augen so aussahen, wie er vermutete, dann wäre dies schon deutlich schwerer zu erklären.

Obwohl er nicht sicher war, dass seine Beine ihn tragen würden, hob er Abby hoch. Sie mussten hier weg, ehe der Polizist weiter vorne am Piccadilly Circus auf die Menschentraube aufmerksam wurde.

Er drängte sich an den Passanten vorbei, überquerte die Fahrbahn und war froh, dass mehrere Kleintransporter sie von den noch immer irritierten Blicken der Leute abschirmten. Jeder Knochen tat ihm weh, darum schleppte er sich nur wenige Schritte weit in die nach hinten versetzte Ladezone eines kleinen chinesischen Lokals, wo er zwischen leeren, aufeinandergestapelten Kartons mit Abby in Deckung ging.

Das Adrenalin pumpte durch seine Adern, als er ihr sanft die Wange tätschelte. »Abby!«, murmelte er und sank mit ihr gegen eine bröckelige Backsteinmauer. Das Haar fiel ihr in wirren lila Strähnen in die Stirn und kitzelte seinen Hals. »Komm schon«, drängte er sie.

Abbys Lider flatterten und sie atmete zitternd ein.

»Wach auf.« Er schüttelte sie leicht.

»Was …?« Abby hustete, aber wenigstens kam wieder Leben in sie. Sie hob den Kopf und pustete sich die Strähnen aus den Augen, ehe sie ihn blinzelnd ansah. »Was ist passiert?«

Tristan konnte nicht antworten, weil ihr Anblick ihm den Atem raubte. Er hatte nie etwas Schöneres gesehen. Er spiegelte sich selbst im goldenen Glanz ihrer Augen, die keine Spur Menschlichkeit in sich trugen. »Es war wohl keine gute Idee, dich mit in die Schatten zu nehmen«, gestand er und seine Hand glitt an ihre Wange. Er war so froh, dass es ihr gut ging.

Abby stemmte die Hände gegen seine Brust. Ihr Zittern übertrug sich auf Tristan und eine ungewohnte Zärtlichkeit erwachte in ihm.

»Du … hättest uns fast umgebracht«, japste sie und sah an sich hinunter. Der goldene Schimmer ihrer Haut ließ sie die Augenbrauen heben.

Tristan schmunzelte über ihr verdutztes Gesicht. Er war froh, dass ihre Beine sie offensichtlich wieder trugen, auch wenn sie sich noch immer an ihm festhielt. »Ich wollte dich schützen«, gestand er und strich ihr die Haare hinters Ohr. Er war verzaubert von dem Glanz in ihren Augen, von der unbeschreiblichen Anomalie ihrer Haut. »Ich hatte Angst, dieser Irre hätte dir …«

Abby erstarrte, als wäre ihr gerade wieder etwas sehr Wichtiges eingefallen. »Dad!«, japste sie und krallte ihre Fingernägel in

Tristans Brust. »Das war mein Dad!« Sofort verstärkte sich der goldene Glanz. »Verstehst du?«, rief sie und versetzte ihm einen Stoß, denn tatsächlich hörte er ihr kaum zu. Sie sah so unfassbar schön aus. So mystisch und geheimnisvoll, dass er kaum den Blick von ihr wenden konnte. Ihr lila Haar und die von Goldfäden überzogene Haut, dazu der Glanz ihrer Augen und ihre körperliche Nähe. Der Drang, sie in seine Arme zu schließen, war übermächtig. Er wollte ihr nahe sein, und wie schon zuvor, wollte er ihre Lippen auf seinen spüren.

»Tristan!«, fauchte Abby und ihre Schwäche schien verflogen. »Hörst du mir überhaupt zu?« Sie stieß ihm gegen die Schulter und drängte an ihm vorbei.

»Warte!« Er packte ihr Handgelenk und drehte sie zu sich um. Wie konnte sie allen Ernstes erwarten, dass er zuhörte, wenn sie dabei so aussah? Er wollte seine Hände um ihre Taille legen, ihr Shirt nach oben schieben, nur um zu sehen, ob auch der Rest ihres Körpers von diesem Glanz umhüllt war.

»Warten? Worauf? Das war mein Dad in Florence' Laden! Ich muss da sofort wieder hin!«

Sie versuchte freizukommen, also umschlang er ihren Oberkörper und zwang sie, stehen zu bleiben. »Du kannst so nicht einfach über die Straße gehen!«, ermahnte er sie. »Du siehst aus wie ein Schattenspringer, kurz bevor das Wüten die Kontrolle übernimmt«, sagte er und lockerte seinen Griff. »Gott, Abby, du siehst aus, als wärst du mit flüssigem Gold überzogen.« Er hörte selbst, dass seine Stimme rau klang. Merkte, dass er ihr Handgelenk streichelte, während er sie festhielt.

»Die Leute wissen nicht, was ein Schattenspringer ist – sie halten mich vielleicht für einen Freak oder für durchgeknallt, oder ...«

Tristan lachte. »Womit sie ja gar nicht so falsch liegen würden, oder?«

»Sehr witzig!« Abby riss ihre Hände zurück und funkelte ihn streng an. »Mir ist scheißegal, was die Leute denken, Tristan! Aber da drüben war mein Dad. Und der ist vielleicht jetzt schon nicht mehr dort.« Sie schüttelte den Kopf, ehe sie ihn beinahe vorwurfsvoll ansah. »Du ... du hast mich einfach von ihm fortgerissen!«

Tristan verschluckte sich beinahe, als sie erneut nach ihm schlug. »Ich hatte doch keine Ahnung, wer der Kerl war!«

»Das war mein Dad!«

»Er ist auf dich losgegangen!« Tristan hob sein Shirt und zeigte auf die Prellungen, die er sich im Kampf zugezogen hatte. »Und auf mich!«

»Weil du ihn gepackt und wie ein Wilder durchs Atelier geschleudert hast!«

Tristan musste über ihre Ausdrucksweise lachen. Der Schreck ebbte langsam ab und er war erleichtert, dass ihnen nichts passiert war. »Wie ein Wilder?«, wiederholte er fast schon amüsiert und kassierte dafür direkt einen weiteren Hieb. »Au!«, rief er und deutete auf die aufgeplatzten Hautstellen an seinem Bauch, die er dem leichtsinnigen Schattensprung zu verdanken hatte. »Ich bin geschwächt!«

»Das ist nicht lustig! Du ... bist mega stark und ...«

»Ist dir also aufgefallen, ja?«

Diesmal erwischte sie ihn mit dem Fuß. »Idiot! Mein Dad ist viel älter als du, und –«

Tristan hob abwehrend die Hand und wich einem weiteren Tritt aus. »Dein Dad – wenn er es denn war – hat sich zuerst auf dich geworfen. Er hat dich brutal auf den Boden gedrückt. Also entschuldige, wenn ich dich retten wollte!« Tristan rollte mit den Augen und gab ihr das Schnitzmesser zurück.

»Hast du ihn denn nicht erkannt?«, fragte Abby, steckte das Messer wieder in die Scheide und fuhr sich durchs Haar. Langsam verblassten die goldenen Weben auf ihrer Haut und nur der sternengleiche Glanz in ihren Augen zeigte noch, dass, was immer die Schattenspringer und Ringhüter über Abby und ihre Vorfahren zu wissen glaubten, bei Weitem nicht alles war.

»Erkannt? Wie hätte ich ihn denn erkennen sollen?«

»Na, du hast ihn doch schon mal auf der Aufnahme der Überwachungskamera gesehen!«

»Verzeihung, dass ich in einem Moment, in dem ich dachte, du wirst angegriffen, nicht erst mal jedes einzelne Bild, das ich je gesehen habe, im Geiste noch mal durchgegangen bin.« Er hob die Augenbrauen.

Abby grinste, etwas milder gestimmt. Dann rieb sie über ihre Arme und kam offenbar zu demselben Schluss wie er. Dass sie wieder ziemlich normal aussah. Darum nickte sie in Richtung Straße. »Los – gehen wir einfach, ehe er verschwindet!«

⌘

Ich wollte keine Zeit mehr verlieren. Dort drüben auf der anderen Straßenseite war mein Dad gewesen. Ich versuchte mir nicht anmerken zu lassen, wie sehr mir der Gedanke Angst machte. Wie zerrissen ich mich fühlte, weil er wirklich da war. Am Leben. Obwohl ich doch jahrelang Blumen auf sein Grab gelegt hatte. Ich sah Tristan an, der nur darauf zu warten schien, dass ich mich in Bewegung setzte. Unsere Blicke trafen sich und ich fragte mich, ob die Wärme, die ich darin zu sehen glaubte, neu war. Ich betrachtete sein Gesicht. Blut klebte an seiner aufgeschürften Wange und an einem Kratzer an seinem Oberarm haftete getrocknetes Blut. Außerdem war sein Shirt an der Brust blutverklebt, ebenso wie eine Strähne hinter seinem Ohr. Vielleicht tat ich ihm unrecht, ihm vorzuwerfen, dass er mich von meinem Dad weggerissen hatte. Er war ein großes Risiko eingegangen, als er mich in die Schatten gezogen hatte. Und er hatte dafür bezahlt. Die Wunden, die er trug, waren der Preis für meine Sicherheit gewesen – und er hatte ihn ohne nachzudenken bezahlt.

Zögernd ging ich auf ihn zu, sah ihm in die Augen. Ich hob die Hand an seine dunkelrot geprellte Wange und strich zaghaft darüber. »Danke«, sagte ich und lächelte ihn an. »Danke, dass du versucht hast, mich zu retten – auch wenn ich überhaupt nicht in Gefahr war.« Ich schmunzelte. »Ich werde dir dafür trotzdem einen Punkt in der Heldenwertung geben, okay?«

Tristan hielt meine Hand fest. Das Gletscherblau seiner Augen war getrübt. »Die Tremblays haben schon einen Helden«, sagte er und ein ungewohnt melancholischer Ton schwang in seiner Stimme mit. Er ließ meine Hand los. »Und ich glaube, du weißt das.« Damit ließ er mich stehen. Ohne sich nach mir umzudrehen, ging er davon und ließ mich mit einem komischen Gefühl zurück. Tristan Tremblay war vielleicht nicht der Ringhüter. Er musste vielleicht nicht im selben Maß wie Bastian gegen das Wüten in sich kämpfen, dennoch fühlte ich mit jeder Stunde, die ich mit ihm verbrachte, dass auch er von dunklen Dämonen besessen war.

Dämonen, die sich vielleicht nicht durch einen Sprung in die Schatten ausdünnen oder die sich durch ein paar Weben beschwichtigen ließen. Ich lief ihm nach, wollte zu ihm aufschließen, irgendetwas sagen. Es fühlte sich an, als müsste ich ihm Trost spenden.

Ein Auto hupte, als ich gedankenversunken die Straße überquerte und ich zuckte zusammen.

»Fuck!«, entfuhr es mir und ich fasste mir ans Herz. Dann betrat ich zum zweiten Mal an diesem Tag die kühlen Schatten der Gasse hinter Florence' Laden.

Die Schlinge zieht sich zu

»Wir haben sie!« Konstantin Cross war überrascht über die Aufregung in Zac Morans Stimme. »Die Ortungssoftware, die Moran-Tec für die Bundesbehörden entwickelt hat, hat Abigails Handy noch immer auf dem Radar.«

»Dann wird die Polizei sie bald festnehmen«, murrte Konstantin mit deutlich weniger Begeisterung. Er hatte nicht viel übrig für Zacs Plan, die Polizei in die Sache mit hineinzuziehen. Jeder logisch denkende Mensch würde annehmen, dass es für ihn und seine Gruppe Gleichgesinnter schwerer sein würde, Abbys habhaft zu werden, wenn sie erst hinter Gittern saß. Aber Zac sah das anders.

Konstantin runzelte verstimmt die Stirn und tätschelte dabei Margaret-Mauds Hand. Sie kauerte auf dem dunkelblauen Sofa in Morans Büro, wie ein angefahrenes Rehkitz, und starrte blicklos vor sich hin.

»Wenn sie das tun, dann werden meine Anwälte die Kaution für Miss Woods stellen und sie wird uns etwas schuldig sein. Sie wird mit uns zusammenarbeiten, denn andernfalls –«

»Wir könnten das auch ohne Polizei lösen. Wenn Ihre Software weiß, wo sie ist, dann kann ich sie finden. Ihre Weben sind so besonders, dass ich sie ganz sicher aufspüren kann, sobald ich in ihrer Nähe bin«, überlegte Konstantin, denn es gefiel ihm überhaupt nicht, dass Zac Moran ständig die Richtung vorgab. Dabei war doch *er* der Lichtbringer. *Er* trug den Seelenring am Finger und *er* würde am Ende im Besitz aller Ringe das Tor des Lichts öffnen. Er würde allen ihren Gefolgsleuten die Menschen zurückbringen, die sie verloren hatten. Er würde Lizbeth zurückbekommen und endlich wieder Glück empfinden. Und Liebe.

Er ließ Margaret-Mauds Hand los, als wurde ihm mit einem Mal klar, dass sie nicht seine Frau war. Er wischte sich die Hände an der Cordhose ab. Dann sah er die Frau neben sich wieder an. Margaret-Maud war nicht wiederzuerkennen. Sie hatte so für ihre Sache gekämpft. So viele Opfer gebracht. Hatte Laurence Tremblay, den damaligen Hüter des Seelenrings, geheiratet, um in die Nähe seines Rings zu gelangen, hatte den Ring sogar schon in ihren Besitz gebracht, doch als dies Laurence tötete, verlor sie wertvolle Zeit und ließ zu, dass die beiden Tremblay-Jungs sich den Ring zurückholten. Und Bastian Tremblay war nicht so leicht zu täuschen gewesen wie sein Vater. Er hatte sich als der bessere Ringhüter herausgestellt, bis … ja, bis Zac Moran Abigail Woods in den Polizeiakten aufgespürt und nach Darkenhall gebracht hatte.

Konstantin schloss die Faust um den Seelenring. Dank dieser kleinen Diebin besaß er nun den ersten der drei Ringe. Und sie würde ihm auch helfen, den Schmied zu finden, der die Ringe wieder vereinen konnte.

Noch einmal wanderte sein Blick zu Margaret-Maud. Sie wippte leicht auf dem Sitzpolster vor und zurück, wie ein Kind, das sich in den Schlaf schaukelte. Ihre noch vor Kurzem gepflegten Fingernägel waren bis ins Fleisch abgekaut und sie hatte anstatt eines ordentlichen Lidstrichs dunkle Ringe unter den Augen. Ihr Webengeflecht war in permanenter Unruhe. Erinnerungen peitschten wie blaue Blitze um ihren Körper, kaum gedämpft von Seelenweben. Dabei konnten Erinnerungen verletzen, wenn sie nicht verarbeitet wurden. Seelenschmerz war ein Produkt aus Erlebtem und Erinnerungen. Erinnerungen formten Seelenweben. Sie dämpften die Bilder im Kopf, damit die Menschen in der Lage waren, weiterzumachen. Irgendwann ... zu vergessen. Doch Bastian hatte Margaret-Maud beinahe alle Seelenweben genommen. In seiner Wut. In seiner Verzweiflung, weil sein Ring verschwunden war. Und nun konnte Margaret nicht einfach so weitermachen. Sie war dazu verdammt, ihr schreckliches Schicksal wieder und wieder in ihren Erinnerungen zu durchleben, so lange, bis dies genug neuen Schmerz verursacht hatte, bis irgendwann ein neues, dunkles Webennetz das zuckende Blau zur Ruhe zwingen und in den Hintergrund drängen würde.

Moran tippte auf seiner Tastatur herum. Dann nickte er zufrieden. »Wie Sie meinen. Tun Sie, was Sie nicht lassen können«, stimmte er Konstantin zu. »Zuletzt wurde ihr Handy zwischen drei Mobilfunkmasten nahe des Piccadilly Circus geortet.« Zac öffnete ein weiteres Fenster auf seinem Bildschirm und die Aufnahmen etlicher Überwachungskameras wurden nebeneinander abgespielt. Auf einer erkannte Cross die Subway-Station. Zac scrollte durch die Zeitleiste, bis tatsächlich der lila Haarschopf von Abigail Woods ins Bild kam. »Da!« Zac schlug mit der Faust auf die Glasplatte seines Schreibtischs. »Wir haben sie. Ich habe es ja gesagt.«

Auf dem Bildschirmfenster nebenan kam das Dreieck der Handyortung wieder in Bewegung. Es entfernte sich vom Piccadilly Circus in Richtung Osten.

»Sie fahren weiter«, schlussfolgerte Konstantin und kratzte sich an der Stirn.

Zacs Nasenflügel blähten sich, als würde er etwas Unangenehmes riechen. »Tun sie nicht!«, korrigierte er ihn und deutete erneut auf die Aufnahmen aus der Subway. »Sie wollen nur, dass wir das glauben.« Einen Mausklick später erstarrte die Aufzeichnung und es war deutlich zu erkennen, dass Tristan Abbys Handy einer Frau in die Tasche steckte. »Die denken, wir sind ...« Zac sah Konstantin an. »... dumm.« Er strich sich über die Krawatte und trat an die Scheibe des Gherkin. »Sie wollen ihnen folgen – wie Sie meinen. Versuchen Sie Ihr Glück«, sagte er, ohne Konstantin anzusehen. Stattdessen ließ er seinen Blick über London schweifen, als wüsste nur er, wo sich Abigail Woods aufhielt. »Versuchen Sie Ihr Glück.«

Konstantin Cross hasste die unterschwellige Ignoranz, mit der Zac ihn bedachte. Er hasste *ihn*. Versuchen Sie Ihr Glück! Pah! Wie das klang. Als glaubte er nicht an ihn und die Kräfte, die der Ring ihm verlieh.

Cross nahm seinen Hornkamm aus der Brusttasche und glättete seinen schütteren Haarkranz, als könnte er dadurch auch seine Wut dämpfen. Verärgert kniff er die Lippen zusammen und blickte ein letztes Mal zu Margaret-Maud. Allein um ihretwillen würde er bekommen, was er wollte. Um ihretwillen würde er siegen und das Tor des Lichts für ihre Liebsten öffnen. Margaret-Maud brauchte ihre Schwester, um ihre Seele erneut mit Glück zu füllen. Er hatte die Macht, dieser Frau ein Leben zu schenken, das ihr bisher verwehrt worden war. Er war mächtig – und würde noch viel mächtiger werden.

Er sah Zac Moran ins überhebliche Gesicht. Dann hoben sich seine Mundwinkel und er verkniff sich ein Grinsen. Zac Moran sollte besser nicht vergessen, wer von ihnen derjenige war, der am Tor des Lichts entscheiden würde, wer hierher zurückkehrte. Vielleicht würde Morans Tochter nicht darunter sein. Vielleicht würde Zac Moran dann erkennen, mit wem er sich angelegt hatte.

Für den Moment gab er sich damit zufrieden, Moran in dem Glauben zu lassen, dass ihre Absichten die gleichen waren. Doch wenn erst alle Ringe in seinem Besitz wären, dann ...

Konstantin Cross betrachtete die Aufnahmen der Verkehrsüberwachung auf Zacs Monitor. Tristan und Abby hatten die U-Bahn verlassen. Sie gingen die Straße hinunter und Cross ahnte, was ihr Ziel sein würde. Er war ja nicht dumm!

Dann streckte er die Hand in den nächsten Schatten und machte sich auf, einem Hutladen einen Besuch abzustatten. Die Schlinge um Abigail Woods zog sich langsam, aber sicher zu.

Er nahm den schnellsten Weg durch die Schatten und nur wenige Minuten später hatte er den Platz erreicht, der ein echtes Londoner Wahrzeichen geworden war. Er schaute sich um, erwartete aber nicht, Abbys auffällige Haare hier irgendwo in der Menge auszumachen. Laut des Zeitstempels der Verkehrsüberwachung war fast eine halbe Stunde vergangen, seit Abby und Tristan die Subway-Station verlassen hatten. Er wandte sich nach rechts, denn er ahnte, wohin es die beiden zog. Einige knappe Schattensprünge später hatte er den Hutladen erreicht.

Hinter dem Schaufenster des grün verputzten Gebäudes waren extravagante Hutkreationen in den schillerndsten Farben ausgestellt. Eines der Modelle erinnerte ihn an den Eiffelturm, so spitz lief es zu. Der Eiffelturm – ja, den hatte er mit seiner Frau auch immer besuchen wollen. Konstantin schluckte. Das würden sie nachholen. Lizbeth und er. Nach einem kurzen Scannen der Umgebung trat er in die Gasse seitlich des Hutladens. Jetzt brauchte er Morans Technik nicht mehr, denn die Kraft, die ihn durchströmte, ließ ihn Abigails Weben ganz schwach spüren. Sie war hier. Oder war es gewesen. Wie ein Echo hingen ihre Weben noch in der Luft.

Er trat aus dem Schatten und stellte fest, dass die Hintertür des Ladens offen stand. Ein Lächeln stahl sich auf seine Lippen und er dankte – wem auch immer – für diese offensichtliche Einladung. Mit leisen Schritten näherte er sich dem Atelier.

Er konnte sein Glück nicht fassen. Hinter der Tür lag der Flur des kleinen Hutateliers im Schatten. Er nutzte dies und verschaffte sich ungehindert Zugang. Kurz glaubte er, dies könne eine Falle sein, doch der Ring an seiner Hand verlieh ihm Mut. Und als er nun den Mann vor sich auf dem Boden hockend und erschöpft an der Wand lehnen sah, war er froh, sich nicht ins Bockshorn hatte jagen zu lassen.

Ungläubig trat er näher. Dann breitete sich ein Lächeln auf seinem Gesicht aus, das sich selbst für ihn fremd anfühlte. Das Schicksal meinte es gut mit ihm!

So sieht man sich wieder

Ich betrat die Gasse und schattige Kühle schlug mir entgegen. Meine Schritte wurden unnatürlich laut von den hohen Hauswänden zurückgeworfen und ich atmete zitternd ein. »Dad!«, wollte ich rufen, doch meine Kehle war wie zugeschnürt. Ich sah mich nach Tristan um, doch nur weil ich ihn nicht sah, bedeutete das nicht, dass er nicht hier war. Eine Gänsehaut rann mir den Rücken hinab, als ich die vielen Schatten bemerkte, die sich über den Boden erstreckten, die Wände hinaufragten und sich selbst über mich legten wie eine Decke.

Ich setzte nur noch meine Zehenspitzen auf, um nicht gehört zu werden, auch wenn ich wollte, dass mein Vater mich bemerkte. Dass er aus dem Atelier kam und mich in die Arme schloss.

Stattdessen zuckte ich zusammen, als plötzlich Tristan neben mir auftauchte.

»Stopp!«, mahnte er mich und hielt mich an der Schulter zurück. »Da stimmt was nicht!«, flüsterte er und nickte in Richtung der Hintertür zu Florence' Laden. Tristans Blick wanderte zu mir. »Sei still, okay?«

Ich nickte und hielt den Atem an. Meine Knie fühlten sich weich wie Pudding an, als ich hinter Tristan ganz leise weiter auf die Tür zuschlich.

»Warte.« Tristan hob die Hand, damit ich stehen blieb. Mein Herz hämmerte so laut wie die Trommeln beim Changing of the Guard, dennoch vernahm ich Stimmen.

»Cross!« Ich formte das Wort ungläubig mit den Lippen und Tristan nickte. »Was macht Cross hier?« Panik überkam mich und ich packte Tristans Hand.

»Sei still«, wisperte der und zog mich Stück für Stück näher an die Tür, um zu verstehen, was gesprochen wurde.

⌘

»Wenn das nicht eine Überraschung ist«, stellte Konstantin fest und umklammerte den Ring an seinem Finger.

Der Mann vor ihm hob den Kopf. Er hatte eine blutige Lippe und die Hemdtasche hing ihm ausgerissen und nur noch an einigen Fäden baumelnd an der Brust. Überraschung zeichnete sich im Gesicht des Mannes ab, den er so lange gesucht hatte.

»So sieht man sich also wieder«, keuchte Jack Woods und wischte sich mit dem Handrücken über die blutige Lippe.

Konstantin lachte. »So sieht man sich wieder«, stimmte er zu. Er hätte jubeln mögen. Hätte alles dafür gegeben, wenn Zac Moran ihn jetzt sehen könnte. Er war aufgebrochen, um Abigail zu finden – damit sie ihnen Informationen über ihren Vater liefern würde. Dass er nun Jack Woods höchstpersönlich gegenüberstand, ja, damit hätte keiner von ihnen auch nur im Traum gerechnet.

»Ich hatte ein bisschen den Eindruck, als wärst du mir aus dem Weg gegangen«, wandte er sich an den Schmied.

Der kämpfte sich ächzend vom Boden hoch. Hass sprühte ihm aus dessen Augen entgegen. »Hattest du diesen Eindruck?«, ätzte er bitter. »Womöglich meide ich den Kontakt zu geisteskranken Mördern und Erpressern«, schlug er als Erklärung vor.

»Und den Kontakt zu deiner Tochter? Hast du den auch gemieden? Oder hat Abby wirklich all die Jahre die Rolle der erbärmlichen Vollwaise nur so überzeugend gespielt?« Konstantin neigte mitfühlend den Kopf. »Weißt du, Jack, sie konnte einem echt leidtun – nach dem Unfall. Ganz allein. Verlassen. Ohne Familie. Bei all den Fremden, die sie nie verstanden haben. Mit all ihren Problemen, die du ihr hinterlassen hast.« Konstantin spürte die Wut in seinem Gegenüber wachsen. Hass schlug ihm aus jeder Pore entgegen. »Dabei wäre das alles doch gar nicht nötig gewesen. Wir hätten am selben Strang ziehen können.«

Jack Woods streckte den Rücken durch. Er reckte angriffslustig das Kinn vor, doch Konstantin fürchtete ihn nicht. Der Mann hatte sich immerhin acht Jahre lang wie ein Feigling versteckt.

»Du hast mein Leben zerstört! Meine Familie!«, keuchte Jack und schwang drohend die Fäuste. Er umrundete den Tisch für den Stoffzuschnitt und kam näher.

Doch Konstantin spürte keine Angst.

Jack war angeschlagen.

Auch wenn Konstantin nicht wusste, warum – irgendjemand hatte an diesem Tag schon eine Auseinandersetzung mit dem Schmied gehabt. Beinahe tat ihm der Mann leid.

»Das warst du selbst«, erklärte er ruhiger. »Du hättest dich uns nur anschließen müssen. Dann wäre deine Frau noch am Leben. Ihr Tod war nicht geplant. Denkst du, wir hätten riskiert, dass du mit ihr stirbst – beim Sturz mit dem Wagen den Abhang hinunter? Das hätten wir nie riskiert – wir wollten dir nur einen gehörigen Schrecken einjagen. Dir deutlich machen, wie kostbar *der Mensch* ist, mit dem man sein Leben teilt! Du hast ja immer nur gesehen, wie wertvoll *die Macht* ist!«

»Ich hätte mich euch Spinnern nie angeschlossen!«, fauchte Jack und spuckte in Konstantins Richtung.

Spucke traf seine Schulter und er wischte sie angewidert weg. »Ich sehe an deinen Weben, dass du lügst, Jack! Ich war in Wymouth. Habe deine geheime Schmiede mit eigenen Augen gesehen. Du wolltest vielleicht mir und den anderen nicht helfen, aber unserer Idee, der warst auch du nicht abgeneigt, nicht wahr?«

⌘

»Wir müssen Dad helfen«, flüsterte ich Tristan ins Ohr und drückte als Aufforderung fest seine Hand. Er kniff die Lippen zusammen und fuhr sich nervös durchs Haar. »Was ist?«, fragte ich leise. »Worauf warten wir?«

»Hier stimmt was nicht. Ich will erst hören, was –«

»Ich habe genug gehört! Cross ist wahnsinnig!«

Tristans Blick verdunkelte sich und er fasste mich an den Schultern. »Ich will genauso da rein wie du. Bastians Ring ist in greifbarer Nähe.« Sein Blick fixierte mich und er hatte einen entschlossenen Zug um die schönen Lippen. »Aber ich will erst hören, was Cross vorhat. Also warten wir, verstanden?«

»Du hast mir nichts zu sagen, Tristan!« Ich wollte mich losreißen, aber sein Griff wurde fester.

»Doch, das habe ich!« Er legte eine Hand an meinen Nacken und sofort wurde mir schwindlig. Meine Knie wurden weich und ich spürte, wie er sich meinen Weben näherte. »Du tust jetzt, was ich sage. Sind wir uns da einig?«

Ich ballte die Fäuste. Ich wusste, er konnte sich meine Weben nicht nehmen – nicht, wenn ich mich ihm nicht ein Stück weit öffnete. Doch der Schwindel – wann immer sich ein Schattenspringer meinen Weben nur genähert hatte, war ich wie benommen gewesen.

Ich keuchte. Das würde er nicht wagen? Oder doch? Er würde mich doch nicht ...

»Sind wir uns einig?«, wiederholte er und die Welt verschwamm vor meinen Augen.

Ich wollte nach ihm schlagen, ihn treten, mich losreißen, doch meine Glieder gehorchten mir nicht mehr und mein Kopf sackte schwer gegen seine Brust.

»Ja«, presste ich schwach heraus und verfluchte ihn. Etwas Hartes ballte sich in mir zusammen.

Ich rang um Kontrolle.

Hitze breitete sich in mir aus.

Dann klärte sich mein Sichtfeld plötzlich und Tristan ließ mich los. »Dann haben wir das also geklärt!«, sagte er kühl und schlich zurück zur Tür.

Ich zitterte vor Wut. Hatte er mich gerade wirklich bedroht? Erpresst? Ich griff nach ihm, um ihn zur Rede zu stellen, als ich die goldenen Weben auf meiner Haut bemerkte. »Was zum ...?«

»Eure Idee? Eure Idee?«, drangen Dads Worte donnernd aus dem Atelier und rissen mich aus meinen Gedanken. »Glaubst du echt, du wärst der Erste in all der Zeit, dem diese Idee kam?«

Die Stimme näherte sich und Tristan zog mich hastig zu sich an die Wand. Er warf mir einen kurzen mahnenden Blick zu, ehe er seine Aufmerksamkeit wieder dem Gespräch im Inneren zuwandte.

Gespannt hielt ich den Atem an und lauschte.

⌘

»Meine Vorfahren haben immer wieder mit Leuten wie euch zu tun gehabt! Aber nur wenige waren so verweichlicht und inkonsequent wie du!«

»Verweichlicht? Du hältst mich für verweichlicht?«, fragte Konstantin ungläubig, denn immerhin trug er den Seelenring! Er war mächtig – und bei Weitem nicht verweichlicht!

Doch Jack schien das anders zu sehen. Er nickte und funkelte ihn beinahe so verächtlich an, wie Zac Moran es immer tat.

»Nenn es, wie du willst. Verweichlicht oder naiv! Dumm oder sentimental. Jemand, der die Macht haben will, den Tod zu überlisten, der muss doch in der Lage sein, zu sehen, was so eine Macht … *wert* ist!«

»So unterscheiden wir uns, Jack. Und haben es immer! Ich will Gutes tun und den Menschen, die sich mir angeschlossen haben, helfen! Und mich nicht an ihnen bereichern!«

»Weil du dumm bist!« Jack kam auf ihn zu. »Ich wollte auch Gutes tun. Gutes für meine Familie! Ich war es leid, Woche für Woche meine Kunst auf Märkten zu verkaufen, bei Wind und Wetter. Und am Ende des Tages mit leeren Taschen nach Hause zu kommen. Meine Familie hatte Besseres verdient, besonders, da niemand außer mir in der Lage ist, das Tor des Lichts zu öffnen. Das habe ich dir damals versucht begreiflich zu machen!« Jack stieß ihm den Zeigefinger gegen die Brust. »Allen, die je dieselbe Idee hatten wie du, fehlte das wichtigste Teil dieses Puzzles! Du denkst, du musst nur die drei Ringe vereinen und schon liegt dir die Welt zu Füßen? Du irrst dich!«

»Ich will meine Lizbeth zurück!«, rief Konstantin und heißer Schmerz durchfuhr ihn. Jack Woods war genauso ein sich selbstüberschätzender Wichtigtuer wie Moran. Niemand nahm ihn ernst. Niemand sah ihn mit dem gleichen Blick an, wie Lizbeth es einst getan hatte. Er wollte doch nur noch einmal so angesehen werden. Noch einmal für jemanden wichtig und wertvoll sein. Er suchte nach Worten, um Jack Woods das irgendwie begreiflich zu machen, als ein Schmerz, noch viel heißer als jeder Schmerz zuvor, sich tief in seine Brust fraß.

»Liz!«, keuchte er, denn kurz dachte er, dass die Erinnerung an das strahlende Lächeln seiner Frau ihm die Brust so schwer machte. Kurz glaubte er, ihr lange vergangenes Lächeln würde ihm den Atem rauben. Dann erst bemerkte er das Ende der Schneiderschere, die an der Knopfleiste seines Hemds aus seiner Brust ragte. Blut sammelte sich in seinem Mund und er musste husten. Es zog ihn auf die Knie und sein Kopf sank ihm in den Nacken.

»Ich bringe dich zu deiner Liz!«, murmelte Jack und sah auf ihn hinab. »Jemand wie du wird auf dieser Seite des Lichttores nicht gebraucht.«

Konstantin blinzelte. Blut tränkte seinen Hemdstoff, heiß und feucht, und rann ihm über den Hosenbund die Beine hinunter. Es gurgelte in seiner Kehle und hinterließ einen metallischen Geschmack auf der Zunge.

Er krachte seitlich auf den Boden. Ein Schwall Blut verteilte sich über die grauen Fliesen und eine Lichtbahn lenkte seinen Blick aufs Schaufenster. Der Eiffelturm. Er erstrahlte in der Sonne. Konstantin blinzelte. Dann sah er sich und Liz auf den Turm zugehen. Das graue Wahrzeichen von Paris – es ragte in den Himmel und …

Etwas riss an seiner Hand. Lizbeth? Berührte sie ihn? Waren es ihre Finger, die … Kälte umfing ihn, als das Vitalinaurum von seinem Finger gezogen wurde. Das Wüten in ihm begehrte auf und all die Weben, die er in sich trug, wurden entfesselt. Gefühle schwächten einen Ringhüter. Angst war ein starkes Gefühl – und jetzt, wo der Eiffelturm ihm vor Augen verschwamm, da übermannte ihn die Angst. Er kam nicht mehr dazu, den Gedanken zu Ende zu denken, dass er vielleicht bald Lizbeth wiedersehen würde. Auf der anderen Seite des Tores.

Dad für einen Augenblick

Ich runzelte angestrengt die Stirn. Die Geräusche aus dem Inneren des Hutladens hatten sich verändert. Die Stimmen waren verstummt und nur dumpfes Gurgeln war zu vernehmen. Auch Tristan schien das zu bemerken, denn er spannte die Muskeln an und sah mich fragend an. Dann legte er sich den Zeigefinger auf die Lippen, um mir zu bedeuten, dass ich leise sein sollte. Ich nickte, und als Tristan den ersten Schritt durch den Hintereingang ging, folgte ich ihm auf Zehenspitzen.

Ein schreckliches Gefühl kroch mir den Rücken hinauf und packte von hinten nach meiner Kehle. Ich konnte kaum schlucken. Der dunkle Flur wirkte unheimlich mit all den Stoffballen, die an den Wänden lehnten, und den Behältern mit Federn und Puscheln, die in den Regalen standen. Der Luftzug, der durch die Tür hereinkam, versetzte die Federn in Bewegung und es kam mir vor, als wären die Materialien lebendig. Mit jedem Schritt weiter beschleunigte sich mein Puls noch mehr und meine Nackenhärchen stellten sich auf. Als Tristan plötzlich wie angewurzelt stehen blieb, wusste ich es. Hier stimmte etwas nicht. Diese Stille war nicht normal. Dieses feuchte Rasseln – kein Geräusch, das ich jemals sonst in Florence' Atelier gehört hatte. Ich registrierte Tristans überraschtes Einatmen. Merkte, wie er zurückzuckte und die Hand nach mir ausstreckte, um zu verhindern, dass ich weiterging.

Ich sah Licht aufblitzen, als die vordere Eingangstür wie von selbst aufschwang und mit einem lauten Krachen gegen die Wand prallte. Dann sah ich ihn. Meinen Vater. Er trat ins Licht, verharrte in der Tür und drehte sich noch einmal um. Unsere Blicke trafen sich.

»Dad!«, entfuhr es mir und ich taumelte wie an einer Schnur gezogen weiter in den Raum. Meine Knie verwandelten sich schlagartig in Pudding, und ich konnte den Blick nicht vom Gesicht meines Vaters wenden. Diese Augen – ich hatte sie so vermisst. Und zugleich kamen sie mir so fremd vor. Erinnerungen fluteten mein Gehirn und ich sah diese Augen vor Freude funkeln, strahlen vor Glück und Liebe. Ich sah, wie sich die Lippen zu einem Lächeln verzogen, hörte die Stimme, liebevoll und zärtlich meinen Namen sagen. Tränen rannen mir ungehindert und unbemerkt über die Wangen, und ich streckte die Hand aus, um endlich nicht mehr allein sein zu müssen.

»Abby, meine Kleine.« Seine Stimme war tiefer als in meiner Erinnerung. Rauer. Und kälter. »Es tut mir leid«, sagte er und hob entschuldigend die Hände. Sie waren rot von Blut. Dann erst schien er Tristan zu bemerken, denn er blinzelte überrascht. Er machte einen Schritt rückwärts durch die Tür. Dann noch einen.

»Dad!«, rief ich und ging ihm nach. Er konnte doch nicht einfach so gehen! Verzweifelt umrundete ich die Regale mit der Auslage, stieß dabei achtlos einen Puppenkopf samt Hut auf den Boden. »Warte!«

Wieder traf mich sein Blick. »Wir sehen uns bald wieder, Abigail«, sagte er und hob die blutverschmierte Hand, wie zum Gruß. »Bald.«

»Nein!« Ich keuchte und es traf mich wie ein Schlag, dass er sich einfach umdrehte. »Dad!« Ich kreischte und ein nie gekannter Schmerz schnürte mir die Kehle zu. »Dad! Warte!« Tränenblind rannte ich zur Tür, wollte ihm hinterher, doch eine Gruppe Touristen kam gerade in diesem Moment am Laden vorbei. Ich sah nach links, nach rechts. Suchte die Fahrbahn nach ihm ab, doch ich konnte ihn nirgends entdecken. »DAD!«, kreischte ich und krallte mich an den Türstock. »DAD!«

Er musste mich doch hören. Musste doch spüren, wie sehr ich ihn brauchte! Warum ließ er mich zurück? Warum blieb er nicht hier? Warum? Ich biss mir auf die Lippe, um den Schmerz zu überdecken, schlug meine Stirn gegen den Türrahmen und schrie, bis ich von hinten gepackt und zurück in den Laden gezogen wurde. Ich schlug um mich, trat wie wild nach allem, was ich nur irgendwie erwischte, und wollte nicht hören, was Tristan sagte.

»Sei still!«, zischte er und schleppte mich rückwärts durch den Raum. »Abby, verdammt! Sei leise!« Er riss mich entschieden von der Tür fort, die er mit einem Fußtritt zuschlug. Das Donnern, als sie ins Schloss krachte, hatte etwas Endgültiges an sich, und steigerte meine Verzweiflung.

»Lass mich! Lass los!« Ich heulte und konnte nicht aufhören, um mich zu schlagen. Meine Haut veränderte sich und trotzdem kam ich nicht gegen Tristan an.

»Fuck, Abby!« Tristan packte mich grob und riss mich zu sich herum. Er umfasste mein Gesicht und Schwindel erfasste mich.

»Nein!«, ich japste nach Luft. Das konnte er doch nicht ... Ich spürte den Boden nicht mehr unter meinen Füßen und das Bild verschwamm vor meinen Augen.

»Ich will das nicht tun, Abby«, hörte ich seine Stimme wie durch einen Nebel. »Du musst dich beruhigen – andernfalls lässt du mir keine Wahl«, raunte er und seine Hand glitt weiter in meinen Nacken. Ich spürte die Hitze der Weben, die sich von seinen Fingern aus nach mir ausstreckten. »Ich brauche dich, denn wir haben hier ein verfluchtes Problem!«

Seine Worte erreichten mich wie aus weiter Ferne.

Ich wusste, dass wir ein Problem hatten. Ich ... hatte ein Problem. Mein Dad war weg. Einfach weg. Gegangen. Ohne mich. Ich wollte schreien, wollte das irgendwie ungeschehen machen, doch ich konnte nicht.

»Abby.« Tristans Stimme war flehend. »Ich will das nicht tun müssen«, sagte er wieder und mir wurde bewusst, dass er sich noch immer zurückhielt. »Du bist nicht Jasmin – du bist in der Lage, auch in Extremsituationen einen klaren Kopf zu bewahren, verdammt!«

War ich das? War ich in der Lage runterzukommen? Wäre es nicht vielleicht besser, er würde dieses furchtbare Gefühl des Verlustes dämpfen? Würde ich nicht leichter atmen können, wenn er mir diesen Schmerz von der Seele nahm? Vielleicht wollte ich ja, dass er mir half, runterzukommen? Vielleicht wollte ich ja, dass meine Seele befreit würde von all den Momenten, in denen ich Menschen nicht wichtig genug war, um bei mir zu bleiben?

⌘

Tristan rang mit sich. Abby war vollkommen durch den Wind, dazu musste er nicht mal das wild um sich schlagende Netz ihrer Weben sehen. Innerhalb von wenigen Sekunden, ja Millisekunden, hatte ihr Vater eine ganze Armee schwarzer Seelenqual in ihr entfesselt, die nun all das, was in den letzten Tagen neuen Raum eingenommen hatte, niedertrampelte. Ihre Herzwebe riss in Stücke und das dunkle Grau schierer Verzweiflung legte sich wie erstickender Rauch über ihre Erinnerungen und Gefühle. Er wollte ihr keine Weben nehmen – nicht ohne ihr Einverständnis, auch wenn das Wüten in ihm ebenfalls vollkommen aus der Bahn geraten war, denn neben ihm lag Konstantin Cross in seinem eigenen Blut. Der Schreck hatte das Wüten in Tristan geweckt. Es machte sich jedes starke Gefühl zunutze und so schwächte ihn seine eigene Panik gleichzeitig. Er musste sich beherrschen, sonst würde er für Abby zur Gefahr. Und zugleich wappnete er sich dafür, ihre Weben zu nehmen, einfach, weil er nicht wusste, wie er sonst verhindern sollte, dass ihre Schreie, ihre Rufe nach ihrem Vater, unerwünschte Aufmerksamkeit auf der Straße wecken würden. Immerhin lag neben ihnen ... Tristan schluckte ... Eine Leiche. Neben ihm lag die Leiche von Konstantin Cross. Zumindest vermutete er das, wenn er das viele Blut bedachte, das sich in Lachen auf den Fliesen sammelte.

»Abby, bitte!« Es kostete ihn alle Kraft, sich nicht an ihren Weben zu bedienen, um den Hunger in sich zu stillen. Und als wäre das nicht schon schlimm genug, spürte er, wie Abbys Widerstand schmolz. Das NEIN, das ihm immer entgegenschlug, wenn er sich ihren Weben auch nur näherte, verstummte. Wurde leiser und wich einem ... *vielleicht*.

»Wir müssen hier verschwinden«, wisperte er und sein Kopf sank an ihre Halsbeuge. Wie ein Vampir presste er seine Lippen an ihre pochende Schlagader. Er spürte, dass immer mehr Weben von seiner Haut auf ihre wanderten und sich Abbys goldener Glanz Stück für Stück zurückzog.

Er näherte sich ihrem Seelentor, doch er wollte es nicht öffnen. Wollte ihr nichts nehmen, wollte sie nur zur Besinnung bringen. Er wusste, ihr Schwindel verschaffte ihm eine Auszeit. Auch wenn es für ihn selbst mit jeder Sekunde schwerer wurde. Er hatte längst sein menschliches Äußeres abgestreift.

»Abby, bitte«, flüsterte er drängend und sah sie an. Die Sonnenstrahlen, die durchs Fenster fielen, reflektierten sich in ihren Augen und er erschrak. Reinstes Gold blickte ihm entgegen. Ihr Gesicht war von goldenem Glanz überzogen. Ehe er realisierte, was das bedeutete, schwang ihr Seelentor auf und ihre schmerzgefüllten Weben schlugen auf ihn ein. Eine goldene Macht jagte den Schmerz aus ihrer Seele und die onyxfarbene Qual floh vor dem Gold und suchte in ihm Zuflucht. Tristan keuchte. Er konnte so viel von ihr gar nicht aufnehmen. Niemals. Er wollte Abby loslassen, doch goldene Weben, die von ihrem Körper auf ihn übergingen, fesselten ihn an sie. Das Wüten in ihm jaulte auf, wie ein Hund, der einen Tritt bekam. Dann prasselte ihr Schmerz erbarmungslos auf ihn ein und füllte ihn über und über aus. Nie zuvor hatte er so viele von Abbys Weben in sich gehabt. Nie zuvor so einen Druck in seinem Innersten gespürt. Sein Körper war zu schwach, dem standzuhalten. Schmerz fraß sich wie Säure durch ihn hindurch und die Wunde an seinem Ohr platzte unter dem Druck, der in ihm immer weiter anwuchs, wieder auf. Er konnte sich nicht von Abby lösen, denn eine unheilvolle Macht hielt ihn eisern im Griff. Er bekam keine Luft, denn die Fülle an Schmerz drückte ihm wie ein Fels auf die Brust.

Er taumelte, geblendet von goldenen Augen. Selbst das Blut, das aus seiner Wunde auf den Boden tropfte, war von einem goldenen Schimmer umgeben. Es troff auf die Fliesen und vermischte sich dort mit dem Blut von Konstantin Cross.

⌘

Ich stöhnte. Es war ein erleichtertes Stöhnen. Ein Laut, der mich befreite, so, wie diese ungewohnte Kraft in mir mich von meinem Schmerz befreite. Es tat so gut, den Schmerz nicht nur loszulassen, sondern regelrecht aus mir hinauszuschleudern. Ich trieb ihn vor mir her, hinaus aus meiner Seele. Das Tor war mir im Weg und ich stieß es auf, ohne mich ihm auch nur zu nähern. Tristans Hunger blickte mir überrascht entgegen, als mein Schmerz ihn wie eine Armee überrollte, wie ein Tsunami über ihn hereinbrach und sein Wüten mit fortriss. Ich atmete durch. Fühlte mich befreit und rein. Mein Herz schlug wieder leichter, meine Erinnerungen nahmen wieder mehr Raum ein und ich fühlte mich wie auf dem Riesenrad mit Bastian. Frei und hoch, weit über all den Dingen, die schwierig waren. Ich dachte an den Blick in Bastians nachtblaue Augen und das herrliche Kribbeln, als die Gondel sich in seine Richtung neigte und ich glaubte, das Leben selbst würde mich zu ihm ziehen. Mein Herz würde mich zu ihm ziehen. Ich blinzelte, doch anstatt der blauen Augen von Bastian sah ich in blutende Augen. Ich schnappte nach Luft, denn goldene Schlieren drängten sich in Tristans Iris, sodass statt Tränen Blut aus seinen Augenwinkeln rann.

»Abby!« Seine Lippen formten das Wort, ohne dass ich es wirklich hörte. Ich schrak zurück und Tristan stürzte kraftlos zu Boden. Das dumpfe Geräusch, mit dem sein Körper auf die Fliesen schlug, riss mich aus meiner Trance. Es war, als würde ich erwachen und zum ersten Mal das Licht des neuen Tages sehen. Nur, dass dieser Tag mit zwei reglosen Körpern vor mir auf dem Boden begann.

Ich wollte schreien. Wusste, wie verkehrt das war, was ich vor mir sah, doch zugleich war in mir kein Gefühl, das durch diese Erkenntnis geweckt wurde.

»Fuck!«

Ich schluckte und trat einen Schritt zurück. Dann noch einen, bis ich mit der Hüfte gegen den Arbeitstisch stieß. Ich ballte die Fäuste, denn ich wusste, ich müsste Schuld empfinden – zumindest was Tristan anging. Ich müsste irgendetwas empfinden. Grauen,

Entsetzen, Schmerz. Doch das tat ich nicht. Und das machte mir Angst. Ich spürte mein Herz schlagen. Es schlug zu langsam für das, was geschehen war. Fast so, als ginge es mich nichts an.

»Fuck, Fuck, Fuck!« Ich war froh, meine eigene Stimme zu hören. Diesmal fühlte ich regelrecht, wie das Webennetz, das meinen Körper umgab, sich unter die Oberfläche zurückzog.

Ich starrte zur Tür und streckte die Hand aus. Dann atmete ich durch, ließ die Macht aufsteigen wie einen Ballon und als er platzte, schoss der Bolzen aus dem Schloss und verriegelte die Tür, die Tristan zugetreten hatte. Es war wie ein Blitz, der aus mir herausfuhr. Anschließend wandte ich mich zur Hintertür, und schlug mithilfe meiner Gedanken auch diese Tür zu und verriegelte sie.

Atemlos starrte ich auf meine Finger.

»Fuck!«, entfuhr es mir erneut und ich ließ mich kraftlos mit dem Rücken am Tischbein hinab auf den Boden sinken.

Meine Fußspitze berührte Mr Cross' reglosen Arm und ich zuckte unwillkürlich zusammen. Die geöffneten Lippen meines Lehrers waren blutverklebt und der Hornkamm war ihm aus der Brusttasche gerutscht und lag nun neben seinem Kinn in einer Lache aus dunklem Blut.

»Schöne Sauerei«, flüsterte ich, entsetzt darüber, wie wenig ich empfand. Andererseits wäre Panik in diesem Moment auch nicht hilfreich. Ich sah zu Tristan hinüber. Die Wunde hinter seinem Ohr klaffte weit auf. An seinem Handgelenk floss ebenfalls Blut heraus, und sein Gürtel schimmerte feucht. Er brauchte Hilfe. Cross brauchte Hilfe.

»*Ich* brauche Hilfe!«, fauchte ich und stemmte mich auf die Knie. Ich krabbelte über die Fliesen, in großem Bogen um die Blutlachen herum, bis ich neben Tristan kniete. »Komm schon, wo ist dein

Handy?« Die Unruhe, die ich empfand, entsprang nicht der Situation – und das machte mich unruhig. Etwas stimmte ganz und gar nicht mit mir!

Meine Finger zitterten kein bisschen, als ich das Handy in seiner hinteren Hosentasche fand und es herauszog. Das Blut, das dabei meine Finger verklebte, löste kein Gefühl aus und wenn ich tief in mich hineinhorchte … ging es mir gut.

»Das ist so krank!«

Ich presste Tristans Daumen aufs Display, um sein Handy zu entsperren, dann wählte ich Bastians Nummer.

Schattenkalt

Bastian war atemlos, als er schließlich vor dem gläsernen Gherkin-Gebäude aus den Schatten trat. Die Sprünge fielen ihm leichter, seit er den Herzring trug, doch die Herzweben verliehen ihm eine etwas andere Kraft als die Seelenweben. Und daran musste er sich erst gewöhnen. Ebenso daran, dass er Abby vermisste. Solche Gefühle waren ihm neu. Es hatte ihn nicht kaltgelassen, sie mit Tristan gehen zu lassen. Im Gegenteil. Er empfand einen Anflug von Eifersucht – zumindest vermutete er das, denn sein Herz war so lange ohne Herzweben ausgekommen, dass er nun diese neu erwachenden Gefühle kaum einordnen konnte. Es musste Eifersucht sein, denn es fraß sich unangenehm in seinen Magen und loderte wie ein kleines, aber gefährliches Feuer unter der Oberfläche. Und er hasste es. Es gab ihm das Gefühl von Schwäche.

Er fühlte sich mehr mit Abby verbunden, seit sie ihn mit ihrer einzelnen Herzwebe gerettet hatte, als mit irgendwem zuvor. Und dabei tat die Vorstellung, dass sein Bruder genau in diesem Moment seinen Charme bei ihr spielen lassen könnte, extrem weh.

Bastian fluchte, was ihm einen fragenden Blick von Owen einbrachte.

Es war verrückt, aber seine Gefühle für Abby waren so stark, dass es ihm selbst jetzt schwerfiel, an etwas anderes zu denken, wo er eigentlich Wichtigeres im Kopf haben sollte. Und es war schon lange nicht mehr nur der Hunger nach ihrer Herzwebe, wie er feststellen musste, sondern der Wunsch herauszufinden, wie sich ihre Herzwebe verändern würde, würde er sie erneut küssen. Würde er die Dinge tun, die ihm vorschwebten …

»Du starrst Löcher in die Luft!«, murrte Owen und stieß ihn an. Dann nickte er in Richtung des langen Gebäudeschattens, der nach oben zur Spitze des Gherkin führte. »Zac Moran hat mehrere Büroetagen gemietet. Er verbringt hier viel Zeit«, erklärte Owen und blickte die Fassade hinauf. »Vielleicht haben wir Glück und … bekommen spontan einen Termin«, sagte er und griff nach dem Abendschatten.

Einen Moment verweilte Bastian noch, ehe er Owen folgte. Seine Gefühle machten ihn nervös. Sich zu verlieben war nicht geplant gewesen. Es war gefährlich. Wie von selbst glitt seine Hand an die Narbe unter seinem Herzen. Trotzdem wäre er jetzt lieber bei Abby. Auch wenn es um den Verbleib seines Rings ging.

Doch um überhaupt je die Chance zu haben, seine Gefühle zu ergründen oder auch nur im Ansatz zuzulassen, brauchte er seinen Ring zurück – und darum musste er hier sein, anstatt bei dem Mädchen mit den lila Haaren und den goldenen Weben. Weben, die es gar nicht geben konnte. Weben, die ihm fremd waren und damit noch so viel reizvoller als alles je Gekannte.

Sein Herz schlug ungewohnt schnell, als er Owen in den Schatten folgte. Ohne aus dem Schatten, aus dem kalten Nichts zu treten, erreichte er Zac Morans Büro. Die Dunkelheit innerhalb der Schatten bot ihm Schutz und auch wenn das Lauern darin viele der Weben, die er in sich trug, aufzehrte, hielt er sich hier versteckt und sah sich im Raum um. Der hochflorige Teppich, auf dem sich die Schatten erstreckten, war selbst im dämmrigen Abendlicht als strahlend weiß zu erkennen und der gläserne Schreibtisch vor dem Panoramafenster reflektierte die schwache Beleuchtung, die von einigen Vitrinen an der Wand stammte. Ein einladend großes Sofa aus dunkelblauem Wildleder hob sich exzentrisch von der übrigen dezenten Möblierung ab, und ein großes, schwarz-weißes Familienportrait von Zac Moran, den man aus der Presse kannte, zeigte ihn mit einer hübschen Frau und seiner kleinen blonden Tochter. Auf dem Polstermöbel darunter saß zusammengesunken wie eine Marionette, deren Fäden gekappt worden waren, Margaret-Maud und starrte blicklos vor sich hin.

»Das ist also Zac Morans Büro«, hallten Owens Gedanken durch das Nichts.

Bastian fröstelte. Je länger er in den Schatten blieb, umso kälter wurde es. Und es widerstrebte ihm, Menschen aus den Schatten heraus zu beobachten. Er mochte es nicht, in deren Privatsphäre einzudringen – und es brauchte viel zu schnell seine Kräfte auf.

Bastian betrachtete die gläsernen Vitrinen mit diversen Raketenmodellen – oder Ähnlichem. Zac Moran war ein Visionär, ein Mann, für den nichts unmöglich war. Es war für Bastian schwer vorstellbar, wie dieser Milliardär ausgerechnet zu Konstantin Cross gekommen war. Außer Cross hätte ihn wirklich davon überzeugt, der Lichtbringer zu sein, dann würde Moran von ihm das Einzige benötigen, was er sich mit seinem unermesslichen Reichtum nicht kaufen konnte. Bastians Blick wanderte zu der großen, gerahmten Schwarz-Weiß-Aufnahme der jungen Familie über dem Sofa. Im schwachen Licht der untergehenden Sonne lag ein golden-bläulicher Schein über dem Portrait und erhellte das Gesicht des kleinen Mädchens. »Die Rückkehr seiner Tochter von den Toten«, erfüllten nun Bastians Gedanken das Nichts.

Bastians Lunge schmerzte vor Kälte und das Wüten in ihm schrie, denn er brauchte dabei eine Vielzahl der Weben auf, die normalerweise seinen Hunger stillten. Doch noch war nicht die richtige Zeit, sich zu zeigen. Er beobachtete den Milliardär, der unruhig in seinem Büro auf und ab ging, und immer wieder durch die deckenhohen Fenster der Glasfassade auf die Stadt hinunterblickte.

»Wann kommt Konstantin zurück?«, fragte Margaret-Maud leise, mit einer Stimme, die kaum noch an die Direktorin von Darkenhall erinnerte. Margarets Schwäche versetzte Bastian einen Stich. Er hatte diese Frau zu dem gemacht, was sie jetzt war. Eine verwundete Seele – im wahrsten Sinne des Wortes. Die Wut hatte ihn gepackt, die Verzweiflung um den Verlust seines Rings und die Erkenntnis, dass die Frau, die seinen Vater geheiratet hatte, die Teil seiner Familie geworden war, in Wirklichkeit nur hinter dem Ring her gewesen war – und damit sogar den Tod seines Vaters verursacht hatte. Er hatte ihre Seele geplündert auf der Suche nach Informationen – und er hatte sie gefunden. Er biss die Zähne zusammen und die Kälte stahl sich tief in sein Innerstes. Er hatte Margaret-Mauds Seele verwundet – doch es war nicht allein seine Schuld. Sie hätte wissen müssen, dass es gefährlich war, einen Ringhüter zu bestehlen. Trotzdem fühlte er sich schrecklich, sie nun so zu sehen. Gebeugt, gebrochen, ein Schatten ihrer selbst.

Bastian spürte, wie Owens Aufmerksamkeit sich auf Moran heftete. Also riss auch er sich vom Anblick der Frau los, die so lange mit ihnen unter einem Dach gelebt hatte.

»Konstantin kommt bestimmt bald zurück. Ich bin nicht überzeugt, dass er dieses Mädchen findet. Er denkt, er ist mächtig – dabei … nun, lassen wir das.«

Moran richtete seine Krawatte und trat dann zu Margaret-Maud ans Sofa. Er tätschelte ihre Hände, wobei die Ärmel ihrer Bluse hochrutschten und den Blick auf ihre vom Feuer gezeichneten Unterarme freigab. »Er kommt bestimmt bald zurück«, wiederholte er mitfühlend.

»Er könnte sie aber finden – im Hutladen«, warf Margaret-Maud wispernd ein. »Konstantin fühlt sie, hat er gesagt«, fuhr sie, überzeugt von seinen Fähigkeiten, fort.

Moran winkte ab und zog Margaret-Maud auf die Füße. Er legte ihr den Arm fürsorglich um die Schultern. »Dein Vertrauen in ihn ehrt dich, Margaret. Und ich will seine Macht auch nicht leugnen. Wir haben alle gesehen, wie er durch die Schatten geht, wie er die Seelen erleichtert. Doch ich verlasse mich lieber auf Technik. Ohne den Hinweis, dass Abigail sich am Piccadilly Circus aufgehalten hat, würde ihm seine Macht auch nichts nützen.«

Er führte Margaret-Maud zu der doppelflügeligen Glastür und rief seiner Vorzimmerdame zu: »Lass unsere liebe Margaret bitte nach Hause bringen.« Er lächelte ihr noch einmal zu. »Gemeinsam mit Konstantin werden wir bald zurückbekommen, was wir verloren haben«, versuchte er sie zu beschwichtigen.

Bastian schluckte. Er konnte der Kälte nicht mehr lange standhalten. Die Schatten würden ihn verschlingen, wenn er nicht bald aus ihnen heraustrat.

»Cross will zum Hutladen!«, hallten Morans Worte durch Owens Gedanken. Das Wüten in Bastian schrie auf. Nicht nur, weil er ausgehungert war, sondern weil er Angst verspürte. Cross war auf dem Weg zu Florence' Laden – und Tristan und Abby ebenfalls.

»Wir müssen dorthin!«, hallten nun seine eigenen Gedanken

durch die Schatten und er wandte sich schon um, um das Nichts zu verlassen, als Owens Geist ihn ausbremste.

»Warte!«

Bastian blickte noch einmal auf Zac Moran hinab. Der war an seinen Schreibtisch zurückgekehrt und donnerte in ebendiesem Moment seine Faust auf die Glasplatte, während er ungläubig auf den Monitor starrte.

»Jack Woods!«, rief er und beugte sich vor. »Das ist Jack Woods!« Auf dem Bildschirm war der Goldschmied zu sehen, ganz in der Nähe des Hutladens. Sofort griff Moran nach seinem Handy und wählte eine Nummer. »Der Schmied lebt«, gab er durch. »Ich habe ihn auf dem Radar. Er rennt zur Subway am Piccadilly. Zugriff! Sofort Zugriff!«, befahl er erregt, griff sein Sakko und stürmte dann aus dem Raum.

Zitternd vor Kälte trat Bastian aus dem Schatten. Er atmete schwer und sah zu Owen hinüber, der den Schatten direkt hinter Morans Schreibtisch verlassen hatte.

»Cross ist beim Hutladen und Abby auch – und ihr Vater ebenfalls?«, fragte er misstrauisch. »Hältst du das für einen Zufall?«

»Was meinst du?« Bastian brauchte einen Moment, um die Kälte abzuschütteln. Der Herzring veränderte das Gefühl in den Schatten und er war ausgelaugter als üblich.

Owen hob die Augenbrauen. »Ich meine: Es kann kein Zufall sein, dass deine Abby behauptet, ihr Vater wäre seit Jahren tot, sie würde Cross erst kennen, seit sie bei euch auf die Schule geht und doch stiehlt sie für ihn deinen Ring und trifft sich jetzt mit ihrem Vater? Ohne dich? Und Cross schleicht auch noch dort herum?«

Bastian sah Owen an. »Abby hat damit nichts zu tun«, gab er zurück, auch wenn dessen Worte ihn nachdenklich machten.

»Ach nein? Wie gut kennst du sie, dass du ihr blind vertraust? Oder färbt die Schwärze ihrer Seele auf dich ab?«
»Du spinnst!«
Owen sah ihn zweifelnd an. »Tue ich das?« Er rieb sich den Bart. »Ich denke nicht. Der Bastian, den ich kenne, hätte nie Skyes Ring gestohlen.«
»Fang nicht wieder damit an! Lass uns lieber schnell aufbrechen.«
Owen sprang in den Schatten und kam direkt vor Bastian zum Stehen. »Ich werde immer wieder damit anfangen, denn Skye ist eine von uns – und Abby ist es nicht. Ich werde ein Auge auf dich und dieses Mädchen haben, und glaub nicht, Bastian, dass unsere Freundschaft und unsere Verbundenheit durch unser Erbe dir einen Freifahrtschein geben zu tun, was immer du willst. Ich werde Skye beschützen, denn im Gegensatz zu dir ist sie unschuldig. Und allein. Und ich werde nicht zulassen, dass du ihr noch einmal wehtust.«
»Gott, Owen, dass du nicht damit aufhören kannst! Du wirst nie verstehen, was –« Das Piepen seines Handys ließ sie beide zusammenfahren und Bastian beeilte sich ranzugehen. »Abby?«, flüsterte er verwundert, als er ihre Stimme erkannte. Sie rief von Tristans Handy an. Unruhig spähte er zur Glastür in Richtung von Morans Vorzimmer. Das Klingeln seines Handys war nicht unbemerkt geblieben und dort bewegte sich jemand. Bastian kniff die Lippen zusammen. »Wir kommen«, versprach er knapp und beendete das Gespräch. Abby hatte komisch geklungen. Und sie hatte nur einen Satz gesagt. »Ich brauche dich.« Mehr war nicht nötig, um ihn in Bewegung zu versetzen. Er streckte den Arm nach den Schatten aus, als Owen ihn erneut aufhielt. Sein Blick fixierte ihn und seine Miene war verschlossen.

»Das muss ich nicht verstehen, Bastian. Ich sage dir nur klar und deutlich: Mach jetzt keinen Fehler!«

Damit verschwand Owen im Schatten und Bastian folgte ihm in dem Moment, als die Sekretärin fragend ihren Kopf zur Tür hereinsteckte.

Alles ist verwoben

Ich spürte in mich hinein. Nichts. Während ich meinen Blick über Tristans reglosen Körper schweifen ließ, fühlte ich nichts. Nichts, außer eine Beklemmung tief in mir, die mir sagte, dass das absolut verkehrt war. Ich presste Mr Cross ein Tuch um die Wunde, vorsichtig dabei bedacht, die Schere nicht zu berühren, die noch immer aus seiner Haut ragte. Doch genauer hinsehen konnte ich nicht. Ich wollte nicht wissen, ob er noch lebte oder ob er tot war, denn ich hatte Angst vor dem, was ich dann empfinden würde – oder sollte. Ich wollte nicht wissen, ob mich das kaltlassen würde. Denn eigentlich müsste ich doch Bedauern empfinden. Mitleid. Panik. Doch ich spürte nur, wie mein Atem absolut gleichmäßig in meine Lunge strömte und mein Puls eine ruhige Nummer schob, während mir Cross' Blut warm zwischen den Fingern hindurchsickerte.

Die Minuten fühlten sich an wie Stunden, in denen ich auf Bastian wartete. Ich fürchtete seine Reaktion. Fürchtete seinen Blick, denn auch wenn ich nicht viel über das Webennetz wusste, das jeden Menschen umgab, war ich mir sicher, dass er an meinem erkennen würde, dass etwas nicht in Ordnung war.

Ich sah auf meine blutigen Finger und betrachtete die Haut an meinem Unterarm. Sie sah so normal aus, dass es mir beinahe merkwürdig vorkam. Denn nichts an mir fühlte sich mehr normal an.

Den goldenen Schimmer hatte ich mir nicht nur eingebildet. Alle hatten ihn gesehen. Bastian, Tristan und Owen. Ich wusste, dass ich Tristan und mich aus den Schatten befreit hatte, als Tristan mich vor meinem Vater hatte schützen wollen. Ich wusste, dass ich in diesem Moment die Kontrolle übernommen hatte, dabei hatte ich doch überhaupt keine Ahnung, wie das ging.

Wieder blickte ich zu Tristan. Ich wollte zu ihm hinüberkrabbeln, doch ich wagte es nicht, den Druck von Cross' Wunde zu nehmen.

Tristans Haut sah fahl aus. Aber ich konnte erkennen, dass sein Puls hart an seiner Kehle pochte und seine geschlossenen Augenlider unruhig flatterten. Die Weben unter seiner Haut drängten wie fette Krampfadern hervor und es sah aus, als würden sich Würmer unter der Oberfläche bewegen. Schwarze, dicke Würmer, die jeden Moment seine Haut sprengen würden, um aus ihm herauszukriechen. Mir schauderte.

Wo zum Teufel blieb Bastian?

Mein Blick folgte den dunklen Schlieren auf Tristans Haut bis zu der klaffenden Wunde an seinem Ohr. Blut rann ihm ins Haar.

»Abby?«

Ich zuckte zusammen, als Bastian am anderen Ende des Ateliers aus einem Schatten sprang.

»Hier!«, keuchte ich, ohne den Druck auf die Brust meines Lehrers zu lösen. »Ich bin hier unten. Und Tristan auch.«

»Gott, verdammt!«, stöhnte Owen, der eben dazukam. Er erfasste das Chaos mit einem schnellen Blick, und trotz des schwachen Dämmerlichts konnte ich erkennen, wie er unter seinem Bart blass wurde. »Gott, verdammt!«, wiederholte er leise und kam alarmiert an meine Seite.

Bastian ging neben Tristan in die Hocke. Er sah vom reglosen

Körper seines Bruders zu Cross und wieder zurück. Dann sah er mich an. »Was ist hier passiert?«, fragte er schockiert und fühlte an Tristans Hals nach einem Puls.

Es kam mir vor, als würde ich das alles wie aus weiter Ferne beobachten. Als säße ich nicht inmitten einer Blutlache.

»Abby!« Bastians Ruf ließ mich zusammenzucken. »Geht es dir gut?« Er fluchte. »Verdammt, Owen, mach dich doch mal nützlich!«

Der reagierte endlich, löste meine Hände von Cross' Brust und schob mich zur Seite, ehe er meinen Platz einnahm und das Tuch um die Schere lüpfte, um die Wunde zu begutachten. »Warst du das?«, fragte er mit einer Stimme so eisig wie Gletscherwasser, während er die Wunde abdrückte, um die Blutung zu stillen.

Ich schluckte. Das Blut verklebte mir die Finger und ich wusste nicht wohin mit meinen Händen. Ich reckte sie von mir, als gehörten sie nicht zu mir. »Cross lag schon so da, als Tristan und ich zurückgekommen sind«, erklärte ich. »Wir hörten ihn reden, und dann war mit einem Mal ... Stille.«

»Mit wem?« Owens Blick zeigte deutlich sein Misstrauen.

»Cross hat mit ... mit meinem Vater geredet.«

Owen nickte. »Wir haben ihn auf Morans Überwachungsbändern gesehen. Er war hier?« Er sah auf Cross hinab. »War er das?«

Ich schluckte. »Ich ... weiß es nicht.«

War das eine Lüge? Oder entsprach das der Wahrheit? Ich wollte meinem Vater so eine Tat nicht anlasten, denn ich hatte ja nicht gesehen, was passiert war. Vielleicht war Cross in die Schere hineingestolpert ...

Ich schluckte, aber meine Kehle wollte einfach nicht weiter werden. Mir war klar, dass ich mir die Sache versuchte schönzureden – und wenn ich Owen so ansah, wusste er das ebenfalls.

»War sonst noch jemand hier?«, fragte er so bohrend, dass ich nur den Kopf schütteln konnte. Als würde dies seine Befürchtungen bestätigen, nickte er und kniff die Lippen zu einer verächtlichen Linie zusammen. »Dann ist das doch ziemlich klar, nicht wahr? Das ist entweder *dein* Werk oder das *deines Vaters*.«

»Ich –«

»Hör auf, Owen«, ging Bastian dazwischen und sah den Erinnerungshüter ungeduldig an. Die Sorge um Tristan stand ihm ins Gesicht geschrieben. »Mein Bruder stirbt!«

Seine Worte hallten in mir wie ein Hammerschlag nach. Ein Hammerschlag, der überhaupt nicht wehtat. Ich presste mir die Hand auf den Magen. Irgendwas stimmte nicht mit mir.

»Hier!« Owen packte meine Hand und presste sie Cross wieder auf die blutige Brust. »Fest zudrücken!«, mahnte er, dann nahm er einen Schatten und noch ehe ich blinzeln konnte, kniete er an Tristans Seite.

Genau wie Bastian suchte er Tristans Hals nach einem Puls ab. »Er blutet«, stellte er tonlos fest und zog Tristan das Shirt über den Bauch. Aus einer Wunde unter seinem Herzen sickerte Blut. Owen sah mich anklagend an. »Das Wüten bricht aus ihm heraus. Schnell. Er braucht einen Ring, um die Weben in sich zu bändigen!«

Bastian kam in Bewegung. Er nahm einen Schatten zu mir und fing sogleich an, sämtliche Taschen von Cross zu durchsuchen. »Wo hat Cross meinen Ring?«

»Trägt er ihn nicht?« Ich war verwirrt. In Wymouth hatte Cross den Seelenring am Finger gehabt. Ich spürte noch deutlich, wie mir das Metall in die Haut geschnitten hatte, so fest hatte er mich gepackt, als er meine Seelenweben raubte.

»Nein. Und in seinen Taschen finde ich ihn auch nicht.« An

Bastians Stimme erkannte ich, dass ihn das nicht nur wegen Tristan in Panik versetzte. »Er muss ihn doch bei sich haben!«

Ich rieb mir die Stirn. Wo konnte der Ring nur sein? Es war alles so schnell gegangen und das Einzige, das für mich Bedeutung hatte, war, dass mein Vater mich einfach verlassen hatte. Wie die Vordertür des Hutladens von Geisterhand aufgerissen wurde und Dad hindurchgegangen war, als hätte es keine Bedeutung, dass ich wieder allein zurückbleiben würde.

Ich presste mir die Faust fest gegen die Schläfen, um die Bilder zu verdrängen, die wie lose Enden einer Peitsche um mich schlugen. Ich kniff die Augen fest zusammen und besann mich auf den Schmerz. Schmerz war mir vertraut. Hatte mich geschützt. Doch jetzt war kein Schmerz mehr in mir.

»Jack Woods hat den Ring!«, sagte Owen mit Nachdruck und als ich die Augen aufschlug, sah ich, dass er Tristans Hand hielt und blaue Weben sich von seinem Körper in Tristans erstreckten. Er war in seinen Erinnerungen. Er sah, was Tristan gesehen hatte, als der das Atelier betreten hatte.

»Er hat Cross den Ring vom Finger gezogen. Seine Hände waren blutig. Er muss ihm die Schere in den Leib gerammt haben«, fuhr er mit dumpfer Stimme fort. Seine Miene veränderte sich und er runzelte die Stirn. Dann riss er die Augen auf und obwohl er noch mit Tristan verbunden war, bohrte sich sein Blick in meinen. »Aber das mit Tristan – das warst du.« Langsam löste er sich von Tristan und rieb seine Handflächen aneinander. »Ich weiß nicht, wo diese goldenen Weben herkommen, die dich zeichnen, aber sie hätten Tristan beinahe umgebracht«, sagte er kalt. Dann wandte er sich Bastian zu. »Gib mir den Herzring!«

»Was?« Bastian sah Owen verständnislos an.

»Tristan braucht ihn. Er trägt so viele von Abbys Weben in sich, dass es ihn zerreißt. Er wird hier sterben, wenn wir nichts unternehmen.«

Bastian wurde blass. »Warum hat er Abbys Weben in sich?« Er sah mich fragend an, aber Owen ließ mir keine Zeit für Erklärungen.

»Weiß ich nicht genau. Ist jetzt auch egal. Es bringt ihn um, also gib mir Skyes Ring, denn ohne einen Ring wird nichts die Weben in ihm davon abhalten, ihn zu töten.«

Bastian nickte. Ohne zu zögern streifte er sich Skyes Ring vom kleinen Finger und wollte ihn Tristan anstecken, aber Owen hob abwehrend die Hand. »Wir müssen sein Herz schützen«, mahnte er und deutete auf eine Rolle mit dickem Garn auf einem der Tische. »Schneid ein Stück ab!«, befahl er mir knapp. »Wir müssen ihm den Ring umhängen. Er muss ihn näher am Herzen tragen.«

Ich kämpfte mich vom Boden hoch, um seiner Aufforderung nachzukommen. Die Garnrolle war mit einem Hutentwurf verstrickt und ich riss kurzerhand den Faden ab. Florence würde ausflippen. Ich reichte Owen die Schnur und sah atemlos zu, wie er Tristan den Ring um den Hals hängte und ihm unters Shirt schob.

»Das wird nicht reichen«, meinte Owen besorgt und sah mich dabei vorwurfsvoll an. »Ich nehme ihn mit in die Schatten, um die Weben abzubauen«, erklärte er und fasste Tristan unter den Schultern. »Und ihr kümmert euch um Cross!« Owen kniff die Lippen zusammen. »So wenig ich ihn mag – wir können ihn dennoch nicht einfach sterben lassen.«

Bastian nickte und sein Blick glitt über das viele Blut auf dem Boden. »Er muss in ein Krankenhaus.«

»Wenn es Tristan besser geht und die Luft rein ist, bringe ich ihn zu euch nach Hause«, erklärte Owen.

»Wir treffen uns dort«, stimmte Bastian zu und im nächsten Moment verschwand Owen mit Tristan in den Schatten.

Erst jetzt merkte ich, dass ich die Luft angehalten hatte. Mit einem Seufzen ließ ich den Atem meiner Kehle entweichen und atmete angespannt durch. Es war gut zu wissen, dass Owen Tristan nicht würde sterben lassen. Doch es war beängstigend, wie wenig wirkliche Erleichterung ich dabei empfand. Mit meinen Gefühlen stimmte etwas absolut nicht!

»So ein Chaos«, murmelte ich und griff mir kurzerhand ein Stück Stoff, um meine Hände abzuwischen. Ich ging neben Bastian in die Knie, der Cross' Wunde abdrückte.

»Er lebt. Aber nur gerade so, wenn du mich fragst«, sagte er und sah mich kurz an. »Schaffen wir ihn von hier weg. Er braucht dringend medizinische Versorgung.«

»Wie willst du das denn machen? Wir können ja kaum sagen, dass mein Vater, der vor Jahren für tot erklärt wurde, das getan hat!«

»Willst du ihn etwa in Schutz nehmen?«

Wollte ich das? Ich wusste es nicht. »Ich sag nur, dass das Fragen aufwirft!«, wich ich einer Antwort aus und zuckte mit den Schultern. Es gefiel mir nicht, wie Bastian mich ansah. Misstrauen lag in seinem Blick, beinahe, als hätte Owens schlechte Meinung von mir auf ihn abgefärbt.

»Keine Sorge. Wir rufen nicht den Notarzt. Aber behandelt werden muss Cross trotzdem. Also komm.« Er deutete auf unseren Lehrer und sein Kiefer zuckte vor Anspannung. »Ich weiß nicht, ob das gut geht«, gestand er und wuchtete keuchend den leblosen Körper in seine Arme. Dann streckte er mir seine Hand entgegen. »So bepackt war ich noch nie in den Schatten«, gab er zu.

Mich fröstelte. Die Schatten waren schon schwer zu verkraften, wenn Bastian mich mit beiden Armen umschlungen hielt. Das beinahe misslungene Experiment mit Tristan hatte mir eigentlich gereicht. Und nun sollten wir auch noch Cross mitschleppen?

»Bist du sicher, dass das klappt?«, fragte ich und zögerte.

Bastian sah mir in die Augen. »Nein. Bin ich nicht. Willst du hierbleiben?«

Ich starrte die blutigen Fliesen an, die zu Boden gerissenen Hüte und die Überreste der Kämpfe, die hier stattgefunden hatten.

»Nein. Ich komme mit.« Entschlossen griff ich nach seiner Hand und presste mich an seine Schulter, auch wenn ich dabei Cross näher kam, als mir lieb war. Der Schatten verschluckte uns und die Kälte und Dunkelheit riss an mir, doch ich klammerte mich an Bastian fest, versuchte, ihm zu vertrauen und auf das Einzige zu hören, das in meinem Innersten aufflammte. Der kleinen Herzwebe, die sich sanft in seine Richtung neigte, und die sich so richtig anfühlte – in all der Flut von Empfindungen, die sich falsch anfühlten.

⌘

Bastian suchte lange Schatten, die sich ineinander verwoben, um nicht zu oft aus dem sicheren Schutz des Nichts heraustreten zu müssen. Doch die Sprünge waren anstrengend. Das Nichts versuchte ihn in die Irre zu führen, wollte ihn nicht wieder gehen lassen. Er brauchte seine ganze Kraft und Beherrschung, um sich, Cross und Abby sicher bis zum Krankenhausgebäude zu schaffen.

Er schwitzte, als sie es endlich erreichten und er sah sich wachsam um, als sie den Schutz der Schatten verließen.

»Was nun?«, fragte Abby und rieb sich die Arme. Die Kälte war auch ihr bis unter die Haut gekrochen und ein goldener Schimmer überzog ihre Hände.

»Wir legen ihn dort am Eingang ab. Dann finden sie ihn«, erklärte er ihr und noch ehe sie etwas erwidern konnte, tat er genau das. Er sprang bis in den Schatten vor dem Eingang und legte Cross auf die Stufen. Anschließend nahm er denselben Weg zurück und stand wieder neben Abby, ehe auch nur ein Wimpernschlag vergangen war.

Er sah sie an und wusste, dass sie sich fragte, ob sie genug getan hatten. Und doch fehlte ihrem Webengeflecht die schwarze Farbe, die dazu passend wäre. Er griff ihre Hand und führte sie hinter einen bereitstehenden Krankenwagen, denn am Eingang kam Unruhe auf. Man hatte Cross gefunden.

»Sie kümmern sich um ihn«, erklärte er und betrachtete Abby nachdenklich. Ohne das Onyx, das sie immer umgeben hatte, kam sie ihm verletzlich vor, und sie erinnerte ihn auf schreckliche Weise an Skye. »Und jetzt kümmern wir uns um dich.« Er hob eine Hand an ihre Wange und fragte sich, was im Atelier vorgefallen war. Abby war nicht wiederzuerkennen. Kaum noch eine ihrer dunklen Seelenweben war zu sehen und die blauen Erinnerungsweben zuckten wie Blitze um sie herum, als würden die Erinnerungen sie verletzen.

Er schloss sie in seine Arme und brachte sie durch die Schatten nach Hause. Noch immer stand ein Polizeiauto vor dem Tor von Darkenhall, doch solange er kein Licht anschaltete, würden sie keine Aufmerksamkeit erregen, denn sein Zimmer ging nach hinten zur Themse hinaus. Niemand, der vor dem Tor stand, würde also sehen, ob sich in seinem Zimmer jemand aufhielt.

Trotzdem flüsterte er, als er sich von ihr löste und einige Schritte zurücktrat. »Kannst du mir sagen, was da heute Abend passiert ist?«, fragte er und sah an sich hinab. Cross' Blut verklebte seine Kleidung. »Was ist vorgefallen zwischen Cross und deinem Vater?« Er zog sich das Shirt über den Kopf und ließ es angewidert auf den Boden fallen. Dann sah er Abby ins Gesicht. »Oder zwischen dir und Tristan?« Er wollte ins Bad gehen und sich Cross' Blut abwaschen, doch noch dringender wollte er Antworten. Etwas stimmte nicht – und das machte ihm Angst.

⌘

Bastian war distanziert. Ich spürte, wie er die Weben um mich herum betrachtete, wie er sich darüber wunderte, was er sah.

»Warum geht es Tristan so schlecht? Warum hat er so viele deiner Weben in sich?« Seine Stimme war leise, aber es war klar, dass er Antworten forderte.

»Ich …« Ich rieb meine Hände aneinander und Cross getrocknetes Blut krümelte ab. Ich rümpfte die Nase und Bastian bedeutete mir mit einem Nicken, dass wir unser Gespräch auch im Badezimmer führen konnten. Er drehte mir den Hahn am Waschbecken auf und ich streckte die Hände unters kalte Wasser. In einem roten Rinnsal wusch sich langsam das Grauen des Abends ab und ich atmete leichter.

»Also, Abby«, hakte er geduldig nach. »Was ist im Atelier passiert?«

Als unsere Blicke sich im Spiegel über dem Waschbecken trafen, wusste ich, meine Schonfrist war vorbei. Ich holte Luft, ohne zu wissen, wo ich am besten anfangen sollte. »Mein Dad war da.« Allein dieser Satz brannte wie Feuer in meiner Seele.

»Ich weiß.« Bastian trat neben mich und wusch sich ebenfalls. »Wir haben ihn bei Moran auf einem Überwachungsvideo gesehen.«

»Er hat mit Cross gestritten.«

»Worüber?«

Ich zuckte mit den Schultern. Ich war nicht sicher. Wusste nicht, ob das, was ich aus dem Gespräch glaubte herausgehört zu haben, auch wirklich das war, was die beiden Männer meinten. »Cross hat gesagt, der Tod meiner Mutter wäre nicht geplant gewesen.«

Bastians Miene war ernst. Ich trocknete mir die Hände ab, um etwas zu tun, das die Stille überbrückte.

»Dann seid ihr also dazugekommen, als Cross angegriffen wurde. Was ist dann passiert? Owen sagt, dein Vater hat Cross den Ring abgenommen. Warum habt ihr ihn nicht aufgehalten?«

Ich schluckte. »Er ist gegangen«, presste ich heraus und ballte die Fäuste ums Handtuch. »Mein Dad. Er ist … einfach gegangen.«

»Wie meinst du das?« Bastian lehnte sich gegen den gefliesten Waschtisch und sah mich an.

Ich seufzte. »Als ich den Herzring gestohlen habe, im Lichtbunker, da –«

»Was hat denn das jetzt damit zu tun?«

»Lass mich ausreden!« Ich warf das Handtuch ins Waschbecken. »Ich habe da etwas in mir – das hat das Schloss geöffnet. Es öffnet jedes Schloss. Es hat die Hintertür zu Florence' Laden geöffnet, genau wie den Bunker. Es war nicht mein Messer. Es ist diese Kraft in mir.« Ich sah, dass Bastian etwas sagen wollte, also hob ich die Hand. »Warte. Hör mir jetzt mal zu.«

»Das hat doch nichts mit Tristan oder deinem Dad zu tun.«

»Doch! Das hat mit allem zu tun. Du sagst, ich dürfte überhaupt nicht in eure Köpfe oder in euer Innerstes blicken können. Du sagst, niemand kann das, weil keiner das Seelen-, Herz- oder Erinnerungstor eines Schattenspringers öffnen kann. Niemand, außer mir.« Ich griff nach seiner Hand. »Verstehst du denn nicht? Es ... gibt kein Tor, keine Tür oder kein Schloss, das mich aussperren kann.« Ich holte tief Luft. »Und mein Dad kann das auch. Er stieß die verschlossene Vordertür auf, noch ehe er sie erreicht hatte. Und er ist einfach gegangen.« Die Worte sprudelten nur so aus mir heraus. Eine Träne rann mir die Wange hinunter und endlich fühlte ich mich nicht mehr so unbeteiligt. Ich fühlte etwas. »Er hat mich einfach stehen lassen«, schluchzte ich und meine Kehle fühlte sich an, als würde ich Säure trinken. »Er ist einfach gegangen.«

»Schhht.« Bastian nahm mich in den Arm. Der Duft nach frischer Seife hüllte mich ein und ich schmiegte mich an ihn.

»Er hat mich einfach verlassen, Bastian. Schon wieder!« Ich legte den Kopf in den Nacken und sah ihm ins Gesicht. »Es ... tat so weh, dass ...« Ich zuckte mit den Schultern, hoffte irgendwie auf Verständnis. »Tristan wollte mich beruhigen. Er hat mich festgehalten und mir wurde schwindelig – es war nur eine Drohung, ein Versuch von ihm, mich runterzuholen, aber mit einem Mal, da ... da wollte ich das alles nicht mehr aushalten. Ich wollte nichts mehr fühlen, und ...«

»Abby, beruhig dich«, flüsterte Bastian und schlang seine Arme fest um mich. Er küsste meine Schläfe und hob mein Kinn an. »Da passiert etwas mit dir, wenn du so aufgeregt bist«, sagte er und deutete auf meinen Hals. Dann hob er meine Hand an seine Brust und ich sah, was er meinte. Das Gold war zurück.

Ich schluckte und Bastian löste sich von mir. Er betrachtete die Male auf meiner Haut. »Starke Gefühle lassen die Weben an die Oberfläche treten. Das ist bei mir genauso«, raunte er und zeichnete das Gold von meinem Hals zum Ohr nach. »Du musst versuchen, tief durchzuatmen und die Kontrolle zu bewahren«, murmelte er und legte seine Hand auf meinen Bauch. »Hol Luft«, befahl er und ich tat es. »Und langsam ausatmen.« Er sah mich an und wir wiederholten das ganze einige Male, bis sich das Gold unter meine Haut zurückzog. »Du bist uns ähnlicher als gedacht«, sagte Bastian nachdenklich. »Ich frage mich, welche Macht du hättest, wärst du so ausgebildet worden wie ich, Owen oder Skye. Denn die Macht in dir ist gewaltig, Abby, und mir bereitet es große Sorge, dass du nicht gelernt hast, sie zu beherrschen.«

Ich nickte schwach. »Ich konnte es nicht kontrollieren, als ich meinen Schmerz einfach in Tristan hineingeschleudert habe. Es hat mich einfach überrannt.« Ich suchte in seinem Gesicht nach Verständnis. In den schönsten nachtblauen Augen der Welt. »Du musst mir glauben, Bastian, ich wollte ihm nicht wehtun.«

»Schon gut.«

»Es ist nicht gut. Ich ... habe ihn beinahe umgebracht. Und fühle mich nicht einmal schuldig deswegen!«

»Einatmen! Du musst tief einatmen!« Wieder presste er mir die Hand auf den Bauch. »Komm schon, Abby. Ganz ruhig.«

Ich schluckte. Versuchte zu tun, was er verlangte. »Was geschieht mit mir, Bastian?«, fragte ich und drängte mich näher an ihn. Seine Hand glitt unter mein Shirt und ich genoss die Wärme seiner Finger auf meiner Haut.

»Ich weiß nicht, was mit dir passiert, Abby«, gestand er leise. »Ich sehe nur, dass deine Seelenweben fast vollkommen ausgedünnt sind. Ich dachte, Tristan hätte sie dir genommen, aber –«

»Nein. Es ist nicht seine Schuld. Das war ich. Ich habe meine Seelenlast einfach auf ihn geschleudert. Es ist meine Schuld, dass ihm das passiert ist, aber ich fühle mich überhaupt nicht schuldig. Und das macht mir echt eine scheiß Angst!« Ich deutete auf mein blutbeschmiertes Shirt. »Fuck, Bastian, ich fühle gar nichts! Ich wollte nichts mehr fühlen, als mein Vater mich einfach zurückgelassen hat. Da wollte ich jedes einzelne Gefühl in mir loswerden, und jetzt?« Ich ekelte mich vor mir selbst. »Cross wäre fast vor meinen Augen gestorben, sein Blut klebt überall an mir, meine Kleidung ist getränkt von seinem Blut und ich fühle nichts!«

Bastian packte meine Hände, die schon wieder von goldenen Fäden überspannt waren. Ohne ein weiteres Wort zog er mir das Shirt über den Kopf und warf es ins Waschbecken. Das Herz hämmerte mir in der Brust und ich hielt den Atem an, als sein entschlossener Blick mich traf. »Du wirst wieder etwas fühlen, das schwöre ich!«, raunte er. Dann stellte er die Dusche an und einen Schattensprung später prasselte das kalte Nass auf uns nieder. Ich schnappte nach Luft, wollte weg, aber Bastian hielt mich fest.

»Deine Seelenweben sind so schwach, Abby, dass du nicht weißt, was recht und unrecht ist. Dass du keine Schuld empfinden kannst – fast wie Skye.« Er hob mein Kinn an und zwang mich, ihm in die Augen zu sehen. »Ich lass nicht zu, dass dir das Gleiche passiert.«

Ich zitterte, denn das Wasser war kalt. Beinahe so kalt wie die Schatten und nur Bastians Atem streifte heiß meine Haut. »Ist es nicht schon zu spät?«, fragte ich. »Ich spüre doch, dass etwas nicht stimmt. Ich merke, dass ich innerlich … kalt und tot bin.«

Bastian strich mir über die Arme. Getrocknetes Blut löste sich und spülte uns beinahe wie Herzweben um die Füße. »Alles ist miteinander verbunden, Abby«, flüsterte er und kam näher. »Die Seele füllt sich durch Schmerz oder Schuld, durch Scham oder auch tiefes Glück. Diese Gefühle entstehen aber nicht in der Seele. Sie sind nur ein Produkt aus unseren Erinnerungen, aus unseren Taten.«

»Ich verstehe das nicht«, gestand ich und hob die Hände an seine Brust. Das Wasser rann aus seinen dunklen Strähnen in sein Gesicht und perlte in seinen Wimpern wie Diamanten.

»Erinnere dich«, raunte er und zog mich an sich. »Als wir uns geküsst haben, da ist deine Herzwebe erwacht.«

Ich erinnerte mich.

»Dann warst du böse auf mich, hast an mir und dem gezweifelt, was ich für dich empfinde, und deine Herzwebe wurde schwarz vor Kummer.«

»Das hast du alles gesehen?«, flüsterte ich fast tonlos.

Bastian nickte. »Es hätte mich fast umgebracht, das zu sehen, Abby, denn ich wollte dir nie wehtun. Auch Erinnerungen verursachen Schmerz. Sie winden sich in deinem Webengeflecht und jedes Mal, wenn du dich den Erinnerungen stellst, entsteht neuer Schmerz in der Seele. Erinnerungen an Schönes kann zu Glück führen, zum Heranwachsen einer Herzwebe – oder andersherum, eine aufflammende Herzwebe schafft schöne Erinnerungen. Es ist alles miteinander verwoben.«

»Und wie kann das meiner Seele helfen?«, fragte ich und drängte mich zitternd an ihn. Die Jeans klebte mir nass an den Beinen und aus meinem Haar rann mir das Wasser über den Rücken. Ich war mir bewusst, dass ich nur im BH vor Bastian stand und er selbst kein T-Shirt trug. Unsere Körper berührten sich und diese Leere in meinem Inneren sehnte sich nach etwas, das ich nicht benennen konnte.

»Du brauchst ein wenig Glück für deine Seele«, raunte er und beugte sich über mich. »Vergiss Cross und Tristan. Vergiss deinen Vater. Fühl einfach nur diesen Moment, um die Leere zu füllen.« Er umfasste meine Taille und seine Lippen streiften meine. Ganz zart und behutsam umfing er mich mit seinen Armen.

»Bastian«, seufzte ich und ließ mich gegen ihn sinken. Ich legte meine Hände in seinen Nacken und mit einem Mal war mir nicht mehr kalt. Ich folgte mit den Fingern den Wassertropfen über seine Schultern den Rücken hinab und als seine Zunge meine Lippen teilte, da erwiderte ich stürmisch unseren Kuss. Ich krallte mich in sein Haar, als er die Finger spreizte und meinen Rippenbogen hinaufwanderte.

War dieser Kuss Mittel zum Zweck? Wollte er mich küssen oder mir nur helfen? Es fühlte sich so richtig an, in seinen Armen zu liegen – aber der Gedanke, ob das, was ich fühlte, echt war, ließ mich nicht los.

»Bastian, warte.« Ich wollte nicht, dass der Kuss endete. Wollte nicht, dass er mich je wieder losließ, aber ich musste das fragen, was mir auf der Seele brannte. »Ich ...« Ich suchte seinen Blick und als ich dort keine Spur von Schlieren entdeckte, beruhigte mich das. »Ich habe Angst, dass ... du meine Herzweben ... ich meine, du trägst den Herzring gerade nicht, und ich habe Angst, dass du die Kontrolle verlierst, wenn ...«

Ich wusste nicht, wie ich es formulieren sollte, aber als sich Bastians Lippen zu einem Lächeln hoben, verlor das an Bedeutung. »Wenn die Gefühle mich übermannen und schwächen?«, fragte er und strich mir über die Wange. Zärtlichkeit sprach aus seinem Blick und ich nickte schwach. »Keine Sorge, Abby. Im Moment bin ich keine Gefahr für dich. Ich habe unbedeutsame Herzweben in mir, die das Wüten dämpfen. Sonst würde ich dir nie so nahe kommen.«

»Nicht?«

»Nein.« Er schmunzelte und seine Hände wanderten an meinen Rippen vorbei höher. »Ich habe dir gesagt, du kannst mir vertrauen.« Ich fühlte seine Finger an meinem BH, und als ich zitternd

Luft holte, berührte er fast meine Brüste. »Ich komme dir nicht zu nahe.«

»Und ... und wenn ... ich dir nahe sein möchte?«, fragte ich schwach und kam ihm auf Zehenspitzen entgegen.

Bastian lächelte. Er schien die Weben zu betrachten, die mich umgaben. »Als Mittel zum Zweck?«, fragte er und seine Finger setzten meinen ganzen Körper in Brand.

»Nein«, flüsterte ich und biss ihm in die Lippe. »Einfach nur, weil ich bei dir sein will.«

Gold und Purpur

Meine Haut glomm golden auf und Bastian zog mich mit sich durch den Schatten bis auf sein Bett. Dass wir die Kissen nass machten, schien ihm nicht einmal aufzufallen, als er sich vorsichtig über mich schob.

»Purpur und Gold«, murmelte er und sah mich an. »Gott, Abby, wie soll ein Mann da die Kontrolle über sich behalten?« Er beugte sich zu mir herunter und sein hungriger Kuss raubte mir den Atem. Ich hatte nie etwas Vergleichbares gefühlt. Jeder Zentimeter meiner Haut stand in Flammen. Endlich fühlte sich wieder etwas richtig an. Und gut. Endlich war ich da, wo ich mich so lange hingesehnt hatte. In Bastians Armen. Ich spürte, wie etwas in mir in Bewegung geriet. Wie die Leere, die ich so schmerzlich empfand, mit jedem Kuss gefüllt wurde. Es gab nur noch Bastian und mich. Keine Probleme, kein Darkenhall, keine Vergangenheit. Es gab nur unsere Küsse, unsere Nähe, und Bastians Berührungen.

Seine Zunge umspielte meine, neckte mich ihn zurückzuküssen, während seine Fingerspitzen die goldenen Weben auf meiner Haut nachzeichneten. Ich strich über seinen Nacken, seine Schultern und fühlte mich sicher, als ich die Muskeln seiner Oberarme umfasste. Seine Haare kitzelten mich, als er eine Spur von Küssen meinen Hals hinab über meine Brust bis zu meinem Bauchnabel wandern ließ. Er fächerte seine Finger breit über meinem Bauch auf und sah mich dann von unten herauf an.

»Du siehst unfassbar schön aus«, flüsterte er und sein Atem versengte meine Haut. Zitternd ließ ich zu, dass seine Zunge meinen Bauchnabel erkundete.

⌘

Bastian war wie geblendet. Der mystische Schein auf Abbys Haut zog ihn magisch an. Er war ein Gefangener dieses goldenen Netzes. Ihre Haut war weich und von so lebendiger Wärme, dass die Wassertropfen trockneten, noch ehe er sie mit seiner Zunge berührte. Ihre lila Strähnen wirkten beinahe Schwarz auf seinem Kissen. Beinahe so dunkel wie die Weben, die Abby einst umgeben hatten. Jetzt war Raum in ihrem Webengeflecht und das harte Pulsieren ihrer Herzwebe nahm in diesem Moment den meisten Platz ein. Sie sah ihn an, so voller Vertrauen, dass das Wüten in ihm regelrecht zum Leben erwachte. Ihre Herzwebe lockte ihn, auch wenn er im Moment noch in der Lage war, die Kontrolle zu bewahren.

Er senkte den Kopf und küsste ihren Bauch. Seine Zunge glitt in die weiche Höhle ihres Nabels und Abby schnappte nach Luft. Er spürte ihr Zittern, aber auch ihre Leidenschaft, als sie ihre Hände in sein Haar grub und ihn wieder zu sich nach oben zog. Sie schlang ihre Beine um seine und drängte sich an ihn. Ihre Brüste hoben sich bei jedem ihrer aufgeregten Atemzüge. Bastian strich zärtlich ihre Flanke hinauf, wollte sie nicht drängen, doch als ihr nasser BH sich gegen seinen Oberkörper schmiegte, da konnte er nicht anders, als ihre Brüste behutsam zu umfassen. Noch mehr Gold bahnte sich einen Weg auf Abbys Haut.

»Bastian«, keuchte sie und zog ihn zu einem Kuss zu sich heran.

Er wusste, sie brauchte ihn. Brauchte diese Nähe, um die Leere in sich zu füllen, denn nur aus Herzgefühlen und Erinnerungen konnte sich die Seele regenerieren.

Das Wüten in ihm drängte in den Vordergrund. Er könnte ihre Herzwebe leicht erreichen. Sie leicht wecken, indem er ihr Herztor öffnete, doch das war gar nicht nötig. Mit jeder Berührung, mit jedem Kuss blühte das Purpur um Abby herum auf. Es streckte sich in seine Richtung und als sie ihn diesmal küsste, da wuchsen goldene Weben von Abbys Fingerspitzen in seine Brust. Das Wüten in ihm erstarrte, verlor die Kontrolle über ihn. Leichter Schwindel erfasste Bastian.

⌘

Ich bestand nur noch aus Bastians Zärtlichkeit. Mein Herz fühlte sich vollkommen fremd in meiner Brust an. Nie hatte es so glücklich geschlagen, so ein Sehnen empfunden. Ich wollte mehr, brauchte Bastian wie die Luft zum Atmen. Ich fragte mich, ob es Glück war, das ich empfand, als ich mich an ihn schmiegte, bis unsere nassen Körper fast schon miteinander verschmolzen. Mein Herz schlug unter seinen Händen und ich reagierte auf jede seiner Liebkosungen. Vollkommen neue Gefühle erwachten in mir und ich gab mich dem widerstandslos hin.

Ein Knoten in meinem Inneren platzte und eine ungeahnte Macht ergriff von mir Besitz. Ich stöhnte heiser, als Bastians Hände jeden Zentimeter meiner Haut erkundeten. Ich sah die goldenen Weben, die regelrecht aus mir herauswuchsen und sich nach ihm ausstreckten. Sie trafen auf dunkle Weben, die davon angelockt auf Bastians Haut erschienen. Ich zog ihn auf mich, grub meine Zähne in seine Lippe und im nächsten Moment übernahm ich die Kontrolle. Ich schnappte nach Luft, ehe ich seinen Mund mit meiner Zunge erforschte, während ich zugleich das Tor zu Bastians Innerstem aufstieß.

Ich blickte dem Wüten entgegen, das mich dahinter erwartete, während sich auch mein eigenes Seelenleben schutzlos offenlegte.

»Mehr!«, hallten meine Gedanken durch uns hindurch und ich empfand eine nie gekannte Kontrolle. »Mehr!«, befahl ich und Bastian vertiefte seinen Kuss. Das Wüten in ihm brüllte, bäumte sich auf und ich genoss, dass ich stark genug war, um es zurückzuhalten. Ich spürte, wie es sich nach meiner Herzwebe streckte, die leidenschaftlich in Bastians Richtung anwuchs.

Ich keuchte, als Bastians Kuss sich veränderte. Als er über meinen Hals tiefer wanderte und meinen Körper in Brand setzte. Ich wölbte mich ihm entgegen und obwohl ich Angst verspürte, wollte ich nicht, dass dieses wunderbare neue Prickeln in meinem Körper jemals wieder endete. Ich dachte an den Moment, als ich ihn zum ersten Mal beim Rudern im Mondlicht beobachtet hatte, an den Moment im Riesenrad, hoch über Londons Dächern, und den Moment, als er meine Weben genommen und mich am Bahnsteig zurückgelassen hatte. Meine Wut war verraucht. Und der einzige Schmerz, den ich empfand, wenn ich an diesen Augenblick zurückdachte, war der Schmerz, von ihm verlassen worden zu sein. Alles andere konnte ich ihm vergeben, wenn er nur bei mir blieb und mich hielt, so wie in diesem Moment.

»Bastian!«, wisperte ich und das Gold peitschte in mir hoch.

Er stöhnte. Dann umfasste er mein Gesicht, und küsste mich. Das Zittern seiner Zurückhaltung war in jedem seiner Muskeln zu spüren. Ich sah es in seinen Augen, die vom Mondlicht in pastellfarbenes Licht getaucht waren. Mit einem widerstrebenden Seufzen löste er sich von mir. »Wenn wir nicht aufhören, bringen wir uns gegenseitig um«, flüsterte er und ich merkte, wie er gegen seinen Hunger ankämpfte. »Ich bin nicht stark genug ... für das hier?« Er schmunzelte und küsste mich wieder. Dunkle Weben überzogen seine Haut. »Denn was ich für dich fühle, ist mächtiger, als meine Kontrolle über das Wüten, Abby.«

Ich merkte, wie das Wüten versuchte in mich einzudringen. Ich hatte mich ihm so weit anvertraut, dass mein Herztor weit offen stand. Nun spürte ich, wie das Drängen in ihm versuchte an meine Herzwebe heranzukommen. Ich merkte es an dem Schwindel, der mich zu erfassen drohte.

Ich blickte in Bastians nachtblaue Augen, sah die Angst in seinen senkrechten Pupillen und die Macht in mir baute sich zu einer regelrechten Mauer auf. Ich fühlte mich stark. Geliebt und sicher. Und mehr brauchte es nicht, um mir zu zeigen, was ich wollte. Was ich mehr wollte, als mich sicher zu fühlen. Ich war mein ganzes Leben lang behütet gewesen. Sicher in der Obhut des Jugendamts, sicher in den Familien, doch was ich noch nie gefühlt hatte, war, geliebt zu werden. Und ich war bereit, jede Sicherheit der Welt für dieses Gefühl aufzugeben. Ich schlang Bastian die Arme um den Hals und suchte seinen Blick.

»Ich habe keine Angst«, erklärte ich und küsste ihn. Dann traten meine goldenen Weben in sein Innerstes ein, um meiner Herzwebe den Weg zu Bastian zu ebnen. Ich hatte die Kontrolle, als meine Herzwebe sich in ihm ausbreitete und sein Hunger sich beinahe zärtlich um sie herumschmiegte.

»Ich liebe dich, Abby«, las ich die Wahrheit direkt in seinem Herzen und nie gekanntes Glück durchströmte mich. Ich seufzte und klammerte mich an ihn.

»Ich liebe dich auch«, keuchte ich gegen seine Lippen und schloss die Augen, um nur noch zu fühlen. Ich spürte, dass Bastian nicht weitergehen würde, aus Angst, mich zu verletzen, aber das bedeutete ja nicht, dass wir aufhören mussten.

⌘

Das Licht veränderte sich. Der Mond war vor Stunden übers Firmament gezogen und hatte sein blasses Leuchten mitgenommen. Die Dunkelheit schuf Ruhe und Frieden. Dabei fühlte Bastian sich, als hätten Abby und er ein Erdbeben überstanden, hätten barfuß einen Vulkan erklommen und dabei versucht, einen Tornado mit bloßen Händen zu bändigen. Noch immer spürte er, wie sich seine und Abbys Weben vereint hatten, wie diese goldene Macht in ihr verhindert hatte, dass das Wüten ihn übermannte, als er, geleitet von seinen Gefühlen für Abby, beinahe jede Zurückhaltung aufgegeben hätte.

Er hätte nie gedacht, dass es ihm überhaupt möglich wäre, jemandem so nahe zu sein. So eine wundervolle Nähe zulassen zu können. Die ganze Nacht neben ihr zu liegen, ohne die Kontrolle zu verlieren. Das war nur der goldenen Macht in ihr zu verdanken. Sie hatte zu jeder Zeit die Kontrolle. Über ihn. Über sich.

Er küsste zärtlich Abbys Schulter und fragte sich, warum sie das konnte. Was war diese Macht?

Abbys gleichmäßiger Atem zeigte, dass sie tief und fest schlief. Das Geflecht der Weben, das sie umgab, war zur Ruhe gekommen. Die Ereignisse, die in Florence' Laden wie Peitschenschläge auf sie eingeprasselt waren, waren in den Hintergrund gedrängt worden von einer satten, purpurnen Herzwebe, die sich sacht wie eine Feder in seine Richtung neigte. Wie Nebel aus Glück waberte das Rot um Abby herum und schuf ein sanftes, dunkles Seelenheil, wo zuvor nur Leere geherrscht hatte.

Für einen Moment bedauerte Bastian, den Seelenring nicht zu tragen, denn er hätte gerne gewusst, ob das Unheil, das er tief in Abbys Seele gesehen hatte, noch immer dort verborgen lag oder ob das, was inzwischen geschehen war, ihre Zukunft verändert hatte.

Das ungute Gefühl niederringend, das ihn beim Gedanken daran überkam, presste er seine Lippen auf ihre warme und duftende Haut. Sie im Arm zu halten erschien ihm wie ein Wunder. *Sie* war ein Wunder – und ihre Macht noch viel mehr. Er ahnte, dass Abby bedeutsamer war als bisher angenommen. Sie hatten sich nicht nur geküsst und gestreichelt, auch ihr Innerstes, ihre Kräfte, ihr Erbe hatten sich miteinander verwoben. Wie war das möglich?

Mit einem letzten Blick in ihr Gesicht schob er sich behutsam unter der Decke hervor und stand auf, um sich eine trockene Hose aus dem Schrank zu nehmen. Die Verschnaufpause, die ihnen in dieser Nacht geschenkt worden war, würde nicht lang anhalten. Der neue Morgen würde schneller kommen als gedacht und neue Probleme mit sich bringen.

Abby seufzte leise und drehte sich unruhig auf die Seite. Sie tastete nach ihm, dort, wo er eben noch gelegen hatte. Die leichte Decke umschmeichelte ihren Körper und Bastian konnte kaum glauben, dass er sie eben noch im Arm gehalten hatte.

Sein Blick fiel auf etwas, das unter dem Bett lag. Er trat näher und bückte sich nach einem Bleistift, der in der Nacht offenbar aus Abbys Hosentasche gefallen war.

Er wollte schon wieder aufstehen, als ihm ein anderer Gegenstand noch ein Stück weiter unter dem Bett ins Auge fiel. Ein silbern schimmerndes Messer, dessen Klinge in einer feinen Lederscheide steckte. Er nahm es behutsam in die Hand.

Eine vertraute Hitze ging von dem Messer aus und Bastian schnappte nach Luft. Selbst ohne Licht erkannte er, dass das, was er in Händen hielt, eigentlich überhaupt nicht existieren durfte. Dunkle und purpurne Weben wuchsen über seinen Arm in Richtung des Messers, ohne ihm jedoch zu nahe zu kommen. Es sah aus, als würde das Messer die Weben bannen, sie fernhalten von dem Metall, das sich fast wie Vitalinaurum anfühlte, und doch ganz anders war.

Er schloss die Faust um das Messer und sein Blick wanderte zurück zu dem Mädchen in seinem Bett. Was hatte das zu bedeuten? Wusste Abby, was sie ständig bei sich trug? Wusste sie am Ende mehr als er? Mehr als Owen und Skye, als jeder andere Ringhüter? Er nahm einen Nachtschattensprung zu ihr und berührte ihre Wange.

Wer war dieses Mädchen mit den lila Haaren, dem goldenen Schimmer auf der Haut und den Küssen, die nach Liebe schmeckten?

Als Abby mit einem verschlafenen Lächeln die Augen aufschlug und ihn ansah, wusste er, dass er sie liebte, aber nicht, ob er ihr trauen konnte.

⌘

Ich spürte Bastians Nähe, noch ehe ich die Augen aufschlug. Der Duft seiner Haut haftete mir an und ich kuschelte mich genüsslich in seine Decke. Im Dämmerlicht ragte er wie ein Schatten vor mir auf. Ein wunderschöner, fast unbekleideter Schatten.

»Hey«, flüsterte ich und streckte die Hand nach ihm aus. Ich wünschte, er würde noch neben mir liegen.

»Hey.« Er klang zärtlich, aber etwas unsicher. Die Matratze sank ein, als er sich neben mich setzte und mir eine Strähne aus den Augen strich. »Ich wollte dich nicht wecken.«

»Schon okay.« Ich rieb mir die Augen und reckte mich in seine Richtung. »Ich ... hatte ja überhaupt nicht vor zu schlafen.«

Er schmunzelte. »Nichts von dem, was passiert ist, war geplant«, gestand er und strich mir zart über die Schulter. Ein Prickeln durchrieselte mich, dort, wo er mich berührte, und ich spürte, wie mir das Blut in die Wangen stieg. Zärtlichkeit sprach aus seinem Blick, als er die Weben um mich herum betrachtete. »Ich habe mich die ganze Nacht gefragt, wie das überhaupt möglich sein kann.« Seine Hand wanderte über die Decke bis an meine Hüfte. »Wie wir uns so nahe sein können, ohne uns zu ... verletzen.« Erst jetzt bemerkte ich, dass er mit der anderen Hand etwas umschloss. Er reckte mir die Faust entgegen und öffnete langsam Finger für Finger. Im blassblauen Licht der Morgendämmerung schimmerte der silberne Griff meines Schnitzmessers.

Ich setzte mich auf, klemmte mir die Decke unter die Achseln und sah ihn fragend an.

»Ich denke, dass dieses Messer etwas damit zu tun hat«, sagte er und wog es nachdenklich in der Hand.

»Womit?« Ich verstand nicht, was er meinte.

»Mit der Macht, die du in dir trägst, Abby.« Er strich über den Messergriff. »Es bannt meine Weben, siehst du das?«

Ich betrachtete seine Haut, die nur leicht von Weben überzogen war. Dann fuhr er mit der flachen Seite der Klinge von seinem Handballen seinen Unterarm hinauf und die Weben wichen vor der Schneide zurück. Überall dort, wo das Metall seine Haut berührte, verschwanden die Weben.

»Das ist ein einfaches Schnitzmesser«, wunderte ich mich und streckte meine Hand aus. »Ich habe es von meinem Vater bekommen, als ich … vielleicht fünf war. Du kannst einen Zeichenstift nicht mit einem normalen Spitzer anspitzen – die Miene muss viel feiner und länger sein. Er hat es für mich gemacht.«

Vorsichtig gab er es mir, ohne mich dabei aus den Augen zu lassen. »Was fühlst du, wenn du es trägst?«, fragte er leise.

»Keine Ahnung. Nichts Besonderes, warum?« Ich umfasste den Griff und genoss die Sicherheit, die mich dabei durchströmte. »Dieses Messer ist ein Teil von mir«, flüsterte ich und suchte Bastians Blick. »Ich habe es immer bei mir. Es ist das Einzige, was mir von meinem Dad geblieben ist, und wenn ich es bei mir trage, geht es mir besser. Dann habe ich die Kontrolle. Meine Gedanken gewinnen an Klarheit, wenn ich meine Bleistifte spitze, und wenn der Graphitstaub zu Boden rieselt, kommt etwas in mir zur Ruhe.«

»Kontrolle«, raunte Bastian und schloss meine Hand fest um das Messer. »Du hast dann die Kontrolle«, wiederholte er leise und legte seine Hand an meine Wange. »Es ist kein Vitalinaurum, das fühle ich, aber … aber irgendwie verschafft es dir Kontrolle.« Er fuhr mit dem Daumen über meine Unterlippe. »Wir hätten nicht tun können, was …« Er hob verführerisch eine Augenbraue. »… was wir getan haben, wenn ich nicht gespürt hätte, dass deine Macht mein Wüten kontrollieren kann.«

»Dann denkst du, dieses Messer ist nicht einfach nur ein Messer?«

Bastian schüttelte den Kopf und schmunzelte. »Nichts ist so, wie es scheint, seit ich dich kenne, Abby. Und ich denke, dein Vater weiß genau, was es mit dem Messer auf sich hat.« Er rieb sich den Nacken, wie Tristan es oft tat. »Es wäre wirklich gut, wir hätten mit ihm sprechen können.«

»Na, frag mich mal«, gab ich zurück und setzte mich auf die Bettkante. »Ich war echt sauer auf Tristan, als er mich von Dad weggerissen hat.« Ich sah auf meine Hose hinunter, die beinahe trocken war, und schlang mir die Arme um den Oberkörper.

Ich konnte an nichts anderes denken als daran, wie wunderbar die Nacht gewesen war. Wie leidenschaftlich unsere Küsse, wie wundervoll Bastians Berührungen. Ich liebte ihn und mein Herz sehnte sich nach seiner Liebe. Und trotzdem wusste ich nun, wo die Nacht vorbei war, nicht, wie es zwischen uns weitergehen sollte. Um mir meine Unsicherheit nicht anmerken zu lassen, stand ich auf und tigerte durch sein Zimmer. Ohne zu fragen, schnappte ich mir einen von Bastians blauen Pullis mit dem Wappen der Rudermannschaft und schlüpfte hinein.

»Was meinst du damit, dass Tristan dich von deinem Dad weggezogen hat? Ich dachte, ihr wärt erst dazugekommen, als dein Dad Cross niedergestochen hat.«

»Was?« Ich betrachtete das Banner der Rudermannschaft. »Nein. Wir waren zweimal da«, erklärte ich, während ich meine Haare mit den Fingern durchkämmte. »Mein Dad kam irgendwie aus dem Nichts. Er muss sich hinter einem der Container versteckt haben. Jedenfalls stürzte er sich auf mich und ... Tristan muss gedacht haben, er greift mich an.« Ich schüttelte den Kopf. »Er hat mit ihm gekämpft und mich dann einfach in die Schatten gerissen, um mich zu retten, wie er meinte.«

Bastian drehte sich überrascht zu mir um. »Du warst mit Tristan in den Schatten?«

Ich nickte. »Es war furchtbar. Wir wären fast ... verloren gegangen. So hat es sich angefühlt, und dann ... dann ist etwas mit mir passiert.« Ich zuckte mit den Schultern und barg meine Hände in den langen Ärmeln, denn ich wollte nicht wissen, ob allein die Erinnerung an dieses Grauen die Weben auf meine Haut zurückbrachte.

»Ich hab uns da rausgeholt«, gestand ich scheu. »Irgendwie.«

Bastians Miene wurde ernst und er kratzte sich am Oberarm. »Du bist überhaupt nicht geschult, was deine Kräfte angeht, Abby. Das ist gefährlich.« Er sah mich an. »Denkst du, du könntest auch allein in die Schatten gehen?«

Ich lachte. »Was?«

»Glaubst du, du kannst durch Schatten gehen?«, wiederholte er ernst und lehnte sich gegen den Fenstersims. »Ich hab keine Ahnung, wie das gehen soll, aber ... glaubst du, du bist eine Schattenspringerin, Abby?«

»Natürlich nicht!«

»Aber du hast den Weg aus den Schatten gefunden, als Tristan die Kontrolle verloren hat – das hast du eben selbst gesagt.«

Ich biss mir auf die Lippe. »Ja, aber es ... war nicht so, als würde ich selbst in die Schatten gehen können. Ich habe nur geholfen, den Weg zurück ins Licht zu finden. Und glaub mir, es hat Tristan nicht gefallen, dass er auf meine Hilfe angewiesen war.«

»Was meinst du?«

Ich ging zu Bastian ans Fenster. Etwas unsicher, wie ich ihm nach dieser Nacht begegnen sollte, blieb ich knapp vor ihm stehen. Bastian schenkte mir ein Lächeln. Dann zog er mich an sich und küsste meine Nasenspitze. »Also? Was hat Tristan gesagt?«

»Nichts. Ich ... ich glaube nur, dass er gerne ... mehr wie du wäre.« Es fühlte sich an, als würde ich Tristans Vertrauen missbrauchen. »Er denkt, du wärst der Held der Familie.«

Bastian lachte. »Ich bin bei Weitem kein Held.« Er zwinkerte. »Ich habe eine ganze Ladung Probleme im Gepäck und kann doch nur daran denken, wie schön es ist, in deiner Nähe zu sein. Das ist nicht gerade heldenhaft.« Er legte seine Hände auf meinen Po und zog mich an sich. »Und Tristan hatte schon immer Probleme mit der Rollenverteilung innerhalb unserer Familie«, erklärte er nachdenklich. »Tristan hat sich schon früh selbst eingeredet, dass er nur Aufmerksamkeit erregen kann, indem er es übertreibt. Seine Partys, seine Mädchen.« Bastian zuckte mit den Schultern. »Mein Vater hat mich schon von Anfang an in die Rolle des verantwortungsvollen Erstgeborenen gedrängt. Ich musste das Ringerbe antreten. Also wuchs ich in die Rolle des vernünftigen, des verantwortungsvollen Tremblays hinein. Tristan wollte auch in etwas gut sein. Er war beliebt. Immer, weil er im Gegensatz zu mir für alles und jeden einen coolen Spruch parat hatte. Er hat sich seine Bestätigung so geholt. Durch ... seinen Witz. Dabei ist er längst nicht so oberflächlich, wie er tut.«

»Ich weiß«, stimmte ich zu und kuschelte meinen Kopf unter Bastians Kinn. Sein Herzschlag an meinen Fingern war beruhigend, und ich war froh, ihm nicht in die Augen sehen zu müssen, als ich weitersprach. »Ich mag Tristan. Und ich wollte ihm niemals wehtun. Dass ich ihn mit meiner Seelenlast verletzt habe, das ... wollte ich nicht.«

Bastian nickte. Dann hob er mein Kinn mit dem Finger an und zwang mich, ihm in die Augen zu sehen. »Das zwischen uns ... das wird Tristan vermutlich auch wehtun«, raunte er. »Er wird es sehen – an unseren Weben.«

»Denkst du?«

Bastian nickte. »Ich denke, er ist in dich verschossen.«

Ich biss mir auf die Lippe. »Du hast gesagt, er meint es nicht ernst. Er wäre –«

»Ich kenne seine Absichten nicht, Abby, ich weiß nur, dass er sich dir gegenüber anders verhält, als ich es von ihm erwartet hatte.« Bastian hauchte mir einen Kuss auf den Scheitel.

»Ich glaube nicht, dass das so ist. Tristan ist …« Ich überlegte, welches Wort am besten passte. »… cool. Er wird verstehen, dass mein Herz für dich schlägt.«

Bastian nickte wieder und schlang seine Arme fest um mich. »Das wird er müssen, denn ich habe nicht vor, das Mädchen, das ich liebe, mit ihm zu teilen.«

Das flammende Rot der Eifersucht

Die Nacht erschien Tristan endlos. Genau wie der Schmerz, den er empfand, seit Abby ihre Seelenlast wie mit einem Kipplader auf ihn abgeladen hatte. Unzählige Schattensprünge an Owens Seite hatten den Druck von ihm genommen und er konnte endlich wieder freier atmen. Dennoch fühlte er jeden Knochen im Leib, als Owen ihn im Morgengrauen in die Küche der tremblayschen Villa zurückbrachte. Er beugte sich über das Spülbecken und ließ sich kaltes Wasser über den Kopf laufen. Dabei wusch er sich das Blut aus dem Gesicht, vorsichtig darauf bedacht, die Wunden nicht wieder aufzureißen, die die Weben verursacht hatten.

»Geht's?«, fragte Owen und nahm sich eine Cola aus dem Kühlschrank.

Tristan drehte den Wasserhahn ab und strubbelte sich durch die nassen Strähnen. Dann schlüpfte er aus seinem Shirt und riss sich ein Stück Küchenrolle ab, mit dem er auch die Platzwunden an seinem Oberkörper abtupfte. Seine Brust war mit Wunden übersät und nur dort, wo der silbern glänzende Herzring an einem Stück rostrotem Garn um seinen Hals hing, war seine Haut unbeschadet. Die Blutergüsse, die Abbys Vater ihm beigebracht hatte, schillerten dunkel.

»Die Kleine hat's dir ordentlich besorgt«, meinte Owen und kniff die Lippen missbilligend zusammen. Es war klar, dass Abby und er keine Freunde mehr werden würden.

»Das war ihr Dad«, nahm er sie in Schutz und verzog das Gesicht, als sich Schorf löste und frisches Blut über seinen Rippenbogen rann.

»Ich muss wissen, was die beiden vorhaben«, überlegte Owen laut. Er kratzte sich den Bart. »Ich traue eurer Abby nicht.«

»Sie ist nicht *unsere* Abby«, korrigierte Tristan ihn und sah ihn schief an.

»Ach nein? Wessen Abby ist sie denn?«

Eine Bewegung im Flur ließ beide herumfahren. Bastian und Abby kamen die gläserne Treppe in der Halle herunter. Arm in Arm.

Ein vollkommen neues Farbspektrum umgab Abby und auch Bastians Weben haftete Purpur an. Owen hob vielsagend die Augenbraue und Tristan musste schlucken.

»Ich glaube, die Frage ist beantwortet«, meinte er sarkastisch und warf Tristan einen schnellen Blick zu. »Sie ist definitiv *seine* Abby.«

»Fick dich, Owen!«, murrte Tristan und feuerte das blutige Küchenpapier ins Spülbecken. Dann atmete er tief durch, umfasste den Herzring an seiner Brust und trat zu Abby und Bastian in den Flur, dem strahlenden Purpur von Abbys Weben entgegen. Dass sie erschrocken die Luft einsog, als sie ihn sah, berührte ihn kaum. Auch nicht, dass sie Bastian stehen ließ und auf ihn zukam. Er sah nur das Glück, das sie erfüllte und wie sich ihre Weben leidenschaftlich in Bastians Richtung reckten. Er hatte mit genug Mädchen rumgemacht, um zu wissen, was so eine Webenveränderung verursachte. Hingabe, Vertrauen, Liebe und Leidenschaft. Das war es, was dieses satte, strahlende Purpur aufblühen ließ. So sah ein Mädchen aus, das mehr getan hatte, als nur ein paar Küsse auszutauschen.

Tristan schluckte hart und warf seinem Bruder einen vernichtenden Blick zu. Er konnte es nicht glauben. Abby und Bastian hatten rumgemacht ... während er beinahe an ihrem Seelenschmerz erstickt wäre!

⌘

Tristans Anblick traf mich wie ein Faustschlag. Er sah aus, als wäre er von einem Bus überfahren worden. Mehrfach.

»Gott, Tristan!«, keuchte ich und eilte zu ihm. Der Anblick seines zerschundenen Körpers bereitete mir Übelkeit und ich fühlte mich furchtbar schuldig.

Ein gutes und zugleich schreckliches Gefühl, denn wenigstens empfand ich wieder etwas. Nicht nur diese Leere. Voll Bedauern musterte ich die Risse in seiner Haut, die Prellung an seiner Rippe, das getrocknete Blut an seinem Ohr, während ihm Wasser aus dem Haar perlte und über seine Schultern rann. Ich legte ihm die Finger an die Brust und suchte in seinen himmelblauen Augen nach Vergebung.

»Geht es dir gut?«, flüsterte ich, auch wenn ich mir denken konnte, dass es nicht so war. Seine Haltung war distanziert und steif. Ich sah ihm regelrecht an, dass er Schmerzen litt.

»Nicht so gut wie dir«, flüsterte er und schüttelte meine Berührung ab.

»Ich weiß, ich ... hätte dir das nicht antun dürfen!«, beeilte ich mich zu sagen, denn er wich meinem Blick aus. »Es tut mir wirklich leid. Ich –«

»Ich glaube nicht, dass dir überhaupt bewusst ist, was du getan hast«, unterbrach Tristan mich kalt.

»Doch, ich meine ... der Schmerz hätte mich beinahe erdrückt, und dann warst du da ... an meinem Seelentor, und ... ich wusste nicht, was ich tun sollte.«

Tristan verzog die Lippen. Nun schaute er mir doch in die Augen. »Du bist gut darin die falschen Entscheidungen zu treffen, Abby«, murrte er und ließ mich stehen. Er drängte sich an mir vorbei, die ersten Stufen der gläsernen Treppe hinauf. »Genau wie dein Vater.«

»Wie meinst du das?« Ich ballte die Fäuste, um den neu erwachenden Schmerz ertragen zu können.

Tristan hob die Hand und reckte einen Finger in meine Richtung. »Er hat seiner eigenen Tochter seinen Tod vorgetäuscht.« Ein zweiter Finger wurde gehoben. »Er hat versucht Cross zu töten!«

»Cross ist im Krankenhaus. Er wird bestimmt durchkommen«, warf Abby ein, aber Tristan hörte gar nicht hin. Stattdessen hob er den dritten Finger.

»Er ist ein Dieb, der sich genommen hat, was ihm nicht gehört. Bastians Ring.« Er ging weiter, ohne mich anzusehen.

»Tristan!«, rief Bastian ihm hinterher. »Warte.«

Er blieb stehen, drehte sich aber nicht zu uns um. »Was?«, fragte er kalt, während er sich an die mit Sicherheit schmerzenden Rippen griff.

»Ich brauche Skyes Ring zurück«, sagte Bastian und hielt seine Hand auf.

Tristan bewegte sich nicht.

»Der Ring!«, wiederholte Bastian ungeduldig. »Gib ihn mir.«

Ein weiterer Atemzug verging. Dann drehte Tristan sich langsam zu uns um. Sein schönes Gesicht war wie erstarrt und seine Lippen zu einer schmalen Linie zusammengekniffen. »Es ist nicht *dein* Ring, Bastian«, gab er unbeeindruckt zurück und fuhr sich durchs Haar.

»Du bist kein Ringhüter!«

»Und du bist kein besonders guter!«

Bastian fluchte und sprang durch den Schatten bis direkt vor seinen Bruder. »Verdammt, Tristan, du weißt, dass der Hunger in mir schnell zurückkehrt, wenn ich keinen Ring trage. Dann werde ich für Abby zur Gefahr.«

»Dann halt dich doch einfach von ihr fern«, schlug Tristan vor und ich sah, wie Bastians Kiefermuskeln zuckten.

»Du weißt, dass das Unsinn ist.« Bastian streckte seinem Bruder auffordernd die Hand entgegen.

»Sorry, Bastian. Aber ich brauche den Ring selbst. Abbys Weben wollen immer noch aus mir herausbrechen. Und glaub mir, ich habe nicht darum gebeten, dass es so ist.«

Bastian biss die Zähne zusammen. Mir war klar, dass der Vorwurf an mich ging.

»Oder hast du Angst, nicht der Einzige zu sein, der Abbys Herz beeinflussen kann?«, bohrte Tristan feindselig nach.

»Niemand beeinflusst mein Herz!«, mischte ich mich ein und verschränkte die Arme vor der Brust.

Tristan lächelte mich an, als würde ich ihm leidtun. »Du hast ihn in dein Herz gelassen, Abby. Glaubst du echt, das hat keine Folgen?« Er musterte mich von Kopf bis Fuß – dann meine Weben. »Ich denke, die Folgen sind unübersehbar! Aber ist das echt? Weißt du, wie schnell man ein Herz manipulieren kann?«

Damit drängte er sich an Bastian vorbei, nahm einen Schatten und stand jetzt vor mir. Er packte meinen Nacken und schon überkam mich der Schwindel. Ich hörte Owen etwas sagen, hörte Bastians Protestschrei, doch das alles erstarb in dem Moment, als Tristan mich mit sich in den Schatten der Treppe riss.

»Kannst du deinem Herz noch trauen, Abby?«, hörte ich seine Stimme im eisigen Nichts. Sein Griff war fest, beinahe grob und gleichzeitig hatte ich das Gefühl, mich aufzulösen. Es war nicht wie beim letzten Schattensprung mit Tristan. Ich merkte, dass er sicherer war – was vermutlich am Herzring lag. Kälte fraß sich in meine Haut, meine Augen, mein Herz. Immer noch in den Schatten trat Tristan an mein Herztor heran und streckte die Hände nach meinen Weben aus. »Jeder, der diesen Ring hat, kann sich in dein Herz schleichen, Abby!«, warnte mich seine Stimme. Dann spürte ich ihn in meinem Innersten. Mein Herz glomm auf, als er meine Herzweben streichelte. Gefühle wallten auf, neue Gefühle, verwirrende Gefühle – und ich konnte nichts dagegen tun.

»Nein!«, kreischte ich ins Nichts und wollte mich losreißen, doch mein Körper war wie aus Staub. Ich drohte bei der kleinsten Bewegung zu zerfallen. Ich spürte, wie Tristan meine Herzwebe berührte. Er riss an der Liebe, die ich für Bastian empfand.

Die Kälte hüllte mich immer fester ein, erstickte mich fast. Aber ich musste mein Herz schützen. Ich durfte nicht zulassen, dass noch mehr von dem, was mein Ich war, was meine wahren Gefühle waren, verändert wurde. »Nein!«, dachte ich lauter.

Dann erwachte meine Macht und ich folgte meinen verwundeten Gefühlen bis in Tristans Herz. Ich sah, wie er meine Liebe zu Bastian mit Eifersucht umspann, wie er selbst korallenrot ausgefüllt war, mit Neid. Ich wollte ihn aus mir herausstoßen, doch als ich das leuchtende Purpur sah, das sich unter seiner roten Eifersucht in meine Richtung reckte, da hielt ich einen Moment inne. Tristan liebte mich – die Erkenntnis ließ mich beinahe meinen Widerstand vergessen. Ich sah zu, wie schwarze Seelenqual das Purpur überdeckte, während er in meinem Herzen erkannte, dass diese Farbe in mir nur für Bastian leuchtete. Immer mehr dunkler Schmerz umspülte mich in Tristans Innerstem und ich taumelte zurück. Taumelte, umgeben von Schwärze, bis ich das Tor, das uns in diesem Moment verband, mit aller Kraft zuschlug. Goldene Funken sprühten aus mir heraus und ich zitterte.

»Nein!«, hallte es noch immer durch die Schatten. Dann riss ich mich los und stürzte ins Licht. Und in die Tiefe. Ein bodenloser Abgrund tat sich unter mir auf und ich hörte Schreie. Wie aus weiter Ferne – und doch ganz nah.

Ich fiel – und schlug auf. Schmerz. Überall Schmerz. Ein Klirren, Krachen, wie bei einer Explosion. Dann verlor ich erneut den Halt. Ich stürzte durch Regen. Harten, kalten, messerscharfen Regen, der in meine Haut schnitt.

⌘

Bastian stieß ein Knurren aus. »Tristan!«, brüllte er, als sein Bruder Abby in die Schatten riss. Purpurne Herzweben hatten dessen Haut verfärbt und Bastian konnte nicht glauben, was Tristan riskierte. Zwar trug er den Herzring, doch zugleich durch die Schatten zu gehen und Weben aufnehmen zu wollen, das waren zwei Dinge, die allein schon viel Beherrschung verlangten. Und das Ganze mit Abby im Schlepptau! Das würde niemals gut gehen!

Das schien auch Owen so zu sehen, denn zeitgleich mit ihm reckte der sich nach den Schatten, doch ehe sie Tristan folgen konnten, blendete sie etwas Goldenes hoch über ihren Köpfen.

Bastian zuckte zusammen, als das Gold auf die gläsernen Stufen eine Etage über ihm schlug. Ein Keuchen, dann ein Knall. Das Sicherheitsglas der Stufen über seinem Kopf wurde milchig. Wie von selbst riss er die Arme hoch, um sich zu schützen.

Ein Knacken, als würde man Luftpolsterfolie platzen lassen. Nur hundertmal lauter. Verwirrt starrte Bastian nach oben, verstand nicht, was geschah, als das goldene Etwas sich stöhnend auf der gläsernen Stufe, die spinnennetzgleich gesprungen war, bewegte. Dann zerfiel die Treppe in winzige Splitter. Goldene Augen sahen ihm panisch entgegen, als die Treppe nachgab und Abby in die Tiefe riss.

Er war wie erstarrt. Wie versteinert. Konnte nur die Hand nach ihr ausstrecken und zusehen, wie sie in einem Regen aus Glas auf ihn zustürzte. Sie fiel, doch er konnte sie nicht packen. Ein weiterer harter Knall ließ die Stufen unter seinen Füßen erzittern, als Abby direkt vor ihm aufschlug. Der Laut, der ihrer Kehle entwich, brachte ihn in Bewegung. Er sah ihre goldene Haut, übersät mit unzähligen Schnittwunden. Er sah ihr Blut auf dem Glas, ehe auch diese Stufe zersprang.

»Nein!«, keuchte er. Dann stieß er sich mit aller Kraft ab, hechtete zu Abby und riss sie an sich. Noch im Sturz die Treppe hinab streckte er sich verzweifelt nach dem Schatten des Handlaufs, und während die Stufe, auf der Abby gerade noch gelegen hatte, in funkelnde Splitter barst, stürzte er keuchend mit ihr unten in der Halle aus dem Schatten.

»Heilige Scheiße!«, fluchte Owen hinter ihm und Bastian wusste nicht, was genau sein Freund meinte. Die gläserne Treppe, die in der Mitte über drei Stockwerke verteilt ein Loch aufwies, wie ein Krater nach einem Meteoriteneinschlag, und von deren heilen Stufen noch immer das knisternde, brechende Sicherheitsglas regnete, oder Abby, die zerschunden von kleinen Schnitten, von reinstem Gold überzogen, in seinen Armen lag.

Zitternd strich er ihr die lila Haare aus dem Gesicht und entfernte dann vorsichtig eine Scherbe an ihrer Wange. »Abby«, flüsterte er, unfähig, sich auch nur einen Millimeter zu bewegen. Er hatte Angst. Und keine Ahnung, was zu tun war. Er konnte sie nicht fester an sich ziehen, weil er fürchtete, sie hätte sich sämtliche Knochen gebrochen. Dazu die Glasscherben in ihrer Haut. Selbst ihr Haar war von funkelnden Scherben übersät. Die Morgensonne, die durch die großen Schiebetüren fiel, tauchte die Szene in ein beinahe goldenes Licht und er hatte das Gefühl, als bestünde alles aus dem kostbaren Metall.

»Abby?« Tristans leises Flüstern durchdrang kaum das Klirren der Scherben. Er stand am Kopf der zerstörten Treppe und sah erschüttert auf sie herab.

Bastian zitterte vor Wut und Entsetzen. Ohne Abby loszulassen, kämpfte er sich auf die Beine. Ihr leises Stöhnen zeugte von ihren Schmerzen und während langsam der goldene Schein ihrer Haut verblasste, kamen ihre Schnittwunden deutlicher zum Vorschein.

»Hast du den Verstand verloren?«, sprach Owen ungläubig aus, was auch Bastian dachte. »Verflucht, Tristan! Sieh doch, was du angerichtet hast!«

»Ich …« Tristan fuhr sich hilflos durchs Haar. »Ich wollte nicht …«

Bastian fixierte seinen Bruder mit einem gnadenlosen Blick. Tristan hatte Glück, dass er nicht vorhatte, Abby auch nur noch einmal loszulassen. Er rang den Impuls nieder, seinem Bruder an die Kehle zu gehen, doch seine Wut war sicher nicht zu übersehen. Er spürte, wie das Wüten in ihm sich aufgrund seiner aufgebrachten Gefühle an die Oberfläche kämpfte und ihn mit dunklen Weben überzog. »Verschwinde!«, knurrte er gefährlich leise.

»Du musst mir glauben, Bastian. Ich wollte das nicht. Sie hat sich einfach losgerissen, und …«

Bastians Kiefermuskeln zuckten. »Sie hat sich losgerissen, weil sie *dich nicht will!*«, raunte er mit vor Zorn bebender Stimme. »Ist das für dich wirklich so schwer zu verstehen? Dass ein Mädchen dich nicht will? Den großen Verführer, Tristan Tremblay?« Bastian wurde mit jedem Wort lauter.

»Du manipulierst sie!«, verteidigte sich Tristan hilflos. »Hast ihre Seelenweben verändert, in ihrem Herz Kraft gesucht – und nennst das Ganze dann Liebe?«

»Da war etwas zwischen uns noch vor dem allem – und das weißt du!«, donnerte Bastian. »Abby braucht keinen zweitklassigen Helden, der sie rettet!« Er funkelte seinen Bruder drohend an. »Und jetzt gib mir den Herzring und verschwinde!«

Tristan kniff die Augen zu Schlitzen zusammen. Seine Brauen berührten sich fast. »Du brauchst den Ring doch nur, weil *du* ohne ihn kein Held sein kannst«, fauchte er und berührte den Ring, der um seinen Hals hing. »Zeig ihr doch dein wahres Ich, Ringhüter! Vielleicht erkennt sie dann, dass du nicht so stark bist, wie du immer tust«, rief er und verschwand durch die Schatten.

Ein Hut, ein Schleier und eine Erkenntnis

Bastian sah seinem Bruder ungläubig nach. Er wollte ihm folgen – und wollte es doch nicht. Zu deutlich spürte er die Kluft, die sich zwischen ihnen auftat. Er sah auf Abby hinab, die reglos in seinen Armen lag und deren flacher Atem sich wie Wispern an seinem Hals anfühlte.

»Verdammt!«, fluchte Owen laut und kam über die Scherben auf ihn zu. »Wo ist er hin?«, wollte er wissen und krempelte sich die Ärmel seines Holzfällerhemds über die Ellbogen. »Er hat Skyes Ring!«

Bastian atmete schwer aus. »Ich weiß.« Er drückte Abby noch einmal fester an seine Brust und stieg dann vorsichtig über die spitzen Scherben. Ein Sprung durch die Schatten wäre leichter gewesen, doch da Tristan mit dem Ring auf und davon war, musste er seine Kräfte schonen.

»Ist ja prima, dass du das weißt!«, regte Owen sich auf. »Und was jetzt? Skye braucht ihren Ring zurück!«

Bastian ging ins Wohnzimmer und die Sonne, die langsam den Himmel eroberte, zeichnete einen Teppich aus Licht aufs Parkett. Er folgte den Strahlen und legte Abby behutsam auf die Couch ab, ohne ihr dabei die Splitter noch weiter in die Haut zu drücken. Seine Sorge galt ganz Abby.

»Reg dich ab, Owen«, meinte er nur und er hatte keine Ahnung, wo er anfangen sollte, die Scherben zu entfernen. Mit zitternden Fingern zog er ein weiteres Glasstück heraus, das sich in Abbys Wange gebohrt hatte. Ein dicker Blutstropfen quoll hervor und rann über ihr Gesicht.

⌘

Ich spürte ein leichtes Piken, als würde mich eine Mücke in die Wange stechen. Dann etwas Feuchtes, das über mein Gesicht perlte. Meine Brust schmerzte, als würde ein Gewicht meine Rippen eindrücken und jeder Atemzug tat weh. Ich konnte mich nicht rühren. Nicht einmal den kleinen Finger krümmen oder die Augen öffnen.

»Tristan ist sauer auf *mich*. Nicht auf Skye. Er würde nie etwas tun, das ihr schadet«, hörte ich Bastian dicht neben mir. Er klang wütend und zugleich besorgt.

»Dann ist er ganz offensichtlich der intelligentere Mann von euch beiden.« Die zweite Stimme gehörte Owen und ich brauchte einen Moment, mich daran zu erinnern, was geschehen war. Warum war Owen da? Warum der Schmerz? Ich hatte bei Bastian übernachtet. Und dann? Das Gefühl zu fallen. Ich sah Tristan. Spürte brennende Eifersucht, Liebe, neue Gefühle und dann ... schlug ich auf. Ich hörte dieses Knirschen. Das Brechen meiner Knochen? Das Splittern von Glas? Ich wollte etwas sagen, doch kein Laut kam mir über die Lippen.

»Ich verstehe nicht, worauf du hinauswillst, Owen! Und ich bin deine Vorwürfe leid.« Bastians Atem strich über mein Gesicht, so nah war er mir.

Ich fühlte seine Fingerspitzen an meinem Hals. Dann erneuten Schmerz, als würde ein Dorn aus meiner Haut gezogen. Weitere folgten.

»Du wirst dir meine Vorwürfe gefallen lassen müssen, Bastian, denn ich bekomme so langsam den Eindruck, dass Skye einen zu hohen Preis dafür gezahlt hat, sich in dich verliebt zu haben. Dich scheint ihr Schicksal ja ziemlich kaltzulassen.«

»Du hast keine Ahnung, wovon du sprichst!« Bastian wurde lauter.

»Ich weiß sehr wohl, wovon ich spreche. Es ist unübersehbar, dass Abby und du was am Laufen habt. Und abgesehen davon, dass das einen Keil zwischen dich und deinen Bruder treibt, muss ich mir einfach die Frage stellen, wie kalt man sein muss, um nur wenige Stunden, nachdem man gesehen hat, was man der Ex-Freundin angetan hat, mit seiner neuen Flamme rumzumachen. Ich frage mich echt, ob du Skye jemals geliebt hast!«

»Natürlich habe ich Skye geliebt!« Bastian klang wütend. »Und ich ertrage es kaum, sie so zu sehen«, sagte Bastian plötzlich überraschend sanft, so als wäre seine Wut schlagartig verraucht. »Sie war das schönste, zerbrechlichste Mädchen mit einem Herz aus Gold und einem Lächeln, das einen tief im Innersten berührt.«

Ich schluckte. Ich erinnerte mich an die letzten Stunden. Daran, dass ich glücklich gewesen war. Bei Bastian. Ich wartete auf den Stich der Eifersucht, den sein Liebesbekenntnis zu Skye mir versetzen würde. Ich erwartete zu dem Schmerz in jedem meiner Knochen auch ein Stechen in meinem Herzen.

»So einem Menschen begegnet man nur einmal im Leben, und wenn du noch einmal meine Gefühle für Skye infrage stellst, dann –«

»Und was ist mit *ihr*?«

Mit ihr ... das war dann wohl ich, so abfällig wie Owen das Wort aussprach. Ich spürte, wie Bastian den Kopf schüttelte. Seine Hand legte sich schützend auf meinen Arm und er atmete hörbar durch.

Bastian so über Skye reden zu hören, musste mir doch wehtun. Doch ich fühlte keinen Schmerz. Keine Eifersucht. Nicht einmal mehr das wundervolle Kribbeln, als er mich berührte.

»Du denkst, ich verhalte mich egoistisch«, flüsterte Bastian. »Aber du hast Abby im Hutladen doch gesehen. Ihre Seele war so leer wie Skyes. Ich musste etwas tun, um die Leere in ihr zu füllen.« Er klang eindringlich. »Ich hätte nicht zulassen können, noch mal einen Menschen, der mir wichtig ist, an diesen seelenlosen Wahnsinn zu verlieren.«

Owen schnaubte. »Und du denkst, eine Nacht mit dir rettet dieses Mädchen?«

»Hat sie kein Glück verdient?« Bastian strich mir übers Haar. »Habe *ich* kein Glück verdient? Vielleicht bin es ja *ich*, der gerettet werden muss.«

Ich hörte Owens Schritte sich in Richtung der Fenster entfernen. »Wenn ein einfaches Mädchen dich retten muss, Bastian, dann hat dein Bruder vielleicht recht – ohne deinen Ring bist du offenbar kein Held.«

Ein energisches Klingeln an der Tür unterbrach den Streit.

»Wer ist das?«, fragte Owen misstrauisch. Seine Schritte kamen wieder näher und auch Bastian geriet in Bewegung. Keuchend versuchte ich die Augen zu öffnen. Versuchte meine schmerzenden Glieder zu bewegen und zu verstehen, warum mein Herz so kalt blieb.

»Woher soll ich das wissen?«, gab Bastian schroff zurück. »Hab keine Einladungen verteilt.«

Ich linste durch einen schmalen Spalt, denn ganz bekam ich die Augen nicht auf. Ich sah, wie Bastian in der Tür zum Wohnzimmer stand, während Owen mit einem Satz im nächsten Schatten verschwand. Kurz darauf war er zurück.

»Vor der Tür steht eine Frau. Klein, Dauerwelle und sie trägt einen Hut, der ihr Gesicht verschleiert.«

Ich schnappte nach Luft. Schmerz fraß sich in meine Lunge und ich musste husten. Sofort war Bastian an meiner Seite. Er zog mich hoch und klopfte mir behutsam auf den Rücken. »Alles okay?«, fragte er und musterte mich.

Nun kam doch wieder Leben in mein Herz. »Florence!«, presste ich keuchend heraus, und Tränen schossen mir in die Augen, so sehr schmerzte jeder Atemzug. »Das ... ist Florence!«

Wieder klingelte es und ich wollte mich auf die Füße kämpfen, aber Bastian hielt mich zurück.

»Bist du verrückt?«, fragte er und zwang mich aufs Polster. »Du bleibst schön hier!« Er wies Owen mit einem Nicken an, die Tür zu öffnen. Dann drehte er mein Gesicht in seine Richtung und lächelte mich besorgt an. »Du bist durch zwei Treppen gebrochen und hast ...« Er musterte mich mit schräg gelegtem Kopf. »... so ungefähr zwanzig Glassplitter in der Haut stecken.« Er küsste meine Nasenspitze. »Du siehst aus wie ein gläserner Igel, darum bleibst du sitzen, bis –«

»Himmel, hilf! Was ist denn hier passiert?« Florence' erschrockener Ruf drang durch die Halle. Schritte kamen knirschend näher. »Abigail!« Große Sorge schwang in ihrer Stimme mit. »Guter Gott!«

»Bitte hier entlang«, hörte ich Owen. Unter Schmerzen wandte ich mich nach den beiden um. Neben Owen wirkte Florence noch kleiner, daran änderte auch ihr Hut mit der rostroten Feder nichts, der ihre Erscheinung zumindest optisch etwas streckte. Ihr zum Hut passender herbstroter Mantel war bis zu ihrem Halstuch geschlossen. Das Gesicht war unter einem luftigen Schleier halb verborgen, aber es war deutlich zu erkennen, dass ihre Haut fahl wurde, als sie das Chaos bemerkte. Die Scherben am Boden vermittelten den Eindruck, als ginge man über Eis und ebenso langsam und schlitternd bewegte Florence sich auch vorwärts.

Panik durchfuhr mich und Angst schnürte mir die Kehle zu. Florence war hier. Hier, inmitten dieses unwirklichen Albtraums! Was würde sie sagen? Und denken? War sie hier, um mir zu eröffnen, wie enttäuscht sie war? Dass ich nun auch für sie nicht länger tragbar war? Ich ballte die Fäuste und trieb mir dabei eine Glasscherbe tiefer in den Handballen. Der Schmerz war willkommen.

»Da bist du ja! Gott, Abigail, was ist passiert?« Sie eilte zu mir und schob Bastian einfach beiseite. »Guter Gott, Abby!« Sie nahm mein Gesicht in die behandschuhten Hände und betrachtete mich erschüttert. Dann streifte sie ihre Handtasche von der Schulter und schlug den kleinen Schleier ihres Huts nach oben. »Das muss versorgt werden!«, stellte sie fest und knöpfte ihren Mantel auf, ohne auch nur eine Sekunde zu verlieren. Unsere Blicke trafen sich und sie lächelte beinahe erleichtert. »Hast du mir einen Schreck eingejagt«, sagte sie und ließ sich dazu hinreißen, mich fest zu umarmen.

»Au!« Mein Keuchen beendete die Umarmung und schon im nächsten Moment vermisste ich dieses warme und vertraute Gefühl. »Florence, was ... was machst du denn hier?«, stotterte ich, während sie mein Gesicht ins Licht drehte und dabei besorgt die Unterlippe zwischen die Zähne sog. Kurz trafen sich unsere Blicke.

»Ich bin vor Sorge fast umgekommen«, meinte Florence streng und zupfte mir zaghaft eine Glasscherbe aus der Halsbeuge. Sie steckte nicht tief, aber es brannte trotzdem. »Was glaubst du, was ich für einen Schock bekommen habe, als ich vorhin ins Atelier gekommen bin? Überall Blut!« Sie sah mir in die Augen. »Kurz dachte ich, das wäre dein Blut.«

Bastian räusperte sich und trat neben meine Pflegemutter. »Warum dachten Sie, das könnte Abbys Blut sein?«, fragte er hellhörig.

Florence schenkte ihm keine Beachtung, sondern konzentrierte sich auf meine Verletzungen. Immer mehr Glassplitter sammelten sich auf einem Häufchen auf dem Sofa.

»Irgendetwas geht vor sich«, antwortete Florence recht sachlich, wenn man bedachte, in welcher Situation wir uns befanden. »Das merke ich schon seit Tagen.« Sie sah Bastian an. Nur kurz, aber der Blick reichte, um einen stummen Vorwurf zu vermitteln. Dann schaute sie wieder zu mir. »Du hast keine meiner Nachrichten beantwortet. Und als ich in der Schule nachgefragt habe, hat mir diese Margaret-Maud komisches Zeug erzählt.«

»Du hast mit Margaret-Maud gesprochen?«, fragte ich irritiert.

Florence nickte. »Könnte ich bitte ein sauberes Tuch haben? Und irgendwas zum Desinfizieren?«, wandte sie sich an Bastian und deutete dabei auf meine Schnitte. Erst dann kam sie aufs Gespräch zurück. »Ja. Aber sie klang ziemlich … merkwürdig.«

Bastian, der keine Anstalten machte, etwas zum Versorgen meiner Wunden zu holen, rieb sich den Nacken. »Vielleicht wollten sie und Cross nicht, dass dich jemand vermisst«, überlegte er. »Immerhin war Cross hinter dir her.«

Owen erschien mit einem Verbandskasten unter dem Arm in der Tür. Er machte ein sehr verkniffenes Gesicht und die Blicke, die er Florence zuwarf, strotzten vor Misstrauen. »Hier. Es gibt auch Alcopads«, meinte er und öffnete den Erste-Hilfe-Kasten.

Florence musterte ihn. Dann nahm sie die Utensilien aus dem Kasten und riss ein Päckchen mit alkoholgetränkten Tupfern auf.

»Das tut jetzt weh«, prophezeite sie und lächelte mir aufmunternd zu. Dann wischte sie sorgsam über jeden einzelnen Schnitt.

»Autsch!«, stöhnte ich und krallte mich in das Sofakissen. Der Alkohol brannte wie Feuer und ich glaubte, mir würden sich die Fingernägel einrollen. Tränen schossen mir in die Augen, aber Florence fuhr gnadenlos mit ihrer Behandlung fort.

»Gleich geschafft«, meinte Bastian, setzte sich neben mich und griff nach meiner Hand. Florence hob die Augenbrauen, bis sie beinahe unter der Hutkrempe verschwanden, sagte aber nichts dazu. Ich spürte, dass Bastian meinen Handrücken streichelte. Er wollte mir Nähe schenken – doch ich fühlte diese Nähe nicht. Beiläufig zog ich meine Hand zurück.

»Wessen Blut habe ich vom Boden meines Ladens gewischt?«, fragte sie stattdessen.

»Sie sind recht gefasst, wenn man bedenkt, was Sie dort vorgefunden haben müssen«, meinte Owen. »Wundern Sie sich nicht? Haben Sie keine Fragen?«

Florence kniff die Lippen zusammen und knüllte das Alcopad zwischen ihren Fingern. »*Ich* habe gerade eine Frage gestellt«, gab sie zurück und musterte ihn. »Und wer sind Sie?«

Owen schmunzelte, während ich, erleichtert, die Prozedur überstanden zu haben, durchatmete. Er verneigte sich leicht in ihre Richtung. »Owen Kingsley. Und Sie sind demnach Abbys Pflegemutter?«

Florence nickte und straffte die Schultern. »In der Tat. Und in dieser Funktion hätte ich nun doch gerne erfahren, was hier eigentlich los ist.« Sie sah mich an. »Abigail? Die Polizei war bei mir und es lag eine Anzeige gegen dich vor.«

»Lag? Was meinst du mit *lag*?« Ich war verwirrt.

Florence schnitt eine Grimasse. »Das ließ sich leicht aus der Welt schaffen«, erklärte sie fast verärgert. »Dass da etwas nicht mit rechten Dingen zugeht, war mir sofort klar. Laut der Aussage von Mr Moran sollst du am Abend in sein Haus eingebrochen sein. Zusammen mit den beiden Tremblay-Jungen.« Ihr Blick wanderte zu Bastian. »Dabei weiß doch jeder, dass die Schließzeiten von Darkenhall allein schon ausreichen würden, um dies zu verhindern.« Sie sah mich streng an. »Aber für den Fall, dass den Polizisten das zu dürftig gewesen wäre, habe ich gesagt, dass ich dich an diesem Abend drüben in Darkenhall in deinem Zimmer besucht habe und du in dieser Zeit unmöglich etwas gestohlen haben konntest.«

»Du hast die Polizei angelogen?«, entfuhr es mir ungläubig, und ich sah meine Pflegemutter mit großen Augen an.

»*Hast* du etwa diesen Herrn bestohlen?« Unsicherheit schwang in ihrer Stimme mit.

»Nein!«, beeilte ich mich zu versichern. »Ich schwöre, ich –«

»Und das Blut in meinem Laden?«

Ich fühlte mich furchtbar. Unruhig rutschte ich auf dem Sofa hin und her, aber egal, wie ich mich setzte, mir tat alles weh. »Ich wollte dir alles erklären, aber –«

Bastian unterbrach mich. »Können Sie uns sagen, warum Jack Woods bei Ihnen im Atelier aufgetaucht ist, obwohl ihn doch alle Welt für tot hält?«

Florence wurde blass. »Ist das Jacks Blut?«, fragte sie zittrig und die Sorge in ihrer Stimme zog mir die Füße weg. Die Erkenntnis traf mich wie ein Schlag.

»Jacks Blut?!«, hakte ich entsetzt nach und drückte mich vom Sofa hoch. Meine Seite stach und ich presste mir die Hand auf die

Stelle, aber sitzen bleiben konnte ich nicht länger. »Jacks Blut?« Ich schüttelte fassungslos den Kopf. »Warum fragst du das? Wusstest du etwa, dass mein Vater nicht tot ist?«

Florence wurde noch blasser und sie nahm mit zitternden Händen den Hut ab.

»Abigail, es ist –«

»Ich fasse es nicht!« Mir wurde schlecht. »Soll das heißen, dass du es die ganze Zeit wusstest?«

»Dann war das nicht sein Blut?«, wollte Florence noch einmal wissen.

»Nein. Es war nicht sein Blut«, kam Owen zu Hilfe und ging zum Fenster. Er lehnte sich gegen den Sims und sein Schatten fiel auf mich.

Instinktiv trat ich einen Schritt zurück, ohne Florence aus den Augen zu lassen. Ich fühlte mich verraten. Und das tat mehr weh, als die Schmerzen von meinem Sturz durch die gläserne Treppe. Ich spürte, dass Bastian mein Webengeflecht betrachtete. Merkte sogar selbst, wie es sich veränderte, wie sich Dunkelheit über mich legte. Das Glücksgefühl von heute Morgen war verschwunden. Die Liebe zu Bastian – deutlich abgekühlt. Ich wusste nicht mehr, was ich fühlen sollte oder fühlen wollte.

»Nur Lügen«, wisperte ich schwach und versuchte zu schlucken, aber meine Kehle war wie zugeschnürt. Tränen brannten mir hinter den Lidern, aber ich weigerte mich, zu weinen, auch wenn der Schmerz mit jedem Atemzug weiter anwuchs.

»Sie wissen also, dass Jack Woods am Leben ist«, forschte Owen nach.

Florence sah mich entschuldigend an, aber das dämpfte nicht meine Wut. »Ich wusste es«, gab sie zu und knetete den Hut zwischen ihren Fingern. Immer wieder strich sie über die rote Feder. »Es war Zufall. Ich bin vor zwei Jahren am Jugendamt vorbeigekommen. Da fiel mir Abigail ins Auge. Sie wurde von einem Mann am Handgelenk ins Amt geschleift, während eine Frau wie wild auf sie einredete. Ich erkannte Abby sofort, denn ihre Eltern hatten wie ich jahrelang einen Stand auf dem Markt. Ich habe natürlich vom Unfall ihrer Eltern einige Jahre zuvor erfahren und auch davon, dass Abigail seitdem in diversen Pflegefamilien untergekommen war.«

»Und weiter?«, drängte Owen.

Florence strich nervös über die Feder. »Ich hatte furchtbares Mitleid mit ihr. Es war klar, dass sie Probleme hatte. Ich sah immer wieder über die Schulter, während ich weiterging und dann ... rannte ich in einen Mann hinein, der an der nächsten Straßenecke wie aus dem Nichts auftauchte.« Die Feder knickte und Florence legte den Hut beiseite. »Es war Jack. Er ... beobachtete ebenfalls das Jugendamt.«

»Er war da?« Ich musste mich an der Sofalehne abstützen, um nicht zu fallen. »Dad war da, als die Ericksons mich beim Amt zurückgegeben haben wie einen defekten Toaster?«

Owen lachte über meine Wortwahl und Bastian strafte ihn mit einem zornigen Blick.

»Ich konnte es ja zuerst auch nicht glauben, aber es war so. Und an diesem Tag bat er mich, mich um dich zu kümmern.«

»Mein Dad wollte, dass du mich aufnimmst?« Ich wusste gar nicht, warum das so wehtat. Vielleicht weil ich immer gedacht hatte, Florence hätte mich aufgenommen, weil sie mich gewollt hatte. Und nicht, weil sie damit einem alten Bekannten einen Gefallen tat. »Warum hat er das nicht selbst getan? Warum hat er zugelassen, dass ich bei Fremden lebe?« Ich wurde lauter. »Bei einer Fremden, die zufällig auf dem gleichen Markt Hüte verkaufte wie er seinen Schmuck!« Ich ballte so fest die Fäuste, dass sich halbmondförmige Abdrücke in meine Handflächen gruben.

»Er war besorgt um dich und deine Sicherheit. Er hatte Angst, irgendjemand könnte hinter dir her sein – und hinter ihm. Darum hielt er sich versteckt. Und darum habe ich mich um dich gekümmert.«

Jedes ihrer Worte war wie ein Schlag in die Magengrube. Ich schmeckte bittere Galle in meinem Mund aufsteigen. Ich konnte nichts sagen. Sah sie nur an. Die Frau, der ich mehr vertraut hatte, als je einem Menschen zuvor.

»Wissen Sie, wo Jack jetzt ist?«, fuhr Owen mit seiner Befragung unbeirrt fort.

Florence sah mich entschuldigend an. »Nein. Aber ich kann ihn kontaktieren.«

Ein hartes Schluchzen entwich meiner Kehle und ich konnte die Tränen nicht länger zurückhalten. Jeder Knochen in meinem Körper schmerzte, jeder Muskel krampfte sich zusammen und mein Herz versteinerte, während ich mich in das flüchtete, was mir immer Schutz geboten hatte. Schmerz. Dunkler, satter, vertrauter Schmerz. Ich verdrängte jede schöne Erinnerung an die Zeit mit Florence, an unsere gemeinsamen Abende vor dem Zeichenblock, an das Kuscheln auf der Couch mit dem Kater. Ich drängte jedes Gefühl von Geborgenheit und Zuneigung zurück und überließ mich ganz dem Verrat, der meine Seele qualvoll füllte.

»Tut mir leid, Abigail«, flüsterte Florence betroffen. »Ich wollte dich nicht anlügen.«

»Trotzdem hast du es gemacht.«

»Abby, bitte. Ich wollte nicht, dass –«

Ich schüttelte den Kopf. »Ist mir egal!«, sagte ich und schleppte mich zum Sofa zurück. Matt setzte ich mich, ohne meine Pflegemutter auch nur eines Blickes zu würdigen. Alle hatten mich verraten. Bastian mit seinen Küssen, obwohl er Owen versicherte, Skye zu lieben. Tristan, indem er mein Herz manipulierte, Florence, die mich angelogen hatte, und mein Vater, der mich – ohne zurückzublicken – verlassen hatte.

»Mein ganzes Leben ist eine Lüge.«

Ein Wolf auf der Lauer

Margaret-Maud zitterte, als sie den langen Krankenhausflur entlanglief. Der Anruf aus der Klinik hatte sie aus dem Konzept gebracht. Gleichzeitig fühlte sie sich stärker als in den letzten Tagen, denn sie fühlte etwas. Angst. Und Trauer. Sie spürte, wie diese Emotionen sie regelrecht nährten und die Leere in ihrer Seele füllten.

Im Vorbeigehen sicherte sie sich mit Blick auf die Nummern an den Türen ab, dass sie auf dem richtigen Weg war. »Intensivstation«, murmelte sie und ging weiter. Eine Schwester kam ihr mit einem Wagen voll abgedeckter Frühstückstabletts entgegen. Sie trat seitlich an die Wand, um die Frau vorbeizulassen. Dann ging sie mit unsicheren Schritten weiter. Wie schon hundert Mal zuvor sah sie ängstlich über die Schulter.

Seit Bastian Tremblay ihre Seele geplündert hatte, war sie nicht einmal in der Lage gewesen, Angst zu empfinden. Daher war ihr das Adrenalin, das sie durchströmte, durchaus willkommen. Sie hatte gedacht, ihr Innerstes wäre tot. Sie selbst nur noch eine Hülle ihrer selbst. Leer und ohne Halt. Doch der Anruf hatte ihr gezeigt, dass dies nicht stimmte. Sie fühlte etwas. Sorge um ihren langjährigen Freund Konstantin Cross. Angst, er würde sie allein lassen und ihr damit jede Chance nehmen, ihre Schwester je wiederzusehen. Und das erweckte sie selbst zu neuem Leben.

Der Duft von Krankenhauskaffee stieg ihr in die Nase, aber das bemerkte sie kaum. Ihr Blick heftete sich auf das weiße Schild mit der Aufschrift »Intensivstation«, das über der doppelflügeligen Glastür vor ihr angebracht war.

Zwei Pfleger in grünen Kitteln schoben ein Patientenbett durch die Tür und Margaret machte schnell einen Satz beiseite. Dann streckte sie die Hand nach der nachschwingenden Tür aus und atmete durch. Schnell, ehe der Mut sie ganz verließ, ging sie weiter. Der Flur endete an einem Tresen und einer Glasscheibe zu einem größeren Patientenraum, dessen einzelne Betten durch Vorhänge voneinander abgetrennt waren. Margaret-Maud wagte sich an den Tresen und sprach die kurzhaarige Schwester an, die gerade etwas in einen Computer tippte.

»Entschuldigung«, flüsterte sie kaum hörbar und hüstelte leicht, um ihrer Stimme mehr Nachdruck zu verleihen. Die Frau mit der Kurzhaarfrisur sah auf. »Ich suche Konstantin Cross. Mir wurde mitgeteilt, dass er hier eingeliefert wurde«, erklärte Margaret und rieb wie immer, wenn sie nervös war, über die Narben an ihrem Unterarm.

»Ah, ja. Richtig.« Die Pflegerin winkte einen Kollegen heran. »Andy, das ist die Dame, die für Mr Cross angerufen wurde.« Sie lächelte Margaret mitfühlend an und bedeutete ihr, auf den Pfleger namens Andy zuzugehen. Andy war groß und obwohl Margaret ebenfalls eine stattliche Größe vorzuweisen hatte, musste sie zu ihm aufsehen. Gerade mal das Namensschild an der Brusttasche seines Kasacks befand sich auf ihrer Augenhöhe.

»Mir wurde gesagt, dass Konstantin hier wäre«, nahm sie all ihren Mut zusammen und lugte dabei unauffällig durch die Scheibe, die den Blick auf die Patienten ermöglichte.

»Richtig.« Andy machte eine Bewegung mit dem Arm, damit sie

ihm folgte. »Bitte entschuldigen Sie, dass wir Sie angerufen haben. Mr Cross trug kaum persönliche Gegenstände bei sich, und in seiner Geldbörse befand sich, abgesehen von seinem Ausweis, kein Hinweis auf nahestehende Personen. Da der Schulkomplex Darkenhall als sein Wohnsitz angegeben ist, haben wir Sie informiert.«

»Das … ist in Ordnung«, meinte Margaret und folgte Andy in den Patientenbereich. Hier hatte jedes Bett mehrere Monitore zur Überwachung der Vitalfunktionen und es roch noch schlimmer nach Desinfektion als im übrigen Krankenhaus. Andy zog einen Vorhang beiseite und ließ Margaret den Vortritt.

»Mr Cross wurde mit einer Stichwunde eingeliefert. Er hatte großes Glück. Wir haben die Polizei informiert, da wir ein Gewaltverbrechen vermuten.«

Margaret-Maud wagte es kaum, Konstantin anzusehen. Er war fast so blass wie das Kissen. Von einem Tropf an der Kopfseite des Bettes lief Flüssigkeit in seinen Arm und Schläuche steckten ihm in der Nase. Ein Monitor neben dem Bett zeigte seinen Puls, seinen Blutdruck und die Sauerstoffsättigung in seinem Blut an. Seine Lider waren nur einen winzigen Spalt geöffnet und seine Lippen waren so trocken, dass die Haut aufgerissen war.

Margaret ballte die Fäuste. Dann trat sie unsicher näher. »Ist er … ansprechbar?«, fragte sie und sah Andy Hilfe suchend an.

»Er kommt gerade zu sich«, erklärte er und deutete auf einen einfachen Hocker. »Sie können kurz bleiben, aber nicht zu lange. Mr Cross hat viel Blut verloren und braucht Ruhe.«

»Natürlich.« Sie nickte und rieb wieder über ihre Narben. Dann zog sie sich den Hocker heran, dessen Metallbeine laut über den Boden kratzten. Margaret kniff die Lippen zusammen und setzte sich schnell.

Andy zog den Vorhang ein kleines Stück zu, um ihnen wenigstens etwas Privatsphäre zu gönnen. Denn die Kollegin hinter der Scheibe konnte noch immer die Anzeigen der Monitore gut erkennen. Als der Pfleger gegangen war, beugte Margaret sich vorsichtig nach vorne und griff Konstantins Hand, ohne dabei den mit Pflastern fixierten Zugang zu berühren, der in seinem Handrücken steckte.

»Konstantin?«, flüsterte sie leise, aber eindringlich. »Bist du wach?«

Durch den Spalt seiner Augen, sah sie, wie sich die Pupillen bewegten. Sie huschten hin und her. Konstantins Finger krümmten sich leicht.

»Hörst du mich?«, hakte sie nach und zog den Stuhl quietschend noch etwas näher ans Bett. »Was ist passiert?«

Konstantin drehte den Kopf in ihre Richtung und Margaret strich ihm über den schütteren Haarkranz.

»Ganz ruhig«, flüsterte sie und drückte seine Finger. »Ich bin hier.« Sie spürte, wie ihre Fürsorge und Zuneigung die Leere in ihrem Inneren füllte und eine Träne der Erleichterung rann ihr über die Wange. Sie fühlte etwas. Und es war nicht nur Schmerz. Es war auch so etwas wie Hoffnung. »Du sollst dich nicht bewegen«, mahnte sie und strich über das weiße Laken. »Hörst du? Du musst schön langsam machen.«

Konstantins Lippen öffneten sich. Er atmete rasselnd ein, und weil seine Lippen so trocken waren, riss die Haut erneut auf und ein Tropfen Blut quoll hervor.

»Jack Woods!«, keuchte er atemlos und ihm fielen vor Erschöpfung die Augen zu. Er benetzte seine Lippen und der Blutstropfen verteilte sich über die gesamte Unterlippe. »Der Ring!«

Margarets Herz geriet ins Stolpern. Mit mehr Kraft umschloss sie seine Hand. Erst jetzt fiel ihr auf, dass der Seelenring nicht an seinem Finger steckte. Der Ring war weg – vielleicht hatten die Ärzte oder Pfleger ihn abgenommen. Vielleicht war er ...

»Woods hat den Ring«, japste Konstantin und der Monitor zeigte, dass sein Puls deutlich anstieg.

»Beruhig dich«, beschwor Margaret ihn, auch wenn seine Worte ihr selbst fast den Atem raubten. Sie blickte über die Schulter, aber von Andy war nichts zu sehen. »Bist du sicher?«, fragte sie und ging ganz dicht an Konstantin ran. »Jack Woods hat den Seelenring?«, wiederholte sie seine Aussage und Konstantin nickte schwach.

»Moran hat ...« Er hustete und der Schlauch in seiner Nase verrutschte leicht. Schnell versuchte Margaret, das wieder in Ordnung zu bringen. »Moran hat recht«, keuchte Cross und wieder schaffte er es kaum, die Augen offen zu halten. »Woods ist wie ein wildes Tier!«

Margaret wurde blass. Sie gab Konstantins Hand frei und strich stattdessen über ihren vernarbten Unterarm. »Du meinst, er ...« Sie wartete, bis Konstantin wieder die Augen öffnete. »Du meinst er ...?«

Konstantin riss die Augen auf und stemmte sich mit dem Kopf fest gegen das Kopfteil des Bettes. Er stöhnte laut. »Er hat sich nicht versteckt!«, presste er durch vor Schmerz zusammengepresste Zähne hervor. »Er ist ein Wolf – und lag die ganze Zeit auf der Lauer!«

Ein Alarmsignal ertönte und schon im nächsten Moment riss Andy schwungvoll den Vorhang beiseite.

»Ich denke, es ist vorerst genug.« Er trat an die Überwachungsanlage und schaltete den Alarmton ab. Dann griff er geübt an den Tropf und verstellte die Infusionsgeschwindigkeit. »Mister Cross braucht Ruhe.« Er bedeutete Margaret-Maud, den Patientenbereich zu verlassen, doch diese Aufforderung war unnötig. Sie war schon fast am Empfangstresen angelangt, da drehte sie sich noch einmal zu Andy um.

»Ach, sagen Sie … Mister Cross hatte nicht zufällig einen Ring am Finger?«

Der Pfleger runzelte die Stirn. »Davon weiß ich nichts.«

Margaret-Maud nickte, straffte die Schultern und atmete tief durch. Sie fühlte sich gestärkt. Sie trug nun Verantwortung. Und das gab ihrem Leben neuen Sinn. Die schrecklichen Erinnerungen an den Weihnachtsmorgen, an das Feuer und ihre Schwester traten in den Hintergrund und endlich konnte sie wieder einen klaren Gedanken fassen. Das Gefühl, an diesen Erinnerungen zu ersticken, schwand. Sie verließ mit schnellen Schritten das Krankenhaus und stieg in ihr Auto. Sie musste Zac Moran mitteilen, dass sie wieder am Anfang standen – und dass sie nicht die Einzigen waren, die die Ringe suchten.

Der Wolf hatte seine Deckung verlassen. Und offenbar war er hungrig.

Margaret-Maud fühlte sich überraschend lebendig, als sie im gläsernen Aufzug in die Spitze des The Gherkin hinauffuhr. Sie war belebt von dem, was sie von Konstantin erfahren hatte. Belebt von ihrer Angst, dass alle ihre Pläne scheitern würden. Sie rieb sich nervös über die Brandnarbe an ihrem Unterarm und trat zielstrebig aus dem Fahrstuhl. Sie eilte gerade auf das Vorzimmer von Zac Moran zu, als dessen Stimme sie innehalten ließ.

Etwas an der Tonart, mit der er sprach, bereitete ihr Unbehagen. Es erinnerte sie an die brutale Strenge ihres Vaters und unwillkürlich erstarrte sie. Sie stützte sich an der Wand neben einer großen Zimmerpflanze ab und atmete zitternd ein. Die Narben an ihrem

Arm brannten, wie an dem furchtbaren Weihnachtsmorgen, und in ihren Ohren gellte der grausame Schrei ihrer sterbenden Schwester.

Margaret-Mauds Beine versagten ihr den Dienst und sie glitt neben dem Benjamini in die Hocke. Sie sah das Gesicht ihres Vaters vor sich, glaubte beinahe ihn zu hören.

»Wo haben Sie sich versteckt?«, hörte er die fordernde Stimme. »Sie haben es uns nicht leicht gemacht, Sie zu finden!«

Die Antwort war nur ein leises Rauschen in Margarets Kopf. Sie presste sich die Hände auf die Schläfen und versuchte, sich zu beruhigen. Es schwindelte sie beinahe, als die Erinnerungen ihre Seele mit dunklen Weben aus Schmerz füllte. Und so weh das auch tat – es half ihr, zu heilen. Das wusste sie. Also stellte sie sich ihrer Angst und lauschte.

»… festzustellen, dass wir gemeinsame Ziele haben, Jack!« Morans Stimme hatte ihren beängstigenden Klang verloren und war nun sachlicher. Margaret hatte ihren Vater nie sachlich erlebt. Nur impulsiv, brutal und zornig. Sie öffnete die Augen und die Vergangenheit verblasste. Es war nicht ihr Vater, der da sprach. Es war ihr Freund, Zac Moran. Sie löste ihre verkrampften Finger und atmete durch.

»Es wird nicht Ihr Schaden sein, mit mir Geschäfte zu machen, Jack«, versprach Moran und Margaret-Maud kam langsam auf die Beine. Sie war froh um die üppige Grünpflanze, die verhindert hatte, dass Zac ihren unwürdigen Zusammenbruch miterlebte. Selbst jetzt, wo sie sich wieder unter Kontrolle hatte, duckte sie sich hinter das schützende Grün der Blätter. Sie brauchte noch einen Moment. Und sie wollte nicht den Eindruck erwecken, gelauscht zu haben.

Sie machte sich klein, als sie Schritte näher kommen hörte, und spähte durch die Zweige.

Zac stand mit dem Gesicht zu ihr. Der Mann, mit dem er sprach, hatte ihr den Rücken zugewandt. Aber er hielt sich die Rippen, als hätte er Schmerzen, und er war von zwei von Morans Bodyguards flankiert.

»Schön, dass wir uns einig sind, Jack«, sagte Moran und reichte dem Mann die Hand. Der schüttelte sie, als besiegelten sie eine Vereinbarung. Dabei entging Margaret der Ring nicht, den der Fremde an seinem Finger trug. Sie schnappte erschrocken nach Luft und schlug sich die Hand vor den Mund. Ihr Puls raste und ihre Knie fingen erneut an zu zittern. Sie traute ihren Augen nicht, aber zugleich wusste sie, dass sie dieses Schmuckstück, den Seelenring, überall wiedererkannt hätte.

Der Wolf!, hallte es in ihren Gedanken und eine Gänsehaut überzog ihren Körper.

»Ich liefere – aber nur bei passender Bezahlung«, warnte der Mann.

Morans Mundwinkel hoben sich leicht. »Wenn wir haben, was wir wollen, dann gehört uns die Welt. Und alles darüber hinaus.«

Der Fremde nickte. »Ich gebe mich nicht mit weniger zufrieden.«

Verrat

»Was wissen Sie über Jack Woods?«, fragte Owen meine Pflegemutter, als wäre ihm vollkommen egal, wie beschissen ich mich fühlte. Jede weitere Offenbarung von Florence tat einfach nur weh. Jedes ihrer Worte war wie ein Messerstich in mein Herz.

Aber auch Florence schien sich nicht wohl in ihrer Haut zu fühlen. Sie hatte den Kopf gesenkt und starrte auf ihre Hände. »Jack hat mir gesagt, dass der Unfall, bei dem seine Frau starb, kein Unfall war. Er meinte, es gäbe Leute, die hinter ihm her wären, weil er etwas von unschätzbarem Wert besitzen würde.«

»Was könnte das sein?«, fragte Owen und rieb sich das Kinn.

»Seine Fähigkeiten als Schmied?«, schlug Bastian vor und sah mich an. »Dein Dad ist vermutlich der Einzige, der das Vitalinaurum schmieden könnte.«

Florence runzelte die Stirn. »Nein, also es klang nicht so, als würde er annehmen, man wäre hinter *ihm* her, sondern hinter etwas, das er *besäße*. Ich dachte immer, es ginge um ein teures Schmuckstück. Schließlich war er ja Goldschmied und ... und ich glaube mich zu erinnern, dass er einmal auch von einem Amulett gesprochen hat.« Florence knetete ihre Dauerwelle in Form. »Aber ich bin mir nicht sicher. Das ist Jahre her.« Sie zuckte mit den Schultern.

Mir entging der Blick nicht, den Owen Bastian zuwarf. Und ich wusste, was er dachte. Er könnte Genaueres herausfinden, wenn er in Florence' Erinnerungen eindrang. Möglichst energisch schüttelte ich den Kopf, um klarzumachen, dass ich nicht einverstanden war. Ich war vielleicht sauer auf Florence, aber ich würde dennoch nicht zulassen, dass Owen ihr nahekam.

Die Spannung zwischen uns dreien war regelrecht greifbar. Owen sah mich an, als wollte er sagen, dass er mich nicht um Erlaubnis bitten würde. Gleichzeitig schien er zu merken, was auch ich fühlte: Dass diese merkwürdige Macht in mir erneut an die Oberfläche drängte. Dieses Gefühl von Kontrolle.

Bastian stieß einen Fluch aus und riss seinen Blick von meinem Webengeflecht los. »Beruhig dich!«, ermahnte er mich und stand auf. Er bedeutete Owen mit einem Nicken, ihm in die Halle zu folgen.

»Hast du Gesprächsbedarf?«, fragte Owen kalt, ging aber hinter ihm her aus dem Zimmer.

»Habe ich«, stimmte Bastian knapp zu.

»Gut. Ich nämlich auch«, meinte Owen und verließ den Raum.

Ich atmete erleichtert durch. Bastian würde ihm klarmachen, dass er seine Macht nicht noch einmal bei jemandem einsetzen durfte, der mir nahestand. Und ob ich wollte oder nicht – Florence stand mir nahe. Auch wenn ich hasste, wie verloren sie mich gerade ansah.

»Abigail?«, flüsterte sie schuldbewusst. »Ich weiß, das alles muss ein Schock für dich sein, aber für mich ist es auch nicht leicht.« Sie legte sich die Hand aufs Herz. »Ich verstehe nicht, was hier vorgeht, und ich habe Angst um dich. Dein Dad hat mir eine Nachricht geschickt. Er hat gesagt, ich soll dich nach Hause bringen.«

»Ich habe kein Zuhause!«

Florence hatte den Anstand, verlegen zu wirken. »Er will, dass ich dich in euer altes Haus bringe. Er meint, dort wäre es sicherer als bei mir.«

»Ich kann hier nicht einfach weg.« Ich drehte mich zur Tür, um einen Blick in Bastians Richtung werfen zu können. »Hier läuft einiges schief und mein Vater ist daran nicht ganz unschuldig. Er hatte Jahre Zeit, ein Lebenszeichen von sich zu geben. Er kann nicht erwarten, dass ich jetzt alles stehen und liegen lasse.«

»Er sagt, er muss dich unbedingt sehen.« Florence knetete den Stoff ihres Mantels.

»Ach ja? Na, er hat mich doch gesehen. Bei dir im Laden. Aber da konnte er es gar nicht erwarten, mich wieder zu verlassen. Kannst du dir vorstellen, was für ein Gefühl das ist?«

Florence schien verwirrt. »Davon weiß ich nichts. Ich verstehe nur die Hälfte von dem, was gerade passiert, aber ich liebe dich genug, um darauf zu vertrauen, dass du mich einweihen würdest, wärst du in Schwierigkeiten.«

Florence wollte nach meiner Hand greifen, aber ich entwand mich ihr. Ich konnte ihr nicht in die Augen schauen, so wütend und enttäuscht war ich. Und noch dazu vertraute ich mir selbst nicht. Meine Seele war geplündert, mein Herz manipuliert und das Einzige, auf das ich vertrauen konnte, waren meine Erinnerungen. Und die sagten mir, dass Florence mich gernhatte. Oder dass sie wirklich gut darin war, mir das vorzuspielen.

Ich rieb mir übers Gesicht. Was sollte ich nur glauben? Was tun? Wie ging es nun weiter?

»Abigail, bitte«, flehte Florence und sah mich aus traurigen Augen an. »Ich will dir nur helfen. Sag mir, was momentan vor sich geht.«

Ich wollte mich ihr anvertrauen. Wollte mich in ihre tröstliche Umarmung schmiegen und mit ihr nach Hause zum Kater gehen, um zu zeichnen. Ich wollte Darkenhall, die Tremblay-Brüder und meinen Vater einfach hinter mir lassen und ein normales Leben führen. War das zu viel verlangt? Ein Leben zu führen wie alle anderen? Eltern zu haben, die einen behüteten, Jungen zu küssen, die keine Gefahr darstellten, und Gefühle zu haben, die niemand manipulierte?

Ich sah durch die Tür in die Halle, wo Bastian und Owen sich noch immer uneinig schienen.

»Sie wird dem nicht zustimmen!«, hörte ich Bastian sagen.

»Das ist mir egal. Ich brauche ihr Einverständnis nicht. Ich werde tun, was getan werden muss. Und diese Frau weiß zu viel.«

»Du kannst nicht Abbys Leben aus der Erinnerung dieser Frau löschen!«, widersprach Bastian energisch.

Ich trat näher an die Tür und horchte.

»Ich bin kein Stümper, Bastian! Ich weiß, was ich tue! Ich nehme dieser Hutmacherin nur Erinnerungen, die uns gefährlich werden könnten. Der Rest vom Leben dieser Frau ist mir egal.« Owen schüttelte missbilligend den Kopf. »Was mir aber nicht egal ist, ist, dass du zu viel für ein paar Küsse riskierst! Für Küsse, an die sich Abby nicht mehr erinnern wird, wenn das hier vorbei ist.«

Bastian biss die Zähne zusammen, sodass ich selbst von der Tür aus seinen Kiefer zucken sah. Seine Stimme war leise und gefährlich. »Du wirst Abby nicht anrühren, Owen!«, warnte er den Hüter des Erinnerungsrings, doch der zeigte sich nicht gerade beeindruckt.

»Ich werde tun, was nötig ist. Sowohl bei der Hutmacherin als auch bei Abby.«

»Du wirst Abby in Ruhe lassen!«

Owen stellte sich Bastians drohendem Blick. »Du weißt, dass ich keine Wahl habe, Bastian. Ich kann keine Rücksicht auf deine Gefühle nehmen.«

Bastian stieß einen Fluch aus und fuhr sich durchs Haar. Ich warf einen Blick über die Schulter. Florence sah mich noch immer unsicher an. Sie war verwirrt – und das konnte ich nur zu gut nachvollziehen.

»Du weißt, dass es keinen anderen Weg geben wird, zur Normalität zurückzukehren«, beschwor Owen Bastian eindringlich und legte ihm eine Hand auf die Schulter.

»Ich liebe sie«, erklärte Bastian und mir stockte der Atem. Ich wartete darauf, dass mein Herz einen Salto schlug, doch die Freude über sein Bekenntnis blieb aus. »Ich kann nicht zulassen, dass du ihre Erinnerungen löschst, denn ich liebe sie.«

Owen kniff die Lippen zusammen und drückte Bastians Schulter. »Denkst du, das sehe ich nicht?«, fragte er mitfühlend. »Aber wie viel von ihren Gefühlen für dich sind denn jetzt noch in ihr? Tristan hat ganze Arbeit geleistet, dich aus ihrem Herz zu streichen. Ihre Weben sind nicht mehr zu vergleichen mit denen von heute Morgen.«

Bastian ballte die Fäuste. »Abby wird spüren, was echt ist!«, widersprach er energisch.

»Nicht, wenn Tristan gründlich war«, meinte Owen, jetzt mit deutlich sanfterer Stimme als zuvor. »Sie ist jung. Und dein Bruder hat seinen ganz eigenen Charme. Du weißt nicht, welche Gefühle er in ihrem Herz gesät hat. Aber du kannst noch einmal von Neuem um ihre Liebe kämpfen, wenn ich erst alle Erinnerungen an die Ereignisse in ihr angepasst habe«, beharrte Owen und drückte Bastians Schulter. »Es ist der richtige Weg, und du weißt das. Dort drinnen sind zwei Frauen, die zu viel wissen. Lass mich meine Arbeit machen, dann wird alles gut.«

Ich hielt den Atem an. Der Türrahmen unter meinen Fingern

fühlte sich an wie ein Eisklotz und die Kälte kroch mir den Rücken hinauf. Ich schmeckte Blut, so fest hatte ich mir in die Wange gebissen. Für einen Moment kam es mir vor, als würden sich Bastians und meine Blicke treffen. Ich sah ihn schlucken, sah ihn blinzeln, und obwohl er die Stimme gesenkt hatte, konnte ich von seinen Lippen ablesen, was er sagte.

»Tu, was du für richtig hältst.« Er wandte sich ab und ich taumelte rückwärts, weg von der Tür.

Tu, was du für richtig hältst, pochte es hinter meinen Schläfen. Ich konnte nicht glauben, dass er das gesagt hatte. Es war wie ein Schlag ins Gesicht. Wie der Moment in Wymouth, als er sich auf mich gestürzt hatte, um meine Seele zu stehlen. Ich schluckte den Kloß in meinem Hals hinunter und kämpfte die Tränen zurück. Es war ja nicht so, als konnte mir das das Herz brechen. Nicht, wenn ich Owen glauben konnte.

Ich drehte mich um mich selbst. Spähte durch die Tür zu den beiden Ringhütern, sah sie näher kommen, als wäre nichts. Sah zu Florence, die mich mit Welpenblick dazu bringen wollte, ihr zu verzeihen.

Was sollte ich tun? Was sagen, wenn die beiden zurück wären? Wo endeten all die Lügen? All der Verrat?

Ich wappnete mich für einen Kampf, als Owen zurück ins Wohnzimmer kam. Er lächelte – ein verlogenes, falsches Lächeln, das mir Angst machte, und so holte ich angespannt Luft. Doch noch ehe ich auch nur einen Satz vorbringen konnte, um Florence vor ihm zu schützen, fiel etwas aus den Schatten mitten ins Zimmer. Ein tollwütiger Schrei begleitete die unerwartete Ankunft. Es war Skye Caerhay.

Obwohl ich inzwischen fast immer damit rechnete, dass die

Schatten jemanden ausspuckten, erschrak ich und Florence rutschte vor Überraschung beinahe vom Sofa.

Owen riss schützend die Arme hoch und trat Skye in den Weg, als diese sich kreischend auf mich stürzte.

»Skye!«, rief Bastian und gelangte durch einen Schattensprung zwischen mich und Skye. Er hielt sie fest und drängte sie ans andere Ende des Zimmers. Ihr Schrei erstarb und sie holte hektisch Luft.

»Hilf mir, Bastian«, flehte sie aufgebracht und violette Weben überzogen ihre Haut.

»Was tust du hier?«, fragte er entsetzt und schüttelte ihre Schultern. »Wo sind deine Schwestern?«

»Ich habe mich weggeschlichen.« Sie sprach schnell. »Ich bin durch die Schatten geirrt! Sie sind so kalt! Und dunkel! Und wunderschön, Bastian. So schön wie Schmetterlinge, findest du nicht?«

Bastian schüttelte sie sanft. »Skye!«, ermahnte er sie streng. »Das war sehr gefährlich!«

Sie nickte. »Ich habe dich gesucht. Mein Ring ist weg. Ich war am Lichtbunker. Er steht offen. Das Licht – es ist noch da. Es war so hell. Darum bin ich in die Schatten gegangen. Weil es wehtut. Alles tut weh. Ich sterbe ohne meinen Ring!« Ihre Stimme wurde schrill und sie versuchte, erneut einen Schatten zu erreichen, aber Bastian hielt sie unnachgiebig fest.

»Beruhige dich!«, beschwor er sie. »Skye, bitte, beruhige dich!« Die Weben auf ihrer Haut waren wie Flammen, die sie zu verbrennen schienen, und ihr Anblick machte nicht nur mir Angst. Auch Florence starrte sie panisch an.

Owen stieß einen Fluch aus. Dann war er an Florence' Seite und presste meiner Pflegemutter die Hände an den Hals. Ihr erschrockener Schrei erstarb auf ihren Lippen, als sie kraftlos, und von Owen gelenkt, aufs Sofa sank.

»So ein Chaos!«, fluchte er und blaue Weben wuchsen aus seinen Händen in Florence' Körper.

»Nicht!«, wollte ich protestieren, aber Skyes gellendes Kreischen verhinderte das.

»Verschwinde!«, rief Bastian mir zu und schirmte Skye mit seinem Körper von mir ab. »Keine Ahnung, wie lange Skye durch die Schatten geirrt ist, aber sie hat beinahe all ihre Weben aufgebraucht. Sie braucht dringend Herzweben, das Wüten in ihr ist außer Kontrolle«, keuchte er.

Ich zitterte. War kaum in der Lage, mich zu bewegen. Das alles war mir zu viel. Skye und Bastian, Owen und Florence. Ich taumelte rückwärts und das Licht brach sich in den Scherben, die vom Sofa auf den Boden gefallen waren. Sie waren getränkt mit meinem Blut. Es war der Scherbenhaufen meines Lebens. Mit einem goldenen Glanz auf der Haut floh ich aus der Villa, verließ den Schulhof von Darkenhall und rannte davon.

Ich wusste nicht, wo ich hin sollte – und wusste doch, wohin es mich zog.

Zuhause

Der Abend brach an, als ich in Northfleet, ein ganzes Stück östlich von London, aus dem Bus stieg. Die Distanz zur Stadt und nach Darkenhall tat mir gut, auch wenn ich eine innere Unruhe verspürte, weil ich alles einfach hinter mir gelassen hatte.

Ich hatte Florence nicht helfen können. Owen nicht davon abbringen können, zu tun, was er für richtig hielt. Nun musste ich darauf vertrauen, dass es in Florence' Erinnerungen noch genug gab, das ein gemeinsames Leben mit mir zulassen würde. Denn dass ich bei Florence bleiben wollte, war mir inzwischen klar geworden. Dabei hätte ich noch vor wenigen Wochen mir selbst vorgelogen, dass ich niemanden brauchte, um klarzukommen.

Inzwischen wollte ich nicht mehr nur klarkommen. Ich wollte endlich Beziehungen zu anderen Menschen aufbauen. Wollte Nähe und Liebe zulassen. Esme und Jasmin hatten mir gezeigt, dass ich liebenswert war. Ich wollte mehr solcher Beziehungen. Mehr Liebe. Wie die von Florence. Ich hatte mich meiner Pflegemutter nie wirklich geöffnet und trotzdem hatte sie mich nicht aufgegeben.

Aber sie hatte mich angelogen. Schon immer.

Ich kickte einen Kiesel vom Gehweg auf die Straße und atmete tief durch. In den Fenstern der kleinen, dicht an dicht stehenden Reihenhäuser, gingen die Lichter an und man sah hier und da Familien gemeinsam am Esstisch sitzen. Ich hatte gerne mit Florence gegessen, während uns der Kater schnurrend um die Füße gestrichen war, um eine Scheibe Wurst zu erbetteln. Jetzt fragte ich mich, ob das alles eine Lüge war. Hatte es die Zuneigung, die ich glaubte, gespürt zu haben, überhaupt gegeben? Oder hatte Florence in den letzten beiden Jahren einfach nur die Bitte meines Vaters erfüllt? Ich versuchte, die Antwort auf diese Frage in meinem Herz zu finden, doch ich wusste nicht, ob ich der Stimme meines Herzens überhaupt noch trauen konnte.

Die Straßenlaterne, die ich passierte, ging flackernd an und ihr spärlicher Lichtkegel schuf verwaschene Schatten. Ich fröstelte, doch anstatt schneller zu gehen, um endlich anzukommen, wurden meine Schritte mit jedem Meter schwerer. Es war nicht nur die Angst darüber, was mich erwarten würde, wenn ich ankäme, sondern auch die Erinnerung an meinen letzten Besuch in Northfleet, die mir zusetzte.

Ich war mit Bastian hier gewesen. Es war die Nacht, in der ich mich unsterblich in ihn verliebt hatte. In den geheimnisvollen Jungen mit den nachtblauen Augen und den mystischen Weben auf der Haut. In meiner Erinnerung war dieses Gefühl lebendig. Ich spürte noch immer die Wärme seiner Haut, die Zerrissenheit, weil er mir näherkommen wollte, obwohl das Wüten in ihm das nicht zuließ. Ich spürte seine Zärtlichkeit in jedem Blick, seine Zuneigung in jeder Berührung und ich wusste, dass die Gefühle, die er in mir weckte, Liebe waren. Doch wenn ich nun die Augen schloss und dieses Gefühl suchte, von dem ich wusste, dass es in der vergangenen Nacht noch in mir gebrannt hatte, dann suchte ich vergeblich.

Ich sah Bastian mit Skye, sah ihn, wie er sich schützend vor mich stellte. Ich spürte seine Sorge um mein Wohl, und obwohl ich auch jetzt die Zuneigung in seinem Blick erkannte, traf mich dieser Blick nicht ins Herz. Ich fühlte nichts.

Empfand ich überhaupt noch etwas? Oder waren alle meine Gefühle abgestorben? Hatte Tristan mir wirklich den kostbaren Schatz genommen, den ich sorgsam in meinem Herzen gehütet hatte? Das kleine bisschen Liebe, das ich so lange vergeblich gesucht hatte? Ich sog mir die Unterlippe zwischen die Zähne und biss darauf, bis ich den Schmerz fühlte. Meine Brust tat weh und ich atmete zitternd ein. Tristan. Ich drängte eine Träne zurück und ging weiter.

»Tristan«, wisperte ich und mein Herz schlug kräftiger. Ich vermisste ihn. Vermisste sein Lächeln, das mir immer das Gefühl gab, dass nicht alles nur schlecht war. Ich vermisste ihn, obwohl ich ihn dafür hasste, was er getan hatte. Und das war das Schlimmste von allem. Meine Welt stand kopf – und ich wusste es. Meine Gefühle waren falsch und doch empfand ich sie mit einer Stärke, die mir Angst machte. »Tristan.« Wieder glitt mir sein Name über die Lippen und ich hob die Fingerspitzen an meinen Mund. Ich spürte noch seinen Kuss. Ich spürte noch die Liebe, die ich in ihm entdeckt hatte.

Als ich meine Hände wieder sinken ließ, bemerkte ich den goldenen Glanz auf meiner Haut. Ich wusste, dass nichts von dem, was ich empfand, echt war, auch wenn es sich so anfühlte. Und ich wusste, dass das Gold mir half, die Kontrolle zurückzubekommen. Vielleicht würde es mich schützen. Mich leiten. Mir helfen, das alles zu verstehen und zu überstehen.

Ich ballte die Fäuste, um das Gefühl von Tristans Berührung von meinen Fingerspitzen zu vertreiben. Es war nicht echt. Oder?

Ich blieb vor dem heruntergekommensten Haus der Straße stehen und straffte die Schultern. Der ehemals gelbliche Putz war schmutzig und blätterte stellenweise ab. Die Haustür war mit Graffitis beschmiert. Eine Distel reckte sich aus dem von Unkraut überwucherten Blumenbeet in meine Richtung.

Mit zitternden Knien trat ich an die Haustür. Das Gold pulsierte unter meiner Haut und die Tür schwang auf, noch ehe ich sie erreicht hatte. Bilder tanzten mir vor den Augen und ich rieb mir die Schläfen.

»*Du bist ein Zauberer, Daddy!*«, hallte es durch meine Erinnerung und eine Gänsehaut überzog meinen Körper. »*Wie hast du das gemacht?*«

»*Es ist ein Trick, den du irgendwann auch lernen wirst, Abby. Das verspreche ich dir.*«

Ich versuchte, das harte Pulsieren in meiner Brust nicht zu beachten, versuchte die Kraft in mir nicht zu hinterfragen. Sie war da. Und ich war hergekommen, um mehr darüber zu erfahren.

Der schmale Flur lag im Dunkeln. Ich trat vorsichtig ein. Die Blumen auf der Tapete waren verblichen und lange Schatten streckten sich von Tür zu Tür.

»Dad?« Ich hörte die Worte kaum über mein laut schlagendes Herz hinweg. »Dad?«, wiederholte ich etwas kräftiger und tastete mich zögernd voran. »Bist du hier?«

Mit einem Mal überkam mich die Angst. Wie Ketten schnürte sie mir die Luft ab. Sie zogen sich hart über meine Brust, hielten zusammen, was sonst in Stücke brechen würde. Das letzte Stückchen Vertrauen.

Was, wenn niemand auf mich wartete? Was, wenn er nicht hier war? Wie konnte ich darauf vertrauen, dass stimmte, was er Florence gesagt hatte? Er war ein Lügner. Hatte mich jahrelang in dem Glauben gelassen, eine Vollwaise zu sein. Er hatte das Band zwischen uns einfach gekappt – aus Sorge, wie Florence meinte. Und trotzdem. Es war zerschnitten. Ich hatte keine Ahnung, ob es je …

»Hey, meine kleine Künstlerin.« Der Klang dieser Worte durchbrach die schützende Mauer um mein Herz. Schmerz, Hoffnung, Erleichterung und Liebe brachen aus mir heraus und raubten mir den Atem. Ich keuchte gequält, als die Trauer, Einsamkeit und Verlorenheit der letzten Jahre in meiner Seele explodierten.

»Dad«, japste ich tonlos und drehte mich wie in Zeitlupe um. Tränen trübten mir die Sicht und doch hatte ich nie klarer gesehen. Das Gesicht meines Vaters. Er hatte die Arme ausgebreitet und es zog mich mit aller Macht zu ihm.

»Abby.« Auch seine Stimme klang belegt. »Gott, Abby!«

Die Ketten, die mich zurückgehalten hatten, barsten und der Schmerz nahm zu. Ich warf mich schluchzend in die Arme meines Vaters, nicht in der Lage, auch nur eine Sekunde länger stark zu sein. Ich war so lange allein gewesen. So lange ungeliebt und verlassen. Ich hatte mich selbst verloren nach dem Unfall meiner Eltern und mich seitdem nie wiedergefunden. Erst jetzt, als sich die Arme meines Vaters warm wie eine Decke um mich legten, spürte ich, dass ich noch da war. Ich war nicht verloren. Nicht mehr.

Ich hatte tausend Fragen, brauchte Millionen Antworten, aber jetzt zählte nur das Schlagen des Herzens an meiner Wange und die leisen Worte des Bedauerns, die Dad mir ins Ohr flüsterte, während meine Tränen ungehindert sein Shirt tränkten.

Ich konnte nicht sagen, wie lange wir so dastanden. Wie lange es dauerte, bis meine Tränen irgendwann versiegten. Ich wusste nicht, wie lange ich den Duft meines Vaters eingeatmet hatte, wie lange ich seiner tröstlichen Stimme gelauscht hatte. Als wir schließlich in der Küche am Tisch nebeneinandersaßen und uns an den Händen hielten, da war es Nacht. Die Lichter hinter den Fenstern der Nachbarhäuser waren erloschen und mangels Stroms saßen auch wir im

Dunkeln. Und mit jeder Minute, die verging, drängte es mich mehr nach Antworten.

»Ich bin so froh, dass du hier bist«, wiederholte Dad, was er zuvor schon mehrfach gesagt hatte. Er drückte meine Hände und sah mich an. »Du bist so groß geworden und ... so schön.«

Ich schluckte. Suchte seinen Blick. »Ich bin groß geworden, weil wir uns lange nicht gesehen haben, Dad.« Ich konnte nicht verhindern, dass ein Vorwurf in meinen Worten mitschwang.

»Ich wünschte wirklich, es hätte einen anderen Weg gegeben«, meinte Dad traurig. »Du musst mir glauben, Abby, dich zu verlassen, ist mir nicht leichtgefallen.«

Meine Kehle brannte und ich verbot mir, erneut in Tränen auszubrechen. »Verlassen zu werden, war auch nicht wirklich leicht.«

Dad nickte schuldbewusst. »Tut mir leid. Ich wollte das alles nicht. Ich hatte keine andere Wahl, weil ich dich schützen musste.«

»Wovor, Dad? Wovor musstest du mich schützen? Ich verstehe das alles nicht!« Ich stand so ruckartig auf, dass der Stuhl umfiel. »Sag mir, was für eine Art von Schutz das sein soll, sein Kind bei Pflegeeltern in dem Glauben aufwachsen zu lassen, es wäre mutterseelenallein auf dieser Welt?«

»Du bist böse. Das verstehe ich.«

»Böse?« Ich schnaubte ungläubig. »Ich bin nicht böse! Ich bin vollkommen fertig, Dad! Ich verstehe es nicht! Ich kann mir nämlich wirklich nicht vorstellen, was vorfallen muss, damit ein Vater sein Kind verlässt! Ein Kind, dessen Mutter man tot aus einem Fluss gezogen hat!« Der Versuch, nicht zu weinen, scheiterte kläglich und mir rannen die Tränen ungehindert über die Wangen. Ich beugte mich zornig über die Tischplatte, um meinem Vater direkt in die Augen sehen zu können. »Ich hielt euch für tot!«

»Abby.« Er umfasste meine Handgelenke und zog mich näher. »Abby, meine Kleine. Ich war immer bei dir. Habe dir zugesehen, wie du herangewachsen bist. Du warst nie allein«, versuchte er mich zu trösten, doch seine Worte machten alles nur noch schlimmer.

»Du warst *nicht* bei mir! Du sagst, du hast mir zugesehen? Hast du mich beobachtet? Mich verfolgt?« Ich riss mich los und ging auf Distanz. »Warum hast du dich mir nicht gezeigt? Mir nicht erklärt, was los ist?« Ich biss mir auf die Unterlippe, um ihr Zittern zu verbergen. »Weißt du, wie allein ich war? Wie schlecht es mir ging? Wie sehr ich mir jeden Abend, als ich mich in den Schlaf geweint habe, eine Familie gewünscht habe?« Ich schlug mit der flachen Hand auf die Arbeitsplatte und goldene Weben erschienen auf meiner Haut.

»Abby!« Jacks Augen wurden groß und er schob langsam den Küchenstuhl zurück, um aufzustehen. »Du trägst es wirklich in dir!«, staunte er und kam auf mich zu. Er legte seine Hände auf meine Schultern und lächelte mich an. »Meine Tochter!«, freute er sich.

»Erschreckt dich nicht, was du siehst?«, fragte ich unsicher und betrachtete meine goldumrankten Finger, ehe ich meinem Vater wieder in die Augen sah.

»Doch. Ein wenig.« Er berührte meine Haut und zeichnete das Gold nach. »Ich habe dich beobachtet. Habe darauf gewartet, genau das an dir zu sehen. Aber es gab nichts zu sehen. In all den Jahren nicht. Ich dachte fast, unser Erbe hätte dich übergangen.«

Ich schluckte, und für einen Moment drängte die Erkenntnis, dass Dad etwas von den Weben wusste, meinen Schmerz über die Einsamkeit meiner Kindheit in den Hintergrund. Was hatte ich denn erwartet? Dass er keine Ahnung haben würde, was hier vorging? Dass er Cross den Seelenring gestohlen hatte, einfach nur, weil er ihn schön fand? Dass er unwissend war?

Ich kniff die Lippen zusammen und versuchte den Kloß in meinem Hals durch ein Räuspern zu lösen. Nach dem, was Tristan und ich im Hutladen belauscht hatten – und was Owen in Tristans Erinnerungen gesehen hatte –, kannte Dad Cross. Mich schauderte, als ich an die Schere in Mister Cross' Brust dachte. Und es fiel mir schwer, meinen Vater damit in Verbindung zu bringen.

»Dann weißt du, was mit mir los ist?«, fragte ich verwirrt und entzog mich seiner Berührung. Mein Puls beschleunigte sich und meine Nackenhärchen kribbelten warnend. Mit einem Mal war mir die Dunkelheit zu dunkel. Ich brauchte Abstand und Antworten. »Was geschieht mit mir?«, fragte ich deshalb und hob meine noch immer golden schimmernden Arme. »Weißt du, was das ist?«

Dad nickte. Er nahm ein Glas aus dem Küchenschrank und wischte den Staub mit dem Saum seines Shirts ab. Dann hielt er es unter den Wasserhahn, aber kein Wasser sprudelte daraus hervor.

»Das Wasser ist abgestellt«, stellte er nüchtern fest und stellte das Glas beiseite.

»Dad!«, mahnte ich ungeduldig. »Sag mir, was das auf meiner Haut ist. Sind das Weben? Weißt du überhaupt, was Weben sind? Und wenn ja – woher? Was hast du damit zu tun? Und vor allem: Was habe *ich* damit zu tun?«

Jack seufzte, ohne mich anzusehen. »Zeichnest du eigentlich noch?«

»Was?«

»Ob du noch zeichnest, habe ich gefragt.«

»Du kannst jetzt nicht einfach das Thema wechseln!«

Jack seufzte wieder. »Ich wechsle nicht das Thema.«

Mir ging ein Licht auf. Ich griff in meine Hosentasche und zückte das Schnitzmesser. »Sprichst du davon? Willst du wissen, ob ich es noch habe?« Ich hob es hoch und Dad versteifte sich. »Bastian sagt, es ist kein normales Messer!«, fuhr ich fort. »Aber das weißt du, oder? Du musst es wissen – immerhin hast du es gemacht, oder nicht?«

Er nickte.

»Dann sag mir jetzt, was hier vorgeht. Alles. Ich will endlich alles wissen! Von Anfang an!«

»Ich vermute, du hast ein Recht, es zu erfahren«, stimmte mein Vater leise zu und kehrte mit hängendem Kopf an den Tisch zurück. »Setz dich, dann erzähle ich dir alles.«

Ich wollte mich nicht setzen. Aber ich hob den umgekippten Stuhl auf und stellte einen Fuß auf die Sitzfläche. Das Messer in meiner Faust verlieh mir Sicherheit und ich umschloss es fest.

»Fang an, Dad!«, sagte ich fordernd, denn je länger er mir gegenübersaß, umso mehr fühlte ich mich von ihm verraten. Die Umarmung von eben verlor an Bedeutung. Mir fehlte das Gefühl, dass er mich liebte. Mir fehlte das Gefühl, dass er alles dafür tun würde, bei mir zu sein. Das hatte er nämlich nicht getan. Und ich wollte endlich wissen, warum. »Warum hast du mich verlassen? Was hat es mit dem Schnitzmesser auf sich? Und was weißt du über meine Weben? Und warum hast du Mr Cross eine verdammte Schere in die Brust gestoßen? Er wäre fast gestorben!«

Sein erneutes Seufzen machte mich aggressiv. Als wäre es zu viel verlangt, endlich die ganze Geschichte zu erfahren.

»Ich habe diesen Mann angegriffen, weil ich ihn töten wollte.« Die Antwort kam so gelassen, dass ich glaubte, mich verhört zu haben.

»Du wolltest ihn *umbringen*?«

Dads Blick traf meinen. »Ja, denn er ist für den Tod deiner Mutter verantwortlich. Er und seine Anhänger wollten mich zwingen, etwas für sie zu tun – und ich habe mich geweigert. Er wollte mich mit dem Unfall unter Druck setzen. Darum musste ich dich verlassen. Damit nicht auch noch du zum Spielball dieser Gruppe von Menschen wirst. Deine Sicherheit stand für mich an erster Stelle.«

»Was wollte Cross von dir?«

Jack lachte bitter. »Er wollte, dass ich etwas für ihn schmiede.«

»Das Vitalinaurum«, riet ich und Dad nickte. »Erzähl mir, was du darüber weißt.«

Er rieb sich die Stirn. »Was weißt *du* denn darüber?«, stellte er die Gegenfrage.

Eine goldene Fassung

Er sah mich erwartungsvoll an und etwas in mir, ein Teil meines kindlichen Ichs, wollte seine Erwartungen erfüllen. »Ich weiß vom Amulett des Todes, von dem Priester, der mithilfe dieses Amuletts aus Vitalinaurum die Toten zurück in die Welt der Lebenden brachte«, setzte ich an. »Ich weiß von dem Schmied – unserem Vorfahren, der aus dem Vitalinaurum drei Ringe geschmiedet hat, um zu verhindern, dass das Tor des Lichts noch einmal geöffnet wird. Ich weiß von den Ringen und wer sie trägt.« Ich sah ihn etwas unsicher an. »Und ich weiß, dass du einen der Ringe hast.« Zögernd öffnete ich meine Faust und hielt die flache Hand mit dem Messer vor mich. »Was ich nicht weiß, ist, was das Schnitzmesser damit zu tun hat – nur, *dass* es etwas damit zu tun hat. Es bannt die Weben auf Bastians Haut – es hat irgendeine Kraft, aber nicht einmal die Ringhüter wissen mehr darüber. Du schon, oder?«

Die Falten um Dads Lippen vertieften sich, als er lächelte. »Du hast recht. Das Messer ist etwas Besonderes. Ich habe es dir gegeben, weil diese Leute nie bei einem Kind danach gesucht hätten – *wenn* sie denn je erfahren hätten, dass ihnen etwas Wesentliches für ihr Vorhaben fehlt.« Er verschränkte die Hände ineinander und lehnte sich zurück. »Als unser Urahn das Vitalinaurum des Priesters zerteilte, musste er das machtvolle Metall erst aus einer ungewöhnlich schimmernden Fassung lösen. Niemand schenkte der Fassung

Beachtung. Niemand kümmerte sich um das vermeintlich wertlose Metall.« Dad nickte in Richtung meiner Hand, die das Messer hielt. »Sie überließen es ihm als Bezahlung für seine Dienste, nicht ahnend, dass sie damit die Kontrolle über die gesamte Macht des Vitalinaurums in die Hände unserer Familie legten.«

»Was meinst du damit?«

Dad lachte leise. »Nachdem unser Vorfahr das Vitalinaurum zerteilt und in Ringe geschmiedet hatte, erwachte bei den Trägern der Ringe eine Art Verlangen.«

»Das Wüten«, murmelte ich und rieb mir die Gänsehaut von den Armen. »Es … fühlt sich an wie Hunger«, erklärte ich.

»So sagt man«, stimmte Dad mir zu. Dabei war das unnötig, denn ich wusste, dass es stimmte. Ich hatte Bastian erlebt. Am Rande seiner Kräfte, dem Wüten ausgeliefert im schmalen Gewölbekeller der Caerhays, als er sich auf mich gestürzt hatte wie ein Tier, um dem Hunger in sich nachzugeben. Ich dachte an Tristan, der Mädchen küsste, wann immer er einen Anflug dieses Wütens verspürte. Wie von selbst glitt meine Hand an meine Lippen. Die Küsse der Tremblay-Brüder – ich spürte sie noch immer.

»Die Ringhüter haben keine Ahnung, dass die Fassung des Amuletts die Macht des Vitalinaurums unter Kontrolle gehalten hat. Sie wissen nicht, dass die Fassung der Schlüssel zu allem ist.«

Mir schwirrte der Kopf. Eine Erinnerung drängte sich in den Vordergrund:

Ich sah Bastian auf mich zustürzen. Spürte seinen Hunger. Und ich hörte mein »Nein!«, das ihn aufhielt. Das Wüten löste sich unter meiner Macht auf und ich zog schwungvoll und nur durch meine Gedanken das Tor zu meiner Seele zu. »Ich bin der Schlüssel«, hämmerte es in meinem Kopf und ich atmete ein. »Der Schlüssel zu allem!«

Dann sah ich meinen Dad. »*Ich zeig dir einen Trick, Abby*«, *flüsterte er und kam neben mir in die Hocke.* »*Einen Zaubertrick, der unser Geheimnis bleiben muss, okay?*« *Ein Funkeln lag in seinem Blick.*

»*Du bist ein Zauberer, Daddy!*«, *hörte ich mich staunen, denn als er die Hand nach unserer Haustür streckte, da sprang sie auf, noch ehe er sie berührte.* »*Es ist ein Trick, den du irgendwann auch lernen wirst, Abby. Das verspreche ich dir.*«

»Ich bin der Schlüssel!«, wisperte ich und klammerte mich an mein Schnitzmesser.

Dad nickte. »In unseren Genen tragen wir den Schlüssel zum Tor des Lichts, Abby.« Er schloss die Augen, und als er sie kurz darauf wieder öffnete, war sein Augapfel von goldenen Schlieren überzogen.

Ich starrte ihn ungläubig an. »Was bedeutet das?«, stammelte ich.

»Ohne uns kann niemand das Tor des Lichts öffnen, Abby. Denn die Macht des Vitalinaurums ist unbeherrscht. Sie droht mit ihrer Gier selbst die Ringhüter zu zerstören. Nur das Metall aus deinem Messer kann diese Gier kontrollieren.«

»Das Wüten«, verbesserte ich ihn. »Die Ringhüter nennen es das Wüten.«

Er neigte leicht den Kopf. »Nenn es, wie du willst, Abby. Aber nur durch die Fassung wird ein wirklicher Schlüssel daraus. Sie verleiht uns die Kontrolle und die Macht, jede Tür zu öffnen und uns das zu nehmen, was wir wollen. Das ist vielleicht das Wüten in *uns* – wir nehmen uns Dinge, die eigentlich verschlossen bleiben sollten.«

Ich biss mir auf die Lippe. Was er sagte, war wie ein Echo meiner tiefsten Empfindungen. Ich hatte dieses Gefühl immer, wenn ich etwas gestohlen hatte. Jedes Mal, wenn meine Hand in eine Handtasche geglitten war, um etwas zu stehlen und wann immer ich eine Tür aufgebrochen oder ein Schloss geknackt hatte, dann hatte ich genau das gefühlt. War es das? War es mein Erbe, eine Diebin zu sein? War es mir vorherbestimmt, mir zu nehmen, was immer ich wollte?

Dad griff erneut nach meiner Hand und die goldenen Weben seiner Haut waberten zärtlich über meine. »Wir sind der Schlüssel, Abby. Und wenn Cross' Leute das herausfinden, werden sie dich genauso unter Druck setzen, wie sie es bei mir getan haben. Sie brauchen uns, um ihr Ziel zu erreichen. Wenn wir uns weigern, werden sie zwangsweise etwas suchen, mit dem sie uns erpressen können. Darum habe ich dich verlassen. Aber kannst du das auch? Die verlassen, die du liebst?« Er strich mir eine Strähne hinters Ohr und sah mich aufmunternd an.

Ich dachte an Florence. Konnte ich sie verlassen? War sie womöglich in Gefahr?

»Keine Angst, Abby. Ich bin jetzt hier, um dich zu beschützen. Niemand wird uns je wieder etwas antun.« Seine Hand lag warm an meiner Wange und ich schmiegte mich unwillkürlich an sie. »Wir müssen diese Ringe zerstören. Nur dann können wir alle wieder ein normales Leben führen.« Er schluckte schwer und in seinen Augen schimmerte es feucht. »Nur dann können wir wieder eine Familie sein. Nur dann sind die sicher, die wir lieben.«

Meine Kehle wurde eng. Ich wünschte mir so sehr eine Familie. Wollte nichts mehr als das, was er beschrieben hatte – ein normales Leben. Menschen, die mich liebten, einen Vater, der für mich da war, und eine Zukunft, die nicht von Schmerz geprägt wäre. Ich wollte es so sehr, dass ich mich an ihn schmiegte und mein Gesicht an seiner Schulter barg. Ich schlang ihm die Arme um den Hals und wünschte mir einfach nur, wieder fünf Jahre alt zu sein, und nichts anderes wäre wichtig, als das Gefühl väterlicher Zuneigung.

»Wir müssen die Ringe zerstören, Abby«, flüsterte er mir ins Ohr und strich mir dabei tröstend über den Rücken. »Wir müssen das Vitalinaurum zurück in die Fassung sperren, um diesem Spuk ein Ende zu bereiten.«

Ich schniefte und wischte mir über die tränennassen Augen. »Ein Ende bereiten?«, fragte ich und sah ihn von unten herauf an.

Er fasste meine Schultern und nickte. »Was hier geschieht, ist gegen die Natur. Es war ein Fehler, die Ringe zu schmieden. Es war riskant, den Ringhütern diese Macht zu verleihen.« Er sah mich beschwörend an. »Was sie tun, ist falsch. Niemand sollte in die Seelen oder Herzen oder Erinnerungen anderer eingreifen können. Niemand sollte so eine Macht besitzen.«

Er sprach mir aus der Seele und eine Gänsehaut überzog meinen Körper. »Hast du Cross deshalb den Ring abgenommen?«

Dad nickte. »Wenn wir alle drei Ringe in die Fassung schmelzen, dann verschwindet das Wüten in den Ringhütern.«

»Das Wüten verschwindet?« Ich sog mir die Unterlippe zwischen die Zähne und runzelte die Stirn. Wenn das Wüten verschwinden würde, dann … »… dann würde es Skye besser gehen«, murmelte ich und löste mich von meinem Vater. Ich fasste die Haare am Hinterkopf zu einem Pferdeschwanz zusammen, um irgendwas zu tun zu haben. Meine Gedanken überschlugen sich. Skye würde keine Weben mehr aufnehmen müssen. Und Bastian …

Ich schluckte, denn irgendwo tief in meinem Herzen geriet etwas in Bewegung. Der Gedanke an ein Uns. Ich wusste, ich hatte mir ein Uns mit Bastian gewünscht. Hatte mich danach gesehnt. Ein Uns war unmöglich, wegen des Wütens in ihm, wegen seinem Hunger auf meine Weben. Und auch wenn ich dieses Sehnen nach einem Uns nun nicht mehr fühlte, wollte ich es trotzdem noch nicht aufgeben.

»Wir haben lange genug zugelassen, dass diese Ringe und diese Leute unser Leben zerstören, Abby«, sagte Dad und deutete auf meine Hand mit dem Schnitzmesser. »Wir müssen das beenden, indem wir eine neue Fassung für das Vitalinaurum schmieden.«

»Du willst, dass ich dir mein Messer gebe?«, hakte ich leicht verunsichert nach und unwillkürlich schloss sich meine Faust fester um den Griff.

»Ich will es dir nicht wegnehmen, Abby. Aber ich muss es in Form bringen, damit es das Vitalinaurum bannen kann. Es muss die Kraft der Ringe kontrollieren, bevor wir sie ein für alle Mal zerstören werden.«

Ich zögerte. Es fühlte sich falsch an, mich von etwas zu trennen, das mir so lange Halt gegeben hatte. »Wie lange wird es dauern, diese Fassung zu schmieden?«, fragte ich, denn Bastian lief ohne seinen Ring die Zeit davon. »Wie lange wird es dauern, bis das Wüten in den Ringhütern nachlässt?«

»Warum ist das wichtig? Es wird nachlassen. Und dann wird nie wieder jemand in den Gefühlen eines anderen Menschen herumpfuschen.«

»Wie lange wird es dauern, Dad?«, drängte ich auf eine Antwort, denn ich wusste, Skye blieben nur wenige Tage, bis sie ihren Herzring zurück brauchte. Und Bastian nur wenige Tage mehr, bis auch in ihm das Wüten zur Gefahr würde.

»Ich weiß es nicht, Abby. Woher soll ich das wissen? Nie zuvor hat jemand versucht, das Vitalinaurum wieder zu vereinen und seine Macht zu bannen.«

Er hatte natürlich recht und ich seufzte frustriert. Ohne dieses Wissen war das Risiko zu groß.

»Warum zögerst du?«, fragte er und legte den Kopf schief, als er mich besorgt ansah.

Ich kniff die Lippen zusammen und senkte den Blick. »Ich zögere ja nicht«, erklärte ich unsicher. »Ich sehe das wie du. Niemand sollte diese Macht besitzen. Ich ... habe am eigenen Leib erfahren, wie es sich anfühlt, wenn ... dir jemand die Seele nimmt.« Ich blinzelte, denn wieder brannten mir Tränen hinter den Lidern. »Ich weiß, wie es ist, wenn dein Herz manipuliert wird.« Ich schluckte hart und dachte an Tristan. Mein Herz wollte mehr von ihm, doch mein Kopf sagte etwas anderes. In meinem Inneren kämpften verschiedene Kräfte gegeneinander an und nichts fühlte sich mehr heil oder richtig an. Ich wusste, Dad hatte recht und wir mussten die Ringe zerstören. Doch was würde dann aus Bastian? Und Tristan? Würde es wirklich die Rettung für Skye bedeuten?

»Dann weißt du, wie gefährlich diese Ringe sind«, stimmte Dad mir zu. »Dann weißt du, dass du nur auf das vertrauen kannst, was schon immer da war, meine Kleine. Auf uns. Auf unsere Familie. Nur das ist echt. Und du weißt, was wir tun müssen.«

Ich nickte kaum merklich. »Sie haben Florence die Erinnerungen genommen«, gestand ich und fühlte mich furchtbar dabei, weil ich es nicht verhindert hatte. »Sie ... wollen auch meine Erinnerungen zerstören.« Noch immer hallten mir Bastians Worte durch den Kopf: *Tu, was du für richtig hältst.* Ich konnte nicht glauben, dass er das wirklich gesagt hatte. Ich konnte nicht glauben, dass er alles, was je zwischen uns gewesen war, einfach von Owen ausradieren lassen würde.

Dad griff nach meinen Händen und drückte sie fest. »Weil sie nicht wollen, dass wir dem ein Ende setzen. Uns bleibt nicht viel Zeit. Wenn sie erst deine und meine Erinnerungen gelöscht haben, dann gibt es niemanden mehr, der das Unrecht, das hier geschieht, aufhalten kann.«

Ich schwieg. Meine Gedanken überschlugen sich. Ich konnte doch nicht riskieren, Bastian oder Skye in Gefahr zu bringen. Ich konnte doch nicht zulassen, dass …

Dad bog meine Finger um den Messergriff auseinander und nahm mir mein Schnitzmesser aus der Hand. »Es ist das einzig Richtige«, versicherte er mir und sah mir in die Augen. »Wir müssen es tun.«

Ich schluckte, als er das Messer an sich nahm. Es fühlte sich an, als würde mir ein wichtiger Teil von mir selbst genommen und ich wollte protestieren. Ich konnte kaum einen klaren Gedanken fassen. Dennoch stimmte ich ihm zu. Was die Ringhüter taten, war verkehrt. Doch sie hatten ausdrücklich davor gewarnt, das Vitalinaurum wieder zu vereinen, denn dann besäße es die Macht, das Tor des Lichts zu öffnen. Nur deshalb trugen sie ja seit Generationen die Ringe und hüteten sie. Ich wusste nicht mehr, was richtig und was falsch war.

»Ich weiß nicht, was ich glauben soll«, gestand ich und sah zu, wie Dad mein Messer in einer dunklen Ledertasche verstaute.

»Das ist verständlich, Abby, meine kleine Künstlerin.« Er lächelte mich liebevoll an. »Du wurdest hier in etwas hineingezogen, das vollkommen unwirklich ist. Du bist zu unschuldig, um zu verstehen, wie gefährlich die Welt ist. Und wie berechnend Menschen sein können. Du kannst niemandem vertrauen. Niemandem, verstehst du?«

Ich schluckte. Zu dem Schluss war ich schon selbst gekommen. Trotzdem verursachte mir die Dringlichkeit seiner Worte eine

Gänsehaut und ich riss mich widerstrebend vom Anblick der Tasche los, in der mein Messer verschwunden war.

»Und … wie geht es jetzt weiter?«, fragte ich und schlang die Arme um meinen Oberkörper.

»Ich schmiede aus deinem Messer eine Fassung.« Er rieb sich das Kinn.

»Wie lange wird das dauern?«, fragte ich, denn ich hörte im Geiste noch immer die Sekunden verstreichen, die Skye und Bastian blieben.

»Ich breche gleich nach Wymouth auf. Ich weiß nicht, ob du dich daran erinnerst, aber ich war einmal mit dir dort. Ich habe eine Schmiede in Wymouth.«

»Ich weiß.« Ich sah die grüne Halle vor mir. »Ich war dort. Cross war dort.« Ich schluckte und verdrängte die Bilder des Kampfes, der sich dort zugetragen hatte. »Alle wissen von der Schmiede. Du bist dort nicht sicher«, warnte ich ihn und versuchte meine eigene aufkommende Angst zu unterdrücken. »Du solltest nicht dorthin zurückkehren, Dad.«

»Ich wusste, ich kann mich auf dich verlassen, Abby. Es ist gut, dass du mich warnst. Ich werde einen anderen Ort finden, an dem ich die Fassung schmieden kann. Überlass das mir.«

»Wir müssen unbedingt verhindern, dass Cross oder diese Leute den Seelenring wieder in ihren Besitz bringen, Dad. Bastians Leben hängt davon ab.«

»Bastian?«

»Der Ringhüter des Seelenrings. Er …« Mir stieg das Blut in die Wangen. »Er ist ein Freund.« Ich dachte an unsere Küsse, an die Zärtlichkeiten, die wir geteilt hatten und ich fühlte ein leises Sehnen in meinem Herzen. »Ihm darf nichts passieren, Dad. Ohne seinen Ring könnte das Wüten ihn umbringen. Und ihm läuft die Zeit davon. Genau wie Skye. Der Hüterin des Herzrings. Sie … trägt den Ring nicht, denn sie ist … sie kann das Wüten nicht beherrschen. Sie schwebt in ständiger Gefahr, Dad.«

Jack nickte. »Dann wird es sie retten, den Herzring einzuschmelzen, Abby. Es wird ihr helfen. Uns allen wird es helfen.« Er sah mich an. »Weißt du, wo der Herzring ist?«

»Ja.«

Seine Augen wurden groß. »Wir brauchen jeden einzelnen Ring, um diesen Wahnsinn zu beenden. Das ist dir klar, oder?«

Ich nickte. Es war mir klar.

»Kannst du den Herzring besorgen, Abby? Kannst du ihn hierherbringen, damit wir die Macht dieses Rings in die Fassung bannen können?«

Ich biss mir auf die Lippe und dachte an Tristan. Konnte ich ihm den Herzring abnehmen? Hatte er ihn überhaupt noch? Hatte er ihn inzwischen vielleicht Bastian zurückgegeben? Oder Skye? Oder einer der Caerhay-Schwestern?

»Vielleicht«, murmelte ich und ging in der Küche auf und ab. Ich war nicht in der Lage, so etwas jetzt zu entscheiden. Ich war zu verwirrt. Zu erschöpft. »Ich bin müde, Dad. Ich muss eine Nacht darüber schlafen. Ich habe seit Tagen nicht geschlafen. Ich kann keinen klaren Gedanken fassen.« Ich ging aus der Küche, den dunklen Gang entlang bis ins Wohnzimmer. Auf dem mit Tüchern abgedeckten Sofa hatte ich schon einmal eine Nacht verbracht. Damals war Bastian bei mir gewesen.

Ich setzte mich und schloss für einen Moment die Augen, als würde ihn das zu mir zurückbringen. Doch es waren nicht seine Schritte, die auf den Dielen knarzten.

Dad folgte mir, blieb aber in der Tür stehen. »Du hast recht. Ruh dich etwas aus. Und morgen kehrst du nach Darkenhall zurück und besorgst uns den nächsten Ring. Dann beenden wir diesen Wahnsinn. Du und ich. Vater und Tochter.«

Vater und Tochter. Wie das klang. Es zauberte mir ein Lächeln aufs Gesicht und ich nickte schwach. »So machen wir es, Dad«, versprach ich und zog die Füße aufs Sofa. Mein Vater blieb stehen, bis ich mich ausgestreckt hatte.

»Ich habe dich vermisst, Abby«, flüsterte er. »Unendlich vermisst.« Dann drehte er sich um und kehrte in die Küche zurück, während ich den Schmerz willkommen hieß, der meine Seele bei diesen Worten flutete.

Wenn er mich so vermisst hatte, warum war er dann gegangen? Warum? Ich schlug mir die Hände vors Gesicht und schluchzte. Mein Herz war ein Verräter, denn es sehnte sich so bitterlich nach Liebe, dass ich mir schwach und hilflos vorkam. Ich musste aufhören, auf mein Herz zu hören. Aufhören einer Kindheit hinterherzutrauern, die vorbei war. Ich hatte jetzt die Chance, meine Zukunft zu gestalten. Und das würde ich tun. Aber allein der Gedanke daran, morgen nach Darkenhall zurückzukehren, beschleunigte meinen Puls. Ich hatte Angst vor Skye. Angst vor meinen Gefühlen. Angst vor der Sehnsucht nach Tristan Tremblays Liebe, denn tief in mir wusste ich, dass diese Liebe nicht das war, was sie zu sein schien. Dunklere Augen als die von Tristan, verfolgten mich in meine Träume, als ich erschöpft in einen unruhigen Schlaf glitt.

Das Versprechen

Bastian Tremblay stand am Kopf der gläsernen Treppe und blickte über die Partygäste, die im Takt der Musik tanzend die Eingangshalle sowie die Dachterrasse füllten. Es war Freitag. Und wie jeden Freitag stieg im Hause Tremblay eine von Tristans legendären Partys. Bastian schnaubte. Er ging nicht davon aus, dass Tristan Einladungen verteilt hatte, aber es war schon so zur Gewohnheit geworden, dass hier das Wochenende rauschend eingeleitet wurde, dass die Leute auch ohne Einladung herkamen.

»Reg dich nicht auf. Business as usual ist nicht verkehrt, wenn man keine Aufmerksamkeit erregen will«, versuchte Owen ihn zu beruhigen.

»Eine Party kann wohl kaum Aufmerksamkeit verhindern«, widersprach Bastian mürrisch.

»Es hätte mehr Fragen aufgeworfen, die Party abzusagen, als diese Kids hier einfach abfeiern zu lassen«, meinte Owen und deutete durch die weit geöffneten Terrassentüren zum Pool. »Die fragen nicht mal, was mit der Treppe passiert ist und wundern sich auch nicht, dass ihr Gastgeber nicht da ist. Hauptsache, der Alkohol fließt.«

Bastian biss die Zähne zusammen. »Was denkst du, wo Tristan steckt?«

Owen zuckte mit den Schultern und warf einen nachdenklichen Blick in Richtung von Tristans Zimmer. »Ich will ihm raten, sich schnellstens hier blicken zu lassen. Skye verliert ohne ihren Ring noch den Verstand!«

Dem konnte Bastian nur zustimmen und er wandte sich mit einem letzten Schnauben von der Party im Geschoss unter sich ab. »Sie braucht ein paar Weben, um klarzukommen.

Owen nickte. »Dann besorg ihr welche«, stimmte er kühl zu und kehrte in Bastians Zimmer zurück, wo Skye die beiden schon unruhig erwartete.

»Wo wart ihr denn? Ich … höre Musik.« Sie strich sich ihr elfenhaftes Haar auf den Rücken und drehte sich einmal tänzerisch um die eigene Achse. Sie trug ein dunkelviolettes, bodenlanges Kleid mit langen Ärmeln. Es wäre dezent gewesen, wenn es nicht eng wie eine zweite Haut ihre schlanke Figur umschmeicheln würde. »Sind diese Menschen auf der Suche nach Liebe?«, fragte sie und ihre Augen huschten unruhig hin und her. »Vic sagt, ich darf nicht mit Liebe spielen. Aber ich habe so lange keine Liebe mehr gekostet.« Sie rannte auf Bastian zu und schmiegte sich wie ein Kätzchen an ihn. »Vic sagt: keine Küsse. Keine Liebe. Keine Schatten.« Sie lachte. »Aber Vic ist nicht hier, Bastian. Sie ist nicht hier. Und das ist eine Party!«

Ihr zarter Körper glühte von innen heraus und Bastian legte behutsam die Arme um sie. Sein Blick suchte Owens, der aber nur vorwurfsvoll den Kopf schüttelte. Er gab ihm die Schuld an allem, das war klar.

»Warum geht ihr beiden dann nicht ein wenig auf die Party?«, schlug Owen unschuldig vor und neigte den Kopf in Richtung Tür. »Skye könnte ihren Hunger etwas stillen, damit sie die nächsten Stunden übersteht, bis ihre Schwestern hier sind oder wir wissen, wo Tristan steckt.«

»Oh ja!«, rief Skye und ihre Unruhe schien zuzunehmen, denn

sie rieb sich hektisch übers Gesicht. »Wir waren so lange nicht mehr auf einer Party, Bastian. Wir haben so lange nicht mehr getanzt.« Sie griff nach seinen Händen und ließ ihr Becken kreisen. »Vic ist nicht hier. Sie muss erst noch die Date-Night abhalten, ehe sie mir wieder jeden Spaß verdirbt«, lachte sie euphorisch. »Wir können jetzt alles haben, was sie mir nie erlaubt.« Sie stellte sich auf Zehenspitzen und hauchte ihm einen schnellen Kuss auf die Lippen. Ihre Augen leuchteten purpurn und das Wüten zeigte sich auf ihrer Haut. »Wir können alles tun!«

Bastian zog Skye dichter an sich. »Beruhige dich, Skye. Beruhige dich. Du wirst bekommen, was du brauchst, aber du musst dich etwas beruhigen, okay?«

Skye nickte stürmisch. »Beruhigen«, wiederholte sie. »Wir beruhigen uns. Dann holen wir uns Liebe!«

»Ich hoffe, das geht gut!«, hörte Bastian Owen murren, als Skye ihn entschlossen aus dem Zimmer zog.

An der Treppe blieb sie stehen und betrachtete die kaputten Stufen. Dann lächelte sie aufgeregt und drückte Bastians Hand. »Ich habe die Schatten so vermisst«, sagte sie. »So wie dich.« Dann streckte sie die Hand nach dem Schatten des Treppengeländers aus, denn es war klar, ohne einen Schattensprung konnten sie nicht nach unten gelangen.

Bastian spürte ihre Ziellosigkeit im Nichts. Es zog sie unbeirrt tiefer hinein und sie folgte dem Locken der Dunkelheit, ohne nachzudenken.

Skye verirrt sich in den Schatten, hörte er Raynes Stimme in seinen Erinnerungen und er packte ihre Hand fester. Entschlossen führte er sie aus der Kälte zurück ins Licht und Skye taumelte orientierungslos gegen ihn. Sie schlang ihm die Arme um den Hals und hielt sich an ihm fest. Ihr Lachen war euphorisch, beinahe wahnsinnig.

»Was für eine Party!«, rief sie und zog Bastian mit sich durch die Menge. »Purpur. So viel Purpur. Ich will das alles!«

Sie ließ Bastians Hand los, warf ihr Haar zurück und drängte sich dicht an einen der gut aussehenden Partygäste. »Hi«, hörte er sie betörend säuseln und sah zu, wie sie kühn ihre Hand an den Oberarm des Jungen legte. Der schien überrascht. Überrascht, aber nicht abgeneigt. Ein breites Lächeln erschien auf seinem Gesicht und Skye benetzte lasziv ihre Unterlippe, ehe sie sich dichter zu ihm beugte. So verdeckte sie den Blick auf ihre Hand an seinem Arm und nur Bastian konnte die lila Weben erkennen, die auf ihrem Hals erschienen.

»Sie verliert keine Zeit«, stöhnte Bastian und ging Skye hinterher. Ihr Auserkorener wankte leicht, was ganz klar ein Zeichen dafür war, dass Skye sich an seinen Weben bediente.

»Das ist genug!«, ging er dazwischen und zog Skye von dem Jungen weg. »Du musst dich beherrschen!«

Skye riss die Augen auf. »Beherrschen?«, rief sie laut, sodass sich die Umstehenden verwundert nach ihnen umdrehten.

Bastian schluckte einen Fluch hinunter und packte sie am Handgelenk. »Ja, genau. Du weißt, was passiert, wenn du zu viele Weben in dich aufnimmst, Skye. Du kannst dem nicht standhalten! Sie werden dich verletzen!«, beschwor er sie und hielt sie unnachgiebig fest, auch, als sie sich seinem Griff entwinden wollte. Sie atmete schwer und immer mehr Weben erschienen auf ihrer Haut.

»Du verstehst das nicht, Bastian«, flehte sie und klammerte sich an ihn. »Ich ... will mehr. Ich *brauche* mehr!«

»Du kannst nicht mehr haben, Skye! Nicht ohne deinen Ring!«

Skye nickte. Ihre blonden Haare fielen ihr dabei wild in die Stirn.

»Ich weiß, wer meinen Ring gestohlen hat!«, raunte sie leise, als wäre es ein Geheimnis. Dann sah sie Bastian in die Augen. »*Du* hast meinen Ring gestohlen«, behauptete sie überzeugt. »Du. Weil du dieses Mädchen liebst.«

Bastian erstarrte. »Skye, das ist doch Unsi–«

Sie rammte ihm mit überraschender Kraft ihren Ellbogen in den Magen und nutzte den Moment, als Bastian die Luft wegblieb, um sich loszureißen. »Du hast mich geliebt – und jetzt liebst du sie!«, brüllte Skye und alle Umstehenden starrten sie an.

Bastian kniff die Lippen zusammen. »Sei still!«, fuhr er sie leise an und packte wieder ihren Arm. Er zog sie durch die Menge hinaus zum Pool. Der Himmel Londons war sternenübersät und die Nachtluft würde Skye hoffentlich etwas beruhigen. »Du weißt nicht, was du da sagst, Skye!« Er dirigierte sie an den Rand der Dachterrasse, raus aus der Menge der Feiernden. Dort strich er ihr die Haare aus dem Gesicht und umfasste ihr Kinn, damit er ihr in die Augen sehen konnte. Er wollte ihr versichern, dass alles gut werden würde, doch der Blick in ihre leeren Augen ließ ihn erkennen, dass ihr die Zeit davonlief.

»Ich sterbe ohne meinen Ring«, sagte sie ruhig, beinahe, als spräche sie über das Wetter. »Es wird wehtun. Es hat schon einmal sehr wehgetan, weißt du?«

Bastian fehlten die Worte. Er strich ihr übers Haar. »Das wird nicht passieren«, versprach er. »Ich schwöre, dass das nicht passieren wird.«

Skye senkte den Blick. »Du weißt, dass du das nicht verhindern kannst. Denn wenn du dich entscheiden musst, dann … wirst du dich für das Mädchen mit den lila Haaren entscheiden. Das sehe ich.«

»Ich werde mich nicht entscheiden müssen. Und du wirst nicht sterben!«

»Das kannst du nicht wissen« Skye lächelte traurig. »Versprich mir, dass du mich rettest, wenn es so weit kommt«, flehte sie und drängte ihre Stirn an seine. »Versprich mir, Bastian, dass nicht noch einmal das Wüten aus mir herausbrechen wird.« Ihr Atem vermischte sich mit seinem und es war, als würde ihre Not und ihre Furcht ihn einhüllen. »Es hat mich zerrissen, gesprengt und zerstört. Bitte, Bastian. Versprich es mir. Wenn du mich je wirklich geliebt hast, dann lass nicht zu, dass mir das noch einmal passiert. Diesen Schmerz – hat niemand verdient.«

Ihre Tränen benetzten seine Wange und ihre Lippen berührten seine, als er nickte. »Ich verspreche es.«

Zurück an den gläsernen Abgrund

Ich hatte keine Ahnung, wie lange ich geschlafen hatte. Aber als ich mit steifen Knochen auf dem Sofa aufwachte, war ich allein. Das spürte ich sofort.

»Dad?«, rief ich trotzdem und setzte mich stöhnend auf. Gott, diese Couch war nicht dazu gemacht, ein Bett zu ersetzen. »Dad? Bist du da?« Ich rieb mir die Augen und schlurfte in die Küche. Das Licht, das durch die Fenster fiel, erinnerte an spätes Nachmittagslicht, aber das konnte doch gar nicht sein, oder? Erschrocken griff ich an meine Hosentasche, wo ich mein Handy erwartete, aber das war ja in der Tasche einer Fremden verschwunden. »Fuck!«, stöhnte ich. Als ich mich umsah, fiel mir eine handgeschriebene Notiz auf dem Küchentisch ins Auge. »Er ist weg«, fasste ich seine knappe Erklärung zusammen. Er schrieb, dass er gegangen sei, um eine Fassung für das Vitalinaurum zu schmieden. Doch wo er war oder wie ich ihn erreichen konnte, stand da nicht. »Verdammt!«

Ich zerknüllte den Zettel und fuhr mir durch die vom Schlaf zerzausten Haare. Unruhe kam in mir auf, als mir klar wurde, dass mein Dad damit einen Startschuss abgefeuert hatte. Die Zeit lief. Er war weg. Mit meinem Messer, mit Bastians Seelenring. Und er wollte den Ring zerstören, seine Macht bannen und Bastian damit seine Kräfte nehmen.

»Verdammt«, entfuhr es mir wieder und ich rieb mir über die Gänsehaut, die meine Arme überzog. Ich konnte mir beim besten Willen nicht vorstellen, dass Bastian – dieses dunkle, mystische Wesen mit den schwarzen Weben auf der Haut – schon bald nur noch ein einfacher Schüler sein sollte. Ich konnte mir nicht vorstellen, dass er mich berühren konnte, ganz ohne diesen Hunger nach meinen Weben.

Wieder drängte dieses eine Wort durch meine Gedanken: uns. Vielleicht gäbe es ein Uns – wenn Jacks Plan funktionieren würde. Ich legte die Hände auf mein Herz. Ich wusste, ich hatte mir ein Uns gewünscht. Doch jetzt, in diesem Moment, brauchte ich es nicht. Ich sehnte mich nicht danach. Und ich wusste genau, was das bedeutete. Ich hätte am liebsten geweint um den Verlust, den ich gar nicht empfand. Um das, was Tristan mir genommen hatte, aber sobald ich an den charismatischen Blondschopf dachte, da sehnte ich mich nach ihm.

»Mein Herz ist ein manipulierter Verräter«, schimpfte ich, ehe ich die Stufen hinauf in unser altes Badezimmer ging. Ich durchwühlte die Schränke, bis ich eine ungeöffnete Tube Zahnpasta fand und eine noch verpackte Kinderzahnbürste. Selbst ohne Wasser tat es gut, mich frisch zu machen und ich ging sogar so weit, mir aus Moms Kleiderschrank ein einfaches schwarzes Shirt zu nehmen. Als ich beim letzten Bürstenstrich in den angestaubten Spiegel sah, atmete ich tief durch. Der Countdown der Ringhüter war angezählt. Ihr Schicksal lag nun in den Händen meines Vaters. Und in meinen Händen. Und obwohl ich Angst empfand, wenn ich daran dachte, was für Folgen das haben würde, kam es mir richtig vor.

»Niemand wird je wieder jemandes Seele stehlen«, sagte ich zu meinem Spiegelbild. Und es fühlte sich gut an. »Niemand wird je wieder ein Herz manipulieren«, flüsterte ich tonlos und lauschte dabei auf das verräterische Schlagen meines Herzens. Ich ballte die Fäuste und griff nach dem alten Kajalstift, der auf der Ablage unter dem Spiegel lag. Die Mine bröselte am Anfang, doch dann konnte ich eine dunkle Umrandung um meine Augen zeichnen und als ich fertig war, fühlte ich mich stärker. So war es immer gewesen. Ich hatte mich hinter der dunklen Schminke versteckt – aus Angst und Verzweiflung. Jetzt war sie meine Rüstung. Mein Zeichen, dass ich bereit war zu kämpfen. Ich dachte an Owen und Tristan, an Bastian und Skye. An all den Schmerz, der mir genommen worden war und die Erinnerungen, die darunter zum Vorschein gekommen waren. Ich dachte an meine Zuneigung zu Bastian und wie schwach sich dieses Gefühl nun in mir versteckte. Ich dachte an Tristan und seine flirty Art, die mir immer gefallen hatte. Ich dachte daran, dass ich mich ihm anvertraut hatte, ihm meine Seele geschenkt hatte. Und daran, dass mein gestohlenes Herz nun für diesen Dieb schlug – ob ich wollte oder nicht. Ich hatte das Gefühl, nicht mehr Herr über mein Leben zu sein. Doch auch dieses Gefühl war angezählt. Das alles würde bald enden. Dad würde es beenden. Und ich würde ihm helfen. Ich hatte nichts mehr zu verlieren.

»OMG! Abby!?«

Ich betrat gerade das Schulgelände von Darkenhall, als mich eine vertraute Stimme rief. Ich konnte nicht verhindern, dass ich mich freute.

»Jasmin!« Sie kam mit Esme auf mich zu.

»Da bist du ja wieder«, freute sie sich und musterte mich. »Geht es dir besser? Margaret-Maud hat gesagt, du wärst krank gewesen.«

»Krank?« Ich stockte.

»Da ging wohl ordentlich was rum. Bastian und Tristan hat es ja auch erwischt. Keiner von denen war in den letzten Tagen in der Schule«, stimmte Esme zu.

»Ja, genau …«, stotterte ich unsicher. An Schule und Unterricht hatte ich überhaupt nicht mehr gedacht. Das schien mir wie aus einem anderen Leben. Dabei wusste ich doch genau, dass gerade für die Tremblays die vorgegaukelte Normalität sehr wichtig war. Niemand hier würde mitbekommen, was sich in Wahrheit hinter den Mauern der tremblayschen Villa abspielte. Dafür würde im schlimmsten Fall Owen Kingsley sorgen.

»Pünktlich zur Party wieder gesund!«, riss mich Jasmin aus meinen Gedanken und hakte sich freundschaftlich bei mir ein.

»Party?« Ich verstand nicht, doch als ich mich umsah, fielen mir die Lichter auf der Dachterrasse der Tremblays auf. Und die parkenden Autos. Und die Musik, die durch den Park bis zu uns schallte.

»Es ist Freitag«, erinnerte mich Esme, als würde das alles erklären. »Tristan gibt doch jeden Freitag eine Party.«

Jasmin nickte grinsend. »Letzte Woche hat er keine Einladungen verteilt – also gehen einfach alle hin. Sogar Gwynned«, sagte sie und hielt sich kichernd die Hand vor den Mund. »Genial, oder?«

»Genial«, stimmte ich etwas überrumpelt zu. Mit einer Party hatte ich ehrlich gesagt nicht gerechnet.

»Wir wollten gerade rübergehen«, klärte mich Esme auf und strich sich ihren Longbob glatt. »Wir wollten nicht die Ersten sein, aber auch nicht die Letzten. Kommst du mit?«

»Ich –«

»Natürlich kommt sie mit. Sie ist Tristans Freundin. Sie kann doch nicht zulassen, dass sich jemand während der Party an ihn ranmacht.«

»Ja, also, was das angeht …«

Esme zog mich mit sich in Richtung der Villa. »Genau, was das angeht, musst du uns jedes Detail genau erzählen.« Sie lachte ungläubig. »Gott, dass sich eine von uns einen Tremblay schnappt, das hätte ich nie gedacht!«

Jasmin hatte vor Aufregung rote Flecken im Gesicht, als sie uns die Tür zur Villa aufhielt. »Ich glaube ja, dass Tristan Tremblay irgendeinen Trick hat, um Mädchenherzen zu erobern«, raunte sie verschwörerisch und zwinkerte mir zu.

»Wenn du wüsstest«, murmelte ich und trat ein. Die Musik hüllte uns ein und wie von selbst beschleunigte sich mein Puls. Ich war schon einmal auf einer Party der Tremblays gewesen. Damals hatte das ganze Chaos erst angefangen. Damals war ich hergekommen, um einem der Tremblays einen Ring zu stehlen.

Und heute war ich hier, um das erneut zu tun. Ich folgte meinen Freundinnen durch die Menge, aber ich war irgendwie nicht in der Lage, all den Gesichtern meiner Mitschüler Namen zuzuordnen. Ich hatte kaum Augen für das wilde Treiben. Ich konnte nur auf die Treppe starren. Auf die gläsernen Stufen mit dem riesigen Loch in der Mitte. Ich schluckte. Meine Haut kribbelte, so als würden noch immer die Scherben darin stecken. Meine Brust schmerzte, als spürte ich noch immer den Aufprall.

Wie von selbst zog es mich in Richtung der oberen Etage. Ich stieg die erste Stufe hinauf, setzte meinen Fuß auf das durchsichtige Glas und hielt den Atem an. Fahles Zwielicht malte Schatten auf die Treppe und meine Finger zitterten am stählernen Handlauf. Ich wusste, wohin es mich zog. Zu *wem* es mich zog. Bastian.

Ich musste ihn sehen. Musste ihm sagen, was mein Vater mir gesagt hatte. Ich wollte, dass er verstand, dass die Ringe zu zerstören die einzige Möglichkeit war, um …

Ich zögerte. Mein Fuß verharrte in der Luft, der Abgrund unter mir tat sich auf und ich klammerte mich an den Handlauf. Ich hatte Angst. Nicht davor weiterzugehen, sondern davor, was Bastian sagen würde. Würde er verstehen, was Dad vorhatte? Was würde er tun? Wäre er bereit, für ein normales Leben den Ring und die Macht aufzugeben? Und was würde er denken, wenn ich ihm sagen würde, dass ich und Dad ihm diese Entscheidung abgenommen hatten? Dass Dad vielleicht in diesem Moment die Fassung aus dem Metall meines Schnitzmessers schmiedete? Dass er vielleicht längst damit fertig war und nun den Seelenring einschmolz? Was, wenn er auch damit schon fertig war? Was würde das für Bastian bedeuten? Wäre damit ein Schalter in ihm umgelegt? Knipste man damit einfach die Macht und Kraft aus, die der Ring ihm zuvor verliehen hatte?

Ich schluckte und hob den Kopf. Ich blickte die Treppe hinauf. Dort oben war ich Bastian zum ersten Mal in die Arme gelaufen. Dort hatte ich mich in das dunkelste Blau der Welt verliebt. Mein Herzschlag beschleunigte sich und ich wünschte, die Zeit ließe sich zurückdrehen. Ich stieg eine weitere gläserne Stufe hinauf.

Es war, als würde ich Schritt für Schritt über einen Abgrund steigen. Ich verbot mir, nach unten zu sehen. Meine Knie waren weich wie Butter. Ich konnte nicht weitergehen, denn die nächsten drei Stufen waren fort. Nur am Rand unter dem Handlauf hingen noch einige milchig trübe Scherben aus geborstenem Sicherheitsglas. Es gab keinen Weg hinauf.

Fast, als wäre dies ein Zeichen.

Es gab keinen Weg zurück. Keine Möglichkeit, noch mal auf Anfang zu gehen.

Genauso wenig wie ich die Gefühle zurückbringen konnte, die mir genommen worden waren.

Ich hatte mich in dunkelblaue Augen verliebt. Hatte mich in Bastians dunkles Wesen verliebt, der meine Seele berührt hatte auf eine wirklich unglaubliche Weise. Ich hatte ihm vertraut, ihn geküsst, war ihm nahegekommen und hatte ihm mein Herz geöffnet. Und nun … blieb mir davon nur der Hauch einer Erinnerung.

Warum wurde mir im Leben immer alles genommen, was mich glücklich machte? Warum? Ich schloss die Augen, denn die Tiefe unter mir war mir mit einem Mal zu viel. Ich fühlte mich allein. Als hätte ich einen Fehler gemacht herzukommen. Bastian würde mich hassen, wenn ich ihm erklärte, was geschehen würde. Was geschehen *musste*! Er würde mich von sich stoßen und es würde noch mehr schmerzen, als durch diese Stufen zu brechen.

Ich musste hier raus. Schnell drehte ich mich um und mein nächster Schritt ging ins Leere. Ich prallte gegen etwas Hartes. Gegen etwas Großes.

»Na, hallo.« Eine Stimme, tief und dunkel, samtig und selbstbewusst, umfing mich, und starke Hände fingen mich auf.

»Huch!«

Scheiße, mein Herz! Fast wäre es stehen geblieben! Die Welt hatte aufgehört sich zu drehen und es kam mir vor wie ein Déjà-vu.

Ich starrte auf eine Brust. Eine breite Brust in einem schwarzen, vornehmen Hemd. Langsam legte ich den Kopf in den Nacken, um meinem Retter ins Gesicht sehen zu können.

»Ich …«, stammelte ich und verlor mich in den dunkelsten blauen Augen. Nachtschwarz und mit goldenen Sprenkeln übersät, wie ein Sternenhimmel. »Ich ...«

Verdammt, mein Hirn hatte einen Aussetzer. Schon wieder.

⌘

Bastian spürte ihre Anwesenheit. Er spürte sie, als würde sie nach ihm rufen. Mit einem knappen Blick auf Skye, die zwar satt an Weben, aber dennoch unruhig bei Owen saß, verließ er sein Zimmer. Die Musik war laut und der Takt schnell. Das Licht gedämpft und flackernd von Stroboskopen draußen im Garten. Es tauchte die Räume hier drinnen in ein farbwechselndes Regenbogenspektrum aus kurzen knappen Blitzen. Die gläsernen Stufen reflektierten die Strahlen in schwachem Rosa. Als wollten sie das schwache Onyx und das leuchtende Purpur betonen, das ihn hergeführt hatte.

Er trat in den Schatten wie ein Dieb, nur um sie einen Moment länger unbemerkt betrachten zu können. Sein Herz machte einen Satz. Einen harten, kräftigen Satz. Gefühle, die er so lange nicht empfunden hatte, schlugen auf ihn ein, sodass er sich kaum fragte, warum sie zurückgekehrt war. Es zählte nur, *dass* sie zurück war. Er nahm einen Schatten und ... sie fiel ihm im wahrsten Sinne des Wortes in die Arme.

»Vorsicht«, raunte er und zog sie an seine Brust.

Er spürte die Hitze ihrer Haut unter seinen Fingern, sah das durcheinandergeratene Netz ihrer Weben aus schuldbewusstem Onyx und scheuem Purpur. Zum ersten Mal, seit er sie kannte, dominierte aber eine andere Farbe. Sie war umhüllt von azurblauen Erinnerungsweben, ganz so, als hätte er sie aus ihren Erinnerungen gerissen. Er fragte sich, woran sie gedacht hatte. An ihn? So, wie er seit Tagen an nichts anderes denken konnte? Es verging nicht eine

Minute, in der er sich nicht fragte, ob Tristan wirklich zerstört hatte, was er in Abbys Herz geweckt hatte.

Er hätte einfach die Hände von ihr nehmen können. Sie einfach freigeben können, denn sie hatte sich längst wieder gefangen. Sie würde nicht stürzen. Es gab also keinen Grund, sie noch länger zu halten. Keinen Grund, außer dem, dass er es wollte. So wie damals, als sie zum ersten Mal auf Tristans Party gekommen war. Und wie damals streifte ihr lila schimmerndes Haar seinen Oberarm und diese leichte Berührung reichte aus, seine Selbstbeherrschung ins Wanken zu bringen. Ihre Lippen waren vor Schreck leicht geöffnet und sie sah ihn aus großen, dunkel geschminkten Augen ängstlich an. Ihr Atem kam gepresst und glitt heiß über seinen Hals.

»Bastian«, keuchte sie und legte ihre Hände an seine Brust. Er wusste nicht, ob sie ihn damit wegschieben oder festhalten wollte. Er sah, wie sich das dunkle Geflecht ihrer Seelenweben verdichtete. Sie empfand Schuld. Oder Scham. Und beides war nicht, was er erhofft hatte.

»Die Party steigt unten«, zwang er sich, die ungewohnte Anspannung zwischen ihnen zu lösen.

Abbys Lippen hoben sich zu einem Lächeln. Immer mehr blaue Erinnerungsweben tanzten um sie herum und weckten dabei eine purpurne Webe, die sich nun in seine Richtung reckte.

⌘

Mein Herz machte einen Hopser. Es fühlte sich richtig an, Bastian Tremblays Arme um mich zu spüren. Es war toll, seine Stimme so nah an meinem Ohr zu hören und seinen Atem auf meiner Haut zu fühlen. Und dieses Déjà-vu – es kam mir vor, als wäre das Unmögliche möglich geworden und ich hätte doch die Zeit zurückgedreht.

»Wenn du so genau weißt, wo die Party stattfindet, was hast *du* dann hier oben verloren?«, parierte ich wie damals und hob die Hände an seine Brust. Ein vertrautes Gefühl erwachte und ich sah ihm in die Augen.

Das dunkelste Blau der Welt heftete sich auf mich, folgte jedem meiner Atemzüge.

»Weißt du denn nicht, wer ich bin?«, spielte er das Spiel mit und seine Lippen kamen meinen immer näher. Mein Herz fühlte sich an, als würde es in zwei Hälften gerissen und ich wusste nicht, was ich empfinden sollte. Ich wollte diesen Kuss. Wollte ihn mehr, als alles andere, aber etwas in mir warnte mich davor. Die Worte meines Vaters verfolgten mich. Ich konnte niemandem trauen – auch nicht meinem Herzen.

»Du bist ein Ringhüter ohne Ring. Und das ist meine Schuld. Du bist verloren. Und auch das ist meine Schuld.« Ich sah ihm tief in die Augen, wollte die Zärtlichkeit, die ich in den blauen Tiefen sah, für immer in mir festhalten, denn ich wusste, wenn er erfahren würde, warum ich hier war, würde er mich nie wieder so ansehen.

Kurz überkamen mich Zweifel. War es wirklich richtig, die Ringe zu zerstören? Würde Bastian das vielleicht sogar selbst wollen, wenn er die Wahl hätte?

Ich holte tief Luft, setzte an, ihm alles zu sagen, als ich über uns auf der Treppe eine Bewegung wahrnahm.

Das bärtige Gesicht von Owen Kingsley blickte wie versteinert auf mich herab. Neben ihm in einem atemberaubenden Kleid: Skye Caerhay. Sie standen am Kopf der Treppe wie König und Königin. Königliche, die sich ihrer Macht nur zu deutlich bewusst waren. Ihrer Macht, über das Leben, die Erinnerungen und Gefühle anderer zu herrschen, so wie es ihnen gefiel.

Ich schluckte. Schluckte meine Zweifel hinunter, denn genau das zeigte mir doch, wie wichtig es war, das Richtige zu tun. Auch wenn das Richtige sich erst mal falsch anfühlte.

Tu, was du für richtig hältst, hämmerten Bastians Worte in meinem Kopf, mit denen er Owen quasi erlaubt hatte, meine Erinnerungen zu löschen. *Tu, was du für richtig hältst,* hörte ich seine Worte in mir, wieder und wieder. Und vielleicht hatte er recht. Es war Zeit, das einzig Richtige zu tun.

»Ich wollte dich mehr als alles andere, Bastian«, versicherte ich ihm deshalb traurig und trat dann eine Stufe zurück. »Aber ich bin nicht wegen dir zurückgekommen. Ich bin nur wegen Tristan hier.«

Der Sinn einer Party

Tristan lehnte sich an das kalte Metall, das die gläserne Einfassung der Spitze des Shard-Gebäudes an Ort und Stelle hielt. Mit geschlossenen Augen stand er zwischen den drei Glasspitzen, die wie Messerschneiden über den eigentlichen Bau hinausragten. Er atmete die kühle Nachtluft tief ein und der Wind fuhr ihm durch sein blondes Haar. Er war so hoch, dass er nicht fürchten musste, gesehen zu werden. Purpurne Schlieren überzogen seinen Körper und auch wenn es Abbys Weben in ihm nicht gelungen war, ihn zu töten, so war er doch nicht ohne Blessuren davongekommen. Er hob sein Hemd an und betrachtete die Narbe auf seiner Brust. Sie sah beinahe aus wie Bastians Narbe.

Er fuhr den gezackten Wundrand mit der Fingerspitze nach und atmete vor Schmerz zischend ein. Es brannte. Aber er lebte. Der Ring an seiner Brust hatte ihm erneut das Leben gerettet. Er war leichtsinnig gewesen, als er sich Abbys Herzweben genähert hatte. Er hatte sein Leben riskiert – wofür?

Er fuhr sich durchs Haar und blickte über die Dächer der Stadt, über den Fluss hinweg in Richtung Darkenhall.

Zum ersten Mal in seinem Leben glaubte er wirklich zu verstehen, wie groß die Last war, die Bastian stets zu tragen hatte. Seit Abby ihre Seelenweben im Hutladen auf ihn losgelassen hatte, war Schmerz sein ständiger Begleiter. Und wenn der Schmerz nachließ, weil er Weben in den Schatten loswurde, dann quälte ihn ein nie gekannter Hunger. Er griff unter sein Hemd und umfasste den Herzring. Ihn zu tragen war Fluch und Segen zugleich. Die Macht des Vitalinaurums veränderte seinen Träger. Das spürte er jetzt. Und er musste Bastian insgeheim dafür bewundern, nicht viel öfter die Kontrolle verloren zu haben, denn das Vitalinaurum versuchte mit aller Kraft, die Kontrolle über ihn zu erlangen.

Er atmete noch einmal tief durch. Hoffte, es möge seine Wunden von innen kühlen und das Fieber senken, das in ihm so machtvoll wütete. Das Fieber, das nichts anderes war als das Verlangen nach mehr Weben, dabei hatte er fast zwei Tage ausschließlich in den Schatten verbracht, um die Kraft von Abbys Weben abzubauen. Er hatte nicht erwartet, dass ihre Herzweben von solcher Kraft wären. Dass sie mit solcher Kraft seinen Bruder liebte. Unter all ihrem Schmerz hatte er immer geglaubt, sie wäre nicht in der Lage, Liebe zu empfinden. Ihre Herzweben hatten so frisch gewirkt. So neu und beinahe scheu. Doch als er sie in sich aufgenommen hatte, hatte er ihre ganze Kraft gespürt. Abigail Woods liebte mit erschreckender Kraft. Eine Kraft, die sein Herz beinahe zum Bersten gebracht hätte. Wieder strich er über die frische Wunde an seiner Brust. Er wusste, warum er nicht stark genug gewesen war, dem standzuhalten. Warum er verletzbar war. Seine eigenen Gefühle schwächten ihn. Er empfand Eifersucht. Eifersucht auf seinen eigenen Bruder!

Tristan schüttelte den Kopf über sich selbst und streckte die Hand nach dem Schatten aus, der ihn von der Spitze des Shards hinunterbringen würde.

Weil Bastian immer alles bekommt, dachte er und ballte seine Faust so fest um den Ring, dass er ihm ins Fleisch schnitt. Er war der Held der Familie, der Ringhüter. Bastian war derjenige, dem Abbys Liebe zugeflogen war, obwohl er ihr die Seele gestohlen hatte. Bastian hatte es ihm überlassen, Abby zu trösten. Er hatte regelrecht heraufbeschworen, dass Tristan Gefühle für Abby entwickelte. Echte Gefühle, die über einen flüchtigen Kuss hinausgingen.

Das Wüten in Tristan begehrte auf, sobald er an Abby dachte. Sobald er an die Gefühle dachte, die er für sie empfand, schwächte ihn das.

Tristan nahm mehrere Schatten hintereinander und hoffte, der Druck in seinem Innersten möge nachlassen. Ob er wollte oder nicht, er musste nach Hause. Der Ring an seiner Brust war stärker als er. Er hatte ihn gerettet, doch zugleich machte er ihn zu seinem Werkzeug. Er musste ihn loswerden. Nicht nur, weil Skye den Ring dringend brauchte, auch weil er fürchtete, dass die Macht des Metalls die Kluft zwischen ihm und seinem Bruder weiter vertiefen würde.

Ein Ringhüter lebte einsam. Nur dem Ring verpflichtet. So wie Owen und Skye. So wie Bastian, der nie irgendwelche Beziehungen zugelassen hatte. Doch für ihn war das neu. Er war nicht gemacht für Einsamkeit.

Tristan erreichte das Bootshaus von Darkenhall und das Schwappen des Wassers vermischte sich mit der Musik, die von der Dachterrasse herüberhallte. Er brauchte einen Drink. Dann würde er Bastian den Ring zurückgeben und Party machen, so wie er es immer getan hatte. Alles andere ging ihn nichts mehr an. Er wollte nichts mehr damit zu tun haben. Vielleicht brauchte er auch mehr als einen Drink.

⌘

»Ich wusste, dass du herkommst.« Tristan zuckte zusammen, als ich ihn ansprach. Ich lehnte in der Küche der Tremblays im Halbdunkel. Das Licht der Party aus dem Flur fiel in einer breiten zuckenden Bahn auf die Arbeitsfläche. Doch dort, wo ich stand, neben dem Klimaschrank für Weine, herrschte Dunkelheit. Mein Puls schnellte in die Höhe, als Tristans Blick mich traf. Das strahlende Blau seiner Augen war selbst im Zwielicht zu erkennen und sein markanter Kiefer zuckte, als er mich sah. Keinen Wimpernschlag später trat er direkt vor mir aus dem Schatten.

»Willkommen auf der Party«, raunte er und sein Atem strich über meine Wange. Er drängte sich an mich, als er sich nach dem Klimaschrank streckte und eine Flasche herausnahm. Der frische Duft seiner Haut hüllte mich ein und ich spürte die Kälte der Nachtluft, als käme er gerade von draußen. Er sah mir tief in die Augen. Dann nahm er den Korken zwischen die Zähne und zog ihn aus dem Flaschenhals. Er war mir so nah, dass ich seinen Herzschlag an meiner Brust fühlte, während er den Korken achtlos auf den Boden spuckte und die Flasche an seine Lippen führte. Er nahm einige Schlucke und stellte die Flasche dann hinter mir an die Spüle. Ich hielt den Atem an, als er mich dabei zärtlich berührte. Es war, als bildete sein Körper ein Gefängnis. Ein Gefängnis, das meine Sinne reizte und aus dem ich gar nicht ausbrechen *wollte*. Mein Herz öffnete sich, dabei war ich so wütend auf ihn.

»Du hast mein Herz manipuliert«, presste ich heraus, ohne meinen Blick von seinen Lippen zu nehmen. Sie waren mir so nah, dass ich beinahe glaubte, den Wein zu schmecken.

Tristan lachte leise. »Du weißt nicht, wie das ist, Abby. Du hast keine Geschwister. Keinen Bruder, der … immer in allem besser ist.« Er wickelte sich eine Strähne meines Haars um den Finger und zupfte leicht daran. »Der immer alles bekommt, was er will.«

Ich spürte Tristans Blick auf meinen Lippen. Spürte seine Blicke, als würde er mich streicheln. Mein Mund fühlte sich mit einem Mal ganz trocken an und mein Herz schlug rasend schnell.

»Ich bin keine Sache, die man sich einfach nehmen kann«, stellte ich klar und beugte mich leicht nach hinten, um ihm in die Augen sehen zu können. Purpurne Weben waberten darin. »Du hast mein Herz gestohlen, Tristan«, flüsterte ich atemlos und stemmte die Hände gegen seine Brust. Er zuckte zusammen.

»Diebe leben gefährlich«, sagte er und hob sein Shirt an. Er nahm meine Hand und legte sie auf die Wunde an seiner Brust. Sofort drängten sich rote Weben in den Vordergrund, überall dort, wo ich ihn berührte. Der Herzring baumelte gegen meinen Daumen, als Tristan sich noch weiter an mich drängte. »Aber es war es wert«, flüsterte er und umfasste mein Gesicht. Er streichelte meine Wange. »Es war den Schmerz wert, wenn mir nun wenigstens ein kleines Stück von deinem Herz gehört, Abby.« Er schüttelte den Kopf. »Weißt du denn nicht, was ... was ich für dich empfinde?«

Ich schluckte. Meine Kehle war so eng wie ein Strohhalm unter einem Traktorreifen. Ich hatte seine Gefühle gesehen, als er in mein Herz eingedrungen war. Ich wusste, dass er etwas für mich empfand. Doch das war keine Entschuldigung – auch wenn mein manipuliertes Herz das anders sah.

Ich fühlte mich wie zerrissen, denn ein Teil von mir wollte einfach akzeptieren, dass es jetzt für diesen verführerischen Mädchenschwarm schlug. Doch ein anderer Teil von mir wusste, dass das nicht echt war. Dass es da zwei Brüder gab, die mir beide nahegingen – und denen ich so wenig trauen konnte wie meinen eigenen Gefühlen.

»Abby?« Tristan sah mich an und ich las Bedauern in seinem Blick. Wie damals, bei Bastian, als er meine Seele genommen hatte.

Ich strich über die Wunde an seiner Brust und es war, als wären er und sein Bruder eins. Ich schloss die Augen und atmete tief durch. Selbst ihr Duft war ähnlich und mein Herz geriet völlig aus der Bahn. Sie teilten sich meine Liebe, mein Herz – doch was sie verloren hatten, war mein Vertrauen.

Ich wollte ihr Bedauern nicht länger. Ich wollte mein Leben, meine Seele, meine Gefühle zurück. Ich wollte die Kontrolle!

Wieder berührte ich den Herzring um Tristans Hals.

»Du musst mir glauben, Abby. Ich wollte das nicht. Ich wollte doch nur …«

Ihm glauben. Ihm vertrauen – hätte ich noch einem der Brüder vertraut, hätte ich vielleicht anders gehandelt. Vielleicht hätte ich ihnen dann gesagt, was mein Dad vorhatte. Doch ich traute ihnen nicht. Wir alle waren verwoben in Verrat und ohne mein Schnitzmesser hatte ich keine Kontrolle mehr. Die Dunkelheit kroch bis unter meine Haut und ich fühlte, wie mir der Schweiß ausbrach.

»Das ist vielleicht das Wüten in uns – wir nehmen uns, was wir brauchen«, hörte ich die Stimme meines Vaters in mir und meine Faust schloss sich unbemerkt um den Ring.

»Wir tun alle Dinge, die … wir später bedauern«, murmelte ich und kam auf die Zehenspitzen.

Tristans Mundwinkel zuckten und der verführerische Ausdruck, den er so gut beherrschte, kehrte auf sein Gesicht zurück. »Ist das nicht der Sinn einer Party – die ganze Nacht Dinge tun, die man am nächsten Tag bedauert?« Er umfasste meine Taille und seine Hände wanderten unter mein Shirt. Meine Haut kribbelte, doch das war egal. In diesem Moment zählte nichts, außer dem Dröhnen in meinem Kopf. Es trieb mich weiter. Der Ring in meiner Hand brannte und Adrenalin peitschte durch mein Blut.

»Du hast gesagt, der Sinn einer Party ist es, Dinge zu tun, an die man sich am nächsten Tag nicht mehr erinnert«, verbesserte ich ihn und straffte das Garn, an dem der Ring hing.

»Einen Tremblay vergisst man nicht«, versicherte er mir lachend und seine Lippen strichen zart über meine. »Soll ich es dir beweisen?«

Ich dachte an Owen und wünschte mir, ich könnte Tristan glauben. Ich wollte nicht vergessen. Kein weiteres Teil meines Wesens verlieren.

Ich habe darauf vertrauen wollen, dass das, was ich tat, das einzig Richtige war. In diesem Moment, als ich das Garn zerriss.

Habe auf mich vertraut, weil ich doch von allen anderen verraten worden war.

Dabei hätte ich wohl spüren müssen, dass ich längst die Kontrolle verloren hatte und die Dunkelheit in mir mehr suchte, als einen unschuldigen Kuss.

Ich hielt den Ring in meiner Hand, der so viel schwerer wog, als sein eigentliches Gewicht, und dachte, ich würde das Richtige tun – und hatte mich nie mehr in etwas getäuscht …

Bold, Emily:
Stolen
Verwoben in Verrat
ISBN 978 3 522 50660 1

Umschlaggestaltung: Johannes Wiebel, punchdesign
unter Verwendung von Bildern von shutterstock.com
Satz und Innentypografie: Kadja Gericke
Reproduktion: DIGIZWO GbR, Stuttgart
Druck und Bindung: CPI Books GmbH, Leck

Copyright © 2021 by Emily Bold
Copyright Deutsche Erstausgabe © 2021 Planet!
in der Thienemann-Esslinger Verlag GmbH, Stuttgart
Dieses Werk wurde vermittelt durch die
Michael Meller Literary Agency GmbH, München.
Alle Rechte vorbehalten.